왕자와 거지

The Prince and the Pauper

세계문학전집 258

왕자와 거지

The Prince and the Pauper

마크 트웨인

김욱동 옮김

민음사

"자비라는 덕성은……
두 배로 축복받는 것이라오.
베푸는 사람과 받는 사람 모두를 축복하는 것이니까요.
가장 힘센 것 중에서도 제일 힘이 센 것이요,
국왕의 왕관보다도 더욱 국왕답게 해 주는 것이지요."
— 윌리엄 셰익스피어, 『베니스의 상인』 중에서

차례

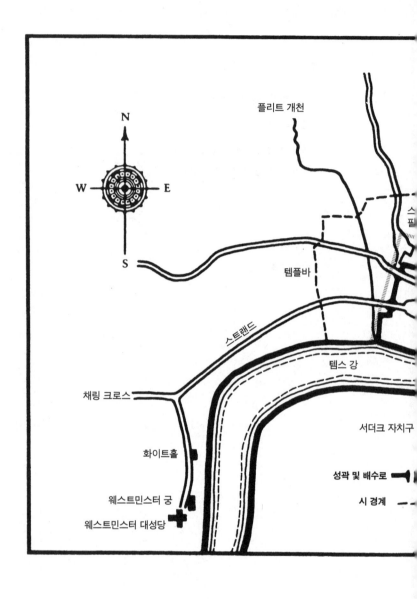

『왕자와 거지』의 배경이 되는 16세기 런던 시의 지도

일러두기

1. 이 책에 실린 삽화는 1881년 초판본에 수록된 것으로 프랭크 메릴, 존 할리, L. S. 입센의 작품이다.
2. 주는 모두 옮긴이의 것이다.
3. 외국어 고유 명사의 한글 표기는 개정된 외래어 표기법에 따르는 것을 원칙으로 하되, 일부 예외를 두었다..

머리말

나는 어떤 사람한테서 들은 이야기를 이 책에 그대로 적으려고 한다. 그 사람은 자기 아버지한테서 그 이야기를 들었고, 그 아버지는 그의 아버지한테서, 또 그 아버지는 그의 아버지한테서…… 이런 식으로 이 이야기는 300여 년 이상 이전으로 거슬러 올라간다. 아버지들의 이야기는 대대로 아들들을 통해 전해 내려왔다. 그것은 역사일 수도 있고, 한낱 전설이나 구전담(口傳談)에 지나지 않을 수도 있다. 실제로 있었던 사건일는지도 모르고, 지어낸 이야기일는지도 모르지만, 어쨌든 그것은 얼마든지 일어날 수 있는 이야기이다. 옛날에 지혜로운 사람들, 많이 배운 학식 있는 사람들이 이 이야기를 믿었는지도 모른다. 그러나 정작 이 이야기를 사랑하고 철석같이 믿은 사람들은 배우지 못한 사람들 그리고 단순한 사람들이었을 것이다.

1
왕자와 거지의 출생

16세기 중엽 어느 가을날 옛 런던 시의 가난한 캔티 집안에 사내아이 하나가 태어났다. 그런데 그 집안에서는 그 사내아이를 별로 반기지 않았다. 바로 같은 날 또 한 명의 사내아이가 영국의 부유한 튜더 가문에서 태어났다. 그런데 그 가문에서는 그 아이를 무척이나 반겼다. 온 영국이 다 함께 그 아이를 반겼다. 영국 백성은 모두 그 아이가 태어나기를 애타게 기다리면서 그 아이가 태어나게 해 달라고 하느님께 간절히 기도를 드렸다. 그래서 마침내 아이가 태어나자 사람들은 미칠 듯 기뻐했다. 그저 얼굴만 아는 사이라도 서로 부둥켜안고 입을 맞추며 세상이 떠나갈 듯 환호성을 질렀다. 너 나 할 것 없이 바쁜 일을 접어 두고는 지위가 높건 낮건 돈이 많건 적건 모두 한데 어울려 더덩실 춤을 추고 노래를 부르고 얼큰히 술에 취했다. 이런 식으로 며칠 동안 줄곧 한바탕 잔치판을 벌였다. 낮 동안 발코니마다 지붕마다 화려한 깃발이 나부끼고 화려한 가장 행렬이 이어지면서 런던은 참으로 볼만했다. 런던은 밤에도 볼만했다. 사람들은 길모퉁이마다 큰 화톳불을 피워 놓고 그 주위에 무리를 지어 흥에 겨워 왁자지껄 떠들면서 놀았다. 영국 어디를 가도 귀에 들리는 말이라고는 갓 태어난 에드워드 튜더 왕세자*에 관한 이야기뿐이었다. 이런 야단법석을 까맣게 모르는 채 비단과 공단에 싸여 누워 있는 그 사내아이는 내로라하는 귀족들과 귀부인들이 자기를 보살피고 돌보고 있다는 사실을 알 리 없었고, 또한 그런 일에 아예 관심조차 없었다. 그러나 다른 갓난아이, 즉 초라한 넝마 조각에 싸여 있는 톰 캔티에 관해 이야기를 하는 사람이라고는 그가 태어나는 바람에 오히려 골칫거리가 생긴 거지 가족 말고는 아무도 없었다.

---

* 에드워드 6세(1537~1553), 헨리 8세(1491~1547)와 그의 세 번째 왕비인 제인 시모어(1509~1537) 사이에서 태어났다. 이 소설의 사건이 일어나는 해인 1547년에 에드워드는 겨우 아홉 살밖에 되지 않았지만 마크 트웨인은 플롯에 걸맞게 열서너 살의 나이로 만들었다. 튜더 왕조는 1485년에서 1603년까지 영국을 통치했다.

2
톰의 어린 시절

몇 년의 세월을 훌쩍 건너뛰고 이야기를 계속하기로 하자.

1500년의 역사를 지닌 런던은 이 무렵 벌써 대도시의 규모를 갖추고 있었다. 인구가 무려 10만 명이나 되었다. 아마 그 두 배는 될 것이라고 생각하는 사람들도 있다. 그러나 거리는 비좁고 꼬불꼬불한 데다 지저분했다. 특히 런던교(橋)*에서 그다지 멀리 떨어져 있지 않은, 톰 캔티가 살고 있는 동네는 더더욱 그랬다. 그곳의 집들은 대부분 목조로 지어져 있었다. 그런데 2층은 1층 위로 불쑥 돌출되어 나오고, 3층은 2층 너머로 마치 팔꿈치를 내민 듯한 모습을 하고 있었다. 그래서 집들이 위로 높이 올라가면 갈수록 점차 넓어졌다. 단단한 들보를 십자로 얼기설기 엮은 골조 사이로 단단한 재료를 채워 넣고 겉에는 회반죽을 발랐다.

---

* 템스 강 북안(北岸)의 런던 시와 남안(南岸)을 연결하는 다리. 로마의 식민지였던 시대로부터 목조 다리를 여러 번 고쳐 가설했는데, 1209년에 완성된 최초의 석조 다리가 특히 유명하다.

다만 들보는 집주인들의 취향에 따라 붉은색이나 푸른색 또는 검정색으로 칠해졌고, 이 색깔 때문에 집들은 그림같이 아주 아름다운 모습을 하고 있었다. 다이아몬드 모양의 작은 창유리가 반짝거리는 창문들은 크기가 작았으며, 경첩이 달려 있어 방문처럼 바깥쪽으로 열 수 있었다.

톰의 아버지가 살고 있는 집은 푸딩로(路)에서 벗어나 '오펄 코트'라는 지저분하고 조그마한 지역의 위쪽에 자리 잡고 있었다.* 허물어져 가는 작고 삐걱거리는 건물이었지만 그곳은 찢어지게 가난한 사람들로 미어터졌다. 캔티네 식구들은 3층에 있는 방 한 칸을 차지하고 있었다. 방 한구석에는 부모가 쓰는 침대틀 비슷한 것이 놓여 있었다. 그러나 톰과 할머니, 두 누나 베트와 낸은 일정하게 정해진 잠자리가 따로 없었다. 그들은 방을 독차지하고 있어 마음 내키는 대로 어디에서든지 잠을 잘 수 있었다. 다 떨어진 담요 한두 장과 낡고 지저분한 밀짚 몇 뭉치가 있었지만 그것들은 일정한 형체가 없기 때문에 마땅히 침대라고 부를 수 없었다. 아침이면 발로 차서 되는 대로 덩어리로 쌓아 놓았다가, 밤이 되면 대충 덩어리에서 골라내어 잠자리로 삼았기 때문이다.

베트와 낸은 둘 다 열다섯 살로 쌍둥이였다. 마음씨가 고운 그 여자아이들은 지저분했고 누더기 옷을 걸치고 있었으며 낫 놓고 기억 자도 모르는 눈 뜬 장님이었다. 그들의 어머니도 쌍둥이 누이와 비슷했다. 그렇지만 아버지와 할머니는 악마와 같았다. 기회만 있으면 술을 퍼마셔 댔다. 술을 퍼마셨다 하면 자기들끼리 싸우거나 옆에서 방해가 되는 다른 사람들한테 시비를 걸었다. 술에 취해 있을 때건 깨어 있을 때건 언제나 저주를 하고 욕설을 퍼부어 댔다. 존 캔티는 도둑이었고, 그의 어머니는 거지였다. 그들은 자식들을 거지로 만들었지만 도둑으로 만드

---

* 푸딩로나 오펄코트라는 길거리 이름은 음식과 관련한 것으로, '푸딩'과 '오펄'은 모두 동물의 내장을 가리키는 말이다. 1666년에 런던에서 발생한 대화재는 바로 푸줏간이 밀집해 있는 이 지역에서 시작되었다.

는 데는 실패하고 말았다. 그런데 이 건물에는 이 무시무시한 사람들과 출신은 다르지만 그들과 함께 살고 있는 마음씨 착한 늙은 신부(神父) 한 사람이 있었다. 이 신부는 왕에게 밉보여 몇 푼 되지 않는 연금을 받고 교회에서 쫓겨난 사람이었는데*, 조무래기들을 곁으로 불러 모아 인생을 바르게 사는 길을 남몰래 가르쳐 주곤 했다. 또 앤드루 신부는 톰에게 라틴어를 조금 가르쳤고, 글을 읽고 쓰는 법도 가르쳐 주었다. 신부는 여자아이들한테도 똑같이 가르쳐 줄 사람이었지만, 여자아이들은 친구들한테서 조롱거리가 될까 두려워 배우려고 하지 않았다. 이 무렵 친구들은 글을 읽고 쓰는 그런 요상한 재주를 가진 여자아이들을 곱게 보아줄 수 없었을 것이다.

오펄코트에 있는 집은 하나같이 캔티네 집처럼 벌집에 지나지 않았다. 밤이면 밤마다 밤새도록 술에 취해 소동을 벌이고 싸움질을 해 대는 것이 이곳에서는 오히려 자연스러운 모습이었다. 이 동네에서는 머리가 깨진 사람들을 밥 굶는 사람만큼 자주 볼 수 있었다. 그러나 어린 톰은 그렇게 불행하지 않았다. 고생을 하면서도 그것이 고생이라는 것을 모르고 있었기 때문이다. 오펄코트에 살고 있는 사내아이들이라면 예외 없이 누구나 그런 생활을 하고 있었기 때문에 톰은 그런 생활이 자연스럽고 편한 것이라고 생각했다. 밤중에 빈손으로 집에 돌아오면 아버지가 욕설을 퍼부어 대면서 다짜고짜 후려갈기고, 또 아버지 손아귀에서 겨우 풀려나면 이번에는 끔찍한 할머니가 한 술 더 떠 또다시 괴롭힌다는 것을 톰은 잘 알고 있었다. 또한 밤이 이슥해

---

* 헨리 8세는 1530~1540년대에 걸쳐 수도원을 폐쇄하고 수도원 소속의 땅을 팔아 왕실 재정으로 썼다.

지면 굶기를 밥 먹듯 하는 어머니가 막상 본인은 굶으면서 그를 위해 형편없는 음식 찌꺼기나 빵 부스러기를 남겨 놓았다가 몰래 찔러 주곤 한다는 사실도 잘 알고 있었다. 그러다가 이따금 이런 배신행위가 들켜 어머니는 남편한테 늘씬하게 두들겨 맞지만 말이다.

정말이지 톰은 특히 여름철에 퍽 재미있게 지냈다. 구걸을 금지하는 법이 엄격했던 데다 벌금도 무거웠기 때문에 자기 한 입 풀칠할 만큼만 구걸하면 되었다.* 그래서 톰은 마음씨 착한 앤드루 신부가 들려주는 거인과 요정 들이며, 난쟁이와 도깨비 들이며, 마법에 걸린 성(城)이며, 멋진 임금님과 왕자 들이 나오는 옛날이야기와 전설을 마음껏 들으면서 시간을 보낼 수 있었다. 그래서 그의 머릿속은 이런 놀라운 사건들로 가득 차게 되었다.

* 헨리 8세는 궁핍하고 병약한 사람들한테만 구걸을 허가하는 법을 통과시켰다. 허가증 없이 구걸하는 사람은 엄한 처벌을 받았다.

또 수많은 밤을 어둠 속에서 피로와 허기에 지치고 매를 맞아 욱신거리는 몸으로 얼마 안 되는 더러운 지푸라기 위에 누워 마음껏 상상의 나래를 펼쳤다. 그러면서 왕궁에서 귀여움을 받는 왕자의 멋진 생활을 마음속에 그리며 달콤한 상상에 젖다 보면 어느덧 아픔과 고통을 잊을 수 있었다. 그런데 밤낮없이 불쑥불쑥 고개를 쳐드는 한 가지 소망이 있었다. 그 소망은 바로 자신의 두 눈으로 진짜 왕자를 보는 것이었다. 한번은 오펄코트의 동네 친구 몇몇에게 이런 말을 꺼냈다가 엄청나게 비웃음과 조롱을 당하는 바람에 그 뒤로는 그 꿈을 혼자서 가슴속에 간직하기로 했다.

톰은 신부의 낡은 책들을 자주 읽었고, 신부에게 그 책의 내용을 자세히 설명해 달라고 부탁했다. 이렇게 공상에 빠지고 책을 많이 읽다 보니 톰은 조금씩 달라졌다. 꿈속에 나오는 사람들은 하나같이 너무나 멋있었기 때문에 톰은 자신이 걸치고 있는 누추한 옷과 몸에 덕지덕지 붙은 때를 부끄럽게 여기게 되면서 자신도 몸을 깨끗이 하고 좀 더 좋은 옷을 입어 보고 싶어졌다. 물론 진흙탕에서 뒹굴며 놀면서 신바람나게 시간을 보내는 것은 여전했다. 그러나 템스 강에서 그냥 재미로 물장구를 치며 노는 대신 이제는 그러는 동안 옷을 빨고 몸을 깨끗하게 씻을 줄 알게 되었기 때문에 더더욱 수영하는 가치를 느끼기 시작했다.

톰은 언제나 칩사이드*에 있는 오월제(五月祭) 기둥** 주위나 장터에서 재미난 볼거리를 찾아낼 수 있었다. 가끔씩 그는 런던 사람들과 함께 어떤 유명한 사람이 불운하게도 죄수의 몸으로 육로나 배를 타고 런던탑***으로 끌려갈 때 군인들의 행렬을 지켜보기도 했다. 어느 해 여름에는 앤 애스큐****라는 불쌍한 여자와 남자 세 명이 스미스필드에 있는 화형대에서 화형당하는 모습

---

* 런던 시를 동서로 가로지르는 큰 가로(街路)로 중세 때부터 유명한 시장이었다. 축제와 행렬이 자주 열리고, 참회 의식을 하거나 공개적으로 형벌을 주는 장소로도 사용했다.

** 새봄이 시작하는 것을 축하하기 위해 세운 높다란 기둥으로, 꽃과 나뭇잎으로 장식해 놓고 그 주위에서 노래를 부르며 춤을 춘다.

*** 템스 강 왼쪽 강변에 있는 건물로, 본디 궁궐과 성곽으로 건설했지만 뒷날에는 감옥으로 사용했다. 중심 건물은 1078년경 윌리엄 공이 짓기 시작했다.

**** 1521~1546. 영국의 시인이며 개혁교회의 교인으로, 이단자로 지목돼 처형되었다. 화형당하기 전 런던탑에서 고문당한 유일한 여성으로 기록된다. 그녀의 처형식에서 설교를 한 사람은 솔즈베리의 전 주교 니콜라스 색스턴이다.

을 보기도 했고, 또 전에 주교를 지낸 사람이 그 사람들에게 설
교를 하는 것을 듣기도 했지만 톰한테는 별로 관심을 갖지 않았
다. 그랬다, 톰의 삶은 대체로 충분히 변화무쌍하고 즐거웠다.

　왕자의 삶에 관한 책을 읽고 그것에 대해 공상하다 보니 톰
은 어느새 자신도 모르게 점점 진짜 왕자처럼 행동하기 시작했
다. 그래서 그의 말투와 태도가 눈에 띄게 예의 바르고 점잖아
지자 친한 친구들은 크게 감탄하고 재미있어했다. 이제 아이들
한테 미치는 톰의 영향력이 하루하루 점점 커져 갔다. 시간이

흐를수록 아이들은 점점 일종의 경외감을 갖고 그를 자신들보다 뛰어난 사람으로 우러러 보게 되었다. 실제로 톰은 얼마나 아는 것이 많아 보이는지! 어떻게 그토록 놀라운 것을 말하고 행동으로 옮길 수 있는지! 더구나 생각도 어쩌면 그렇게 깊고 넓은지! 톰이 하는 말이며 톰이 하는 행동은 곧 아이들의 입을 통해 어른들한테로 전해졌다. 그러자 얼마 가지 않아 어른들도 톰 캔티에 대해 이야기하며 그를 아주 재주 많고 특별한 녀석이라고 간주하기 시작했다. 완전히 어른이 된 사람들도 어려운 문제가 생기면 톰한테 찾아가 해결해 달라고 했고, 그들은 그의 슬기롭고 현명한 판단에 자주 감탄을 금치 못했다. 사실 톰의 식구들을 제외하고는 그를 알고 있는 사람들은 하나같이 그를 영웅으로 생각했다. 오직 그의 식구들만이 톰을 별 볼일 없는 녀석으로 취급할 뿐이었다.

얼마 뒤 톰은 개인적으로 왕실을 하나 꾸며 냈다! 톰은 왕자였고, 그와 가까운 친구들이 호위병, 시종, 마부, 옆에서 보필하는 귀족과 귀부인 들, 그리고 왕족을 맡았다. 날마다 이 가짜 왕자는 자신이 낭만적인 책에서 읽은 이야기에서 따온 복잡한 의식에 따라 접견을 받았다. 날이면 날마다 가짜 왕국의 중요한 일을 어전(御前) 회의에서 토의했고, 또 가짜 왕자는 날마다 자기 머릿속에만 있는 상상의 육군과 해군과 총독들에게 포고령을 내렸다.

그러고 난 뒤에 톰은 누더기 옷차림으로 밖에 나가 푼돈을 구걸하고, 빵 부스러기를 얻어먹고, 습관처럼 얻어맞으며 욕설을 듣고 나서 손바닥만 한 더러운 밀짚 위에 몸을 쭉 뻗고 꿈속에서 다시 헛된 위엄을 부리곤 했다.

그런데도 피와 살을 지닌 진짜 왕자를 단 한 번만이라도 만나 보고 싶다는 톰의 소망은 날이 가고 주가 바뀔수록 더욱 절박해졌다. 그래서 마침내 이 소망 때문에 그의 다른 소망들은 모두 사라져 버리고 그것이 오직 그가 이 세상에서 살아가는 단 하나의 열정이 되어 버렸다.

1월 어느 날 톰은 평소와 다름없이 구걸하러 집을 나섰다. 어깨를 축 늘어뜨린 채 추위에 떨면서 맨발로 민싱로(路)와 리틀 이스트칩* 주위 일대를 몇 시간째 쏘다녔다. 톰은 작은 식당 창문을 통해 군침이 절로 도는 돼지고기 파이와 다른 온갖 맛있

---

* 런던의 이스트엔드에 있는 거리들로, 빈민 구제소, 음식점, 술집으로 유명했던 곳이다.

는 요리가 전시되어 있는 것을 들여다보면서 입안에 가득 고인 침을 삼켰다. 그에게는 이런 음식이 천사들이나 맛볼 수 있는 음식처럼 보였다. 그러니까 냄새를 가지고 판단해 보기에 그렇다는 말이다. 톰은 그런 음식을 자기 몫으로 직접 먹을 수 있는 행운을 한 번도 누려 본 적이 없었다. 차가운 가랑비가 흩뿌리고 우중충하여 마음마저 울적한 날이었다. 톰이 밤늦게 비에 젖고 허기에 지쳐 피곤한 몸으로 집에 돌아오자, 아버지와 할머니는 그런 비참한 꼴을 보고 마음이 움직이지 않을 리가 없었다. 즉, 그들 식으로 말이다. 그들은 즉시 기운차게 그에게 따귀를 한 대 후려갈겨 잠자리로 날려 보냈다. 그러나 몸이 쑤시고 배가

고픈 데다 건물에서 끊임없이 들려오는 욕설과 싸움질 소리 때문에 톰은 오랫동안 잠을 이룰 수 없었다. 그러다가 마침내 그의 생각이 저 멀리 환상의 세계로 흘러갔다. 넓은 궁궐에서 허리를 굽실거리며 명령만 떨어지면 쏜살같이 달려가 실행에 옮길 자세가 되어 있는 시종들을 거느리고 보석과 황금으로 반짝거리는 어린 왕자들 속에서 그는 스르르 잠이 들었다. 그러자 평소와 다름없이 톰은 꿈속에서 어느덧 어린 왕자가 되어 있었다.

밤새도록 왕국의 영광이 톰의 머릿속에서 찬란하게 빛났다. 그는 휘황찬란한 불빛 아래 달콤한 향내를 들이마시며 감미로운 음악에 흠뻑 젖은 채 지체 높은 귀족과 귀부인 들 사이를 거닐고 있었다. 그러면서 자신이 걸음을 내디딜 때마다 옆으로 물러서면서 절을 하는 화려한 무리를 향해 어떤 때는 웃음을 짓기도 하고 또 어떤 때는 고개를 끄덕이기도 하면서 답례를 보내고 있었다.

이튿날 아침 톰이 잠에서 깨어나 주위의 누추한 모습을 바라보면 그의 꿈은 평소와 같은 효과를 낳았다. 즉, 주위 환경이 몇천 배는 더 지저분해 보였다. 그러면 톰은 가슴이 찢어지는 듯 비통함에 젖어 눈물을 짓는 것이었다.

3
톰이 왕자를 만나다

톰은 배가 고픈 상태에서 깨어나 아무것도 먹지 못하고 이리 저리 쏘다녔지만, 머릿속은 아직도 지난밤의 화려한 꿈으로 가득했다. 런던 시내 이곳저곳 발길 닿는 대로 거닐면서도 자신이 대체 어디로 가고 있는지, 또 주위에서 무슨 일이 벌어지고 있는지에 대해 거의 관심이 없었다. 사람들이 난폭하게 떠밀고 몇몇은 욕설까지 퍼부었지만 몽상에 잠긴 아이한테는 그런 것이 모두 아무렇지도 않았다. 어느 결에 톰은 템플바*까지 오게 되었다. 집에서 그쪽 방향으로 그렇게 멀리까지 나온 것은 이번이 처음이었다. 걸음을 멈추고 조금 생각하고 나서 그는 또다시 몽상에 빠져들어 런던 성곽 밖으로 빠져나갔다. 이 무렵 스트랜드**

---

* 런던의 서쪽 입구에 있던 문으로 스트랜드가(街)에 위치해 있다. 왕이 런던 시에 들어올 때 사용하던 입구 중 하나인데, 1878년에 교외로 이전했다.
** 런던의 대동맥이라고 할 스트랜드가는 런던 시와 웨스트민스터 궁을 연결한다. 옛날과는 달리 오늘날의 스트랜드는 호텔과 극장가로 유명하다.

는 이미 시골길이 아니라 어엿한 도시의 도로 구실을 하고 있었
다. 그러나 도시의 도로라고 하기에는 어딘가 부자연스러운 구
석이 있었다. 길 한쪽에는 집들이 어지간히 다닥다닥 붙어 있었
지만, 그 맞은쪽에는 으리으리한 건물들이 띄엄띄엄 들어서 있
었기 때문이다. 이 으리으리한 건물들은 부유한 귀족들의 저택
으로 그때만 해도 널찍하고 아름다운 정원이 강변까지 쭉 뻗어
있었다. 지금은 수천 평에 걸쳐 벽돌과 돌이 빈틈없이 에워싸고
있지만 말이다.

곧이어 톰은 채링 마을*로 들어서서 아주 오래전에 세상을 뜬 어떤 왕이 그곳에 세워 놓은 멋진 십자가 밑에서 휴식을 취했다. 그러고 나서 조용하고 아름다운 길을 다시 빈둥거리며 걷기 시작하여 추기경의 으리으리한 저택**을 지나 그보다 훨씬 더 웅장하고 거대한 왕궁, 즉 웨스트민스터 궁***을 향해 나아갔다. 톰은 우뚝 솟아오른 거대한 석조 건물들이며, 쭉쭉 뻗은 날개벽이며, 위압감을 주는 요새와 망루며, 황금빛 빗장과 쭉 늘어서 있는 거대한 화강암 사자 상(像)을 비롯하여 그밖에 왕족을 나타내는 다른 상징과 표지가 달린 어마어마하게 큰 돌문을 놀란 표정으로 쳐다보았다. 그렇다면 톰은 마침내 꿈에 그리던 소망을 이룬 것일까? 이곳이 바로 왕이 사는 궁전이었다. 만약 하늘이 허락한다면 톰은 왕자를, 자기처럼 피와 살을 가진 진짜 왕자를 한번 만나 보고 싶다는 생각이 들지 않았을까?

황금빛으로 빛나는 문 양쪽 편에는 살아 있는 조각품이, 다시 말해서, 머리끝에서 발꿈치까지 번쩍거리는 갑옷을 뒤집어 쓴 병사가 허리를 곧추세운 채 눈썹 한 번 깜박거리지 않고 위풍당당하게 서 있었다. 시골에서 온 많은 사람들과 런던 시에

---

* 런던 시의 중앙 스트랜드가 서쪽 끝에 있는 번화가. 이곳에 에드워드 1세가 자신의 왕비인 카스티야의 엘리너의 장례 행렬을 기념하기 위해 세워 놓은 열두 개의 십자가 기념비 중 맨 마지막 기념비가 있다. 그래서 이곳을 흔히 '채링 크로스'라고 부른다.
** 13세기 중엽부터 요크의 대주교들이 살았던 저택으로 흔히 '요크 하우스' 또는 '요크 플레이스'라고 부른다. 1530년에 헨리 8세가 이를 빼앗아 '화이트홀'이라고 이름을 고쳐 궁궐로 사용했다.
*** 웨스트민스터 궁은 '참회 왕' 에드워드(1002~1066) 때부터 헨리 8세 때까지 영국의 가장 중요한 왕궁이었다. 오늘날 의회가 위치한 새로운 웨스트민스터 궁은 1840년에 짓기 시작하여 1857년에 완공되었다.

서 온 사람들이 혹시 왕의 행차라도 구경할 수 있지 않을까 싶어 멀찌감치 서서 서성거리고 있었다. 화려한 사람들을 태운 화려한 마차와 마차 밖에서 그 뒤를 따르는 화려한 시종들이 왕궁 벽에 뚫린 또 다른 으리으리한 문들을 통해 드나들고 있었다.

넝마를 걸친 불쌍한 톰도 가까이 다가가 점점 커져 가는 기대로 가슴을 두근거리며 보초병들을 지나 슬금슬금 발걸음을 옮기고 있었다.* 바로 그때, 그는 갑자기 황금빛 창살 사이로 꿈 같은 장면을 보고 너무나 기뻐서 하마터면 소리를 지를 뻔했다. 강건한 야외 운동과 수련으로 인해 피부가 갈색으로 그을린 잘생긴 소년** 하나가 그 안에 서 있는 것이 아닌가. 소년은 아름다운 비단과 공단으로 지은 옷을 입고 있었고, 그 옷에는 온갖 보석이 달려 반짝거리고 있었다. 허리에는 보석이 박힌 작은 칼과 단검을 차고 있었으며, 뒤꿈치가 빨간 멋진 반장화를 신고 있었다. 그리고 그는 머리 위로 깃털이 늘어진 멋있는 자줏빛 모자를 쓰고 있었는데, 깃털은 반짝거리는 큼직한 보석으로 묶어 두었다. 소년 옆에는 화려한 옷차림을 한 신사 여러 명이 서 있었다. 그의 시종들임에 틀림없었다. 아, 저분은 왕자님이야! 왕자님이라고! 눈곱만큼도 의심할 여지가 없는 살아 있는 왕자님, 진짜 왕자님이 틀림없어! 거지 아이의 간절한 소원을 하느님께서 마침내 들어주신 거야!

---

* 이 소설의 플롯과 관련하여 트웨인은 친구이자 소설가인 윌리엄 딘 하우얼스에게 "이 작품은 1547년 1월 27일 오전 9시에 시작한다."라고 밝힌 바 있다.
** 에드워드 튜더는 본디 책을 좋아하는 병약한 소년이었고, 마크 트웨인도 처음 이 작품을 집필할 때는 그렇게 묘사했지만 책을 출간하면서 지금처럼 건강한 모습으로 고쳐 썼다.

톰은 어찌나 흥분했는지 숨도 제대로 내쉴 수 없었고, 놀라고 기쁜 나머지 두 눈도 휘둥그레졌다. 즉시 그의 마음에는 모든 소망은 사라지고 오직 한 가지 간절한 소망만이 남았다. 즉, 왕자한테 가까이 다가가서 그를 실컷 쳐다보고 싶은 소망 말이다. 그래서 톰은 자신도 모르게 얼떨결에 문의 빗장에 얼굴을 바짝 들이밀고 말았다. 그러자 즉시 병사 하나가 톰을 거칠게 낚아채서는 입을 딱 벌린 채 모여 서 있는 시골뜨기들과 런던의 백수건달들 사이로 내팽개쳤다. 그러면서 병사가 이렇게 호통을 쳤다.

"이 꼬마 거지 녀석아, 얌전하게 굴지 못할까!"

그러자 군중은 웃음을 터뜨리면서 거지 아이를 조롱했다. 그러나 어린 왕자는 얼굴을 붉히고 문가로 달려와서는 두 눈에 분노의 빛을 이글거리며 버럭 소리를 질렀다.

"그런 불쌍한 아이를 그렇게 막 다뤄도 되는 것이냐! 아버님의 가장 비천한 백성을 그렇게 함부로 대해도 된단 말이냐! 어서 문을 열고 그 아이를 들여보내도록 하라!"

그러자 변덕스러운 군중은 그 말을 듣고 하나같이 갑자기 모자를 벗었다. 그리고는 "왕세자님 만세!" 하고 환호성을 질렀다.

병사들은 들고 있던 미늘창을 받들어 왕자에게 경의를 표한 뒤 문을 열었다. '빈곤의 왕자'가 누더기 옷을 펄럭이며 '무한한 풍요의 왕자'와 손을 마주 잡으려고 궁궐 안으로 들어서자 병사들은 다시 한 번 미늘창을 들어 경의를 표했다.

에드워드 튜더 왕자가 그에게 말했다.

"피곤하고 배고파 보이는구나. 구박을 받으며 살아왔군그래. 나와 함께 가자."

그러자 시종 대여섯 명이 곧바로 달려 나왔다. 그 까닭은 알 수 없지만, 틀림없이 거지 소년이 왕자에게 다가가는 것을 막으려는 의도였을 것이다. 그러나 왕자가 손짓을 하자 시종들은 장승처럼 그 자리에 그대로 멈춰 섰다. 에드워드 왕자는 그가 사실(私室)이라고 부르는 궁전 안의 으리으리한 방으로 톰을 데리고 갔다. 왕자가 명령을 내리자 시종들은 톰이 책 속에서나 보았던 그런 음식을 금방 내왔다. 초라한 손님이 행여 시종들의 따가운 눈총 때문에 당황하지 않도록 왕자는 우아하고 교양 있게 그들을 모두 밖으로 내보냈다. 그리고 나서 왕자는 톰이 식사를 하는 동안 옆에 앉아서 이것저것을 물었다.

"애야, 네 이름이 뭐냐?"

"톰 캔티라고 하옵니다, 왕자님."

"재미난 이름이구나. 어디 사느냐?"

"런던 시에 삽니다, 왕자님…… 푸딩로에서 조금 벗어난 오펄 코트라는 곳에서 사옵니다."

"오펄코트라! 그것도 재미있는 이름이로구나. 부모님은 살아 계시느냐?"

"네, 살아 계십니다, 왕자님. 이런 말씀을 드리면 비위에 거슬 릴지 모릅니다만, 별로 달갑지 않은 할머니도 한 분 계십니다. 또 한 쌍둥이 누이도 있사온데…… 낸과 베트라고 하옵니다."

"그렇다면 할머니한테서 별로 사랑을 받지 못한다는 소리로 들리는구나."

"할머니의 사랑을 받지 못하는 건 다른 사람들도 마찬가지입 니다, 왕자님. 할머니는 마음씨가 고약해서 자나 깨나 못된 일만 하십니다."

"할머니가 너를 구박하나 보지?"

"할머니는 잠을 자거나 곤드레만드레 취해 있을 때는 제게 손 찌검을 하지 않지요. 하지만 다시 제정신으로 돌아오면 언제나 저를 늘씬 두들겨 패서 화풀이를 하십니다."

그러자 어린 왕자의 두 눈에 사나운 표정이 감돌더니 이렇게 소리쳤다.

"뭐라! 두들겨 팬다고?"

"아, 정말 그렇고말고요, 왕자님."

"두들겨 패다니! 너처럼 연약하고 나이가 어린 아이를. 들어 라, 오늘 해가 지기 전에 그 할멈을 런던탑에다 가두도록 하겠다! 왕이신 내 아버님께서는……."

"하지만 왕자님께서는 저희 할머니가 보잘것없는 사람이라는 걸 잊으신 듯합니다. 런던탑은 지체 높으신 분들만 갇히는 곳이 지요."

"하긴 그렇구나. 미처 그 생각을 하지 못했어. 네 할머니를 처벌할 방법을 다시 찾아보겠다. 네 아버지는 너한테 친절하시냐?"

"할머니랑 별로 다를 게 없어요, 왕자님."

"어쩌면 아버지들이란 그렇게 모두 비슷한지. 우리 아버지도 성질이 나긋나긋한 분은 아니란다. 우락부락한 손으로 걸핏하면 손찌검을 하시는데, 나한테만은 예외야. 물론 언제나 말씀으로만 꾸중하시는 건 아니지만. 네 어머니는 너를 어떻게 대해 주시느냐?"

"좋은 분이세요, 왕자님. 어떤 식으로든지 저한테 슬픔이나 고통을 안겨 주시는 법이 없습니다. 또한 낸과 베트도 이 점에서는 엄마와 비슷하고요."

"낸과 베트는 몇 살이냐?"

"열다섯 살이옵니다, 왕자님."

"내 누이 엘리자베스*는 열네 살이고, 사촌 누이인 제인 그레이**는 나와 동갑인데 우아한 데다 기품이 있지. 하지만 늘 침울

---

* 엘리자베스(1533~1603)는 헨리 8세와 그의 두 번째 부인 앤 볼린 사이에서 태어난 에드워드 튜더의 이복 누나이다. 엘리자베스 1세가 되는 그녀는 메리 1세의 뒤를 이어 1558년에 여왕으로 즉위하여 1603년까지 통치했다.
** 제인 그레이(1537~1554)는 에드워드 튜더의 사촌누나이다. 왕위 승계 알력으로 아흐레 정도 여왕으로 있다가 메리 1세에 의하여 역모로 처형당했다.

한 표정을 짓고 있는 또 다른 누이 메리*는…… 참, 네 누이들도 웃음의 죄가 영혼을 좀먹게 한다고 몸종들에게 웃지 못하게 하느냐?"

"제 누이들 말씀입니까? 아, 왕자님께선 제 누이들한테도 몸종이 있는 줄로 생각하시옵니까?"

그러자 어린 왕자는 거지 아이를 잠깐 동안 심각한 얼굴로 바라보더니 마침내 입을 열었다.

"그러면 안 될 이유라도 있단 말이냐? 그럼 밤에 잠자리에 들 때 누가 옷을 벗겨 주느냐? 또 잠자리에서 일어나면 누가 옷을 입혀 주고?"

"그렇게 해 주는 사람은 아무도 없습니다, 왕자님. 제 누이들이 옷을 홀랑 벗고 알몸으로 잠을 자면 좋으시겠습니까? 마치 짐승처럼 말이옵니다."

"홀랑 벗는다고! 그럼 옷이 한 벌밖에 없다는 말이냐?"

"아, 왕자님, 옷이 그 이상으로 무슨 필요가 있겠습니까? 저들은 몸뚱이가 둘이 아니거든요."

"거 참 희한하고 놀라운 생각이로구나! 미안하다, 미안해. ……나도 모르게 웃음이 나왔어. 하지만 이제 네 착한 누이 낸과 베트에게 옷과 하인을 듬뿍 보내 주겠다. …… 그것도 당장에 말이야. ……내 재정 담당 관리가 알아서 할 거야. 아니, 내게 고

---

* 헨리 8세와 그의 첫 번째 부인 아라곤의 캐서린 사이에서 태어난 메리 1세(1516~1558)는 에드워드 튜더의 이복 누나로 그보다 무려 스물한 살이나 나이가 많다. 제인 그레이의 뒤를 이어 여왕으로 즉위하여 사망할 때까지 영국을 통치했다. 가톨릭 옹호자인 그녀는 헨리 8세가 만든 영국 국교를 다시 로마 가톨릭으로 돌려놓으려고 애썼다. 종교적 갈등과 박해 그리고 순교 등으로 이른 바 '피의 메리(bloody Mary)'라는 달갑지 않은 별명을 얻었다.

마워할 필요 없어. ……이 정도는 아무것도 아니니까. 넌 말을 참 잘하는구나. 느긋하면서도 기품이 있어. 공부는 했느냐?"

"공부를 했는지 안 했는지 잘 모르겠어요, 왕자님. 앤드루라는 좋은 신부님께서 친절하게도 그분의 책으로 저를 가르쳐 주셨어요."

"라틴어를 할 줄 아느냐?"

"쥐꼬리만큼 알아요, 왕자님."

"그렇다면 한번 배워 보아라. 처음에만 어렵단다. 어렵기는 그리스어가 훨씬 더 어렵지. 하지만 내 누이 엘리자베스와 사촌누이에게는 이런 외국어들이 그다지 어렵지 않은 것 같아. 공주들이 하는 외국어를 너도 한번 들어 봐야 하는 건데! 그건 그렇고, 오펄코트 이야기나 해 보렴. 그곳에서 사는 게 재미있느냐?"

"솔직히 말씀드려서, 배고플 때만 빼놓고는 재미있어요, 왕자님. 「펀치와 주디」* 인형극도 공연하고요. 또 원숭이들도 있는데요. ……그 원숭이들이 어찌나 익살을 떨어 대는지, 옷은 또 얼마나 희한하게 차려 입는지 몰라요! ……또 연극도 하지요. 연극에 나오는 사람들은 고함을 지르며 싸우다가 나중에는 모두 죽어요. 너무 볼 만한 구경거리인데 동전 한 닢밖에는 들지 않거든요. ……물론 동전 한 푼 얻기란 그렇게 쉬운 일이 아니지만요, 왕자님."

"말을 계속하여라."

---

* 꼽추에 매부리코의 어릿광대인 주인공 펀치가 아내 주디를 때려죽이고 아이들을 목 졸라 죽이며 짐승들을 잔인하게 죽이는 내용을 담은 폭력적이고 그로테스크한 인형극. 이탈리아에서 처음 시작한 이 인형극은 1688년 이후에야 영국에 소개되었다.

"오펄코트 아이들은 어떤 때는 곤봉을 갖고 싸워요. 마치 도제(徒弟)들이 하는 식으로 말이지요."

그러자 왕자의 눈이 반짝거렸다. 그가 말했다.

"저런! 그건 나도 싫어하지 않을 것 같구나! 어서 좀 더 말을 해 보아라."

"우린 달리기 시합도 하지요, 왕자님. 우리 중에서 누가 제일 빨리 달리나 보려고요……."

"그것도 해 보고 싶구나! 어서 말을 계속해 보아라!"

"여름에는 말이에요, 왕자님, 운하와 강을 건너기도 하고 그곳에서 헤엄도 칩니다. 옆에 있는 친구를 물속에 밀어 넣고, 물장구를 치고, 물속에 뛰어들기도 하고, 소리도 지르고, 또 굴러 떨어지기도 하고……."

"그런 놀이를 단 한 번만이라도 해 볼 수 있다면 아버지의 왕국을 내주어도 아깝지가 않겠구나! 어디 계속 말해 보아라."

"저희들은 칩사이드에 있는 오월제 기둥 주위에서 춤도 추고 노래도 부르지요. 또 모래밭에서 놀면서 옆 친구의 몸을 모래로 덮어 버리기도 하지요. 또 진흙 반죽을 만들 때도 있어요……. 아, 사랑스러운 진흙, 이 세상에서 진흙만큼 재미있는 것도 없을 거예요. ……왕자님 앞에서 이런 이야기를 입에 담기 뭐합니다만, 우리는 진흙 속에서 꽤 나뒹굴지요!"

"아, 제발 이제 그만해라. 참으로 멋지구나! 한 번, 단 한 번만이라도 좋으니 네가 입고 있는 것 같은 옷을 입고, 내 신발을 훌훌 벗어 던지고, 잔소리하거나 말리는 사람이 없는 곳에서 마음껏 진흙탕 속을 뒹굴 수만 있다면 왕관이라도 포기하고 싶은 생각이 드는구나!"

"왕자님, 저는 단 한 번만이라도 왕자님이 입고 계신 옷 같은 것을 입어 봤으면 소원이 없겠나이다……. 단 한 번만이라도……."

"오호, 그러고 싶으냐? 그럼 그렇게 하자꾸나! 네 누더기 옷을 벗고 이 번쩍거리는 옷을 입어라! 잠깐 동안 맛보는 행복이지만 그래도 적잖이 짜릿할 거야. 누가 와서 방해하기 전에 어서 바꿔 입었다가 다시 갈아입자꾸나."

몇 분이 지난 뒤 어린 왕세자는 톰의 너덜거리는 옷을 휘감았고, 어린 '거지 세계의 왕자' 톰은 번쩍거리는 왕자의 옷으로 치장을 했다. 두 소년은 큼직한 거울 앞으로 걸어가서 나란히 섰다. 그런데 아, 참으로 기적 같은 일이 일어났다. 전혀 서로 옷을 바꿔 입은 것 같지 않은 것이 아닌가! 두 소년은 서로를 쳐다보다가 거울을 바라본 뒤 또다시 서로를 쳐다보았다. 마침내 어안이 벙벙해진 어린 왕자가 먼저 입을 열었다.

"어떻게 생각하느냐?"

"아, 제발 제게 대답을 강요하지 말아 주세요. 저같이 비천한 놈이 그 말을 차마 입 밖에 내는 건 합당치 않습니다."

"그렇다면 내가 말하도록 하마. 네 머리카락이며, 눈이며, 목소리와 몸짓이며, 체구와 키며, 얼굴선과 이목구비가 내 것과 똑같구나. 내가 장담할 수 있어. 만약 우리 둘이 발가벗고 있으면 누가 너이고 누가 왕세자인지 구별할 수 있는 사람이 없을 거야. 내가 지금 네 옷을 입고 있으니까 그 짐승 같은 병졸한테 당했을 때의 네 심정을 좀 더 잘 이해할 수 있을 것 같구나……. 가만, 네 손에 있는 게 생채기가 아니냐?"

"그렇습니다만, 별로 대수롭지 않은 상처입니다. 왕자님께서도 아시다시피 아까 그 병사가……."

그러자 어린 왕자는 맨발을 쿵쿵 내리찧으면서 이렇게 소리를 질렀다.

"가만! 네 손을 이렇게 만들어 놓다니 부끄럽고도 잔인한 짓이로구나! 만약 폐하께서…… 내가 돌아올 때까지 꼼짝 말고 여기 있어라! 명령이야!"

순식간에 왕자는 탁자 위에 놓여 있던, 나라에 중요한 어떤

물건을 홱 집어서 치워 두고는 문 밖으로 나갔다. 그러고 나서 누더기 옷을 펄럭거리며 상기된 얼굴에 이글거리는 눈으로 왕궁 안뜰을 쏜살같이 가로질러 나갔다. 거대한 정문 앞에 이르자마자 왕자는 문의 빗장을 움켜쥐고 흔들려고 하면서 버럭 소리를 질렀다.

"문을 열어라! 어서 문을 열란 말이다!"

톰에게 폭력을 휘둘렀던 병사가 즉시 그의 명령에 따랐다. 왕자가 분노를 억제하지 못하고 갑자기 정문 밖으로 뛰어나오자 병사가 철썩 귀싸대기를 때려 왕자를 길바닥으로 내동댕이쳤다. 그러고 나서 이렇게 소리를 질렀다.

"너 같은 거지새끼는 맞아도 싸! 네놈 때문에 왕자님한테 혼이 났으니 말이야."

그러자 군중은 웃음을 터뜨렸다. 왕자는 진흙땅에서 몸을 일으켜 세우고 병사를 향해 무섭게 덤벼들면서 소리를 질렀다.

"난 왕세자로 내 몸은 신성하다. 그런데 내 몸에 감히 손을 대다니 너를 교수형에 처하겠노라!"

병사는 미늘창을 들어 받들어 창 자세를 하면서 조롱하듯이 내뱉었다.

"왕자님께 경의를 표하옵니다." 그러더니 화를 내며 이렇게 호통쳤다. "썩 꺼져 버리지 못할까, 이 쓰레기 같은 미친놈아!"

그러자 조롱을 보내던 군중은 불쌍한 어린 왕자 주위에 몰려들어 야유를 퍼붓고 고함을 질러 대며 길 아래쪽으로 멀리 내쫓아 버렸다.

"길을 비켜라, 전하께서 납신다! 길을 비켜라, 왕세자님께서 납신다!"

4

왕자가 고생길로 접어들다

군중은 몇 시간 동안 끈질기게 왕자를 쫓아다니면서 못살게 굴더니 마침내 어린 왕자를 홀로 남겨 두고 물러갔다. 왕자가 군중에게 화를 내며 왕처럼 호통을 치고 또 왕처럼 이것저것 우스꽝스러운 명령을 내리는 동안 사람들은 그의 행동을 아주 재미있어했다. 그러나 피로에 지친 왕자가 마침내 입을 다물자 그를 괴롭히던 사람들은 더 이상 흥미를 느끼지 못하고 다른 재밌거리를 찾으러 다른 곳으로 가 버렸다. 왕자는 주위를 살펴보았지만 그곳이 어디쯤인지 도무지 알 수 없었다. 그는 지금 런던 시내 안에 들어와 있었다. 그 사실 말고는 도대체 아는 것이 없었다. 왕자는 무작정 발길 닿는 대로 걸음을 옮겼다. 얼마를 그렇게 가자 집들이 눈에 띄게 줄어들면서 지나가는 사람도 만나기 어려웠다. 그는 오늘날 패링든 거리가 있는 곳에 흐르던 개울*에

---

* 런던 시내를 가로질러 템스 강으로 흘러드는 플리트 개천을 말한다. 트웨인이 이 소설을 집필할 무렵, 이 개천은 복개되어 패링든 거리 일부를 지나갔다.

피가 줄줄 흐르는 발을 담갔다. 이렇게 잠시 휴식을 취한 뒤 다시 일어나 터벅터벅 걸어가자 곧 집이 몇 채 듬성듬성 있고 엄청나게 큰 교회 하나가 우뚝 서 있는 탁 트인 지역에 이르렀다. 왕자는 한눈에 이 교회를 알아보았다. 사방에 발판이 놓여 있고 일꾼들로 붐볐다. 그들은 지금 교회 건물을 보수하는 중이었다. 이제 고생은 끝났다고 생각하자 왕자는 즉시 용기가 솟았다. 그래서 왕자는 혼잣말로 이렇게 중얼거렸다.

"이곳은 원래 프란체스코 수도회 교회였는데, 왕이신 아버님께서 수도사들한테서 인수를 받아 버림받고 불쌍한 아이들에게 영원한 보금자리로 내주시면서 '그리스도 교회'라고 이름도 새로 지어 주셨지.* 그들에게 그토록 관대하게 대우를 잘해 주신 분의 아들이 찾아왔으니 틀림없이 반갑게 맞아 줄 거야. …… 더구나 그분의 아들 스스로가 이곳에서 지금 살고 있거나 앞으로 영원히 살게 될 어느 아이 못지않게 가난하고 초라하니 절대로 모른 체하지는 않겠지."

곧이어 왕자는 달음박질하거나 뜀뛰기 하거나 공놀이를 하거나 개구리처럼 팔딱팔딱 뛰거나 그밖에 자기들끼리 재미있게 떠들며 놀고 있는 아이들 한가운데로 들어섰다. 아이들의 차림새는 그 무렵 하인이나 도제(徒弟)들이 입던 식으로 하나같이 비슷했다. 즉, 머리 꼭대기에 찻잔 받침만 한 크기의 납작한 검은 모자를 하나씩 얹고 있었는데 사실 모자치고는 너무 작아서 무

---

* 헨리 8세는 1538년 프란체스코 수도회를 해체하면서 이 수도원을 몰수했다. 그는 1546년에 이곳을 '그리스도 교회'라고 다시 명명하고 런던 시에 기증했다. 부랑아들을 위한 보호 시설로 이 건물을 사용하기 시작한 것은 에드워드 6세 재위 기간 동안이다.

엇을 가리고 말고 할 것도 없었을 뿐더러 장식으로도 아무 쓸모가 없었다. 모자 밑으로 가르마를 타지 않은 머리카락이 이마 중간까지 내려왔고 그 둘레가 일직선으로 잘려 있었다. 목에는 성직자가 가슴에 늘어뜨리는 것처럼 하얀 천을 늘어뜨리고 있었다. 꽉 죄는 푸른색 옷은 무릎 높이나 그 밑으로 늘어져 있었다. 소매는 낙낙했으며 폭이 넓은 빨간 가죽 띠를 매고 있었다. 샛노란 양말을 무릎 위까지 올려 신었고, 굽 낮은 신발에는 큼직한 금속 고리들이 달려 있었다. 그야말로 볼썽사나운 옷차림이었다.*

아이들이 하던 놀이를 멈추고 왕자 주위로 떼를 지어 몰려들자, 왕자가 몸에 밴 위엄 있는 말투로 말했다.

"얘들아, 원장한테 가서 에드워드 왕세자께서 할 말이 있다고 전하여라."

이 말을 듣고 아이들은 크게 환호성을 질렀고, 버릇없는 아이 하나가 이렇게 대꾸했다.

"얼씨구, 그럼 넌 왕자님의 말을 전하는 전령이란 말이냐, 이 거지 놈아?"

그러자 왕자는 화가 나서 얼굴을 붉히며 곧바로 허리춤으로 손을 가져갔지만 거기에는 아무것도 없었다. 아이들은 다시 배꼽을 잡고 웃어 댔고, 한 아이가 다시 입을 열었다.

"너희들 봤지? 칼이라도 찬 줄로 알았나 봐. ……자기가 무슨 왕자님이라도 되는 것처럼 말이야."

이 말에 아이들은 더더욱 배꼽을 잡고 웃어 댔다. 불쌍한 에

---

* 16세기 중엽 런던 시민들의 일반적인 복장이었다.

드워드 왕자는 당당하게 허리를 꼿꼿이 세우고 말했다.

"나는 왕자다. 왕이신 내 아버님의 은혜 덕분에 먹고 살아가는 네놈들이 나한테 이렇게 버릇없이 굴다니 과히 너희들한테 어울리지가 않는구나."

아이들은 너무 우스워서 다시 배꼽을 잡고 웃어 댔다. 맨 처음 말을 건 아이가 친구들한테 소리를 질렀다.

"아, 왕 덕분에 먹고 살고 있는 이 돼지 같은 노예들아, 너희들은 예의범절을 어디 호주머니에 넣어 두었단 말이냐? 어서들 모두 넙죽 엎드려 왕처럼 의젓하고 누더기 옷을 걸친 왕자님께 절을 올리지 못할까!"

그러자 아이들은 신이 나서 일제히 무릎을 꿇고 자기들의 노리개가 된 왕자한테 장난으로 넙죽 절을 했다. 왕자는 제일 가까이 있는 아이한테 발길질을 하며 매섭게 쏘아붙였다.

"마음대로 재미있어해라! 하지만 내일 당장 너희들을 교수형에 처하겠노라!"

아, 그런데 이 말은 농담이 아니었다. 그저 재미있어할 일이 아니었던 것이다. 즉시 웃음소리가 그치더니 그 대신 분노의 빛이 감돌았다. 열두어 명이 고함을 질렀다.

"저놈을 끌어내라! 혼쭐을 내 주자! 혼쭐을 내 주자고! 개들이 어디 있지? 어이, 사자! 어이, 송곳니!"

그러고 나서 일찍이 영국에서 볼 수 없었던 끔찍한 사건이 벌어졌다. 장차 한 나라의 왕이 될 신성한 인물이 비천한 아이들한테 두들겨 맞고 개들에게 물어뜯기고 있었던 것이다.

밤이 이슥해지자 왕자는 런던 시에서도 집들이 빽빽이 들어서 있는 지역으로 깊숙이 들어와 있었다. 몸은 상처투성이였고,

손에서는 피가 줄줄 흘렀으며, 누더기 옷에는 온통 진흙이 묻어 더러웠다. 왕자는 정처 없이 걷고 또 걸었고, 그럴수록 점점 갈피를 잡을 수 없었다. 또한 몸이 너무 피곤하고 지쳐 있어 이제는 한 걸음도 더 내디딜 수 없었다. 사람을 붙잡고 물어보아도 조롱만 할 뿐 대답해 주지 않았기 때문에 이제 어느 누구를 더 붙잡고 물어 보지도 않았다. 그래서 그는 혼잣말로 이렇게 계속 중얼거렸다.

"오펄코트라고 했지? …… 그랬어. 기운이 다 빠져 쓰러지기 전에 그곳에 찾아가면 그땐 살아나는 거야. …… 그의 식구들이 나를 왕궁으로 데려가서 바로 진짜 왕자임을 증명해 줄 테니까. 그렇게 되면 나는 다시 왕자로 되돌아가는 거지."

그러다가 '그리스도 병원'*의 난폭한 아이들한테 당한 기억이 불쑥불쑥 되살아나면 왕자는 이렇게 혼자서 다짐을 했다.

"내가 왕이 되면 그 아이들한테 먹을 것과 잠자리만 마련해 주는 게 아니라, 책으로 가르침도 받게 해 줘야겠어. 정신과 마음이 굶주려 있으면, 아무리 배가 불러도 별로 도움이 되지 않거든. 오늘의 교훈을 절대 잊어버리지 말자. 내가 그걸 잊어버리면 백성이 고통을 당하는 거야. 배움은 마음을 부드럽게 하며 온유하고 자비로운 마음을 낳거든."

불빛이 가물거리기 시작했다. 비가 내리기 시작하고 바람이 일더니 스산하게 광풍이 부는 밤이 찾아왔다. 집이 없는 왕자, 앞으로 영국 왕의 자리를 물려받을 몸인데도 집 없이 떠돌게 된 왕자는 계속하여 발걸음을 옮겼다. 그러면서 가난과 비참이 벌집처럼 떼를 지어 달라붙어 있는 미로처럼 누추한 골목길로 점점 깊숙이 흘러 들어갔다.

바로 그때 몸집이 크고 술에 취한 건달 한 사람이 갑자기 왕자의 목덜미를 낚아채고는 이렇게 소리를 질렀다.

"이렇게 또다시 밤늦게 쏘다니면서도 동전 한 푼 못 벌어 왔겠지! 그렇다면 어디 두고 보자. 말라빠진 네놈 몸뚱이의 뼈마디를 죄다 분질러 놓지 않는다면 존 캔티라는 이름을 갈겠어."

왕자는 몸을 비틀어 그의 손아귀에서 빠져나오면서, 모독적

---

* 트웨인은 '그리스도 교회'라고 해야 할 것을 실수로 '그리스도 병원'이라고 했다. 앞에서 언급했듯 이곳은 길거리에서 배회하는 아이들을 거두어 먹이고 재우고 입히는 자선 청소년 보호 시설이었다.

인 욕설을 퍼붓고 있는 사내의 어깨를 자기도 모르게 쓰다듬으
며 간절하게 말했다.

"아, 그대가 그 아이의 아비가 정말 맞소? 하늘이 도우셨구나.
……그럼 어서 그 아이를 데려오고 나를 모셔 가시오!"

"지금 그 아이의 아비라고 했느냐? 네가 지금 무슨 소리를 하
고 있는지 모르겠구나. 하지만 난 이것만은 알고 있지. 난 네놈
의 아비 되는 사람이라는 걸 말이야. 이제 곧 네놈을……."

"아, 농담하지 마오! 나를 속이려고 하지도 말고 지체하지도

마오! ……난 지금 피곤한 데다 부상까지 당한 몸이니까. 더 이상 버틸 수가 없단 말이오. 왕이신 우리 아버님한테 나를 데려다 주면, 그분은 당신이 상상도 할 수 없을 만큼 크게 보답해 주실 거요. 내 말을 믿으시오. 믿어 보란 말이오! ……나는 거짓말을 하지 못하니까. 진실밖에는 말하지 못하니까! ……어서 손을 뻗쳐 나를 구해 주오! ……나는 정말로 왕세자란 말이오!"

사내는 어리둥절하여 소년을 물끄러미 쳐다보고 나서 고개를 내저으며 이렇게 혼잣말로 중얼거렸다.

"완전히 돌아 버렸구먼!"

그러더니 사내는 다시 한 번 왕자의 목덜미를 움켜쥐고 야비한 웃음과 함께 욕설을 퍼부으면서 소리쳤다.

"네놈이 돌았건 돌지 않았건, 나랑 네 할머니는 곧 네놈 뼈에서 노글노글한 데만 골라서 박살을 내 놓겠다. 그렇게 하지 않으면 난 사내대장부가 아니지!"

이 말을 끝내기 무섭게 사내는 미친 듯이 발버둥치는 왕자를 질질 끌고서 지저분한 앞마당 위쪽으로 사라졌다. 그러자 벌레 같은 인간들이 신바람이 나서 벌떼처럼 떼를 지어 시끄럽게 소리를 지르며 그들의 뒤를 쫓아갔다.

5
귀족이 된 톰

왕자의 사실에 홀로 남은 톰 캔티는 모처럼의 기회를 놓칠 수가 없었다. 큰직한 거울 앞에 서서 이리저리 몸을 돌리면서 자신이 지금 입고 있는 멋진 옷에 감탄하고 있었다. 그러더니 왕자의 고상한 몸가짐을 흉내 내며 뒷걸음을 치면서도 여전히 거울에서 자신의 모습을 바라보았다. 다음으로 멋진 칼을 뽑아 들고나서 고개를 숙여 칼날에 입을 맞춘 뒤 가슴에 비스듬히 갖다댔다. 대여섯 주 전에 지체 높은 노퍽 공(公)과 서리 공을 압송해온 어떤 늠름한 기사가 죄수들을 인도하면서 런던탑의 간수장한테 그런 식으로 인사하는 것을 본 적이 있었던 것이다.* 톰은 넓적다리 위에 걸려 있는 보석 박은 단검을 만지작거려 보았다.

---

* 노퍽 공인 토머스 하워드(1473~1554)와 서리 백작인 그의 아들 헨리 하워드는 대역죄 혐의로 체포되어 런던탑에 구금되었다. 실제로 그들은 하트퍼드 백작과의 권력 투쟁과 정치적 음모의 희생자였다. 헨리 하워드는 처형되었지만 토머스 하워드는 가까스로 처형을 모면했다.

또 방 안의 호화찬란하고 값비싼 장식품도 찬찬히 살펴보았다. 사치스러운 의자 하나하나에 앉아 보았다. 그러면서 만약 오펄 코트의 가난뱅이들이 자신의 위풍당당한 모습을 문틈으로 들여다본다면 자신의 가슴이 얼마나 뿌듯할까 하고 생각했다. 집에 돌아가서 자신이 겪은 놀라운 일을 들려주면 식구들이 과연 곧이들을까, 아니면 고개를 설레설레 내젓고는 공상을 너무 많이 한 나머지 마침내 정신이 돌았다고 할까 생각도 해 보았다.

삼십 분이 지난 뒤 갑자기 톰은 왕자가 오랫동안 돌아오지 않는다는 생각이 들었다. 그런 생각이 들자마자 그는 곧 외로워지기 시작했다. 그래서 곧바로 주위 사방에 귀를 바싹 기울이면서 어서 왕자가 돌아오기를 목을 빼고 기다렸다. 주위에 널려 있는 멋진 물건을 가지고 노는 것도 이제 그만두었다. 점점 걱정스러워지더니 불안해져서 나중에는 안절부절못하게 되었다. 해명해 줄 왕자도 없는데, 누군가가 불쑥 들어와 왕자의 옷을 입고 있는 자신의 모습을 보게 되면 어떻게 될까! 먼저 자신의 목부터 매달고 자초지종은 나중에 알아볼 것이 아닌가! 톰은 언젠가 지체 높으신 분들이 자질구레한 문제를 신속하게 처리해 버린다는 소리를 들은 적이 있었다. 그러자 두려움이 점점 물밀듯이 밀어닥쳤다. 톰은 덜덜 떨면서 대기실로 통하는 문을 살짝 열고 휙 지나가 왕자를 찾아볼 작정이었다. 자기를 지켜 주고 이곳에서 내보내 줄 사람은 왕자밖에 없었던 것이다. 바로 그 순간 나비같이 옷을 차려 입은 근사한 시종 여섯과 어린 사동(使童) 둘이 바람처럼 달려와 그 앞에 나지막하게 무릎을 꿇고 머리를 조아렸다. 톰은 얼른 뒤로 물러나 문을 닫았다. 그러고는 혼잣말로 이렇게 중얼거렸다.

　"아, 저 사람들이 나를 놀리는구나! 틀림없이 가서 일러바칠 거야! 아, 나는 왜 이곳에 들어와 개죽음을 당하는 걸까!"

　톰은 알 수 없는 공포에 휩싸여 방 안을 서성거리면서 바깥에서 대수롭지 않은 소리만 들려도 깜짝 놀라 귀를 쫑긋 세웠다. 곧이어 문이 활짝 열리더니 비단옷을 입은 사동 하나가 말했다.

　"제인 그레이 공주께서 오셨습니다!"

　문이 닫히더니 곧 눈부시게 옷차림을 한 아리따운 소녀 하나가 그를 향해 뛰어오르듯 걸어왔다. 그러나 소녀는 갑자기 걸음을 멈추고 걱정스러운 목소리로 말했다.

　"아, 왜 그리 상심해 계신가요, 왕자님?"

톰은 숨이 거의 멎을 것만 같았지만 가까스로 더듬거리며 대답했다.

"아, 제발 굽어살펴 주십시오! 저는 사실 왕자가 아니라 런던 시내 오펄코트에 살고 있는 미천한 톰 캔티라고 합니다. 제발 왕자님을 만나게 해 주십시오. 그분은 제 누더기 옷을 제게 돌려주시고 무사히 저를 풀어 주실 겁니다. 아, 자비를 베푸셔서 저를 살려 주십시오!"

이때쯤 톰은 아예 무릎을 꿇고 앉아서 입으로만 애원하는 것이 아니라 눈과 손짓으로도 애원을 했다. 그러자 소녀는 겁에 질린 듯한 표정을 지었다. 그녀는 큰 소리로 이렇게 말했다.

"아, 왕자님, 왕자님께서 무릎을 꿇으시다뇨! …… 그것도 저한테 말이에요!"

그 말을 던지고 소녀는 겁에 질려 도망치듯 달아났고, 절망에 빠진 톰은 털썩 주저앉아 넋두리를 늘어놓았다.

"나를 도와줄 사람이 없군. 희망이 없어. 이제 사람들이 와서 나를 잡아갈 테지!"

톰이 공포에 휩싸여 이렇게 넋을 잃고 주저앉아 있는 동안 끔찍한 소문이 왕궁 안에 빠르게 퍼져 나가고 있었다. 소문이 언제나 그렇듯 그 소문은 속삭임으로 전해졌다. 한 하인에게서 다른 하인에게로, 한 귀족에게서 귀족 부인에게로, 긴 복도를 따라 이쪽 층에서 저쪽 층으로, 한 홀에서 다른 홀로 계속 퍼져 나갔다.

"왕자님이 미치셨대! 왕자님이 미치셨대!"

방이면 방마다 대리석 홀이면 홀마다 번쩍거리는 귀족과 귀부인 들이, 또 그들보다 신분이 낮지만 역시 눈부신 사람들이 모여 서서 하나같이 근심스러운 얼굴로 그 문제를 두고 진지하게 소곤거렸다. 곧이어 멋진 고위 관리 한 사람이 이렇게 모여 있는 사람들 옆을 지나가면서 엄숙하게 포고령을 내렸다.

"어명(御命)이시다! 이 근거 없는 헛소문을 입에 올리는 자는 죽음을 면치 못하리라! 이 문제에 관해선 입에 올리지도 말고 궁 밖으로 소문을 흘려서도 안 된다. 어명이시다!"

그러자 소곤거리던 사람들은 꿀 먹은 벙어리가 된 것처럼 갑자기 입을 꼭 다물어 버렸다.

곧이어 복도마다 시끌벅적한 소리가 들렸다.

"왕자님이시다! 저기 봐……. 왕자님이 오신다!"

불쌍한 톰은 나지막하게 허리를 조아린 사람들을 지나칠 때마다 자기도 허리를 숙이려고 애쓰면서 느릿느릿 걸어갔다. 그러

면서 어리벙벙하고 애처로운 눈길로 주위에 펼쳐지는 낯선 장면
을 힘없이 바라보았다. 높은 관리들이 톰의 양옆으로 다가와 팔
을 잡고 제대로 걸을 수 있도록 부축해 주었다. 그의 뒤에는 궁
중의 시의(侍醫)와 시종 몇 사람이 따르고 있었다.

　이윽고 톰이 궁전 안의 으리으리한 방으로 안내되자 등 뒤에
서 문이 닫히는 소리가 들렸다. 그의 주위에는 그와 함께 온 사
람들이 서 있었다. 톰의 앞에는 아주 몸집이 크고 뚱뚱한 남자
하나가 어느 정도 거리를 두고 자리에 기대어 있었다. 살집이 많
고 넓적한 얼굴은 잔뜩 굳어 있었으며, 큼직한 머리는 온통 은
발이었고, 마치 그림 틀처럼 얼굴 주변으로만 난 수염 또한 은빛
을 띠고 있었다. 옷은 아주 비싼 옷감으로 지은 것 같았지만 오

래 입어서 그런지 군데군데 낡아 있었다. 퉁퉁 부어 오른 한쪽 다리에 붕대를 칭칭 감고 있었고, 그 밑에 베개를 받치고 있었다. 침묵이 감돌고 있었다. 이 남자 말고는 고개를 뻣뻣이 쳐드는 사람이 아무도 없었다. 근엄한 표정을 짓고 있는 이 병자는 바로 그 무서운 헨리 8세였던 것이다.* 왕이 입을 열었고, 막상 말을 시작하자 그의 표정이 부드러워졌다.

"우리 왕자, 우리 에드워드야, 이젠 좀 어떠냐? ……너를 사랑하고 너에게 친절하게 대해 주는 나한테, 왕이요 아비한테 짓궂은 장난을 치려고 작정한 거냐?"

* 헨리 8세가 사망한 원인은 아직 정확히 밝혀지지 않았지만 평소에 병약했던 것으로 알려져 있다. 특히 다리에 심한 궤양이 있어 걷거나 서 있을 수 없었다.

가련한 톰은 어리벙벙한 상태이긴 했지만 왕의 입에서 흘러나오는 첫마디 말에 열심히 귀를 기울이고 있었다. 그러나 "나한테, 왕이요 아비한테"라는 말이 귓전을 때리는 순간, 톰은 얼굴이 백짓장처럼 창백하게 되면서 갑자기 무릎에 총알을 맞은 듯 그만 무릎을 꿇고 말았다. 그러고는 두 손을 번쩍 쳐들고 소리를 질렀다.

"왕이시라고요? 그럼 저는 이제 정말로 죽었군요!"

이 말을 들은 왕은 기절초풍할 것 같았다. 왕의 눈길은 이리저리 신하들의 얼굴을 떠돌다가 마침내 자기 앞에 있는 톰한테 멎었지만 당혹감을 감추지 못했다. 그러고 나서 왕은 아주 실망스러운 목소리로 입을 열었다.

"아, 슬프도다! 소문이 사실과는 크게 다를 줄로만 믿었건만 그렇지가 않구나." 왕은 무겁게 한숨을 내쉬더니 부드러운 목소리로 다시 말을 이었다. "아비한테로 오너라. 애야, 넌 몸이 성치 않구나."

톰은 부축을 받으며 일어나 떨리는 가슴을 누르면서 얌전히 왕한테로 다가갔다. 왕은 잔뜩 겁에 질린 그의 얼굴을 두 손으로 잡고, 마치 다행히 왕자의 정신이 돌아오는 어떤 징표를 찾아보려는 듯 얼마 동안 애처로운 눈길로 뚫어지게 바라보았다. 그러더니 톰의 곱슬곱슬한 머리로 자기 가슴을 지그시 누르고서 부드럽게 톡톡 두드려 주었다. 이윽고 왕이 다시 입을 열었다.

"애야, 나를 알아보지 못하겠느냐? 늙은 아비의 가슴을 찢어지게 하지 마라……. 나를 안다고 말해 주렴. 너는 나를 알고 있고말고. 그렇지?"

"네, 압니다. 제 앞에 계신 분은 제가 경외하고 하느님께서 굽어살피시는 폐하이십니다!"

"암, 그렇지, 그렇고말고……. 맞는 말이야……. 안심해라. 그렇게 떨 것 없어. 너를 해칠 사람은 이 자리에 아무도 없으니까. 모두 너를 아끼는 사람들뿐이야. 이제는 좀 나아졌구나. 네가 꾸고 있는 악몽이 곧 사라질 게야……. 그렇지 않느냐? 또한 이제는 네가 누군지도 알고 있구나……. 안 그러냐? 사람들 말로는 잠시 전에 네가 이름을 헷갈렸다고 하던데, 이제 또다시 그러진 않을 테지?"

"폐하, 저를 믿어 주십시오. 저는 진실만을 말씀드렸을 뿐입니다. 폐하, 저는 폐하의 백성 중에서도 가장 초라한 백성입니다. 원래는 거지로 태어났는데, 제가 이 자리에 있게 된 것은 순전히 착오와 우연 때문입니다. 나쁜 짓은 하나도 저지르지 않았습니다. 저는 이렇게 어린 몸으로 일찍 죽게 될 목숨입니다만, 폐하께서 한 말씀만 해 주시면 살아날 수도 있습니다. ……아, 부디 한 말씀만 해 주십시오, 폐하!"

"죽다니? 그런 소리 하지 마라, 사랑하는 왕자야. ……자, 자 마음을 가라앉혀라. ……너는 절대로 죽지 않아!"

그러자 톰은 너무 기뻐서 무릎을 꿇고 큰 소리로 말했다.

"하느님, 이 자비로운 분께 은총을 베푸시옵소서. 또한 폐하께서 오래오래 이 땅을 다스릴 수 있도록 해 주시옵소서!"

그러더니 톰은 벌떡 일어나서 옆에 서 있던 두 신하를 향해 행복한 얼굴을 돌리며 큰 소리로 외쳤다.

"폐하의 말씀을 들으셨지요! 저를 죽일 순 없습니다……. 폐하께서 그렇게 말씀하셨다고요!"

그러나 모두들 정중하게 허리를 조아려 경의를 표할 뿐 아무도 몸을 움직이지 않았다. 또한 어느 누구도 말을 하는 사람도 없었다. 톰은 조금 당황하여 머뭇거리고 있다가 겁을 먹고 왕을 쳐다보면서 말했다.

"그럼 이제 그만 가 봐도 되겠습니까?"

"간다고? 물론…… 네가 가고 싶다면야. 하지만 조금만 더 있다가 가렴. 어디로 갈 생각이냐?"

톰은 눈을 내리깔고 겸허한 목소리로 대답했다.

"혹시 제가 잘못 알아들었는지 모르겠습니다만, 저는 제가 자유의 몸이 된 것으로 알고 있었습니다……. 그래서 제가 태어나고 궁색하게 자란, 어머니와 누이들이 기다리고 있는, 그래서 저한테는 집이라고 할 수 있는 빈민굴로 돌아갈 생각입니다. 이곳의 호화롭고 화려한 생활이 저에게는 익숙지 않아서요……. 아, 폐하, 부디 저를 돌아가게 해 주시옵소서!"

그러자 왕은 말없이 얼마 동안 생각에 잠겼다. 근심과 고통의 빛이 점차 얼굴에 번졌다. 이윽고 입을 연 왕의 목소리에는 한 가닥 기대가 실려 있었다.

"어쩌면 이 한 가지 문제에 관해선 왕자의 마음이 혼란스러워졌는지는 몰라도 다른 문제에 관해선 변함이 없는 것 같구나. 제발 그래야만 할 텐데! 어디 한번 시험해 보겠노라."

그러더니 왕은 톰에게 라틴어로 뭔가를 질문했고, 톰은 라틴어로 어설프게 대답했다. 왕은 자못 기뻐하며 그 기쁜 마음을 유감없이 드러냈다. 신하들과 궁중 시의의 얼굴에도 안도의 빛이 감돌았다. 왕이 다시 말했다.

"왕자가 그동안 배운 것과 타고난 능력에는 미치지 못하는구나. 마음에 병이 들었으되 치명적인 병은 아니라는 걸 알 수 있어. 시의는 어떻게 생각하는가?"

그러자 시의는 나지막이 허리를 굽히고 절을 하며 대답했다.

"제 생각도 폐하와 똑같사옵니다. 폐하의 짐작이 옳사옵니다."

그렇게 권위 있는 전문가의 입에서 그런 말이 나오자 왕은 기분이 좋았다. 왕은 기뻐하며 계속 말을 이었다.

"다들 주목하라! ……시험을 좀 더 계속하겠노라."

왕이 이번에는 톰에게 프랑스어로 질문을 했다. 뭇 사람들의 시선이 일제히 자신한테 쏠리자 톰은 당황하여 잠시 동안 그 자리에 잠자코 서 있다가 머뭇거리며 대답했다.

"이 외국어는 잘 모르겠습니다, 폐하."

그러자 왕은 침상 뒤로 나자빠졌다. 신하들이 달려가서 부축하려고 했다. 그러나 왕은 그들의 손을 뿌리치고 이렇게 말했다.

"귀찮게 하지 마라. ……괴혈병으로 머리가 어지러웠을 뿐이니까. 내 몸을 일으켜 다오! ……그렇지, 이제 됐다. 자, 이리 오너라, 얘야. 고통에 빠진 네 불쌍한 머리를 이 아비의 가슴에 갖다 대고 편히 쉬어라. 그러면 곧 나아질 게야……. 지금 잠시 악몽을 꾸고 있는 것이야……. 그러니 두려워할 것 없다. 금세 좋아질 테니까."

그러더니 왕은 신하들 쪽으로 고개를 돌렸다. 부드럽던 태도가 갑자기 달라지면서 두 눈에서 사나운 불꽃이 튀었다. 그가 말했다.

"모두 들어라! 내 아들은 정신이 돌았지만…… 오래가지는 않을 것이다. 공부를 너무 많이 하고 갇혀 지내다 보니 그렇게 된 것이란 말이다. 앞으로 왕자는 책과 선생을 멀리해야 한다……. 모두 이 점을 유념하도록 하라! 건강을 되찾을 수 있도록 왕자

에게 운동을 시키고 건전한 방법으로 즐겁게 시간을 보내게 하라." 왕은 몸을 좀 더 꼿꼿이 일으켜 세우고 더욱 힘을 주어 말했다. "왕자는 지금 정신이 돌았어도 짐의 아들이요 이 나라 영국을 이어받을 후계자다. ……미쳤든 미치지 않았든 그가 앞으로 이 나라를 다스릴 것이다! 이제부터 짐이 하는 말을 똑똑히 듣고 온 세상 사람들한테 알려라. ……앞으로 왕자의 병을 입에 올리는 사람은 나라의 평화와 질서를 어지럽히는 자로 교수형에 처할 것이다! ……마실 것을 가져오너라. ……목이 타는구나. 슬픔이 짐의 기운을 앗아 가는구나! ……됐다, 이제 그만 잔을 치워라. ……나를 부축해 다오. ……이제 됐다. 그래, 정신이 돌았어. 하지만 지금보다 천 배나 더 돌았다고 해도 이 아이는 여전히 왕세자다. 왕인 내가 그것을 확언하노라. 내일 아침 예로부터의 적법한 절차에 따라 왕세자로 책봉하는 의식을 엄숙하게 거행하겠노라.* 하트퍼드 경**은 짐의 말을 즉시 실행에 옮기도록 하라."

그러자 귀족 한 사람이 왕의 침상 옆에 무릎을 꿇고 말했다.

"폐하께서는 세습 영국 문장원(紋章院) 총재*** 노퍽 공이 런던 탑에 갇혀 있다는 사실을 잘 알고 계실 것이옵니다. 사람이 간혀 있는 만큼 시기적으로 적절치 못한……."

"닥쳐라! 그 끔찍한 이름을 입에 올려 짐의 귀를 욕되게 하지 마라! 그놈을 영원히 살려 두란 법이 있다더냐? 짐이 한번 마음먹은 일을 포기할 줄 알았느냐? 이 나라에 왕자에게 명예를 안겨 줄, 반역의 오명이 없는 문장원 총재가 없다고 해서 왕자의 책봉을 한없이 미뤄야 되겠느냐? 하느님의 이름을 걸고 맹세하거니와 절대로 그런 일은 없을 것이야! 내일 아침 해가 뜨기 전까지 노퍽 처형 승인서를 짐에게 가져오도록 의회에 단단히 경고해 두어라.**** 만일 그렇게 하지 않을 경우 의원들은 혹독한 대가를 치르게 될 것이야!"

---

* 에드워드 튜더는 공식적으로 왕세자로 책봉된 적이 없다.

** 하트퍼드 백작인 에드워드 시모어(1506~1552)는 헨리 8세의 세 번째 부인인 제인 시모어의 오빠로 에드워드 튜더의 외삼촌이다. 에드워드 6세의 섭정(攝政)이 되었지만 뒷날 중죄로 처형되었다.

*** 노퍽 공인 토머스 하워드가 영국의 문장원 총재가 된 것은 1533년이지만 그의 가문이 세습적으로 이 직위를 물려받기 시작한 것은 1674년의 일이다. 이 무렵 문장원 총재는 왕궁의 의식과 절차 그리고 문장 따위를 관장하는 최고 책임자였다.

**** 노퍽 공은 반역죄 혐의로 체포될 당시 영국 왕실 문장원 총재로 있었다. 헨리 8세는 하원에 서한을 보내 노퍽 공작 처형 결의안을 조속히 통과시킬 것을 요구했고, 하원은 그의 명령에 따를 수밖에 없었다.

그러자 하트퍼드 경이 입을 열었다.

"폐하의 뜻은 곧 법이옵니다."

그리고 나서 하트퍼드는 일어나서 원래 자리로 돌아갔다.

그러자 늙은 왕의 얼굴에서 노여움이 서서히 잦아들었다. 그가 다시 입을 열었다.

"아비에게 입을 맞춰 주려무나, 왕자야. 자…… 뭘 그리 두려워하느냐? 나는 너를 사랑하는 아비가 아니더냐?"

"폐하, 저같이 보잘것없는 놈한테 너무 잘해 주시니 황공무지로소이다……. 폐하의 마음을 왜 제가 모르겠습니까만. 하지만…… 하지만…… 곧 죽을 그 사람을 생각하니 가슴이 찢어지는 것만 같아서……."

"아, 역시 왕자답구나. 역시 너다워! ……그토록 정신이 고통을 받는데도 마음은 여전하구나. ……넌 언제나 마음이 비단결처럼 고왔거든. 하지만 그 공작은 네가 왕위에 오르는 데 걸림돌이 되는 인물이야. 영광스러운 자리를 더럽히지 않을 인물로 그 자의 후임을 정할 것이다. 왕자야, 걱정하지 마라. ……이 문제로 더 이상 골치를 썩을 필요는 없어."

"하지만 저 때문에 그 사람의 죽음이 앞당겨지는 게 아닌지요, 폐하? 만약 제가 아니었더라면 그 사람은 얼마나 더 오래 살 수 있을는지도 모르잖습니까?"

"그 문제는 잊어버려라, 왕자야. 생각할 가치조차 없는 위인이야. 한 번 더 입을 맞춰 주고 가서 기분 전환이나 하렴. 병이 되살아났는지 나도 몸이 편치 않구나. 피곤해서 쉬어야겠다. 하트퍼드 외삼촌과 네 시종들과 함께 그만 물러갔다가 내 몸이 좋아지거든 다시 오너라."

톰은 무거운 마음으로 왕한테서 물러났다. 이제 자유의 몸으로 풀려날 것이라는 그의 기대에 왕의 마지막 말은 치명적인 타격이었기 때문이다. 다시 한 번 나지막하게 숙덕이는 소리가 톰의 귓가에 들려왔다.

"왕자님이시다! ……왕자님이 오신다!"

번쩍거리는 옷을 입고 허리를 굽힌 사람들 사이로 지나갈 때 톰의 마음은 점점 더 암담해지기만 했다. 하느님께서 자비를 베풀어 해방시켜 주지 않는 한, 이제는 정말로 꼼짝없이 붙들린 신세로 이 황금 새장 안에 갇혀 언제까지나 친구도 없이 외롭게 지내게 될는지도 모른다는 사실을 깨달았기 때문이다.

더구나 고개를 어느 쪽으로 돌려도 톰의 눈에는 노퍽 공작의 잘린 머리가 허공에 둥둥 떠서 자기를 비난하면서 무섭게 노려보고 있는 듯한 느낌이 들었다.

그 옛날에 톰이 꾸었던 꿈은 그토록 달콤했다. 그렇지만 지금의 현실은 얼마나 고통스러운가!

6
톰이 왕의 명령을 받다

톰은 궁전의 특별실 중에서도 아주 중요한 방으로 안내되어 그곳에 앉아 있었다. 그런데 나이 든 사람과 신분이 높은 사람들이 주위에 있었기 때문에 톰은 앉아 있기가 싫었다. 그는 사람들에게도 앉으라고 권했지만 그들은 허리를 굽혀 감사의 뜻을 나타내 보일 뿐 꼼짝도 하지 않고 그대로 서 있었다. 톰은 그래도 앉으라고 우기고 싶었지만 그의 '외삼촌'인 하트퍼드 백작이 톰의 귀에 대고 소곤거렸다.

"자꾸 그러실 필요 없습니다, 왕자 전하. 왕자님 앞에서 저 사람들이 앉아 있는 건 합당치 아니하옵니다."

바로 그때 시종이 세인트 존 경(卿)*의 도착을 알리자 세인트 존 경은 톰에게 공손히 인사를 하고 나서 입을 열었다.

"공개적으로 말씀드리기 어려운 어명을 받들어 왔사옵니다.

---

* 베이싱의 세인트 존 남작인 윌리엄 폴리트(1485?~1572)는 왕실의 최고 재산 관리인이자 추밀원의 수장이었다.

왕자님께선 하트퍼드 백작만 남겨 두고 나머지 사람들은 모두
물러가게 하심이 어떨는지요?"

톰이 그 요청을 어떻게 실행에 옮겨야 할지 몰라 난감해하는
것을 보고 하트퍼드 경이 그렇게 하고 싶으면 구태여 말로 할 필
요 없이 손짓만 하면 된다고 귀띔해 주었다. 기다리던 신하들이
물러가자 세인트 존 경이 입을 열었다.

"폐하께서는 나라를 다스리는 데 필요한 몇 가지 중요한 사
항을 고려하시어 다음과 같은 분부를 내리셨습니다. 왕자님께
서 심신이 허약해졌으므로 다시 예전처럼 몸이 정상으로 돌아
올 때까지는 그 사실을 숨겨야 한다고 하셨습니다. 다시 말씀드

려서, 왕자님께서는 진정한 왕세자로서 대를 이어 영국을 다스
릴 후계자라는 엄연한 사실을 그 누구도 부인해서는 안 된다고
말씀하셨습니다. 또한 폐하께서는 왕자로서의 체통을 잃지 말
아야 하며, 예로부터의 관습에 따라 말이나 몸짓으로 거부하지
말고 왕자님이 마땅히 누려야 할 숭배와 존경을 받아야 한다고
말씀하셨습니다. 왕자님께서는 앞으로 어느 누구한테도 비천
한 태생이라는 말씀을 두 번 다시 입 밖에 내시면 안 된다고 하
셨습니다. 물론 왕자님께서는 질병으로 말미암아 과도한 공상
에 빠지신 탓에 그런 생각이 싹튼 것이옵니다. 또한 왕자님께서
는 과거에 알고 있던 얼굴들을 다시 기억하실 수 있도록 부지런
히 힘쓰셔야 한다고 하셨나이다. ……비록 기억이 나지 않는다
고 하여도 놀란 표정을 짓거나 다른 표정으로 잊어버렸다는 사
실을 무심결에 드러내시지 말고 조용히 계셔야 한다고 하셨습
니다. 공식 석상에서 어떤 행동을 하거나 말을 하셔야 할 경우
에 잘 몰라서 입장이 난처할 때는 호기심을 갖고 바라보는 사람
들에게 조금도 동요하는 빛을 보이지 말고 그 문제에 관해 하트
퍼드 경이나 저한테 도움을 청하라고 분부하셨습니다. 저희 두
사람은 별도의 지시가 떨어지지 않는 한 왕자님 가까이서 왕자
님을 끝까지 보필하라는 폐하의 분부를 받았습니다. 마지막으
로 폐하께서는 안부의 말씀과 함께, 왕자님을 하루빨리 병에서
낫게 해 주시고 크나큰 사랑으로 왕자님을 영원토록 보살펴 달
라고 하느님께 기도를 드리셨습니다."

세인트 존 경은 공손히 고개를 숙이고 옆으로 물러섰다. 그러
자 톰이 체념한 듯 입을 열었다.

"폐하께서 그렇게 말씀하셨군요. 그러니 그 누구도 어명을 가

볍게 여기거나, 자신한테 불리하다고 해서 교묘하게 발을 빼는 일이 있어서는 안 됩니다. 어명은 반드시 따라야 합니다."

그러자 이번에는 하트퍼드 경이 말했다.

"책 같은 심각한 것들을 왕자님 곁에 두지 말라는 폐하의 어명과 관련하여, 왕자님께선 가벼운 오락거리로 시간을 보내시는 게 좋을 듯합니다. 연회에 참석하실 때 피곤하지 않고 또한 괴롭지 않도록 말이옵니다."

톰의 얼굴에 도무지 영문을 알 수 없다는 듯 놀란 기색이 감돌았다. 그러다가 세인트 존 경이 서글픈 눈으로 자기를 바라보고 있는 모습을 보자 얼굴이 벌겋게 달아올랐다. 그러자 세인트 존 경이 이렇게 말했다.

"아직도 기억력에 이상이 있어 놀라시는군요. ……하지만 그렇게 걱정하지는 마십시오. 병이 나으면 기억도 자연히 되살아나게 될 테니까요. 하트퍼드 경이 말하는 런던 시의 연회*는 폐하께서 두 달 전에 계획하신 행사로 왕자님께서 꼭 참석하셔야 합니다. 이제 기억이 나시옵니까?"

그러자 톰이 머뭇거리며 말하고는 다시 얼굴을 붉혔다.

"애석하게도 전혀 기억이 나시지 않는군요."

바로 그 순간 엘리자베스와 제인 그레이 공주가 왔다는 전갈이 왔다. 두 귀족은 의미심장한 눈길로 서로를 쳐다보았고, 하트퍼드 경이 재빨리 문 쪽으로 다가갔다. 옆으로 지나가는 두 소녀에게 그가 나지막한 목소리로 말했다.

"두 공주님께서는 왕자님의 자연스럽지 못한 행동을 보더라

---

* 런던 시장의 취임을 축하하기 위한 연회로, 11장에서 자세히 묘사된다.

도 못 본 척하시고, 또 무슨 일을 잘 기억하지 못하시더라도 놀란 표정을 지어서는 안 됩니다. ……하찮은 일마다 그런 일이 일어나는 것을 보시게 되면 두 분도 마음이 괴로우실 테니까요."

그러는 동안 세인트 존 경은 톰에게 귀엣말로 속삭였다.

"왕자님, 부디 폐하의 말씀을 유념하시기 바랍니다. 최대한으로 기억을 되살려 보시기 바랍니다. ……그밖에 모든 걸 다 기억하고 계신 것처럼 행동하십시오. 전과 많이 달라졌다는 인상을 받게 해서는 아니 되옵니다. 옛 소꿉동무들이 얼마나 왕자님을 마음속으로 아끼는지, 또 얼마나 마음 아파하게 될는지 왕자님께서도 잘 아실 테니 말입니다. 제가 이곳에 그냥 남아 있기를 원하십니까? ……또한 왕자님의 외삼촌도요?"

톰은 손짓과 함께 중얼거리는 말로 그냥 남아 있으라는 뜻을 알렸다. 그는 벌써 왕실의 법도를 배우고 있었던 것이다. 소박한 톰은 마음속으로 어명에 따라 최선을 다해 처신을 잘하겠다고 다짐했다.

서로가 무척 주의를 기울였지만 젊은이들의 대화는 이따금씩 어색해지곤 했다. 톰은 한 번 이상 두 손을 들고는 터무니없는 역할을 해낼 수 없다고 고백할 뻔했다. 그러나 눈치 빠른 엘리자베스 공주나 잠시도 한눈을 팔지 않는 두 귀족 중 한 사람이 우연히 던지는 것처럼 하는 한마디가 똑같이 좋은 효과를 낳았다. 한번은 어린 제인이 톰을 향해 불쑥 이런 질문을 던지는 바람에 그를 난처하게 만든 적이 있다.

"왕자님께선 오늘 왕비*께 인사를 드리셨나요?"

그러자 톰은 머뭇거리며 당황한 표정을 짓고는 막 위험을 무릅쓰고 뭐라고 대꾸를 하려고 했다. 바로 그때 세인트 존 경이 미묘하고 까다로운 문제에 부딪혀도 쉽게 해결하는 데 익숙한 궁신(宮臣)의 능란한 솜씨로 그 말을 받아 대신 답변에 나섰다.

"물론이지요. 또한 왕비님께선 왕자님께 어서 건강을 되찾으라는 격려의 말씀을 해 주셨습니다. 안 그렇습니까, 왕자님?"

톰은 동의를 하듯 고개를 끄덕였지만 자신이 점점 위험한 경지에 빠져 들어가고 있다는 사실을 깨닫고 있었다. 그로부터 시간이 조금 지난 뒤 톰이 당분간 공부를 해서는 안 된다는 말이

---

* 이 무렵의 왕비는 헨리 8세의 여섯 번째 부인이자 마지막 부인인 캐서린 파(1512~1548)이다. 그녀는 탁월한 학자이자 저자로, 헨리 8세와 그의 자녀들에게 큰 영향을 끼친 것으로 알려져 있다.

나오자 공주가 소리를 질렀다.

"어떡하지요. 이런 딱한 일도 다 있나요! 왕자님은 실력이 쑥쑥 늘고 있었는데. 하지만 꾹 참고 기다리세요. 곧 공부를 다시 시작할 수 있을 테니까요. 왕자님도 머지않아 아버님처럼 박식해지셔서 여러 나라 말을 자유자재로 구사하실 수 있을 겁니다."

잠깐 동안 방심하고 있던 톰이 크게 소리를 질렀다.

"우리 아버지가 박식하시다고요? 우리 아버지는 제 나라 말도 제대로 하지 못합니다. 돼지우리에서 뒹구는 돼지밖에는 알아듣지 못해요. 그리고 학식으로 말할 것 같으면 기껏해야……."

톰이 고개를 쳐들자 세인트 존 경의 엄숙한 경고의 표정이 눈에 들어왔다. 그래서 하던 말을 멈추고 얼굴이 발갛게 달아올라 서글픈 목소리로 나지막하게 이렇게 말을 이었다.

"아, 내 병이 다시 괴롭히니 머리가 헷갈리는구나. 폐하를 욕되게 할 생각은 눈곱만큼도 없었는데."

그러자 엘리자베스 공주가 '동생'의 손을 자신의 두 손바닥으로 따뜻하게 쓰다듬으며 말했다.

"왕자님, 저희들도 잘 알고 있어요. 그러니 너무 신경 쓰지 마세요. 왕자님한테 잘못이 있는 게 아니라 모든 게 다 병 때문이니까요."

"참으로 따뜻하게 저를 위로해 주는군요, 공주님." 톰이 고맙게 생각하며 대꾸했다. "이런 말을 해도 되는지 모르겠지만, 마음속으로부터 진심으로 누님한테 고맙다고 말하고 싶어요."

한번은 경솔한 제인이 톰에게 간단한 그리스 말을 던졌다. 그러자 눈치 빠른 엘리자베스 공주는 톰의 무덤덤한 반응을 보고 화살이 과녁에서 빗나간 것을 알아차렸다. 그래서 톰을 대신하여 그리스 말로 나지막하게 되받은 뒤 곧바로 다른 문제로 화제를 돌렸다.

시간은 즐겁게 흘러갔고, 전반적으로 부드럽게 지나갔다. 대화의 암초나 모래톱도 점차 줄어들었고, 톰은 톰대로 점점 마음이 편해졌다. 그러고 보니 다들 자상하게 톰을 도와주려고 했고, 실수를 하더라도 하나같이 못 본 척했다. 톰은 저녁 때 런던 시장이 개최하는 연회에 두 소녀도 함께 참석할 것이라는 사실을 알고 정말로 마음이 놓였고 기뻤다. 낯선 사람들이 많은 가운데 이제 친구들이 없지 않다는 생각이 들었기 때문이다. 겨우 한 시간 전까지만 하더라도 두 소녀와 함께 그곳에 간다는 것은 견딜 수 없는 공포였을 것이다.

톰을 지켜 주는 수호신이라고 할 두 귀족은 이런 이야기가 오가는 동안 두 소녀들보다 더 마음이 조마조마했다. 마치 커다란 배를 몰고 암초가 숨어 있는 해협을 지나가는 듯한 느낌이었다. 언제나 신경을 곤두세우고 있어야 했기 때문에 그들이 맡은 일은 아이들 장난이 아니었다. 그래서 어느덧 제인과 엘리자베스의 방문 시간이 끝나가고 길퍼드 더들리 경의 방문을 알리는 기별이 오자, 하트퍼드 경과 세인트 존 경은 그들이 맡고 있는 장본인이 이 정도면 충분히 혹사당했다고 느꼈을 뿐만 아니라, 또한 그들 자신도 뱃머리를 돌려 험난한 항해를 처음부터 다시 시작할 엄두가 나지 않았다. 그래서 그들이 톰에게 이제 혼자서 쉬라고 공손하게 귀띔을 해 주자 톰은 아주 좋아했다. 멋진 청년 길퍼드 더들리 경을 영접할 수 없다는 소식을 듣고 제인만이 얼굴에 실망스러운 표정을 지었을 뿐이다.*

그때 잠시 동안 뭔가를 기다리고 있는 듯한 침묵이랄까 휴식

이 있었고, 톰은 그 의미를 이해할 수 없었다. 그래서 하트퍼드 경을 힐끗 쳐다보자 그가 톰에게 신호를 보냈다. 그러나 톰은 그 신호도 이해할 수가 없었다. 눈치 빠른 엘리자베스가 예의 그 우아한 태도로 톰을 도와주었다. 그녀는 인사를 하고는 이렇게 말했다.

"저희는 이제 그만 가 봐도 되겠지요, 왕자님?"

그러자 톰이 대답했다.

"정말이지 누이들의 부탁이라면 무슨 부탁이라도 다 들어주

＊이 무렵 열세 살가량이던 길퍼드 더들리는 튜더 가문에서 더들리 가문으로 왕 위를 양위하려는 음모의 일환으로 1553년에 제인 그레이와 결혼하도록 되어 있 었다. 그러나 이런 음모가 실패하면서 두 사람은 1554년에 처형되었다. 이 장면 에서 트웨인은 제인 그레이가 길퍼드 더들리에게 연정을 품고 있는 것으로 묘사 하고 있지만, 실제로 두 사람의 결혼은 애정이 없는 정략결혼이었다.

겠소. 나와 헤어지는 것 말고는 내 보잘 것 없는 힘이 닿는 한 무슨 일이든 기꺼이 다 들어주고 싶은데. 어쨌든 그럼 잘 가시오. 하느님의 가호가 있기를!"

그러고 나서 톰은 속으로 이런 생각을 하면서 웃었다.

'책을 읽으며 수많은 왕자들 가운데 살았던 게 아주 헛된 것만은 아니군. 그러면서 왕자들이 사용하는 세련되고 우아한 말을 조금이라도 흉내 내는 비결을 배웠으니 말이야!'

지체 높은 두 소녀가 물러가자 톰은 지친 얼굴로 두 보호자에게 돌아서서 말했다.

"모퉁이에 가서 혼자 좀 쉴 수 있게 해 주시겠습니까?"

그러자 하트퍼드 경이 말했다.

"원하시는 대로 하십시오. 저희는 언제나 왕자님이 분부를 내리시는 대로 따를 뿐입니다.* 정말로 조금 쉬실 필요가 있사옵나이다. 이제 조금 지나면 런던 시내로 행차를 떠나셔야 하니까 말입니다."

하트퍼드 경이 초인종을 누르자 시종 한 사람이 나타났다. 그는 시종에게 윌리엄 허버트 경**을 불러오라고 명령을 내렸다. 허버트 경이 부리나케 달려와서 톰을 안쪽에 있는 방으로 안내했다. 톰은 방에 들어서자마자 금방 물컵으로 손을 가져갔다. 그러자 비단과 벨벳 옷을 입은 하인 하나가 어느새 물컵을 잡고는

---

* 이 장면에서도 잘 드러나듯이 하트퍼드 경은 대체로 성격이 온순하고 청렴한 사람이었던 것으로 전해진다. 에드워드 6세는 외삼촌 곁에서 좀처럼 떨어지려고 하지 않았다고 한다.

** 윌리엄 허버트(1501~1570)는 왕비 캐서린 파의 친척으로, 추밀원의 관리로서 헨리 8세의 신임을 받았다. 헨리 8세는 유언장에서 그가 에드워드 6세 통치 시절에도 추밀원 관리로 남도록 했다.

한쪽 무릎을 꿇고 금으로 된 쟁반에 담아 그에게 건네주었다. 이에 포로 신세가 되어 피곤해진 톰은 털썩 주저앉아 혼자서 할 수 있으니 그냥 내버려 두라고 눈짓을 보내면서 반장화를 벗으려고 했다. 그러나 비단과 벨벳 옷을 입은 또 다른 훼방꾼이 나타나 무릎을 꿇고 그 일을 가로채고 말았다. 두세 번 더 혼자 힘으로 해 보려고 했지만 그때마다 번번이 저지를 당하자 톰은 마침내 포기하고 체념 섞인 한숨을 내쉬면서 중얼거렸다.

"빌어먹을! 나를 대신해 숨까지 쉬어 주겠다고 나서지 않는 게 이상하군!"

톰은 덧신을 신고 사치스러운 옷을 입은 채 자리에 누웠다. 잠을 자려는 것이 아니라 휴식을 취하려는 것이었다. 머릿속은 온갖 생각으로 가득 차 있고 방 안은 사람들로 가득 차 있기 때문이었다. 톰이 도저히 생각을 떨쳐 버릴 수가 없자 생각은 그의 마음속에 그대로 남아 있었다. 톰이 사람들을 내보내는 방법을 알지 못하자 그들도 계속 그대로 남아 있었다. 톰한테는 애석한 일이었지만 애석하기로 말하면 그 사람들도 마찬가지였다.

톰이 자리를 뜨자 그의 보호를 맡은 두 귀족은 단 둘이서만 남게 되었다. 그들은 잠시 동안 생각에 잠겨 머리를 설레설레 흔들어 대며 이리저리 방 안을 서성거렸다. 그러고 나서 마침내 세인트 존 경이 입을 열었다.

"솔직히 자넨 어떻게 생각하나?"

"솔직하게 말하라면, 내 생각은 이렇다네. 폐하께선 이제 돌아가실 날이 가까웠고, 내 생질(甥姪)은 지금 머리가 돌았어. 미치광이가 왕위에 올라 미치광이로 나라를 다스릴 걸세. 하느님

이시여, 이 영국을 굽어 살피소서! 그 어느 때보다 하느님의 가호가 필요하나이다.”

“참으로 지당한 말일세. 하지만…… 자네한테는 미심쩍은 구석이 느껴지지 않는가? ……이를테면…….”

세인트 존 경은 머뭇거리다가 마침내 입을 다물었다. 갑자기 아주 미묘한 위치에 놓여 있다는 느낌이 들었기 때문이다. 하트퍼드 경은 상대방 앞에서 걸음을 멈추고 서서 맑고 솔직한 눈으로 그의 얼굴을 뚫어지게 바라보며 말했다.

“어디 자네 이야기를 계속 들어봄세. ……이 방에는 나 말고는 아무도 없으니까. 도대체 뭐가 미심쩍다는 말인가?”

“이런 말을 하기가 몹시 싫다네. 왕자님은 자네의 가장 가까운 핏줄이 아닌가. 하지만 만약 내가 하는 말이 심하더라도 제발 나쁘게 생각하지는 말게나. 사람이 미쳤다고 해서 그렇게 행동과 태도가 달라지다니 이상하게 보이지 않는가! 행동이나 말투는 여전히 왕자님이라고 볼 수 있는데, 별로 대수롭지 않아도 한두 가지 사소한 점에선 예전과는 '다르다'는 말일세. 사람이 미쳤다고 해서 자기 아버지의 생김새며, 왕자로서의 당당함과 체통을 그렇게 깡그리 잊어버리다니 이상하게 보이지 않는가? 또 라틴어는 고스란히 남아 있고 그리스어와 프랑스어만 기억에서 사라질 수가 있는 걸까? 여보게, 너무 기분 나쁘게 생각하지는 말게. 오히려 고맙다고 할 테니 내 불안한 마음을 덜어 주게나. 난 자기가 왕자가 아니라고 한 그 말이 마음에 걸린다네. 그래서……."

"그만두게. 자넨 지금 엄청난 반역죄를 발설하고 있는 거야! 어명을 벌써 잊었는가? 나도 자네 말을 듣는 것만으로도 공범이 된다는 사실을 똑똑히 기억해 두게."

그 순간 세인트 존 경이 하얗게 질린 얼굴로 서둘러 말했다.

"내가 실수를 했네그려. 솔직히 고백하네. 제발 나를 배반하지 말게. 너그러운 아량으로 봐주게나. 앞으로 두 번 다시 이런 것을 생각하지도, 입 밖에 꺼내지도 않겠네. 자네가 나를 봐주지 않으면 난 이제 끝장이야."

"됐네. 나한테든 다른 사람한테든 앞으로는 두 번 다시 그런 소리를 입 밖에 내지 말게. 난 못 들은 것으로 해 둘 테니까. 하지만 그런 의혹일랑 떨쳐 버려야 하네. 왕자님은 내 누이의 아들일세. 젖먹이 때부터 보아 온 내가 생질의 목소리며, 생질의 생김새며, 생질의 골격을 모르겠는가? 사람이 미치면 자네가 본 것처럼 별별 희한한 행동을 다 한다네. 자네, 늙은 말리 남작이 미쳤을 때의 일이 생각나지 않는가? 예순 해 동안 하루도 빠짐없이 보아 온 자기 얼굴을 몰라보고는 자기 얼굴을 자꾸 다른 사람의 얼굴이라고 우겨 대지 않았는가 말이야. 어디 그뿐이던가? 자기 는 막달라 마리아의 아들이고, 자기 머리는 스페인제(製) 유리*로 만들었다고 주장했잖아. 유리가 박살나면 큰일이라면서 아무도 자기 머리를 만지지 못하게 했지. 그러니 여보게, 의혹이랑 떨쳐 버리게나. 틀림없는 왕자야. 내가 누구보다도 잘 알고 있으니까……. 왕자는 앞으로 곧 왕이 될 분이야. 이 점을 명심하고 무엇보다도 그걸 유념하는 게 자네한테 이로울 걸세."

세인트 존 경은 이제 추호의 의심도 없으며 다시는 그런 쓸데없는 의혹에 휘말리지는 일이 없을 것이라고 거듭 주장함으로써 자신의 실수를 어떻게든 만회해 보려 애쓰면서 대화를 좀 더 이어 갔다. 얼마 동안 대화를 나눈 뒤 하트퍼드 경은 동료에게 가서 쉬라고 말하고 자리에 앉아서 혼자 경계에 들어갔다. 곧이어 그는 깊은 생각에 빠져들었다. 그 또한 생각하면 할수록 마음이 편하지 못했다. 그래서 어느새 자신도 모르게 방 안을 서성거리며 혼잣말로 이렇게 중얼거렸다.

"그래, 왕자가 아닐 리가 없어! 같은 부모 밑에서 태어나지 않은 두 사람이 도대체 어떻게 쌍둥이처럼 그렇게 똑같이 닮을 수 있단 말인가? 설령 그런 일이 가능하다고 해도 한 쌍둥이가 다른 쌍둥이와 자리를 바꾼다는 건 더더욱 이상한 기적이지 뭐야. 아무렴, 있을 수 없는 일이라고. 있을 수 없고말고!"

그러다가 곧이어 그가 말했다.

---

* 16세기 스페인의 유리 세공업자들은 이탈리아 베네치아의 장인들이 만든 작품에 영감을 받아 정교한 모양의 값비싼 그릇을 만들었다.

 "만에 하나 그가 왕자를 자처하는 사기꾼이라면 그게 더 자
연스러운 일일 거야. 충분히 있을 법한 일이거든. 하지만 사기꾼
으로 살아온 사람이 왕이 왕자라고 부르는데도, 신하들이 왕자
라고 부르는데도, 또 모든 사람이 왕자라고 부르는데도 자신이
왕자가 아니라고 부인하고 왕위를 거절할 수 있을까? …… 그건
말도 안 돼! 어림 반 푼도 없는 일이라고! 진짜 왕자인데 머리가
돌아 버린 거야!"

7

톰이 궁전에서 한 첫 식사

오후 1시 남짓 되어 톰은 만찬에 참석하려고 옷을 갈아입는 지긋지긋한 일을 어쩔 수 없이 치러야만 했다. 아까처럼 멋진 옷을 입고 있었지만, 주름진 옷깃에서 스타킹까지 하나같이 새것으로 바꿔 입었다. 곧 톰은 화려하게 장식된 널찍한 방으로 위풍당당하게 안내되었다. 방 안에는 벌써 음식이 한 상 가득 차려져 있었다. 오직 한 사람을 위해 차려 놓은 식탁이었던 것이다. 가구들은 모두 육중한 금으로 만들어져 있었고, 거의 값을 매길 수 없을 정도로 비싼 디자인으로 화려하게 장식되어 있었다. 그 가구들은 벤베누토*가 만든 작품이었다. 방 안의 절반은 귀족 신분의 시종들로 가득 차 있었다. 톰은 오랫동안 굶주림에 시달리며 살아왔기 때문에 목사가 식사 기도를 끝내기 무섭게 음식을 향해 덤벼들었다. 그러자 바로 그 순간 버클리 백작이 톰을

* 벤베누토 첼리니(1500~1571)는 이탈리아 르네상스기 시대 유명한 조각가, 금속 세공사, 작가이다.

말리며 냅킨을 목에 둘러 주었다. 이 집안은 대대로 왕세자들의
기저귀 종류를 갈아 주는 막중한 임무를 맡아 오고 있었다. 술
따르는 귀족이 옆에서 톰이 혼자서 포도주를 따라 마시려는 것
을 기를 쓰고 막았다. 또 왕자가 먹을 음식을 도맡아 먼저 맛보
는 귀족도 있어 일단 명령만 떨어지면 독살당할 위험을 무릅쓰
고라도 의심 가는 요리를 언제라도 먹을 준비를 갖추고 있었다.
그러나 이 무렵에는 의례적인 역할만 맡고 있었을 뿐 자기의 능력을 발휘한 기회가 좀처럼 없었다. 불과 몇 세대 전까지만 해도 이 일은 위험천만했기 때문에 이 직책은 그렇게 바람직한 것이 아니었다. 도대체 왜 개나 연관공(鉛管工)한테 그 일을 시키지 않았는지 이상하게 보인다. 그러나 왕실에서 벌어지는 일 가운데 이렇게 이상한 일이 어디 한두 가지뿐이겠는가. 무슨 이유 때문인지는 알 수 없지만 제1 침실 담당관인 다시 경도 그 자리에 있었다. 분명히 그곳에 참석해 있었던 것이다. 그저 참석하는 것만으로 충분하리라. 톰의 의자 뒤에는 집사장이 서서 가까이 서 있는 급사장과 주방장의 명령에 따라 엄숙한 의식을 감독하고 있었다. 톰은 이 사람들 말고도 모두 384명의 시종을 거느리고 있었다.* 그러나 물론 이 방에는 그들 전부가 들어와 있기는커녕 그중에서 4분의 1정도도 들어와 있지 않았다. 톰으로서는 아직 그런 하인들이 존재하는지조차 알지 못하고 있었다.

그 방에 들어와 있는 사람들은 하나같이 왕자가 정신이 살짝 돌았으니 이상한 행동을 하더라도 절대로 놀란 표정을 짓지 않도록 조심하라는 교육을 단단히 받았다. 그런데 왕자의 '이상한 행동'은 얼마 가지 않아 곧 현실로 나타났다. 그러나 사람들은 오직 슬픔과 연민을 느낄 뿐 웃지는 않았다. 사랑스러운 왕자가 그렇게 몹쓸 병에 시달리고 있는 모습을 보는 것이 그들에게는 고통스러운 일이었다.

가련한 톰은 음식을 먹을 때 주로 손가락을 사용했다. 그러나 어느 한 사람 웃지 않았고, 심지어는 그 모습을 보지 못한 척했다. 톰은 호기심을 느끼며 냅킨을 유심히 바라보았다. 너무나 깨

---

* 최근 연구 결과에 따르면 헨리 8세 때 왕궁에서 시중을 든 시종의 수는 384명보다 훨씬 많은, 1000~2000명 정도였다.

끗하고 좋은 천으로 만들어져 있었기 때문이다. 그러고 나서 그는 천연스럽게 이렇게 입을 열었다.

"제발 이걸 치워 뒀으면 좋겠구나. 혹시 내가 부주의하여 더럽힐는지도 모르니까."

세습적으로 왕자의 기저귀 종류를 뒤치다꺼리해 온 귀족이 한마디 말이나 아무런 항의도 없이 냅킨을 공손히 치웠다.

톰은 무와 상추를 관심 있게 바라보고는 그것이 무엇이냐고, 또 먹어도 되느냐고 물었다. 이런 채소들은 최근에서야 홀란드에서 비싸게 수입하지 않고 비로소 영국에서 재배하기 시작했기 때문이다.* 톰의 질문에 누군가 공손하게 대답했고, 아무도 놀라는 표정을 짓지 않았다. 디저트를 끝내자 톰은 호주머니에 호두를 가득 쑤셔 넣었지만, 역시 아무도 알은척하거나 놀라지 않았다. 그러나 다음 순간 톰은 그 일이 어쩐지 마음에 걸리는 듯 불안한 내색을 했다. 식사를 끝낼 때까지 톰이 자기 손으로 직접 할 수 있었던 행동이라고는 방금처럼 호두를 호주머니에 집어넣는 것뿐이었다. 그것이 왕자답지 못한 부적절한 행동이라는 것을 톰은 의심하지 않았다. 바로 그때 그의 코가 벌름거리기 시작하더니 코끝이 들썩거리면서 주름살이 생겼다. 이것이 지속되자 톰은 점점 불안해졌다. 그래서 애원이라도 하듯 주위에 있는 시종 한 사람을 쳐다보다가 또 다른 시종을 쳐다보았으며, 그의 눈가에는 어느새 눈물이 그렁그렁 고여 있었다. 시종들은

---

* 상추나 순무 또는 당근 같은 채소를 영국에서 재배하기 시작한 것은 헨리 8세 재위 마지막 기간 중이었다. 그때까지만 해도 영국은 이런 채소를 홀란드와 플랑드르에서 수입했다. 캐서린 여왕은 샐러드를 먹고 싶을 때 심부름꾼을 일부러 유럽에 보내 채소를 사 오게 했다.

얼굴에 당황하는 빛을 띠고 달려와 어디 불편한 데가 있느냐고 물었다. 그러자 톰은 몹시 고통스럽게 말했다.

"너그럽게 봐주시오……. 내 코가 근질거려서 미칠 것만 같아서 그러니! 이런 위급한 상황에선 어떻게 해야 예의와 법도에 어긋나지 않는 것이오? 제발 어서 빨리! 이제는 더 이상 참을 수 없을 것만 같소."

그러나 아무도 웃지 않고 모두들 어찌할 바를 모르고 있었다. 좋은 방법을 생각해 내려고 무척 고심하며 서로의 얼굴만 바라볼 뿐이었다. 아, 갑자기 눈앞에 깎아지를 듯한 장벽이 나타났는데, 영국 역사를 아무리 샅샅이 훑어보아도 이 문제를 해결할 방법을 도무지 찾을 수가 없었다. 그 자리에는 도움을 줄 수 있는 의전 담당관조차 없었다. 해도(海圖)에도 나와 있지 않은 이 바다를 안심하고 과감히 항해하거나, 위험을 무릅쓰고 이 엄숙한 문제를 해결하려는 사람이 단 한 사람도 없었다. 아, 슬프게도 세습적으로 이 일을 맡아 온 스크래처 경이 이 자리에 없지 않은가! 그러는 동안 눈물이 넘쳐 톰의 두 뺨을 타고 주르르 흘러내리기 시작했다. 근질거리는 코는 더욱 다급하게 살려 달라고 애원하고 있었다. 마침내 생리적인 본능 앞에서 예의범절이라는 장벽을 허물어져 내렸다. 톰은 마음속으로 자기가 코를 긁는 것이 잘못된 행동이라면 용서해 달라고 기도를 드리고는 직접 코를 긁는 바람에 시종들에게 마음의 부담을 덜어 주었다.

톰이 식사를 모두 마치자 귀족 한 사람이 입과 손가락을 씻으라고 달콤한 장미 향수가 담긴, 바닥이 넓고 얕은 순금 접시를 가져왔다. 대대로 기저귀 종류를 갈아 온 귀족은 옆에서 냅킨을 들고 대기하고 있었다. 톰은 난감한 표정을 지으며 잠깐 그 그릇

을 바라보더니 그것을 입에 갖다 대고 엄숙하게 쭉 들이켰다. 그러고 나서 옆에 서 있는 귀족에게 접시를 돌려주며 말했다.

"어이구, 역겨워라. 냄새는 좋은데 맛이 밍밍하구나."

왕자의 정신이 혼란스러워 생긴 이런 행동은 또 한 번 주위 사람들의 가슴을 아프게 했지만 아무도 이 서글픈 광경을 보고 웃는 사람이 없었다.

톰은 그 뒤에도 또 한 번 얼떨결에 실수를 저질렀다. 목사가 왕자의 의자 뒤에 서서 두 손을 높이 들고 위로 쳐든 두 눈을 꼭 감고 막 기도를 드리려는 순간 톰은 자리에서 일어나 식탁을 떠나려고 했다. 그러나 왕자의 엉뚱한 행동을 의식하는 사람은 아

무도 없는 것 같았다.

부탁한 대로 우리의 꼬마 친구는 그의 사실로 안내되어 혼자서 하고 싶은 일을 하도록 그냥 내버려 두어졌다. 참나무 징두리 벽판에는 온통 화려한 무늬가 금박으로 박힌 갑옷 여러 벌이 반짝거리며 걸려 있었다. 이 전투용 갑옷과 투구는 진짜 왕자의 것으로 얼마 전 여왕인 마담 파한테서 받은 선물이었다. 톰은 정강이받이며 긴 장갑이며 깃털 달린 투구 같은 그런 것들을 남의 도움을 받지 않고 걸칠 수 있는 데까지 걸쳤다. 한번은 도움을 청하여 갑옷을 전부 입어 볼까 하는 생각도 했다. 바로 그때 톰은 아까 식사를 끝낸 뒤 주머니에 집어넣었던 호두가 생각났다. 아무도 보는 사람이 없는 가운데, 원하지도 않는데 괜히 도와준다고 사사건건 참견하는 귀족들 없이 혼자 호두를 까먹으면 재미있을 것 같았다. 그래서 멋들어진 갑옷을 도로 제자리에 걸어 두고는 호두를 까기 시작했다. 그가 지은 죗값으로 하느님께서 그를 왕자가 되게 한 뒤 처음으로 톰은 정말 행복했다. 호두를 모두 까먹은 그는 책장 속에서 읽을 만한 책을 뒤져 보았다. 그중에는 영국 왕실의 예법에 관한 책도 한 권 있었다. 이 책이야말로 그에게는 더없이 소중한 보물과 다를 바 없었다. 그는 호화로운 긴 의자에 몸을 기대고 누워 열심히 공부하기 시작했다. 우리는 당분간 그가 그곳에서 책을 읽고 있도록 내버려 두기로 하자.

8
국새의 행방

5시쯤 개운치 않은 낮잠에서 깨어난 헨리 8세는 이렇게 혼자서 중얼거렸다.

"어지러운 꿈이로고! 정말로 어지러운 꿈이야! 이제 죽을 날이 멀지 않았어……. 이런 징조만 보아도 알 수 있지. 맥박이 시원찮은 걸 봐도 그걸 확인할 수 있거든."

곧이어 왕의 눈에 사악한 빛이 이글거리더니 혼잣말로 이렇게 중얼거렸다.

"하지만 그놈을 보내기 전에 내가 먼저 죽을 수야 없지!"

왕이 잠에서 깨어난 것을 보고 시종 하나가 지금 침실 밖에서 기다리고 있는 대법관*을 접견하겠느냐고 물었다.

---

* 이 무렵 대법관은 티치필드의 리오시슬리 남작인 토머스 리오시슬리(1505~ 1550)로, 국새를 보관하는 직책을 맡았다. 그는 앤 애스큐를 처형하는 데 앞장섰을 뿐만 아니라 노퍽 공작과 서리 공작에게 반역죄 혐의를 뒤집어씌우는 데도 일조했다.

"들여보내도록 하라! 어서 들여보내도록 해!" 왕이 다급한 목소리로 외쳤다.

대법관이 들어와 왕의 침대 옆에 무릎을 꿇고 앉아서 말했다.

"소인이 명령을 내렸사옵니다. 그리고 지금 의원들이 어명을 받들어 의사당에서 노퍽 공작의 운명을 확정지은 뒤* 폐하의 다음 분부를 기다리고 있사옵니다."

그러자 왕의 얼굴이 기쁨으로 환하게 밝아졌다. 그가 이렇게 말했다.

"나를 일으켜 다오! 의사당에 직접 가서 짐의 손으로 직접 사형 집행 승인서에 마지막으로 국새(國璽)를 찍어 녀석을 없애 버려야……."

그 순간 왕의 목소리에서 기운이 빠지더니 그의 뺨이 어느새 홍조가 없어지고 잿빛으로 변했다. 시종들은 베개를 받쳐 왕의 몸을 편하게 누인 뒤 서둘러 강장제를 먹였다. 이윽고 왕은 서글픈 목소리로 말했다.

"아, 이날이 오기를 얼마나 학수고대했던고! 아, 하지만 너무 늦게 오는 바람에 모처럼의 기회를 놓쳐 버리고 마는구나! 서둘러라, 어서 서둘러! 짐하고는 인연이 닿지 않는 일이니 다른 사람에게 대신 맡겨야겠구나. 국새를 위임할 테니…… 그대가 그 일을 할 만한 책임자들을 골라 보게……. 그럼 어서 가서 일을 보도록 해. 어서 서두르라니까! 내일 해가 지기 전까지는 내 눈으로 볼 수 있도록 그 녀석의 머리통을 갖고 와!"

"어명을 받들겠나이다. 그럼 국새를 제게 넘기라는 분부를

---

* 영국 의회는 노퍽 공작의 처형 날짜를 1547년 1월 28일로 정했다. 그러나 트웨인은 이 작품에 실린 주(註)에서 이 날짜를 1월 29일로 잘못 표기하고 있다.

내려 주시겠습니까? 그래야만 제가 임무를 수행할 수 있사옵니다.”

"국새를 넘기라니! 그대 말고 누가 그 국새를 보관하고 있다는 말인가?”

"아뢰옵기 황공하오나, 폐하께서 노퍽 공작의 사형 집행서에 손수 도장을 찍기 전까지는 아무 쓸모가 없다고 하시면서 이틀 전에 도로 가져가셨나이다.”

"아, 그랬지. 이제 기억이 나는군……. 그런데 그걸 내가 어떻게 했더라……? 왜 이리 기운이 없는지……. 요사이 짐의 기억이 곧잘 배신한다니까……. 요상한 일이로고……. 참으로 요상한 일이야…….”

왕은 알아듣기 어렵게 혼자서 중얼거리고 백발이 성성한 머리를 이따금 좌우로 흔들어 대면서 국새를 어떻게 했는지 기억해 내려고 안간힘을 썼다. 마침내 하트퍼드 경이 무릎을 꿇고 왕에게 귀띔을 해 주었다.

"폐하, 아뢰옵기 황송하오나, 소인과 마찬가지로 이 자리에 있는 몇 사람이 기억하기로는, 폐하께서 국새를 왕자님의 손에 맡기시면서 훗날에 대비하라고……."

"옳거니, 옳아!" 왕이 그의 말을 가로막았다. "그걸 가져오너라! 어서 빨리 가라……. 시간이 화급하구나!"

하트퍼드 경은 톰에게 쏜살같이 달려갔지만 시간이 얼마 흐르지 않아 근심스러운 표정을 지으며 빈손으로 되돌아왔다. 그러고는 왕에게 이렇게 아뢰었다.

"폐하, 그리 반갑지 않은 소식을 전해 드려야 하는 소인의 가슴이 괴롭습니다. 하느님께서는 아직 왕자님의 병환을 낫게 하실 생각이 없으신가 봅니다. 왕자님께선 국새를 받은 일을 전혀 기억하지 못하고 있습니다. 그래서 왕자님이 쓰시는 그 수많은 방과 사실을 모조리 뒤지려면 귀중한 시간만 낭비하고 헛수고일 것 같다고 사료되어 먼저 보고를 드리기 위해 이렇게 달려왔사옵니다……."

그러자 그 순간 왕의 입에서 신음 소리가 새어 나오는 바람에 하트퍼드 경은 입을 다물고 말았다. 잠시 뒤 왕은 슬픔에 가득 찬 목소리로 말했다.

"그 불쌍한 아이를 더 이상 괴롭히지 마라. 하느님의 손길이 왕자에게 어찌 그리 가혹하신지. 짐의 가슴은 왕자에 대한 연민과 슬픔으로 터질 것만 같구나. 유감스럽게도 이 늙은이의 근심 많은 어깨에 왕자의 고뇌까지 더 얹었다가는 더 이상 견딜 수가 없어. 그러니 왕자를 그냥 내버려 두어라."

왕은 두 눈을 감고 몇 마디 혼잣말로 중얼거리기 시작하다가 얼마 뒤 침묵에 잠겼다. 잠시 뒤 다시 눈을 뜨고 주위를 명하니 둘러보다가 아직도 무릎을 꿇고 있는 대법관에게 시선이 멈추었다. 그러자 왕은 노여움으로 얼굴을 붉히면서 이렇게 호통쳤다.

"아직도 이곳에 있는 게냐! 그 역적 놈을 내일까지 처단하지 않는다면 경(卿)의 목도 성치 못하리라!"

그러자 대법관이 벌벌 떨면서 변명에 나섰다.

"폐하, 자비를 베풀어 주시옵소서! 소인은 다만 국새를 기다리고 있을 뿐입니다."

"이봐, 그렇게도 머리가 돌아가지 않는단 말이냐? 외국을 방문하면서 갖고 갔던 작은 옥새가 아직 내 금고에 들어 있지 않은가. 국새가 없으면 작은 옥새라도 사용해야 하지 않으냐 말이야? 머리가 그렇게 돌아가지 않아? 어서 썩 물러가거라! 그리고 내 말을 잘 들어라……. 그놈의 모가지를 갖고 오기 전에는 내 앞에 다시는 얼씬 거리지도 마라!"

가련한 대법관은 곧바로 이 위험한 자리에서 빠져나갔다. 또한 왕실 의원회도 시간을 허비하지 않고 곧바로 노예처럼 비굴한 의회의 결의안에 동의하여 이튿날 아침에 영국의 최고 귀족인 불운한 노퍽 공작을 목을 베어 처형하기로 결정을 내렸다.*

---

* 영국 상원은 죄인을 심문하지도 않고 재판이나 증거도 없이 노퍽 공작의 권리를 박탈하는 결의안을 통과하여 하원으로 내려 보냈다. 왕의 명령을 고분고분하게 따르던 하원은 노퍽 공작의 처형을 결의했다. 헨리 8세는 이 결의안을 최종적으로 승인하는 도장을 찍어 1월 29일 아침에 처형하라는 명령을 내렸다.

9
강변의 행렬

그날 밤 9시가 되자 강과 맞닿은 궁정의 널찍한 기슭 전체가 불빛으로 환하게 타올랐다. 강은 런던 시내 쪽으로 시선이 닿는 데까지 멀리 나룻배와 유람선으로 가득 차 있었다. 배들이 온갖 색깔의 등불을 달고 잔잔한 물결에 흔들거리고 있어 마치 부드럽게 불어오는 여름 바람에 꽃들이 넘실거리는, 끝없이 펼쳐진 화려한 정원과 같았다. 궁전에서 강 아래쪽으로 내려가는 널찍한 돌계단 테라스는 한 폭의 그림처럼 참으로 볼 만했다. 웬만한 독일 공국(公國)의 군대가 모두 들어서도 비좁지 않을 만큼 넉넉했다. 그 테라스 위에서는 우아한 갑옷 차림에 미늘창을 든 병사들과 화려한 옷을 입은 하인들이 서둘러 행사 준비를 하느라 계단 위에서 좌우로 상하로 부지런히 움직이고 있었던 것이다.

이윽고 명령이 떨어지자 사람들은 즉시 계단에서 모두 자취를 감추었다. 이제 숨을 죽일 듯한 박진감과 기대감이 공중에 감돌았다. 시선이 닿는 데까지 멀리 바라보면 배에 탄 사람들이 자리에서 일어나 손으로 등불과 횃불의 눈부신 빛을 가리면서 궁전 쪽을 바라보고 있었다.

마흔에서 쉰 척쯤 되어 보이는 왕실의 배가 일렬종대로 계단 쪽에 모여들었다. 금빛으로 장식한 배들의 뱃머리와 배꼬리는 정교하게 조각되어 있었다. 그중 어떤 배들은 깃발과 장식 리본으로 치장하고 있었다. 어떤 배들은 문장(紋章)을 수놓은, 금실을 넣어 짠 천과 아라스 천으로 장식하고 있었다. 비단으로 만든 깃발에 헤아릴 수 없이 많은 은종을 달아서 산들바람이 불 때마다 영롱한 음악을 이슬비처럼 흩뿌리는 배도 있었다. 그런가 하면 왕자를 가까이에서 모시는 귀족들의 소유로 좀 더 멋을 부린 어떤 배들은 뱃전에 문장을 화려하게 아로새긴 방패들을 두르고 있었다. 왕실 배는 저마다 거룻배 한 척이 끌고 있었는데, 이 거룻배에는 노 젓는 사람 말고도 반질반질한 투구와 가슴받이를 걸친 많은 병사와 악사 들이 타고 있었다.

마침내 오늘 벌어질 행렬의 선발대, 즉 미늘창을 치켜든 한 무리의 병사들이 거대한 궁전 문에 모습을 드러냈다. 이 무렵의 역사가는 이 광경을 이렇게 기록하고 있다.

그들은 검은색과 황갈색의 긴 줄무늬 양말을 신고 있었고, 양 옆에 은색 장미가 달린 벨벳 모자를 쓰고 있었다. 오디 같은 붉은색이나 푸른색 천으로 만든 웃옷은 배와 등에 왕자의 기장(記章)인 '깃털 세 개'*를 금실로 수놓고 있었다. 그들이 들고 있는 미늘창 장대는 진홍색 벨벳으로 덮여 있었고, 금박을 입힌 못

---

* 은색 타조 깃털로 영국 왕세자의 기장 중 하나였다. 기장은 깃발에 달거나 하인 혹은 시종 들이 부착한 표지로, 왕세자의 문장에는 깃털 모양이 없었다.

으로 고정되어 있었으며, 금술로 장식되어 있었다. 선발대는 좌우 이열종대로 나뉘어 궁전 문에서 물가까지 줄지어 섰다. 곧이어 금색과 진홍색 제복을 한 왕자의 시종들이 두 줄로 늘어선 병사들 사이에 번쩍거리는 두꺼운 양탄자를 깔아 놓았다. 그 작업이 끝나자 안에서 트럼펫 소리가 우렁차게 울려 퍼졌다. 배에 타고 있던 악사들도 활기찬 서곡을 연주했다. 그러자 하얀 막대를 든 의전관 두 명이 느릿느릿 당당하게 앞으로 걸어 나왔다. 그 뒤를 시민 직장(職杖)을 든 관리 한 사람이 뒤따르고, 다시 그 뒤로 또 다른 관리가 런던 시의 검(劍)을 들고 걸어 나왔다.* 뒤이어 런던 시 수비대에 소속된 병사 몇 명이 완전 무장한 차림으로 소매에 기장을 달고 나타났다. 이어 최고 문장관(紋章官)**이 갑옷 위에 입는, 문장 박은 겉옷을 입고 걸어 나왔고, 그 다음에는 바스 훈작 기사(騎士) 몇 명이 소매에 하얀 레이스가 달린 옷을 입고 나타났다. 그 뒤로는 향사(鄕士)가 나타났고, 진홍색 법복과 하얀 법모를 쓴 판사들의 모습이 보였다. 담비 모피를 가장자리에 댄 진홍색 관복의 앞쪽을 열어젖혀 입은 영국 대법관이 그 뒤를 이어 나타났다. 이어서 소매 없는 진홍색 외투를 걸친 시의회 대표단, 그리고 각종 시민 단체의 우두머리들이 각각 예복을 입고 나타났다. 이번에는 프랑스 신사 열두 명이 화려한 옷차림으로 계단을 따라 내려왔는데, 그들은 금으로 줄무늬를 넣은 흰 다마스크 천의 푸르프앙***에 자줏빛 벨벳의 짧은 망토, 그리고 카네이션 색깔의 반바지를 입고 있었다. 그들은 프랑스 대사관에 근무하는 관리였다. 그 뒤를 이어 어떤 장식을 해도 단조롭게 보이는 검은색 벨벳 옷을 입은 스페인 대사관의 기

---

* 직장과 검은 런던 시의 시장과 치안 판사의 권위를 상징하는 물건이다. 직장은 1735년에 처음 사용했고, 검은 1571년에 엘리자베스 1세 여왕으로부터 하사받았다.

** 문장관은 영국에서 가장 오래된 기사 조직으로, 1348년경에 설립된 가터 훈작사단(勳爵士團)의 모든 의식을 책임지고 있다. 또한 문장관은 계보 문장원(系譜紋章院)의 행정관이자 문장원 총재의 수석 보좌관이다.

*** 14~17세기에 프랑스 남성이 입었던 솜 누비 조끼.

사 열두 명이 나타났다. 그리고 마지막으로 영국의 내로라하는 귀족들이 저마다 시종을 거느리고 모습을 드러냈다.*

안쪽에서 요란하게 트럼펫 연주가 들리더니 뒷날 서머싯 공작**이 되는 왕자의 외삼촌이 문에서 걸어 나왔다. '금실을 섞어 짠 검은색 웃옷에 금으로 꽃무늬 장식을 하고 은 그물로 리본 장식을 한 자줏빛 공단 외투'로 멋을 부리고 있었다. 그는 돌아서서 깃털 모자를 벗은 뒤 허리를 가볍게 한 번 숙이고 뒷걸음을 치기 시작하면서 한 걸음 옮길 때마다 한 번씩 인사를 했다. 요란한 트럼펫 소리가 길게 울리자 누군가가 큰 소리로 외쳤다.

"지극히 높고 전능하신 에드워드 왕세자님 납시오!"

그러자 궁궐 담벼락 저 높이로 요란한 폭죽 소리와 함께 한 줄기 불꽃이 붉은 혓바닥을 길게 내밀고 뻗어 나갔다. 강 위의 군중이 일제히 기쁨의 환호를 질렀다. 그러자 오늘 행사의 장본인이요 주인공인 톰 캔티가 사람들이 볼 수 있는 곳으로 뚜벅뚜벅 걸어 나와 살짝 고개를 숙이는 것이 아닌가! 왕자의 모습에 대해 역사가는 이렇게 묘사하고 있다.

그는 새하얀 공단으로 지은, 허리가 잘록 들어간 웃옷을 입고 있었다. 자줏빛 얇은 명주 천을 댄 웃옷의 앞부분에는 다이아몬드가 반짝반짝 빛났고 담비 털로 테를 둘렀다. 왕자는 이 웃옷 위에 금실로 수놓은 새하얀 망토를 걸치고 있었다. 망토에는 삼

---

* 트웨인은 이를 영국 역사에서 직접 인용했다고 하지만, 인용 문헌을 확인할 수 없으므로 실제로는 그가 직접 쓴 것으로 보는 학자가 적지 않다.
** 이 무렵에는 하트퍼드 백작이었던 에드워드 시모어를 가리킨다.

중 깃털로 돋을 장식을 하고, 푸른색 공단으로 안감을 댔으며, 진주와 값진 귀금속이 사방에 박혀 있었고, 브릴리언트 형태의 다이아몬드 버클로 고정되어 있었다. 그의 목 주위에는 가터 훈장*을 비롯하여 외국에서 받은 각종 훈장이 주렁주렁 매달려 있었다.

---

* 기사 훈작 중 가장 높은 훈작으로, 영국 왕위를 물려받을 후계자는 자동적으로 이 훈작을 받을 자격이 생기지만 왕세자로 정식 추대될 때 비로소 작위를 받는다. 에드워드 튜더는 공식적으로 왕세자로 추대를 받은 적이 없기 때문에 실제로는 이 장면에서 가터 훈장을 달고 있을 수 없었을 것이다.

빛이 왕자한테 쏟아질 때마다 보석들은 눈부신 광채로 답례를 보냈다. 아, 오두막에서 태어나 런던의 빈민굴에서 자랐으며 누더기 옷과 흙먼지와 가난을 벗 삼아 살아온 톰 캔티여, 이 얼마나 꿈같이 황홀한 장면인가!

10
궁지에 빠진 왕자

우리는 존 캔티가 진짜 왕자를 오펄코트로 질질 끌고 가고 동네 사람들이 재미있다는 듯이 시끌벅적 떠들면서 그 뒤를 따라가는 장면에서 끝을 냈더랬다. 군중 가운데에는 그에게 아이를 풀어 주라고 간절히 요청하는 사람이 오직 한 명 있었지만 그의 말에 아무도 주의를 기울이지 않았다. 사실 사람들이 시끄럽게 떠드는 소리 때문에 그의 말이 전혀 들리지 않았다. 왕자는 캔티의 손아귀에서 빠져나오려고 계속 안간힘을 썼고, 자신이 지금 받고 있는 부당한 대우에 대해 버럭 화를 냈다. 그러자 마침내 존 캔티는 그나마 남아 있던 쥐꼬리만 한 자제력을 잃고 갑자기 화를 내며 왕자의 머리 위로 참나무 몽둥이를 번쩍 들어올렸다. 그러자 아이를 풀어 주라고 혼자서 호소하던 사람이 갑자기 튀어나와 사내의 팔을 가로막는 바람에 몽둥이가 그만 그의 손목 위로 떨어지고 말았다. 그러자 존 캔티가 고래고래 소리를 질렀다.

"그래 네놈이 끼어들겠다는 거냐? 그렇다면 어디 맛 좀 봐라!"

존 캔티의 몽둥이가 참견하는 사람의 머리 위에 쾅 하고 떨어졌다. 신음 소리가 들리면서 희미한 형체가 군중의 발치로 쿵 하고 넘어졌다. 다음 순간, 그 형체는 어둠 속에 홀로 그렇게 나동그라져 있었다. 이런 사건이 있었는데도 사람들은 아무렇지도 않은 듯 여전히 재미있어하면서 계속 앞으로 나아갔다.

마침내 왕자는 존 캔티의 집으로 들어서게 되었고, 문이 쿵하고 닫히는 바람에 구경꾼들은 들어가지 못한 채 바깥에 모여있었다. 왕자는 병에 꽂아 넣은 양초의 희미한 불빛으로 이 끔찍한 소굴의 주요 모양새와 그 안에서 살고 있는 사람들을 그런대로 볼 수 있었다. 한쪽 구석에는 꾀죄죄한 여자아이 둘과 중년 여자 하나가 벽을 등지고 움츠리고 있었다. 가혹하게 매를 맞는 데 익숙한 짐승들이 곧 매를 맞게 될 것을 기다리며 겁을 집어먹고 있는 모습이었다. 머리가 희끗희끗하고 두 눈에 악의를 품고 있는, 얼굴이 쪼글쪼글한 노파 하나가 방의 다른 구석에서 슬그머니 걸어 나왔다. 존 캔티는 이 할머니한테 말했다.

"기다려 보시오! 멋들어진 무언극 공연이 있을 테니까요. 굿이나 보시고 떡이나 얻어먹으시라고요. 그러고 나서 생각이 있으면 어디 한번 그 매서운 손을 놀려 보시지요. 어서 선뜻 나서봐라, 이놈아. 어서 그 미친 바보 같은 소리를 다시 한 번 지껄여보란 말이다. 설마하니 잊어버리지는 않았을 테지. 네 이름을 대보아라. 네가 누구라고?"

이렇게 모욕을 당하자 다시 한 번 어린 왕자의 뺨에 피가 솟구치는 듯했다. 왕자는 노여움에 찬 눈빛으로 사내의 얼굴을 빤히 노려보고는 이렇게 말했다.

"그대가 나한테 이렇게 무엄하게 명령하는 것은 오직 버릇없이 자랐기 때문이로다. 아까도 말했고 지금 다시 한 번 말하지만, 나는 다름 아닌 에드워드 왕세자요."

이 말을 듣자 어이가 없었는지 노파는 서 있던 자리에 장승처럼 그대로 서서 숨도 제대로 내쉬지 못하는 듯했다. 노파는 놀라고 얼빠진 표정으로 왕자를 뚫어지게 바라보았다. 악당 같은

그녀의 아들은 이 모습을 보고 너무 우스꽝스러워서 갑자기 배꼽을 잡고 웃었다. 그러나 톰 캔티의 이런 행동에 그의 어머니와 누나들은 전혀 다른 반응을 보였다. 매를 맞을는지도 모른다는 두려움이 갑자기 다른 종류의 고통으로 바뀌었다. 그들은 얼굴에 슬픔과 실망의 빛을 띠고 앞으로 달려 나오면서 큰 소리로 부르짖었다.

"아, 불쌍한 톰, 불쌍한 내 새끼!"

그의 어머니는 왕자 앞에서 무릎을 꿇더니 그의 어깨에 두 손을 얹고 눈물을 글썽거리면서 동정하는 표정으로 그의 얼굴을 뚫어지게 바라보았다. 그러고 나서 그녀는 말했다.

"아, 가엾은 내 새끼! 바보처럼 책만 읽더니 기어이 일을 저지르고 말았구나. 머리가 돌아 버렸어! 아, 이 어미가 책을 읽지 말라고 그렇게 말렸건만 왜 그렇게 고집을 부렸니! 넌 이 어미의 가슴을 찢어 놓는구나!"

왕자는 여인의 얼굴을 빤히 들여다보면서 조용히 말했다.

"부인, 그대의 아들은 말짱하오. 미치지 않았소. 그러니 안심하오. 그대의 아들이 있는 왕궁으로 나를 데려다 주오. 그러면 왕이신 우리 아버지께서 그대의 아들을 돌려보내실 거요."

"네 아버지가 왕이라고! 아, 내 아들아, 그 끔찍한 말을 어서 취소해라. 그렇지 않으면 넌 죽음을 면치 못할 거야. 네 가까이 있는 우리 식구도 목이 성치 못할 것이고. 어서 이 몹쓸 꿈에서 깨어나렴. 종잡을 수 없이 헛소리하지 말고 정신을 다시 차려 보렴. 나를 똑바로 쳐다보아라. 난 너를 낳았고 너를 사랑하는 어미가 아니냐?"

그러자 왕자는 고개를 가로저으면서 내키지 않지만 마지못해 입을 열었다.

"내 이런 말을 하여 그대의 가슴을 아프게 하기는 죽기보다 싫지만, 솔직히 말해서 난 그대의 얼굴을 한 번도 본 적이 없소."

여인은 바닥에 그대로 털썩 주저앉더니 두 손으로 눈을 가리고 가슴이 찢어진 듯 통곡하며 흐느껴 울기 시작했다.

"그래, 연극을 계속해라!" 캔티가 버럭 소리를 질렀다. "어이, 낸! 어이, 베트! 이 버르장머리 없는 것들아, 왕자님 앞에서 그렇게 뻣대고 서 있기만 할 참이냐? 어서 무릎을 꿇고 머리를 조아리지 못할까, 이 거지 발싸개 같은 계집들아!"

그러더니 캔티는 너털웃음을 웃었다. 여자아이들은 기어들어가는 목소리로 남동생을 위해 애원했다. 낸이 말했다.

"이 애를 그만 재우는 게 좋겠어요, 아버지. 한숨 푹 자면서 쉬고 나면 제정신으로 돌아올 거예요……. 그러니 제발 부탁이에요!"

"그래요, 아버지." 베트도 맞장구를 쳤다. "그 애는 보통 때보다 더 피곤해 보여요. 그러니 내일 아침 제정신이 돌아오면 부지런히 동냥을 다닐 거고, 다시는 빈손으로 집에 돌아오지 않을 거예요."

이 말을 듣자 아버지의 장난기도 누그러들 수밖에 없었고 그래서 생각을 가다듬었다. 그는 성난 표정으로 왕자에게 몸을 돌리고 이렇게 말했다.

"내일 이 짐승 굴 같은 집을 소유하고 있는 주인에게 2펜스를 줘야 한다……. 잘 들어라, 2펜스다……. 반년치 집세란 말이야. 만약 그걸 내지 않으면 우린 쫓겨나게 돼. 게으름을 부리더니 얼마나 구걸해 왔는지 꺼내 보아라!"

그러자 왕자가 쏘아붙였다.

"자네의 그 더러운 돈 문제로 내 비위를 건드리지 마오. 다시 한 번 말해 두거니와, 나는 왕의 아들이오."

존 캔티의 두툼한 손바닥이 왕자의 어깨를 철썩 후려갈기자 왕자는 비틀거리다가 캔티 부인의 팔에 안겼다. 그러자 여인은 그를 가슴에 꼭 껴안은 채 세차게 쏟아지는 주먹질을 자기 몸으로 막아 내며 그를 보호해 주었다. 겁에 질린 두 딸은 자신들의 모퉁이로 도망쳤지만 할머니는 기를 쓰고 걸어 나와서 아들을 거들었다. 왕자는 갑자기 캔티 부인의 몸에서 빠져나오면서 이렇게 소리를 질렀다.

"나 때문에 고통을 겪어선 안 되오, 부인. 돼지같이 무식한 사람들이 나를 가지고서 하고 싶은 대로 하도록 그냥 내버려 두시오!"

이 말을 듣고 격분한 돼지 같은 두 사람은 너무나 화가 난 나머지 곧바로 그에게 그야말로 본때를 보여 주기 시작했다. 그들은 왕자를 가운데 두고 신나게 두들겨 팬 뒤, 캔티 부인과 두 여자 아이에게도 왕자를 동정했다는 이유로 매질을 했다.

"이제 됐다. 다들 가서 자라. 한바탕 신나게 놀았더니 나도 피곤하구나." 캔티가 말했다.

불이 꺼지고 식구들이 잠자리로 돌아갔다. 집안의 가장(家長)과 그 어머니가 드렁드렁 코를 골며 잠에 곯아떨어지자마자 여자아이들이 왕자가 누워 있는 곳으로 살금살금 기어가 지푸라기와 누더기 옷을 조용히 덮어 추위를 막아 주었다. 또 그들의 어머니도 살그머니 기어가 왕자의 머리카락을 쓰다듬고 울면서 귀에다 대고 얼마 동안 띄엄띄엄 위로와 애정의 말을 속삭였다. 캔티 부인은 아들에게 주려고 음식을 조금 남겨 놓았지만 그 사내아이는 너무 아파서 도무지 먹고 싶은 생각이 들지 않았다. 적어도 맛없는 검은 빵 부스러기는 말이다. 사내아이는 그 여인이 희생을 치르면서까지 용감하게 자기를 지켜 주고 동정을 베풀어 준 것에 감동을 받았다. 그래서 아주 정중하고 예의 바르게 고맙다고 말한 뒤 어서 가서 잠을 청해 슬픔을 잊어버리라고 권했다. 그러면서 자신의 아버지이신 왕께서 그녀의 친절하고 헌신적인 행동에 반드시 큰 보상을 내리실 것이라고 덧붙였다. 이렇게 아들이 다시 '미친' 상태로 돌아오자 그녀는 가슴이 찢어지는 듯 아이를 가슴에 안고 또 안고 하다가 마침내 눈물에 흥건히 젖어 잠자리로 돌아갔다.

캔티 부인은 슬픔에 잠긴 채 자리에 누워 이 생각 저 생각을 하며 뒤척거리고 있었다. 그때 그 아이가 미쳤건 제정신이건 자기 아들인 톰 캔티와는 어딘지 모르게 다른 데가 있다는 생각이 슬며시 들기 시작했다. 뭐라고 설명하거나 딱 꼬집어 말하기는 어려워도 어머니만이 느끼고 찾아낼 수 있는 본능으로 그것을 알 수 있었다. 만약 저 아이가 정말로 내 아들이 아니라면 어떻게 하지? 아, 그건 말도 되지 않는 소리야! 비록 슬픔과 괴로움에 젖어 있었지만 그런 생각을 하니 살며시 미소가 떠올랐다. 어쨌든 그 생각은 쉽게 '가라앉지' 않고 끈질기게 그녀의 머릿속에 남아 있었다. 그 생각이 계속 따라다니며 그녀를 괴롭히면서 떨어지지 않고 붙어 다니는 바람에 그녀는 좀처럼 그 생각을 접어 두거나 무시할 수가 없었다. 마침내 캔티 부인은 그 아이가 자기 아들인지 아닌지를 한 점 의혹도 없이 명백하게 입증할 수 있는 한 가지 실험을 하여 이런 걱정스러운 의심을 불식할 때까지는 마음의 평화를 얻을 수 없음을 깨달았다. 아, 이것이야말로 분명히 난국을 해결할 수 있는 옳은 방법이었던 것이다. 그래서 그녀는 어떤 실험을 하면 좋을는지 머리를 짜내기 시작했다. 그러나 제안하기는 쉬워도 막상 그럴 듯한 방법을 찾아내려고 하자 보통 어려운 일이 아니었다. 이렇게 하면 어떨까, 저렇게 하면 어떨까 하고 궁리에 궁리를 거듭했지만 모두 포기하지 않으면 안 되었다. 어느 것 하나 완벽하게 확실하지 않았고, 어느 것 하나 철두철미하게 완벽하지 않았기 때문이다. 그녀는 완벽하지 않은 실험에 만족할 수 없었다. 아무리 머리를 쥐어짜고 또 쥐어짜 보아도 모두 헛수고였다. 이제 이 문제를 포기해야 할 듯했다. 이렇게 실망스럽게 계획을 포기하려 생각하고 있을 때 그녀의 귀에 아이가 고르게 숨을 쉬는 소리가 들렸다. 그녀는 그 아이가 깊이 잠에 빠져 있다는 사실을 알았다. 가만히 들어 보니 고른 숨소리 사이로 간간이 마치 악몽이라도 꿀 때처럼 가냘픈 비명 소리가 새어 나오고 있었다. 이 우연한 사건 덕분에 갑자기 그녀한테 그때까지 애쓰고 생각했던 모든 방법을 합친 것보다도 훨씬 더 멋진 방법 하나가 떠올랐다. 즉시 그녀는 흥분하고 있으면서도 조용히 일에 착수하여 양초에 다시 불을 붙이면서 혼잣말로 이렇게 중얼거렸다.

"그때 저 애 표정을 보았더라면, 진작 그런 생각을 했을 텐데! 저 아이가 어렸을 때 얼굴에 폭약이 터진 일이 있었지. 그때 이후로 꿈을 꾸거나 생각에 잠겨 있다가 깜짝 놀라 깨어나는 법이 단 한 번도 없었어. 놀랄 때 하는 몸짓이란 그날 그런 것처럼 기껏 두 손으로 두 눈을 가리는 것뿐이야. 그런데 남들처럼 손바닥으로 눈을 가리는 게 아니라, 손등으로 가린단 말이야……. 수백 번 봐 왔지만 그러지 않은 적이 한 번도 없었거든. 그래, 맞아, 그걸 보면 이제 그 아이가 진짜 내 아들인지 아닌지 확인할 수 있을 거야!"

그래서 캔티 부인은 촛불을 손으로 가리고 잠든 아이의 옆으로 살며시 기어갔다. 숨도 제대로 쉬지 못하고 흥분을 가라앉히며 조심스럽게 아이 쪽으로 몸을 기울이고는 갑자기 촛불로 아이의 얼굴을 환히 비추고 아이의 귀 바로 아래쪽 바닥을 손가락마디로 쿵쿵 두드렸다. 잠자던 소년이 눈을 번쩍 뜨더니 놀란 표정을 지으며 주위를 두리번거렸다. 그러나 별다른 손짓을 하지 않았다.

불쌍한 부인은 놀라움과 슬픔으로 어쩔 줄 몰라 했다. 그러나 감정을 감추려고 애쓰면서 아이를 다독거려 다시 재웠다. 그

러고 나서 잠자리로 다시 돌아와 그런 실망스러운 결과를 놓고
곰곰이 생각해 보았다. 톰의 오랜 버릇이 없어진 것은 지금 머리
가 정상이 아니기 때문이라고 믿으려 해 보았지만 그렇게 믿을
수가 없었다.

"아니, 이럴 순 없어. 그 아이의 손까지 미쳐 버릴 순 없지. 그
렇게 오래된 습관을 그토록 짧은 시간 안에 잊어버릴 순 없는
노릇이야. 아, 오늘은 참으로 견디기 힘든 날이로구나!" 그녀가
말했다.

그러나 아까 의구심이 사라지지 않았던 것처럼 희망도 좀처
럼 사라지지 않았다. 캔티 부인은 이 실험의 결과를 도저히 받
아들일 수 없었다. 그래서 다시 한 번 시도해 보지 않으면 안 되
었다. 우연히 그런 잘못된 결과가 나온 것일는지도 모르지 않는
가. 그래서 그녀는 간격을 두고 두 번, 세 번 깜짝 놀라게 하여

아이를 다시 깨워 보았다. 그러나 결과는 첫 번째 실험과 똑같았다. 그래서 부인은 발을 질질 끌며 힘없이 자기 잠자리로 돌아가 슬픈 심정으로 잠을 청하면서 이렇게 뇌었다.

"저 불쌍한 아이를 포기할 순 없어……. 아, 절대로 그럴 순 없지. 그럴 순 없다고! …… 저 아이는 틀림없이 내 아들이야!"

불쌍한 어머니의 방해도 끝나고 욱신거리던 통증도 조금씩 사그라지자, 마침내 왕자는 완전히 녹초가 되어 두 눈을 감고 편하게 깊은 잠에 곯아떨어졌다. 한 시간이 지나고 또 한 시간이 지나도 왕자는 여전히 죽은 사람처럼 계속 잠만 잤다. 그렇게 네다섯 시간이 흘렀다. 그리고 나서야 그는 조금씩 혼수상태에서 빠져나오기 시작했다. 마침내 비몽사몽간에 혼잣말로 이렇게 중얼거렸다.

"윌리엄 경!"

잠시 사이를 두었다가 다시 왕자가 중얼거렸다.

"어이, 윌리엄 허버트 경! 어서 빨리 이리로 와서 이 괴상망측한 꿈 이야기를 좀 들어 보시오……. 윌리엄 경! 지금 내 말 듣고 있는 거요? 저기 말이지, 내가 거지로 변해서……. 어이, 이보라고! 호위병! 윌리엄 경! 이게 웬일이야! 기다리고 있는 시종들이 아무도 없는 거야? 아이고, 일이 난처하게……."

"어디 아프니?" 그의 옆에서 누군가가 속삭였다. "지금 누구를 부르고 있는 거야?"

"윌리엄 허버트 경! 그대는 누구요?"

"나 말이야? 누구긴, 네 누나 낸도 몰라? 아, 톰, 참 내가 깜박했네! ……넌 아직 정상이 아니지. ……아직도 머리가 돌아 있다니 가엾구나. 제발 이게 꿈이라면 좋으련만! 네가 혀를 잘못

놀렸다간 우린 모두 맞아 죽을 거야!"

깜짝 놀라 왕자는 몸을 반쯤 일으켰다. 뻣뻣하게 굳은 상처의 통증 때문에 정신이 들었다. 그러고는 신음 소리를 내며 더러운 밀짚 위에 다시 털썩 주저앉으며 이렇게 외쳤다.

"아, 맙소사, 이게 꿈이 아니었구나!"

곧이어 잠과 함께 달아났던 깊은 슬픔과 괴로움이 그에게 다시 돌아왔다. 자신은 지금 온 백성의 우러름을 받으면서 궁전에서 사랑을 독차지하던 왕자가 아니라, 누더기 옷을 걸친 거지요 부랑아로서 짐승한테나 어울릴 소굴에 갇힌 채 비렁뱅이나 도둑 들과 어울리고 있는 신세라는 사실을 깨달았다.

이렇게 왕자가 비통함에 잠겨 있는데 한두 블록 떨어진 곳에서 와자지껄하게 떠드는 소리와 고함 소리가 들려오기 시작했다. 잠시 뒤 바깥에서 탕탕 하고 몇 번 문 두드리는 소리가 들리자 존 캔티가 코를 골다가 멈추고 말했다.

"누구야? 도대체 무슨 일인데 그러는 거야?"

그러자 누군가가 대답했다.

"자네가 몽둥이로 때린 사람이 누군지 아는가?"

"몰라. 그게 누군지 알지 못할 뿐더러 관심도 없어."

"모르긴 몰라도 이제 곧 자네 말투가 달라질 걸세. 목숨을 건지고 싶거든 어서 줄행랑을 치란 말이야. 자네한테 몽둥이를 맞은 사람이 지금 사경을 헤매고 있으니까. 신부님이었어, 앤드루 신부님이었다고!"

"아니, 이럴 수가!" 캔티가 소리를 질렀다. 그는 식구들을 흔들어 깨우고는 한바탕 호령을 했다. "어서 모두 일어나서 도망을 쳐……. 여기 남아 있다가는 모가지가 달아날 테니!"

　오 분도 채 되지 않아 캔티네 식구는 길거리로 나와 목숨아
나 살려라 하고 줄행랑을 쳤다. 존 캔티는 왕자의 손목을 움켜
쥐고 어두운 골목을 허겁지겁 빠져나가면서 나지막한 목소리로
으름장을 놓았다.

　"입조심해라, 이 미친 바보 녀석아. 우리 이름을 불러선 절대
로 안 돼. 관리들의 추적을 피해 곧 새 이름을 짓겠다. 다시 한
번 말하지만, 단단히 입조심을 하라고!"

　존 캔티는 다른 식구들한테도 으르렁거리는 소리로 이 말을
단단히 일러두었다.

"만에 하나 우리 식구가 뿔뿔이 흩어지게 되면 런던교에서 모인다. 다리 위에 있는 마지막 옷감 가게에 먼저 도착한 사람은 나머지 식구들이 올 때까지 그곳에서 기다려라. 그렇게 모두 모이면 서더크*로 함께 튀기로 하자."

바로 그 순간 일행은 갑자기 어둠의 세계에서 빛의 세계로 나왔다. 그저 밝기만 한 것이 아니라 수많은 사람들이 강변에서 떼를 지어 춤을 추고 노래를 부르며 소리를 지르는 군중 한가운데로 뒤섞이게 되었다. 시선이 닿는 데까지 템스 강을 따라 횃불이 한 줄로 한없이 뻗어 있었다. 런던교는 대낮처럼 밝았고, 서더크 다리** 또한 마찬가지였다. 강 전체가 온갖 색깔의 휘황찬란한 빛으로 불타고 있었다. 끊임없이 터지는 폭죽은 분출하는 화려한 불꽃과 장대비처럼 쏟아져 내리는 눈부신 불꽃과 함께 어울려 밤하늘을 가득 채우며 대낮처럼 환하게 밝혔다. 어디를 가나 먹고 마시는 사람들로 북적거렸다. 런던에 살고 있는 사람이 모두 쏟아져 나온 것만 같았다.

존 캔티는 입에 담지 못할 욕설을 퍼부어 대며 뒤로 물러나라고 소리쳤지만 때는 이미 너무 늦었다. 캔티네는 벌 떼처럼 몰려오는 인파에 휩쓸려 순식간에 뿔뿔이 흩어지고 말았다. 물론 우리는 왕자를 캔티네 식구라고는 생각하지 않고 있지만, 캔티는 여전히 그 아이를 꼭 움켜쥐고 있었다. 그래도 왕자는 이제 도망갈 수 있을지도 모른다는 희망으로 가슴이 두근거리고 있었다.

---

* 런던교 남쪽에 있는 런던의 행정 구역. 16세기에 이미 여관, 극장, 환락가로 붐볐다. 특히 허가받은 창녀촌으로 유명했다.
** 템스 강에 놓인 이 철교는 1819년에 건설된 것이므로 소설의 시대적 배경인 16세기에는 사실 존재하지 않았다.

그때 술에 잔뜩 취한 우락부락한 뱃사공 하나가 군중들 틈새로 빠져나가려는 존 캔티한테 거칠게 떠밀렸다. 그러자 뱃사공은 솥뚜껑만 한 손을 존 캔티의 어깨에 얹으며 말했다.

"이 친구야, 어딜 그렇게 바삐 가시나? 충성스러운 사람들은 하나같이 신바람 나서 야단법석인데, 당신 혼자서 무슨 음흉한 흉계라도 꾸미고 있단 말인가?"

"남의 일에 참견 말고 당신 일이나 상관하시오. 지나갈 수 있도록 어서 손이나 썩 치우시오." 캔티가 퉁명스럽게 대답했다.

"설령 당신이 그러고 싶더라도, 왕세자님을 위해 한 잔 마시기 전에는 이곳을 그냥 지나갈 수 없소이다. 암, 지나가지 못하고말고." 뱃사공은 단호하게 길을 가로막고 서서 말했다.

"그럼 술잔을 주시오. 어서, 빨리 주쇼. 어서, 빨리!"

그때 주변에 있던 다른 술꾼들도 호기심이 일었다. 그래서 그들이 큰 소리로 외쳤다.

"우의(友誼)의 술잔*을 가져와. 우의의 술잔을! 이 심술궂은 양반에게 우의의 술잔으로 술을 마시게 하라고. 술을 마시지 않으면 저 친구를 물고기 밥으로 만들어 버릴 테야."

그러자 누군가가 큼직한 우의의 술잔을 하나 가져왔다. 뱃사공은 한 손으로 술잔의 손잡이를 움켜쥐고 다른 손으로는 있지도 않은 냅킨 끄트머리를 쳐들고는 존 캔티에게 아주 공손하고 예의 바르게 잔을 넘겼다. 예로부터의 관습에 따라 캔티는 한

---

* 옛날에 우의나 우정의 표시로 사람들이 돌려가며 마시던 큰 술잔. 이런 풍습은 본디 덴마크에서 시작되어 뒷날 영국에 전파되었다. 살벌하던 시절, 두 사람이 술을 마실 때 두 손으로 술잔으로 들고 마시는 것은 상대방을 해치지 않는다는 상징적인 몸짓이었다.

손으로 술잔의 맞은편 손잡이를 잡고 다른 손으로 뚜껑을 열어야 했다. 그 때문에 왕자는 순간 자유의 몸이 되었다. 그는 기회를 놓치지 않고 주위에 선 사람들의 다리 숲 사이로 파고들어 가 그대로 사라져 버렸다. 다음 순간 이렇게 사람들이 붐비는 인파 속에서 그를 찾아내기란 무척 어려웠을 것이다. 대서양처럼 드넓은 바다 한가운데에서 잃어버린 동전 한 닢을 찾는 것과 같다고나 할까.

왕자는 곧바로 이 사실을 깨달았다. 그래서 존 캔티에 대한 생각을 모두 잊어버리고 즉시 자신의 일에만 몰두했다. 그때 막 깨달은 사실이 또 하나 있었다. 즉, 지금 온 런던 사람들이 자기 대신에 가짜 왕자를 위해 축제를 벌이고 있다는 사실 말이다. 그는 거지 소년 톰 캔티가 의도적으로 엄청난 절호의 기회를 이용하여 왕자 지위를 빼앗고 있다고 쉽게 결론을 내렸다. 그러므로 이제 자신이 앞으로 해야 할 일은 오직 한 가지뿐이었다. 시청으로 가서 자신의 신분을 알리고 사기꾼을 몰아내는 것 말이다. 또 왕자는 톰에게 마음의 준비를 할 수 있는 시간을 준 뒤 그의 목을 매달고 시체를 끌어내 갈기갈기 찢어 놓기로 마음먹었다. 이 무렵의 법에 따르면 중대한 반역죄를 범한 사람에게는 그런 처벌을 내렸던 것이다.

11
시청에서

왕실의 배는 화려한 선단(船團)의 호의를 받으며 어지럽게 불을 밝힌 다른 배들 사이를 뚫고 템스 강 아래쪽으로 위풍당당하게 내려갔다. 음악이 온 대지에 가득 울려 퍼졌고, 강둑에서는 환희에 넘친 불꽃의 물결이 넘실거렸다. 저 멀리 런던은 헤아릴 수 없이 많은, 보이지 않는 횃불로 부드럽게 빛나고 있었다. 그 위로 수많은 가느다란 뾰족탑이 반짝거리는 불빛에 둘러싸인 채 하늘을 향해 쭉쭉 솟아올라 있었다. 그래서 멀리서 바라보면 마치 보석을 박아 놓은 창들을 위로 높이 찌르고 있는 것처럼 보였다. 선단이 휙 스쳐가는 동안 강둑에서는 목이 쉴 정도로 끊임없이 환호하는 소리와 계속 쏘아 대는 축포의 불꽃과 굉음으로 이들을 환영했다.

비단 방석에 몸을 반쯤 파묻고 있는 톰 캔티한테는 이런 소리와 모습이 이루 말할 수 없이 숭고하고 경이롭게 느껴졌다. 그러나 그 옆에 있는 엘리자베스 공주와 제인 그레이에게는 그런 것들이 아무것도 아니었다.

　다우게이트*에 닿은 선단은 맑은 월브룩 개천 위쪽 버클러스베리를 향해 인도되어 집들을 지나고, 흥겹게 떠드는 사람들이 바글거리는, 환하게 불 밝힌 다리 아래를 통과하여 마침내 유서 깊은 런던 시 한복판, 지금은 바지야드라고 하는 작은 항구에 정박했다. (월브룩 수로는 지난 두 세기 동안 몇 에이커에 달하는 건물에 파묻혀 자취를 감추어 버렸다.**) 톰 일행은 배에서 내렸고, 그를 비롯한 화려한 행렬은 칩사이드를 건너 잠시 올드주리***와 베이싱홀 거리를 거쳐 마침내 시청에 도착했다.

　톰과 어린 소녀들은 금 사슬을 달고 진홍색 예복을 차려 입은 런던 시장과 런던 사제단한테서 관례에 걸맞게 환영을 받았다. 그런 뒤 왕자의 행차를 알리는 전령관들과 직장과 검을 앞세우고 큰 홀 앞쪽 화려하게 치장한 천개(天蓋)로 안내되었다. 톰과 그의 두 친구를 시중드는 귀족과 귀부인 들이 그들 뒤에 자리를 잡고 앉았다.

　한 단 낮은 식탁에는 궁중의 고관들과 신분이 높은 다른 손님들이 런던의 부호들과 함께 앉아 있었다. 하원위원들도 홀 중앙에 가득 놓인 식탁들을 차지하고 앉아 있었다. 아득히 먼 옛날부터 런던의 수호자로 추앙받아 온 두 거인 곡과 마곡은 아주 오래전부터 높은 위치에서 낯익은 시선으로 아래에서 벌어지고

---

* 템스 강에 있는 부두 또는 수문 중의 하나.
** 런던 시내를 가로질러 다우게이트에서 템스 강으로 흘러 들어가는 월브룩 개천은 이 소설의 시대적 배경인 16세기 중엽에는 부분적으로 복개된 상태였다. 이것이 완전히 복개된 것은 17세기 초엽 엘리자베스 1세의 통치 말기 무렵이다.
*** 13세기 말까지 런던의 유대인 주거지였던 지역.

있는 광경을 내려다보고 있었다.* 나팔 소리가 울려 퍼지더니 우렁찬 고함과 함께 왼쪽 벽에서 뚱뚱한 집사 하나가 나타났고, 그의 뒤를 따라 하인들이 김이 모락모락 나고 언제든지 먹을 준비가 되어 있는 소의 양쪽 허리 고기 요리를 엄숙하게 받들고 나타났다.

식사 기도가 끝난 뒤 톰은 (지시를 받은 대로) 자리에서 일어났다. 그러자 연회장에 있는 사람이 모두 따라 일어났다. 그는 엘리자베스 공주와 함께 큼직한 황금 우의의 술잔으로 술을 한 모금 마셨다. 그 술잔은 제인한테로 넘어가고 또다시 그곳에 모인 사람들한테로 계속 돌고 돌았다. 이렇게 해서 만찬이 시작되었다.

자정쯤 해서 흥이 절정에 이르렀다. 그때, 이 무렵으로서는 볼만한 구경거리였던 그림 같은 장면 중 하나가 펼쳐졌다. 이 무렵의 광경은 역사가가 쓴 예스러운 글로 지금까지도 남아 있다.

자리를 정돈하자 남작 한 사람과 백작 한 사람이 금가루를 뿌린 듯 화려한 수를 놓은 터키풍의 긴 예복을 입고 나타났다. 머리에는 황금 장식이 달린 원통 모양의 진홍빛 벨벳 모자를 쓰고, 신월도(新月刀)라고 하는 초승달처럼 굽은 칼 두 자루를 황금 장식 벨트에 매고 있었다. 그다음에 또 다른 남작과 백작이 나타났다. 그들은 기다란 노란 공단 가운을 입고 있었는데, 러시아풍으로 흰 공단이 가로지르고 있었고 흰 공단이 굽이도는 자리마다 진홍 공단이 어김없이 맞닿아 있었다. 또 머리 위에는 회

---

* 토착 거인을 상징하는 전사들의 상(像). 런던 시의 수호신으로 런던 시에서 행렬이 있을 때마다 시장이 이들 상을 들고 다닌다.

색 털모자를 쓰고 있었다. 두 사람 모두 손도끼를 하나씩 손에 들고 있었으며, (30센티미터 길이로) 뽀족한 침들이 달린 장화를 신고 있었다. 그들 뒤로 기사가 나타났고, 이어 해군 대신과 함께 진홍빛 벨벳 소재의 허리가 잘록한 옷을 입은 귀족 다섯 명이 나타났다. 그들의 옷은 등 밑에서 목뼈 있는 데까지 속옷이 보이도록 파여 있었고, 앞가슴은 은사슬로 장식되어 있었다. 그 위에 짧은 진홍색 망토를 걸쳤고, 머리에는 무희들의 유행에 따라 꿩 깃털이 달린 모자를 쓰고 있었다. 이런 복장은 프러시아풍에 따른 것이었다. 횃불을 든 100여 명쯤 되는 사람들은 진홍빛 공단에 푸른빛이 감도는 옷을 입고 있었는데 무어 사람처럼 얼굴이 검었다. 이어 무언극 배우가 나타났다. 그러고 나서 변장한 가수가 춤을 추며 들어섰다. 그러자 귀족들과 귀부인들도 열광적으로 춤을 추었는데 참으로 볼 만한 광경이었다.

높은 의자에 앉아 있던 톰은 이 '야단스러운' 춤을 바라보면서 아래쪽에서 화려한 차림새의 인물들이 어지럽게 뒤엉키며 엮어 내는 휘황찬란한 색깔에 그만 넋을 잃고 있었다. 바로 그 순간, 누더기 옷을 걸친 진짜 어린 왕세자가 시비를 가리겠노라고 고래고래 소리를 지르고 사기꾼 가짜 왕자를 비난하면서 시청으로 들여보내 달라고 외쳐 대고 있는 것이 아닌가! 군중들은 거지의 이 엉뚱한 행동을 무척 재미있어하면서 난폭하게 구는 사내아이의 모습을 쳐다보려고 앞으로 밀고 나와 목을 길게 뺐다. 그러고 나서 거지 소년을 놀리고 조롱하기 시작하여 일부러 약을 올려 그 아이가 좀 더 화내는 것을 보며 즐거워했다. 왕자는 너무 분하여 눈물이 나왔지만 물러서지 않고 난폭한 군중들에게 왕자답게 의연히 맞섰다. 그러나 짓궂은 사람들이 계속하여 약을 올리고 빈정거리자 마침내 버럭 고함을 질렀다.

"당신들, 버르장머리 없는 상놈들에게 다시 한 번 말해 두겠소. 나는 진짜 왕세자란 말이오! 지금은 비록 버림받고 친구 하나 없는 몸이라서 아무도 내게 따뜻한 말 한마디 던지지 않고 아무런 도움도 주지 않지만, 난 결코 내 자리에서 한 발도 물러나지 않고 버틸 것이오!"

"네가 왕자건 왕자가 아니건 한 가지는 분명하구나! 용감한 녀석이라는 사실 말이다. 하지만 친구가 없다는 건 틀린 말이야! 지금 네 옆에 서 있는 내가 그 증거가 되고 있으니까. 어딜 가든 이 마일스 헨든보다 더 좋은 사람을 만날 순 없을 거야. 그러니 공연히 헛걸음하지 마라. 한데 이 꼬마 친구야, 네 작은 입좀 쉬게 하렴. 내가 진짜 토박이에게 말하듯 이 더러운 시궁창 쥐 같은 놈들이 하는 말로 말하고 있으니까."

이렇게 말하고 있는 사내의 옷차림과 생김새 그리고 몸짓에는 어딘지 모르게 돈 세자르 데 바잔* 같은 귀족의 기품이 서려 있었다. 키가 훤칠한 데다가 균형 잡힌 근육질의 몸이었다. 허리가 잘록한 웃옷과 바지는 비싼 옷감으로 지은 것이었지만 보기에도 낡아서 너덜너덜해져 있었고, 금 레이스 장식은 민망할 만큼 빛이 바래 있었다. 또 주름 깃은 구겨져 있고 군데군데 찢어져 있었다. 축 늘어진 모자에 꽂힌 깃털은 부러진 데다 때가 묻어서 차마 눈 뜨고 봐 줄 수가 없었다. 허리에 차고 있는 녹슨 칼집에는 긴 쌍날칼이 꽂혀 있었다. 사람들은 이렇게 기상천외한

---

*빅토르 위고의 희곡 『뤼 블라』에 등장하는 스페인의 몰락한 백작.

사나이를 보고 웃음보를 터뜨리며 야유를 퍼부어 댔다. 누군가가 소리쳤다.

"변장한 왕자님이 또 한 분 나타나셨네그려!"

"여보게 친구, 말조심하게나. 저자는 위험천만해 보이는데."

"맙소사, 정말 그렇게 보이는군……. 저 눈 좀 보라고!"

"저 사람한테서 아이를 떼어 내자고……. 그리고 혼쭐을 내 주세!"

이 마지막 말에 자극을 받았는지 곧바로 손 하나가 왕자의 몸에 닿았다. 이에 낯선 사내가 긴 칼을 빼 들어 칼등으로 내리치자 왕자를 집적거린 사람은 쿵 하고 땅바닥에 나동그라졌다. 다음 순간 사람들이 일제히 고함을 질렀다.

"저 개 같은 놈을 죽여라! 죽여!"

군중은 용감한 전사(戰士)한테 점점 가까이 모여들었고, 그는 벽을 등진 채 미친 듯이 칼을 휘둘러 댔다. 칼에 맞은 사람들이 여기저기 쓰러졌지만 군중들은 쓰러진 사람들을 딛고 마치 성난 파도처럼 그에게 밀어닥쳤다. 사내의 목숨이 위태로운 바로 그 순간에 갑자기 트럼펫 소리가 울려 퍼지면서 누군가가 고함을 질렀다.

"폐하의 사자(使者)다, 어서 길을 비켜라!"

그러고는 말을 탄 기병 한 무리가 군중을 향해 돌진해 오자 사람들은 다치지 않으려고 기를 쓰며 사방팔방으로 흩어졌다. 이 틈을 타 용감한 사내는 두 팔로 왕자를 붙잡고 곧바로 위험한 상황과 군중에서 빠져나갔다.

우리는 다시 시청 안의 장면으로 돌아가기로 하자. 환호성과 고함이 어우러진 가운데 사람들이 한창 재미나게 놀고 있는데

갑자기 우렁찬 나팔 소리가 울려 퍼졌다. 찬물을 끼얹은 듯 조용해지면서 사람들은 숨을 죽였다. 그리고 왕궁에서 달려온 사자가 낭랑한 목소리로 포고문을 발표하기 시작하자 그곳에 있는 사람들은 숨을 죽인 채 그의 말에 귀를 기울이고 있었다. 사자는 비장한 말투로 이렇게 말을 맺었다.

"폐하께서 승하하셨도다!"*

그곳에 모인 사람들은 약속이나 한 듯 일제히 고개를 숙이고 얼마 동안 그러한 상태로 침묵을 지키고 있었다. 그러고 나서 일

* 헨리 8세의 승하 소식은 트웨인이 여기에 묘사한 것처럼 사망 직후에 전해지지 않았다. 그가 사망한 지 사흘 뒤인 1월 31일에 공식으로 발표되면서 에드워드 6세가 왕으로 추대되었다.

제히 무릎을 꿇고 톰을 향해 두 손을 뻗고는 건물이 떠나갈 듯 힘차게 소리를 질렀다.

"폐하, 만수무강하시옵소서!"

가련한 톰은 휘둥그레진 눈으로 이 놀라운 광경을 두루 살피다가 마침내 잠시 자기 옆에 무릎을 꿇고 있는 공주들을 꿈꾸듯 쳐다보다가 다시 하트퍼드 백작을 쳐다보았다. 톰의 얼굴에 갑자기 무슨 생각이 떠오른 듯한 표정이 감돌았다. 그래서 하트퍼드 백작의 귀에 대고 나지막하게 속삭였다.

"명예를 걸고 내가 묻는 말에 솔직히 대답해 주시오! 만약 내가 이 자리에서 오직 왕만이 특권으로 내릴 수 있는 명령을 내린다면, 어느 누구도 거부하지 않고 모두 그 명령에 따를까요?"

"폐하, 여부가 있겠습니까? 이 나라에 살고 있는 온 백성이 그 명령에 따를 것이옵니다. 폐하께서는 이제 이 나라의 주인이시옵니다. 폐하는 이제 왕이십니다. ……폐하의 말씀은 곧 법이옵니다."

그러자 톰은 강하고도 엄숙한 목소리로 힘차게 말했다.

"그렇다면 오늘부터 왕의 법은 자비의 법이 될 것이오! 이제 무자비한 피의 법은 사라질 것이오! 그대는 어서 일어나서 달려가시오! 런던탑으로 가서 왕명으로 노퍽 공작을 사형하지 않겠노라고 전하시오!*"

이 말은 연회장 안에 있는 사람들의 입에서 입으로 전해져 순식간에 그곳 사람들에게 두루 퍼졌다. 하트퍼드 백작이 서둘러 자리를 뜨자 또다시 엄청난 함성이 터져 나왔다.

"이제 피의 통치는 끝났도다! 영국 왕 에드워드 만세!"

---

* 실제로 에드워드 6세는 그런 명령을 내리지 않았다. 헨리 8세가 사망하면서 노퍽의 처형이 미루어지다가 석방되었을 뿐이다.

12
왕자와 구세주

마일스 헨든과 어린 왕자는 군중으로부터 빠져나오자마자 뒷
골목과 작은 길을 통과해 강 쪽으로 향했다. 런던교에 도착할
때까지 그들의 길을 가로막는 사람은 아무도 없었다. 그러고 나
서 그들은 다시 군중 속으로 흘러 들어갔지만 헨든은 왕자의 손
을 — 아니, 왕의 손을 — 꼭 움켜쥐고 있었다. 놀라운 소식은
이미 파다하게 퍼져 있었고, 수천이 넘는 사람이 동시에 "왕이
돌아가셨다!" 하고 말하는 통에 왕자도 그 사실을 알게 되었다.
그 소식을 듣자 불쌍한 떠돌이 왕자는 간담이 서늘해지면서 온
몸이 부르르 떨렸다. 그는 얼마나 소중한 사람을 잃었는지를 새
삼 깨달으면서 이루 말할 수 없는 비통함에 젖어 있었다. 선왕은
다른 사람들한테는 한없이 무서운 폭군이었지만 자신한테만은
언제나 다정하게 대해 주었던 것이다. 눈물이 앞을 가리면서 모
든 사물이 뿌옇게 보였다. 왕자는 그 순간 자신이 하느님의 피조
물 가운데에서 버림받은 가장 외로운 부랑아라는 생각이 들었

다. 그런데 바로 그때 또다시 "에드워드 6세 왕 만세!" 하고 외치는 고함 소리가 밤하늘을 뒤흔들었다. 그 말을 들은 왕자의 눈에는 반짝반짝 생기가 돌았고, 손가락 끝까지 느껴지는 자부심으로 온몸이 바르르 떨렸다.

'그래, 난 이제 왕이야.' 그는 속으로 이렇게 생각했다. '아, 이 얼마나 자랑스러우면서도 해괴한 일인가! ……이제 난 왕이 되었어!'

두 사람은 런던교 위에 모여 있는 군중 틈새를 비집고 들어갔다. 600년 동안이나 서 있으며* 언제나 인파가 북적대고 시끄러운 이 다리는 참으로 희한하게 생긴 구조물이었다. 위층을 가정집으로 사용하는 상점들과 가게들이 강 이쪽에서 저쪽까지 죽 빽빽하게 줄지어 있었다. 다리 자체가 일종의 도시로서 그 안에는 여관과 맥주집이 있었고, 빵 가게와 잡화점과 야채 시장이 있었고, 자그마한 공장에 심지어 교회까지 있었다. 그래서 런던교에 사는 사람들은 다리가 연결해 주는 양쪽 이웃 주민들, 즉 런던 사람들과 서더크 사람들을 교외 주민들로서 그런 대로 꽤 괜찮은 사람들이라고 간주하고 있었지만 달리 특별하게 중요한 사람들이라고는 여기지는 않았다. 런던교는, 말하자면 일가친척끼리 꾸려 나가는 가족 기업과 같았다. 3분의 1킬로미터 길이의 길에, 거기 사는 주민 수가 마을 하나 정도의 인구밖에는 되지 않는 비좁은 동네였다. 그러다 보니 주민들은 서로를 너무 잘 알고 있었으며 그들의 부모들까지 알고 있었다. 더구나 다른 집의 숟가락이 몇 개인지까지 정확히 알고 있을 정도였다. 물론 그 안

* 런던교는 1176년에 착공하여 1209년에 완공했다. 그동안 끊임없이 보수를 하면서 1832년경까지 존속했다.

에도 귀족 집안이 있었다. 대대로 정육점이나 빵 가게 따위를 운영해 온 집안으로, 한 자리에서 오륙백 년 넘게 버텨 온 터줏대감이라 런던교의 역사와 그 이상야릇한 전설을 처음부터 끝까지 두루 꿰고 있었다. 그 사람들은 언제나 '런던교 식으로' 말하고, '런던교 식으로' 생각하며, 또한 장황하고 높낮이 없이 노골적으로 실속 있게 '런던교 식으로' 거짓말을 했다. 우물 안 개구리처럼 시야가 좁고 무식한 데다 자부심이 강한 그런 사람들이었다. 아이들은 런던교 위에서 태어나 그곳에서 자라고 일생 동안 다리 밖으로는 한 걸음도 내디뎌 보지 못하고 마침내 노인이 되어 이 세상을 하직했다. 마땅히 그런 사람들은 어지럽게 뒤섞인 고함과 함성이며, 말과 소와 염소들이 울어 대는 소리며, 그런 짐승들의 둔탁한 발소리와 함께 밤낮으로 다리 위를 끝없이 오가는 장대한 행렬을 이 세상에서 대단한 것이라고 생각하면서 자신들이 그 주인이라고 생각할 것이다. 실제로 그들은 그곳의 주인과 다름없었다. 왕궁을 떠났다가 돌아오는 왕이나 영웅이 잠시 화려한 모습으로 이곳을 지나갈 때마다 이곳 주민들은 적어도 돈을 받고 그런 광경을 창문을 통해 보여 줄 수 있었고 또 실제로 그렇게 했다. 그곳을 지나가는 그 행렬을 아무런 장애물 없이 오랫동안 똑바로 구경하기에 그곳보다 더 안성맞춤인 자리는 이 세상에 없었기 때문이다.

런던교 위에서 태어나 그곳에서 자란 사람들은 다른 곳에서의 생활이 참을 수 없을 만큼 너무 단조롭고 지겨웠다. 전해지는 이야기에 따르면, 어떤 노인 한 사람이 일흔한 살이 되어 런던교를 떠나 시골에 파묻혀 살았다. 그러나 자리에 누워도 엎치락뒤치락할 뿐 도저히 잠을 이룰 수가 없었다. 집 주위가 너무

쥐죽은 듯 고요한 탓에 오히려 고통스럽고 부담스럽고 답답했기 때문이다. 견디다 못한 노인은 마침내 뼈만 앙상하게 남은 몰골로 고향으로 다시 돌아왔다. 그러고는 철썩이는 물소리와 런던교의 와르르 쿵쾅 시끌벅적한 소리를 자장가로 삼아 편안하게 깊은 잠에 곯아떨어져 달콤한 꿈을 꾸었다는 것이다.

우리가 지금 이야기하는 무렵의 런던교는 그야말로 영국 역사에서 어린아이들에게 '실물 교육장'과 다름없었다. 다시 말해서, 다리 입구의 높은 곳에는 지체 높은 사람들의 머리통들이 쇠못에 박힌 채 푸르뎅뎅하게 썩어 가고 있었다.* 여기서 하던 이야기에서 잠깐 벗어나 다른 이야기를 하기로 하자.

---

* 반역죄를 범한 죄인들을 참수하여 런던교에 머리를 매달아 놓는 풍습은 14세기 초에 시작되어 17세기 말까지 계속되었다.

헨든은 런던교 위에 있는 조그마한 여관에 묵고 있었다. 그가
어린 친구를 데리고 여관 문 앞에 가까이 다가가자 누군가가 거
친 목소리로 말했다.

"마침내 나타났구먼! 다시는 도망치지 못할 줄 알아라. 암, 어
림 반 푼도 없는 노릇이지. 네놈의 뼈를 갈아서 푸딩을 만들어
먹어야만 정신을 차리겠다면, 더 이상 기다릴 필요 없이 곧장 그
렇게 해 주마."

이렇게 말하면서 존 캔티가 한 손을 뻗치더니 사내아이를 붙
잡으려고 했다.

그러자 마일스 헨든이 가로막고 서서 이렇게 말했다.

"여보게 친구, 왜 이리 성질이 급하실까. 쓸데없이 난폭하게 구는 것 같은데. 도대체 이 아이하고는 어떻게 되는 사이요?"

"남의 일에 쓸데없이 끼어드는 게 당신 일이라면 내 말해 주지. 저놈은 내 아들이란 말이야."

"거짓말 마오!" 어린 왕이 날카롭게 쏘아붙였다.

"너, 배짱 한번 좋게 말하는구나. 네 머리가 정상인지 돌았는지 그건 모르겠다만, 어쨌든 난 네 말을 믿는다. 설령 이 야비한 불한당이 네 아비라 해도, 너를 두들겨 패고 위협하면서 함부로 윽박지르지 못하게 할 거야. 그러니 넌 나와 같이 있고 싶다, 이 말이렷다."

"맞아요, 난 그렇게 하고 싶구려……. 난 저자를 알지 못하고, 저자가 싫소. 저 사람과 같이 가느니 차라리 죽고 말겠소."

"그럼 문제는 이제 끝났구려. 더 이상 말할 것도 없겠소."

"어디 그렇게 되나 두고 보자고!" 존 캔티가 사내아이를 붙잡으려고 헨든을 제치고 성큼 다가가며 말했다. "내 우격다짐으로라도 저 녀석을……."

"이 쓰레기 같은 자식, 어디 저 아이를 건드리기만 해 봐라! 그러기만 하면 네놈을 통닭처럼 쇠꼬챙이에 꿰어 버릴 테니!" 헨든이 그렇게 소리를 치고는 길을 가로막고 칼집으로 손을 가져갔다. 그러자 캔티는 주춤하고 뒤로 물러섰다. "내 말 잘 들어 두라고." 헨든이 말을 이었다. "너 같은 놈들이 저 아이를 해치려고, 아니, 죽이려고 떼거지로 덤벼들었을 때 이 몸이 막아 냈지. 그런데 전보다 더 가혹한 운명이 놓여 있는데 저 아이를 그 운명에 내맡길 거라 생각하더냐? ……설령 네놈이 저 아이의 아비이건 아니건 말이다— 정말이지, 아무리 생각해도 그건 거짓말이야. — 저 애는 너 같은 짐승 손에 걸려드느니 차라리 단칼에 죽는 게 더 낫겠어. 그러니 어서 내 앞에서 꺼지라고. 그것도 어서 빨리. 난 입씨름하는 걸 별로 좋아하지 않는 데다 또 참을성도 없거든."

그러자 존 캔티는 협박과 욕지거리를 늘어놓으면서 물러갔고, 그의 모습은 곧 인파에 휩쓸려 더 이상 보이지 않았다. 헨든은 방으로 식사를 배달해 달라고 주문한 뒤 왕자를 데리고 3층 자기 방으로 올라갔다. 초라한 침대에 낡은 잡동사니 가구가 어지럽게 널려 있는 지저분한 방에는 희미한 양초 두세 자루가 맥없이 타오르고 있었다. 허기와 피로 때문에 거의 녹초가 된 어린 왕은 침대까지 몸을 질질 끌고 가다시피 하여 그 위에 누웠다. 그때가 새벽 2시나 3시경이었으니 하루 낮하고도 하룻밤 대부분을 아무것도 먹지 못하고 꼬박 돌아다니다시피 했던 것이다. 그가 졸린 듯 혼잣말로 중얼거렸다.

"상을 차리거든 나를 깨우시오." 그러고는 어린 왕은 즉시 그대로 깊이 곯아떨어졌다.

헨든의 눈가에 미소가 번졌다. 그가 혼잣말로 말했다.

"어럽쇼, 저 거지 아이는 남의 방에 들어온 주제에 남의 침대를 마치 자기 침대라도 되는 것처럼 천연스럽게 차지하고 누웠네……. '실례합니다.'라느니, '미안합니다.'라느니 하는 말을 한마디도 하지 않고 말씀이야. 아까 정신이 혼란한 상태에서 미쳐 날뛸 때 저 아이는 자기가 왕세자라고 했고, 또 왕세자답게 그렇게 의젓하게 굴었지. 친구 하나 없는 불쌍한 녀석, 하도 학대를 받아서 머리가 살짝 돈 모양이야. 좋아, 내가 돌봐 주마. 내가 목

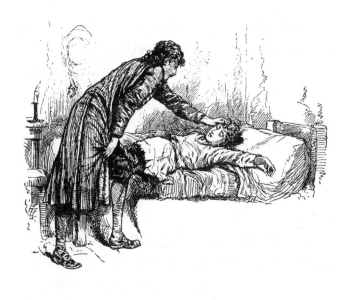

숨을 구해 줘서 그런지 몰라도 이상하게 저 아이한테 마음이 몹시 끌리는군. 저 당돌한 거지 아이가 벌써 좋아지는 것 같아. 저 아이가 그 더러운 패거리에 맞서 병사처럼 얼마나 당당하게 싸웠느냔 말이야! 잠들어 괴로움과 근심이 사라지니 참으로 준수하고 귀엽고 착하게 생겼구나. 내가 저 아이를 가르치고 저 아이의 병을 고쳐 주겠어. 그래, 맞아, 저 애의 형이 되어서 자나 깨나 보살피고 지켜 줘야지. 저 아이를 괴롭히거나 해치는 놈은 누구든 제사상을 준비하도록 해라. 비록 내가 화형을 당한다 해도 그놈을 골로 가게 해 줄 테야!"

헨든은 사내아이 위로 몸을 위로 기울이고 연민의 정을 느끼면서 따스한 눈길로 아이를 내려다보았다. 그러면서 구릿빛으로 그을린 큼직한 손으로 어린 왕의 뺨을 부드럽게 어루만지고 헝

클어진 머리카락을 쓰다듬어 주었다. 그러자 아이의 몸이 가볍게 떨렸다. 헨든은 혼잣말로 중얼거렸다.

"이거 참, 어른이 되어 가지고 이렇게 아무것도 덮지 않고 그냥 잠을 재워 감기에 걸리게 하다니. 어떻게 한담? 들어서 침대 속으로 들여보내면 좋겠는데, 그렇게 하다가는 잠을 깨울 것 같고. 지금은 저 애한테는 무엇보다도 잠이 필요해."

헨든은 여분으로 덮어 줄 이불이 없는지 방 안을 둘러보았지만 마땅한 물건이 없자 자기 웃옷을 벗어 아이의 몸을 둘둘 말아 주었다.

"나야 살을 에는 바람에도 얇은 옷 한 벌로 추위를 이겨 내는데 워낙 이골이 난 사람이라 이런 추위는 아무것도 아니지만."

이렇게 말하고 나서 그는 몸에 피를 돌게 하려고 방 안을 서성거리면서 전처럼 혼잣말로 중얼거렸다.

"저 아이는 머리가 돌았기 때문에 자신을 왕세자로 착각하고 있는 거야. 사실 왕세자라고 하는 것도 이제는 말이 안 되지. 왕자였던 분은 이제는 왕자가 아니라 왕이 되셨으니까……. 불쌍한 저 아이는 한 가지 공상에만 빠져 있어 이제는 왕자 행세를 집어 치우고 왕 행세를 해야 한다는 걸 알아차리지 못하는군……. 고향을 떠나 다른 나라의 감옥에 갇힌 지도 어느덧 칠 년, 아직도 아버지께서 살아 계신다면 틀림없이 저 불쌍한 아이를 반갑게 맞아 주시고 나를 위해서라도 잘 보살펴 주실 텐데. 아서 형님도 마찬가지일 테고. 동생 휴 녀석…… 어디 간섭만 해 봐라, 그 녀석의 머리통을 빠개 놓을 테다. 여우같이 교활하고 성질이 못된 짐승 같은 놈! 그래, 그곳으로 가기로 하자……. 그것도 당장에 말이야."

그때 여관 종업원 하나가 김이 모락모락 나는 음식을 들고 와서 조그마한 전나무 식탁 위에 올려놓은 뒤 의자를 제자리에 갖다 놓고 훌쩍 나가 버렸다. 이런 별 볼일 없는 손님들은 스스로 알아서 시중을 들라는 듯 말이다. 종업원이 문을 쿵 하고 닫고 나가자 사내아이는 시끄러운 소리에 잠에서 깨어 벌떡 일어나 앉아 반가운 눈길로 주위를 둘러보았다. 그러다가 다시 얼굴에 시무룩한 표정을 짓더니 땅이 꺼져라 하고 한숨을 내쉬면서 혼잣말로 이렇게 중얼거렸다.

"아, 이게 일장춘몽이었구나. 슬프도다."

그다음 순간 그 아이는 마일스 헨든의 웃옷에 눈길이 닿았다. 그러자 그 눈길을 옷에서 다시 헨든의 얼굴로 옮기면서 헨든이 자기를 위하여 어떤 희생을 치렀는지 그제야 알아차리고는 부드럽게 말했다.

"그대가 나에게 친절을 베풀어 주었군. 참으로 고맙기 그지없소. 어서 이 옷을 가져다 입도록 하게나……. 이제는 필요 없으니까."

그러고 나서 사내아이는 침대에서 일어나 방 한구석에 있는 세면대로 다가가 가만히 서서 기다리고 있었다. 헨든이 기운찬 목소리로 말했다.

"이제 수프와 음식으로 배를 채우는 거야. 따끈따끈한 게 아주 맛있어 보이는구나. 눈도 좀 붙였으니 이제 한 술 뜨면 다시 기운을 차릴 수 있을 게야. 그러니 조금도 겁먹을 게 없어!"

사내아이는 아무런 대답도 하지 않고 자못 놀라고 또한 조금 못마땅하다는 표정으로 키가 훤칠한 기사를 침착하게 쳐다보았다. 그래서 헨든이 당황하여 그에게 물었다.

"뭐 잘못된 일이라도 있느냐?"

"세수를 좀 해야겠소."

"아, 그래서 그러는 거냐! 네가 하고 싶은 게 있거든 마일스 헨든의 허락을 받지 말고 마음대로 하도록 해라. 여기 있는 내 물건들을 마음 놓고 편하게 사용해도 좋아."

그런데도 사내아이는 여전히 꼼짝하지도 않고 그대로 서 있었다. 더구나 더 이상 못 참겠는지 작은 발로 마루를 한두 번 톡톡 두드렸다. 헨든은 정말로 난감했다. 그래서 다시 그에게 물었다.

"도대체 왜 그러고 서 있는 거야?"

"그렇게 말만 늘어놓지 말고 어서 물을 붓게나."

헨든은 웃음이 터져 나오는 것을 가까스로 참으면서 혼잣말로 중얼거렸다.

"하느님 맙소사, 참으로 기가 찰 노릇이로군!"

그렇게 말하면서도 헨든은 씩씩하게 앞으로 걸어 나가 이 건 방진 아이가 시키는 대로 하고는 뭔가에 홀린 사람처럼 그 자리에 서 있었다.

"자, 어서…… 수건을 주시오!"

헨든은 이 명령을 듣고 깜짝 놀라 고개를 쳐들었다. 그는 군소리 없이 사내아이가 보는 앞에서 수건을 집어 들어 그 아이한테 넘겨주었다. 그러고 나서 헨든도 자기 얼굴을 씻었다. 그가 세수를 하는 동안 그가 양자로 삼다시피 한 아이는 식탁 앞에 앉아 막 식사를 할 준비를 갖추고 있었다. 헨든은 재빨리 손 씻을 물을 소년에게 갖다 바치고 나서 자기도 다른 의자를 빼서 막 자리에 앉으려고 했다. 바로 그 순간 아이가 화가 나서 버럭 소리를 질렀다.

"멈추시오! 감히 왕 앞에 앉겠다는 것이오?"

이 충격적인 말을 듣고 헨든은 깜짝 놀라 몸을 비틀거렸다. 그러고는 속으로 이렇게 생각했다.

"아, 이 아이는 시간이 지날수록 점점 더 이상해지는구나! 나라에 큰 변고가 생기니 자기도 덩달아 변하네. 이제는 아주 왕 노릇을 하려고 드는군! 좋았어, 그 기분도 맞춰 주지……. 다른 도리가 없지 않은가 말이야! ……이거야 정말, 그렇게 하지 않다간 나를 런던탑에 가두라고 명령을 내릴는지도 모르잖아!'

이렇게 장난을 치는 것이 재미있자 헨든은 식탁에서 의자를 치우고 어린 왕의 뒤로 가서 서서 그가 할 수 있는 한 가장 공손한 자세로 시중을 들기 시작했다.

　왕은 음식을 먹으면서 몸과 마음에 조금씩 새로운 활력이 찾아오는 것을 느끼기 시작했다. 엄격한 왕의 위엄이 조금 누그러들고 만족감이 점점 커지면서 그는 대화를 나누고 싶다는 생각이 들었다. 그래서 왕이 입을 열었다.

　"그대 이름이 마일스 헨든이라고 했던 것 같은데, 내가 옳게 들었던가요?"

　"네, 맞습니다, 폐하." 마일스 헨든은 이렇게 대답하고 나서 이번에는 혼잣말로 중얼거렸다. "기왕 미친 아이의 기분을 맞춰 주려면 제대로 맞춰 주자. 어설프게 굴지 말고 깍듯이 '폐하'라고 부르며 존대를 하자고. 어떻게든 내가 맡은 역할에 충실해야지. 그렇지 않으면 괜히 역할을 그르치고 이 친절하고 좋은 일을 하려다가 그 일을 잘못되게 할 수도 있으니."

왕은 포도주를 두 잔째 마시고 가슴이 훈훈해지자 이렇게 말했다.

"그대에 관해서 알고 싶소……. 지금껏 살아온 이야기를 해보시오. 아주 용감하고 기품이 있어 보이는데……. 귀족 집안에서 태어났소?"

"저희는 말단 귀족에 속합니다, 폐하. 제 아버지는 준남작(準男爵)*입니다……. 기사의 봉직에 따른, 신분이 낮은 귀족 중의 하나지요……. 켄트의 몽크스 홀름 부근 헨든 저택을 갖고 있는 리처드 헨든 경입니다."

"그 이름은 기억이 나지 않소. 계속해 보시오……. 자네 이야기를 계속해 보란 말이외다."

"폐하, 별로 말씀드릴 만한 내용은 없습니다만, 다른 재미난 이야깃거리가 없으니 한 삼십 분 심심풀이 삼아 들어 보시든가요. 제 부친 리처드 경은 부자인 데다가 아주 너그러우신 분입니다. 어머니는 제가 어렸을 적에 돌아가셨고요. 저한테는 형제가 둘 있습니다. 제 형님인 아서는 아버지 성격을 많이 닮았습니다. 하지만 제 동생 휴는 성격이 아주 못됐습니다. 욕심이 많고 약속을 지키지 않는 데다가 성격이 포악하고 음흉했지요……. 한마디로 버러지 같은 인간입니다. 어릴 때부터 그랬어요. 그놈을 마지막으로 본 게 십 년 전이니까…… 그 못된 놈이 열아홉 살 때였습니다. 그때 저는 스무 살, 아서 형님은 스물두 살이었

---

* 준남작은 영국 세습 작위의 최하위로 준작보다 아래이고 기사보다 위이지만 귀족은 아니다. 준남작이 처음 생긴 것은 1611년, 그러니까 제임스 1세 때로, 이 소설의 배경이 되는 시기에는 그러한 작위가 없었다.

고요. 우리 식구 말고 제 사촌 누이동생인 이디스가 있었습니다……. 그때 열여섯 꽃다운 나이였어요……. 얼굴이 예쁘고 마음씨가 곱고 상냥했습니다. 백작 집안에서 태어났지만 부모님이 일찍 돌아가시자 마지막 후예로 그 많은 재산과 실효가 된 작위를 물려받았지요. 제 아버지가 이디스의 보호자 노릇을 했습니다. 저는 이디스를 사랑했고, 이디스도 저를 사랑했지요. 하지만 이디스는 아주 어렸을 적에 아서 형님과 이미 약혼을 해 놓은 상태였습니다. 아버지께선 일단 약속해 놓은 정혼을 깨뜨리려고 하지 않으셨지요. 아서 형님은 다른 아가씨를 좋아하고 있었고, 우리 두 사람더러 낙심하지 말라고 했습니다. 시간이 좀 흐르고 더구나 운만 따라 주면 언젠가는 우리가 뜻을 이룰 수 있게 될는지 모른다고 희망을 잃지 말라고 했지요. 그런데 제 동생 휴는 이디스의 재산을 탐냈습니다. 물론 입으로는 이디스를 사랑한다고 떠들었지요……. 하지만 그 녀석은 언제나 말과 행동이 달랐습니다. 이디스는 그 녀석의 간교에 넘어가지 않았습니다. 제 아버지를 속일 수는 있어도 그 밖의 다른 사람은 속일 수가 없었던 거지요. 아버지는 우리 중에서 그 녀석을 제일 사랑하고 믿었습니다. 나이가 제일 어린 데다 다른 사람들로부터 미움을 받고 있었으니까요……. 부모의 사랑을 독차지하는 비결은 예나 지금이나 바로 그 두 가지인 것 같습니다……. 동생은 거짓말을 잘하는 데다 말주변도 좋았습니다……. 그러다 보니 아버지는 동생을 맹목적으로 사랑하게 되었답니다. 저는 다혈색이었습죠……. 사실을 말씀드린다면, 아주 정도가 심한 다혈질이었습니다. 그렇지만 어디까지나 순수한 종류라서 저 자신을 제외하고는 어느 누구한테도 피해를 주거나 누구를 망신시키거나 손해를 끼치는 법이 없었지요. 범죄라든지 비열함과는 거리가 멀었고, 저 자신의 명예에 합당하지 않은 일은 한 번도 한 적이 없었습니다.

그런데 제 동생 휴는 이런 약점들을 악용했습니다……. 아서 형님의 건강이 좋지 않아 늘 병을 앓는 것을 보면서, 저만 제거하면 최악의 사태가 발생하여 형이 죽었을 때 집안 재산을 독차지할 수 있겠다는 계산을 한 거지요……. 그랬습니다……. 폐하, 그 이야기는 너무 긴 데다가 이야기할 가치조차 없습니다. 그러니 간단하게 말씀드리지요. 동생 녀석은 제 약점을 교묘하게 부풀려 그것을 범죄 행위로 만들었습니다. 마침내 그 녀석은 제 방에서 줄사다리를 발견하고는 ── 그건 동생이 시켜 갖다 놓은 것이었지요. ── 이 사다리와 돈으로 매수한 하인들과 다른 악한들의 거짓 증언을 가지고 제가 무엄하게도 아버지 명령을 어기고 이디스와 함께 달아나 결혼하려고 했다는 확신을 아버지가 갖게 했습니다.

삼 년 동안 집과 영국 땅을 떠나 군인이 되어 세상이 어떻게 돌아가는지 그 이치를 어느 정도 배우고 사람이 좀 되어 돌아오너라, 하고 아버지께서 말씀하셨습니다. 저는 그 유예 기간 동안 유럽에서 벌어지는 갖가지 전쟁에서 싸우면서 시련과 궁핍과 모험을 지겹도록 맛보았습니다.* 마지막 전투에서 그만 포로가 되어 영고성쇠의 칠 년 동안 낯선 타향 지하 감옥에서 생활했지요. 그러다가 마침내 기지와 용기의 힘으로 용케 자유의 몸이 되어 방금 이곳까지 도망쳐 왔습니다. 입을 옷과 가진 돈이 넉넉

---

* 스페인 대 프랑스 전쟁(1535~1538), 독일 대 프랑스 전쟁(1536~1538)을 가리키는 듯하다.

지 못한 건 그렇다 치더라도, 모진 칠 년 동안 헨든 저택에서 무슨 일이 있어났는지, 가족들과 재산은 어떤지 까맣게 모르고 있습니다. 폐하, 제 보잘것없는 이야기는 이게 전부입니다."

"참으로 말 못 할 고생을 많이 했구려!" 어린 왕이 초롱초롱한 눈망울을 굴리며 말했다. "내 그대의 권리를 회복시켜 주겠소……. 맹세코 반드시 그렇게 하겠소! 왕의 이름을 걸고 약속하겠소!"

그러고 나서 마일스 헨든이 털어놓은 고생담에 자극을 받은 왕은 이번에는 최근에 자신이 겪은 기구한 사연을 털어놓기 시작했다. 이 말을 들은 헨든은 그야말로 어안이 벙벙했다. 왕의 이야기가 끝나자 마일스는 혼잣말로 이렇게 중얼거렸다.

"아, 이 얼마나 놀라운 상상력이란 말인가! 이건 참으로 예사롭지 않은 머리야. 그렇지 않고서는, 미쳤든 미치지 않았든, 공기처럼 아무것도 아닌 것을 갖고 도대체 이런 이치에 맞으면서도 화려한 줄거리를 만들어 낼 수가 없지. 이런 멋진 로망을 말이야. 내 목숨이 붙어 있는 한, 저 불쌍한 아이와 친구가 되어 옆에서 끝까지 보살펴 줘야겠는걸. 넌 내 곁을 떠나면 안 돼. 이제부터는 영원한 내 귀염둥이, 내 벗이 되는 거야. 그 병도 꼭 고쳐 주마! …… 그래, 완전히 온전하게 말이야……. 그렇게 되면 저 애는 이름을 떨치게 되겠지……. 그리고 난 자랑스럽게 이렇게 말할 거야. '그 친구는 내가 만들었지……. 집도 없이 떠도는 부랑아를 내가 돌봐 주었으니까 말이야. 하지만 처음부터 뭔가 싹수가 보이더라고. 언젠가 이름을 떨칠 만한 재목이니 두고 보라고 내가 말했지……. 보라고, 잘 관찰해 보라고……. 내 말이 맞았지?' 이렇게 말할 거야."

왕이 생각에 잠긴 듯한 차분한 목소리로 입을 열었다.

"그대 덕분에 나는 몸을 다치지도 모욕을 당하지도 않았소. 어쩌면 그대는 내 목숨까지 구해 줬는지도 모르오. 그 같은 헌신적 행동에는 아낌없는 보상이 뒤따라야 하는 법. 소원을 말해 보시게. 왕의 권한으로서 내가 할 수 있는 것이라면 뭣이든지 들어줄 테니."

이 엄청난 제안을 듣자 헨든은 혼자만의 몽상에서 번쩍 깨어났다. 처음에는 그저 왕에게 고마움을 표한 뒤 마땅히 해야 할 도리를 했을 뿐이니 보상 같은 건 필요 없다고 대답하려고 했다. 그런데 좀 더 그럴듯한 생각이 떠오르자 왕에게 잠시 조용히 생각할 기회를 달라고 부탁했다. 그러자 왕은 그렇게 중요한 문제는 절대로 서두르지 않는 것이 최선이라고 말하면서 정중히 허락했다.

마일스는 잠시 동안 생각에 잠겼다가 혼잣말로 이렇게 중얼거렸다.

"그래, 바로 그거야······. 다른 방법으로는 도저히 얻어 낼 수 없을 테니 말이야······. 확실히 지금 이 순간 겪고 있는 경험으로는, 지금 이대로 이 일을 계속한다는 건 몹시 피곤하고 힘이 들 거야. 그래, 그걸 제안해 보는 거야. 좋은 기회를 놓쳐 버리지 않기를 정말 잘했지 뭐야." 그러고 나서 마일스는 어린 왕 앞에 한쪽 무릎을 꿇고 이렇게 말했다.

"제가 폐하께 해 드린 보잘 것 없는 일은 신하라면 누구나 마땅히 해야 하는 일이므로 보답을 받을 것이 없사옵니다. 하지만 폐하께서 기꺼이 상을 내리실 만한 일이라고 생각하시니, 고마운 마음으로 한 가지 청을 드리고자 합니다. 폐하께서도 아실 테지만, 지금부터 약 400년 전 영국의 존 왕과 프랑스 왕 사이에 불화가 있었습니다. 그래서 양쪽 나라에서 뽑은 두 기사가 경기장에서 시합을 벌여 이른바 하느님의 중재로 결판을 내기로 했지요. 두 왕을 비롯해 증인과 심판을 맡은 스페인 왕과 프랑스에서 제일가는 기사가 먼저 시합장에 모습을 나타냈습니다. 그런데 프랑스 기사가 얼마나 무섭게 보였던지 영국 기사들은 저마다 그와 무기를 겨루기를 거부했지요. 이만저만 심각한 문제가 아니었습니다. 영국 왕이 부전패(不戰敗)를 당하기 일보직전이었지요. 그런데 바로 그때 런던탑에는 영국에서 싸움을 가장 잘하는 드쿠어시 경*이 명예와 재산을 모두 잃고 오랫동안 갇혀 몸이 쇠약해지고 있었습니다. 이 일을 드쿠어시 경에게 호소하자 그는 자신이 시합에 나서겠다고 하면서 싸울 채비를 하고 시합장으로 갔습니다. 그런데 프랑스 기사는 그 무시무시한 체구를 힐끗 쳐다보고 그 유명한 이름을 듣자마자 그대로 줄행랑을 쳤습니다. 그래서 결국 프랑스 왕이 이 시합에서 지고 말았지요. 존 왕은 드쿠어시 경에게 명예와 재산을 되돌려 주고 나서 이렇게 말했습니다. '네 소원을 말해 보아라. 이 나라의 절반을 달라고 해도 들어줄 테니.' 그러자 드쿠어시 경은 제가 지금 하듯 무릎을 꿇고는 이렇게 대답하는 것이었지요. '폐하, 그렇다면 말씀 드리겠나이다. 저와 제 자손들이 이 나라 왕 앞에서 영원히 모자를 벗지 않아도 되는 특권을 내려 주셨으면 합니다.' 폐하께서도 아시다시피 존 왕은 그 부탁을 들어주었습니다. 그리고 지난 400년 동안 드쿠어시 집안은 한 번도 대(代)가 끊긴 적이 없습니

---

* 훗날 얼스터 백작이 된 존 드쿠어시(1160~1219).

다. 그래서 오늘날까지도 그 유서 깊은 가문의 장손은 왕 앞에서 모자나 투구를 쓰고 있어도 아무도 제지하는 사람이 없나이다.* 다른 사람 같으면 어림 반 푼도 없는 노릇이지요. 이런 전례가 있다는 것을 말씀드리면서, 저는 폐하께 이런 청을 한 가지 드리고자 합니다……. 저로서는 분에 넘치는 영광입니다만…… 다름이 아니라, 저와 제 자손들이 영원토록 영국의 왕 앞에 앉아 있을 수 있도록 허락해 주시기를 바라나이다!"

"어서 일어나게, 마일스 헨든 경." 어린 왕은 헨든의 칼로 헨든의 어깨를 두드려 작위를 수여하며 엄숙하게 말했다. "일어나 자리에 앉게나. 그대의 소원을 들어주기로 하겠소. 이 영국이 계

---

* 트웨인은 1873년에 두 번째로 런던을 방문했을 때 웨스트민스터 사원에 묻힌 존 드쿠어시의 무덤을 보았고 그와 관련한 일화를 알게 되었다. 드쿠어시 집안의 후손인 킹세일 집안은 오늘날까지도 이러한 특권을 누리고 있다.

속 남아 있고 왕실이 사라지지 않는 한, 이 특권 또한 영원히 사라지지 않을 것이오."

어린 왕은 생각에 잠겨 걸음을 옮겼고, 헨든은 식탁 앞에 놓인 의자에 앉아 이렇게 혼잣말로 중얼거렸다.

"참으로 기발한 생각이었어. 또한 한 시름 덜게 되었고 말이야. 이 욱신거리는 다리 좀 봐. 만약 그런 생각을 하지 못했더라면, 이 불쌍한 아이가 제정신으로 돌아올 때까지 몇 주일이고 내내 서 있어야 했을는지도 모르잖아." 잠시 뒤 헨든의 생각은 꼬리에 꼬리를 물고 다시 이어졌다. "그렇다면 난 이제 '몽상과 그림자 왕국'의 기사가 된 것이란 말인가? 나처럼 평범한 사람에겐 참으로 어울리지 않는 자리로군. 하지만 절대로 웃지 않겠어……. 그건 정말 안 될 말이지. 나한테는 허황된 장난일는지 모르지만 저 아이한테는 진짜니까. 하기야 어떤 점에서는 나한테도 거짓이 아닌지도 모르지. 저 아이의 따뜻하고 너그러운 마음씨를 엿볼 수 있었으니 말이야……." 잠시 쉬었다가 헨든은 다시 혼잣말로 중얼거렸다. "어이쿠, 저 아이가 사람들 앞에서 내게 귀족 칭호를 붙이면 어떻게 한담? ……그런 칭호와 내 누더기 옷이 잘 맞아떨어지지 않잖아! 하지만 그게 무슨 상관이람. 저 아이가 부르고 싶은 대로 마음대로 부르라고 하지. 나야 아무래도 상관없으니까."

13
왕자의 실종

곧 두 사람한테 무거운 졸음이 쏟아졌다. 그러자 왕이 입을 열었다.

"이 누더기를 벗기시오." 그가 입고 있는 옷을 두고 하는 말이었다.

헨든은 불평이나 대꾸 한 마디 없이 사내아이의 옷을 벗기고 침대에 눕혀 이불을 잘 덮어 준 다음 방 안을 둘러보고는 처량한 생각에 혼잣말로 중얼거렸다.

"아까도 그러더니 또다시 내 침대를 차지하는군……. 맙소사, 그럼 난 어디서 잠을 잔다?"

어린 왕은 그가 당황스러워 하는 모습을 눈치 채고 그런 마음을 가시게 해 주려고 한마디 던졌다. 왕이 졸린 듯한 목소리로 말했다.

"그대는 문 앞에 비스듬히 누워 눈을 붙이고 보초를 서게나."

그 말을 끝내기 무섭게 어린 왕은 깊은 잠에 빠져들어 모든 걱정 근심을 잊어 버렸다.

"아이고 머리야! 정말 왕으로 태어났어야 할 아이로군!" 헨든이 감탄한 듯 넋두리처럼 혼자 중얼거렸다. "어쩌면 저렇게 감쪽같이 연기를 잘할까."

그러고 나서 헨든은 별 수 없이 문가 마룻바닥에 드러누워 만족한 듯 혼잣말로 이렇게 중얼거렸다.

"지난 칠 년 동안 나는 이보다 더한 곳에서도 잠을 잤어. 이걸 참지 못하고 불평을 늘어놓는다면 저 하늘에 계신 하느님께 배은망덕한 일이지."

헨든은 동이 틀 무렵에서야 겨우 잠이 들었다. 그리고 정오 가까이 되어서야 겨우 눈을 뜬 뒤 아직도 곤히 잠들어 있는 사내아이의 이불을 한 번에 조금씩 걷어 내고는 끈을 가지고 아이의 몸 치수를 쟀다. 헨든이 그 일을 막 끝내자 왕은 눈을 뜨고 왜 이렇게 춥냐고 불평하면서 지금 무엇을 하고 있는 중이냐고 물었다.

"이제 다 끝났습니다, 폐하." 헨든이 대답했다. "밖에 볼일이 좀 있어 나갔다가 곧 돌아오겠습니다. 좀 더 주무시지요……. 그러셔야 합니다. 자…… 제가 폐하의 머리까지 덮어 드리겠습니다……. 금방 따뜻해질 겁니다."

왕은 마일스가 미처 말을 끝내기도 전에 다시 꿈나라로 빠져들었다. 마일스는 살그머니 방을 빠져나갔다가 삼사십 분 안에 다시 살그머니 방으로 돌아왔다. 싸구려 천으로 지었고 입어서 여기저기 헤어져 보이는 사내아이 헌옷 한 벌을 들고 들어왔다. 그러나 깨끗하고 계절에 어울리는 옷이었다. 그는 자리에 앉아 방금 사 온 옷을 찬찬히 살펴보며 이렇게 혼잣말로 중얼거렸다.

"지갑이 좀 두둑했다면 좀 더 좋은 옷을 샀으련만. 하지만 돈이 없으면 없는 대로 만족해야 하는 법이 아닌가…….

우리 마을에 여편네 한 사람이 있었다네.
우리 마을에 살고 있었지롱…….*

몸을 꿈틀거리는 것 같네……. 목소리를 좀 더 낮춰 노래를 불러야겠군. 아직 갈 길이 멀고 너무 녹초가 되어 있으니 단잠을 깨워선 안 되지. 불쌍한 녀석……. 어디 옷을 좀 보자……. 이 정도라면 그런 대로 쓸 만하군……. 여기저기 한두 군데 꿰매면 감쪽같겠는걸. 이 옷은 저 옷보다 더 멀쩡한데그래. 역시 한두 군데 꿰매면 괜찮겠는걸……. 이 신발도 아주 멀쩡해. 이걸 신기면 작은 발이 따뜻하고 뽀송뽀송해지겠어……. 아마 저 아이한테는 처음 보는 낯선 물건일 거야. 틀림없이 여름이고 겨울이고 맨발로 걸어 다녔을 거야……. 실이 빵이라면 얼마나 좋을까. 동전 한 닢만 가지고도 일 년 쓸 만큼을 살 수 있으니. 이렇게 큼직하고 훌륭한 바늘도 돈 한 푼 내지 않고 공짜로 얻을 수 있고. 이제 어디 슬슬 바느질이나 시작해 볼까나!"

그래서 헨든은 바느질을 하기 시작했다. 그러나 남자들이 지금까지 늘 그래 온 것처럼, 또 어쩌면 앞으로도 언제까지 그렇게 할 것처럼 바늘을 움직이지 않고 붙잡은 채 바늘귀에 실을 찔러 넣으려고 했다. 그런데 그것은 여자들이 실을 꿰는 방법과는

---

* 본디 영국의 민요인 이 발라드는 트웨인이 특별히 좋아한 노래였다. 그는 처음 『허클베리 핀의 모험』에서 이 노래를 사용했고 뒷날 『미시시피 강의 생활』에서도 사용했다. 이 노래는 아직도 미국에서 널리 불린다.

정반대였다.* 헨든은 바늘귀에 실을 꿰려고 했지만 번번이 목표에서 빗나가고 말았다. 바늘귀의 오른쪽으로 실이 비켜 나가는가 하면, 이번에는 왼쪽으로 비켜 나갔다. 또 어떤 때는 바늘에 실이 구부러지기도 했다. 그래도 그는 군대에 있을 때 이런 일을 많이 겪었기 때문에 인내심을 가지고 포기하지 않았다. 마침내

* 트웨인은 『허클베리 핀의 모험』에서도 바늘에 실을 꿰는 방법을 묘사하고 있는데, 『왕자와 거지』에서와는 반대로 설명한다. 전자에서는 여자들이 바늘은 움직이지 않은 채 붙잡고 바늘귀에 실을 찔러 넣으려고 하는 반면, 남자들은 그와 정반대로 실을 고정시키고 바늘귀를 갖다 댄다고 했다.

헨든은 실을 바늘귀에 꿰는 데 성공하여 그동안 무릎 위에 얌전히 놓여 있던 옷을 들고 바느질을 하기 시작했다.

"여관비는 지불했어……. 조금 있다 먹을 아침 식사까지 포함해서 말이야……. 그러니 남은 돈으로는 당나귀 두 마리를 사고 이곳에서 우리 집까지 가는 이삼 일 동안 버티면 돼. 헨든 저택에서는 풍요로움이 우리를 기다리고 있거든…….

　　그 여편네는 되게 좋아했다네, 자기 서……

　앗, 따가워라! 손톱 끝이 바늘에 찔렸구나! …… 그래도 상관없어. ……이런 게 어디 한두 번인가. ……하지만 남자가 할 짓은 못 되는군. ……꼬마 친구야, 우리 집에만 도착하면 기분이 좋아질 거야. 조금도 의심을 마라! 네 고생은 끝장이 날 거야. 또 네 근심 걱정도 사라질 거고…….

　　그 여편네는 자기 서방을 되게 좋아했다네.
　　하지만 다른 사내가…….

　이거 기품 있고 큼직하게 꿰맸군! (잠시 뒤 헨든은 바느질한 옷을 높이 쳐들고 흐뭇한 눈길로 여기저기 뜯어보았다.) 이렇게 고상하고 품위가 있으니 양복장이의 인색한 바늘땀이 더더욱 시시하고 천박해 보이는군…….

　　그 여편네는 자기 서방을 되게 좋아했다네.

하지만 다른 사내가 좋아했네, 그 여자를……*

　맙소사, 이제 끝났군……. 누구 솜씨인지 솜씨 한번 기막히
구나. 게다가 이렇게 빠른 시간에 바느질을 끝마치다니. 이제
저 아이를 깨워 옷을 입히고 밥을 든든히 먹여야지. 그러고는
서더크에 있는 태버드 여관** 부근의 시장으로 서둘러 가는 거
야……. 일어나십시오, 폐하! ……대답을 하지 않는군……. 폐
하, 이보십시오! ……잠이 깊이 들어 내 말소리가 들리지 않는
모양이니, 외람되지만 폐하의 옥체에 손을 댈 수밖에 없군. 아니,
세상에 이럴 수가!"

　헨든이 이불을 들추어 보았다. 그런데 사내아이가 온데간데
없는 것이 아닌가!

　그는 놀라서 입을 다물지 못하고 잠시 방 안 주위를 둘러보았
다. 그러고 보니 어린 왕의 누더기 옷도 보이지 않는 것을 처음으
로 깨달았다. 헨든은 버럭 화를 내며 큰 소리로 여관 주인을 불
렀다. 바로 그때 종업원이 아침 식사를 들고 방으로 들어왔다.

　"이 후레자식 놈아, 어떻게 된 일인지 해명을 해 보아라! 그렇
게 하지 않으면 오늘 내 손에 죽을 줄 알아!" 전쟁터에서 싸운
이 용맹한 기사가 호통을 치며 종업원한테 달려들었다. 그러자

---

* 이 소설을 집필할 당시 트웨인은 원고에 "그러나 다른 사내가 그녀를 두 배로
좋아했네."라고 썼다가 친구이자 문학 비평가인 윌리엄 딘 하우얼스의 제안에
따라 현재 상태로 고쳐 놓았다. 하우얼스는 원고본의 노래 가사가 어린이들을
위한 책에 부적절하다고 생각했다.
** 런던에서 가장 유명한 이 여관은 14세기에 건축되어 1676년의 런던 대화재
때 소실되었다가 다시 건축되어 존속했으나, 19세기 말엽에 완전히 없어졌다. 이
여관은 제프리 초서의 『캔터베리 이야기』에도 등장한다.

겁에 질리고 놀란 종업원은 순간 아무 말도 하지 못했다. "그 아이는 도대체 어디 있느냐?"

그러자 종업원은 덜덜 몸을 떨면서 헨든이 묻는 말에 두서없이 대답했다.

"나리께서 여관에서 나가시자마자 어떤 젊은이가 헐레벌떡 달려와서는 나리께서 그 어린아이를 서더크 쪽 다리 끝으로 당장 데려오라고 말씀하셨다는 겁니다. 그래서 젊은이를 이 방으로 안내했습죠. 젊은이가 소년을 깨워서 그 말을 전하자 그 아이는 '이렇게 일찍부터' 웬 수선이냐고 조금 투덜대더니 곧바로 옷을 입고 젊은이를 따라 나갔습니다. 다만 낯선 심부름꾼을 보내지 말고 나리께서 직접 오셨어야 예법에 맞는 행동이라고 중얼거리면서요…… 그래서…….”

“이런 바보 멍텅구리 같은 자식! ……속아 넘어가기 잘하는 바보 같은 놈이로고……. 너 같은 놈들은 모두 목을 매달아 버려야 해! 하지만 설마 그 아이가 다치지는 않았겠지. 그 아이 몸이 상하게 하진 않았을 거야. 어서 가서 데려와야겠다. 식사 준비를 해 놓아라. 가만! 마치 이불 속에 사람이 누워 있는 것처럼 보이는데. ……우연히 그렇게 되었나?”

“저는 잘 모르겠습니다. 그 청년이 그것을 만지작거리는 것밖에는 보지 못했으니까요. ……그 어린아이를 데리러 온 그 사람 말입죠.”

“갈수록 태산이로군! 내 눈을 속이려고 그렇게 한 거야, 시간을 벌려는 수작임에 틀림없어. 어이, 이보라고! 그 젊은 놈, 혼자였느냐?”

“네, 혼자였죠.”

“확실하겠지?”

“네, 확실합니다, 나리.”

“기억을 한번 잘 더듬어 보아라. ……찬찬히 생각해 보라고, 시간을 갖고 말이야.”

잠깐 동안 생각한 뒤에 종업원이 대답했다.

“처음 왔을 때에는 아무도 같이 온 사람이 없었습죠. 하지만 지금 기억해 보니, 그 두 사람이 런던교의 군중 속에 섞일 때 어디선가 불한당처럼 보이는 사내 하나가 근처에서 튀어나왔고, 그 사람이 막 두 사람과 합류하려는 순간…….”

“그러고 나서? ……어서 말해 봐!” 조바심이 난 헨든이 그의 말을 가로막으며 소리를 질렀다.

"바로 그때 군중들이 파도처럼 몰려와 그 사람들을 그대로 쓸어가 버렸어요. 그 뒤로는 통 볼 수가 없었습죠. 주인어른께서 저를 불러 서사(書士)가 주문한 고깃덩어리를 왜 잊어버렸냐고 야단치시는 통에 말입니다. 하지만 그 문제를 갖고 저를 나무라시는 건 아직 태어나지 않은 아이한테 죄를 묻는 것과 별반 다를 게……."

"내 앞에서 당장 꺼져 버려, 이 바보 같은 놈아! 네놈의 수다 때문에 내가 정신이 돌 지경이구나! 잠깐만! 그 사람들이 어느 쪽으로 튀고 있었느냐? 잠시만 더 기다릴 수 없느냐? 그 사람들이 서더크 쪽으로 가더냐?"

"바로 그대로 입습죠, 나리, 조금 전에도 말씀드렸습니다만, 그 망할 놈의 고깃덩어리로 말할 것 같으면, 아직 태어나지도 않은 아이한테 책임을 묻는 것과 조금도……."

"아직껏 이곳에 서 있단 말이냐! 그것도 여전히 주둥아리를 놀리면서!" 네놈의 모가지를 비틀어 버리기 전에 어서 썩 꺼져 버리란 말이야!"

그러자 종업원은 곧바로 사라졌다. 헨든은 그 뒤를 쫓아 한 번에 두 계단씩 성큼성큼 밟으면서 쏜살같이 아래층으로 내려갔다. 그러면서 혼잣말로 중얼거렸다.

"그 아이가 자기 아들이라고 우기던 그 교활한 악당 놈의 짓거리가 분명해. 머리가 돈 나의 불쌍한 꼬마 주인이여, 나는 너를 잃고 말았구나……. 생각만 해도 괴롭군……. 너를 그토록 사랑하게 되었는데! 아니지, 잃어버렸다니! 천만의 말씀이야! 잃어버린 게 아니야. 너를 다시 찾을 때까지 온 세상을 뒤지고 다닐 테야. 불쌍한 녀석, 저 방에 아침 식사가 준비되어 있는데…… 내 식사도 함께 말이지. 하지만 이젠 배도 고프지 않구나…… 쥐새끼들이나 먹으라고 하지……. 서두르자, 어서 서둘러! 그래야만 해!"

헨든은 시끌벅적한 인파를 뚫고 다리 쪽으로 재빨리 헤집고 나아가면서 몇 번이고 혼잣말로 중얼거렸다. 특별히 위로가 되는 듯 이런 생각을 뇌리에서 떨쳐 낼 수가 없었다.

"그 아이는 투덜대면서도 어쨌든 갔어……. 그래, 그 아이가 간 건 마일스 헨든이 자기를 불렀다고 생각했기 때문이지. 기특한 녀석이야……. 만약 다른 사람이 불렀다면 절대로 따라가지 않았을 거야. 암, 그렇고말고."

14
"왕이 승하하셨도다! 새 왕 만세!"

같은 날 아침 동이 틀 무렵 톰 캔티는 깊은 잠에서 깨어나 어둠 속에서 두 눈을 떴다. 얼마 동안 가만히 자리에 누워 어수선한 생각과 느낌을 따져 보고 그것에서 어떤 의미를 찾아내려고 애썼다. 그러다가 갑자기 기쁨에 차서, 그러면서도 누가 들을까 봐 조심스럽게 이렇게 내뱉었다.

"이제 알겠어! 이젠 모두 알겠단 말이야! 하느님 감사합니다. 마침내 정말로 잠에서 깨어난 거야! 슬픔이여, 이제 물러가라! 그 대신 기쁨이여, 오서 오라! 어이, 낸 누나! 베트 누나! 그 지푸라기 이불을 팽개치고 어서 내 옆으로 와 보라고. 이제껏 어떤 밤의 요정도 불러낸 적이 없는 가장 기막히고 황당한 꿈을 귓가에 속삭여 줄 테니! 인간의 영혼을 한 번도 놀라게 한 적이 없는 그런 꿈 말이야……. 어이, 낸 누나, 어서 빨리! 베트 누나도……!"

그러자 희미한 형체가 그의 옆으로 다가와 말했다.

"분부하실 명령이라도 있으신지요?"

"명령이라고? ……맙소사, 어디서 많이 듣던 목소리인데! 말해 보시오……. 도대체 내가 누구요?"

"누구냐고요? 어젯밤까지는 왕세자님이셨지만, 오늘부터는 만인이 우러러보는 영국의 에드워드 왕이시옵니다."

톰은 베개에 얼굴을 파묻은 채 슬픔에 젖어 혼잣말로 중얼거렸다.

"아니, 이럴 수가 있나! 꿈이 아니었구나! 당신은 가서 쉬시구려……. 슬픔에 잠기도록 나를 내버려 두고."

톰은 다시 잠이 들었고, 얼마 뒤 이런 달콤한 꿈을 꾸었다. 여름날 그는 굿먼스 필드라는 아름다운 들판에서 혼자서 뛰놀고 있었다. 그때 붉은 수염을 길게 기르고 등에 혹이 난, 키가 30센티미터밖에 되지 않는 난쟁이가 하나가 갑자기 나타나 그에게 말을 걸었다.

"저 나무 등걸 옆을 파 보아라."

그가 시키는 대로 하자 반짝거리는 새 금화 열두 닢이 나왔다. 그야말로 엄청난 돈이지 않은가! 그러나 그것이 전부가 아니었다. 난쟁이가 계속하여 톰에게 말했다.

"나는 너를 잘 알고 있단다. 착한 아이는 이런 선물을 받을 자격이 있지. 오늘로서 네 고생은 끝이 나고, 착한 일에 대해 보상을 받는 날이 온 것이란다. 앞으로 이레 되는 날마다 이곳을 파 보렴. 그러면 언제나 똑같은 보물, 즉 반짝이는 금화 열두 개가 놓여 있을 게다. 하지만 이 사실을 아무한테도 알려서는 안 돼……. 비밀로 해 둬야만 하거든."

그러고 나서 난쟁이는 사라졌고, 톰은 그 선물을 가지고 곧바로 오펄코트로 달려가면서 속으로 이렇게 생각을 했다.

"매일 밤 아버지한테 금화 한 닢씩 드려야겠어. 내가 구걸해 온 줄로 알고 가슴 뿌듯해하실 거야. 나를 더 이상 두들겨 패지도 않을 테고. 또 나를 가르쳐 주시는 신부님께도 일주일에 금화 한 닢씩을 드려야지. 엄마와 낸과 베트 누나들한테는 나머지 네 닢을 주고. 이제 우리 식구는 헐벗고 굶주리지 않아도 돼. 겁을 먹고 애태우고 매를 맞는 것도 이제 오늘로서 끝이야."

꿈속에서 톰은 두 눈에 감사하고 감격하는 표정을 띠고 숨을 헐떡거리며 누추한 집에 도착했다. 그리고는 금화 네 닢을 어머니의 무릎에 던지면서 이렇게 소리쳤다.

"자 받으세요, 엄마! ……다들 받으세요! ……엄마와 낸 그리고 베트 누나한테 다 주는 거예요. ……제가 정직하게 번 돈이에요. 구걸하거나 훔친 게 아니라고요!"

그러자 깜짝 놀란 엄마는 행복에 겨워 아들을 힘껏 품안에 껴안고 탄성을 질렀다.

"이제 너무 늦었사옵니다……. 이제 그만 자리에서 일어나시겠사옵니까?"

아, 그것은 톰이 기대하던 대답이 아니었다. 꿈이 산산조각으로 부서졌다. 그는 이제 정신이 번쩍 들었다.

톰이 두 눈을 떴다. 그러자 왕의 잠자리를 보살피는 화려한 옷차림을 한 제1 시종이 침대 옆에 무릎을 꿇고 있었다. 달콤한 꿈이 순식간에 사라져 버렸다. 불쌍한 사내아이는 자기가 아직도 꼼짝없이 왕으로 붙들려 있다는 사실을 깨달았다. 그가 있는 방 안은 애도의 뜻을 나타내는 자주색 망토를 입은 귀족 하인들로 가득 차 있었다. 왕을 보살피는 귀족 시종들도 엄청나게

많았다. 침상에서 일어나 앉은 톰은 두꺼운 비단 커튼 사이로 이 말쑥한 무리를 물끄러미 바라보았다.

왕에게 옷을 입히는 번거로운 의식이 시작되었다. 옷을 입히는 동안 신하들은 한 사람씩 무릎을 꿇고 절을 올리고 나서 어린 왕에게 위로의 말을 건넸다. 맨 처음에 시종무관장(侍從武官長)이 셔츠 하나를 집어 들어 그것을 사냥 담당 제1 시종에게 넘겼고, 그는 다시 그것을 침실 제2 비서관에게 넘겼으며, 그는 그것을 윈저 숲의 관리단장에게 넘겼고, 그는 그것을 다시 어깨걸이 담당 제3 궁내관에게 넘겼고, 그는 그것을 다시 랭커스터 공령(公領) 상서(尙書)에게 넘겼으며, 그는 그것을 의상 보좌관에게 넘겼고, 그는 다시 그것을 노로이 문장원 장관에게 넘겼으며, 그는 그것을 런던탑 무관장에게 넘겼고, 그는 다시 그것을 왕실 집사장에게 넘겼으며, 그는 그것을 세습 기저귀 담당관에게 넘겼고, 그는 그것을 다시 영국 함대 사령관에게 넘겼으며, 그는 그것을 캔터베리 대주교에게 넘겼고, 그가 그것을 다시 침실 제1 시종에게 넘기자 침실 제1 시종은 마지막으로 그 셔츠를 톰에게 입혔다. 그야말로 어안이 벙벙한 불쌍한 아이에게는 마치 불이 났을 때 사람들이 손에서 손으로 물통을 전달하는 모습을 보는 것만 같았다.*

옷 하나하나가 모두 이런 순서를 밟아서 한없이 느릿느릿 엄숙하게 전달되었다. 그러자 톰은 이 의식에 점점 넌덜머리를 냈다. 어찌나 지겨웠던지 마침내 기다란 긴 비단 양말이 저 멀리서 전달되기 시작하는 것을 보고 옷 입는 의식이 다 끝나 가고 있다는 것을 알았을 때에는 안도의 한숨을 내쉬고 싶은 심정이었다. 그러나 좋아하기에는 아직도 일렀다. 침실 제1 시종이 긴 양말을 받아서 톰의 다리에 신기려고 하다가 갑자기 얼굴빛이 노랗게 변하더니 긴 양말을 급히 캔터베리 대주교의 손에 다시 넘겨주면서 놀란 표정으로 "살펴보시지요, 대감!" 하고 속삭였다. 그러면서 손가락으로 양말을 연결하는 뭔가를 가리켰다. 그러자 대주교도 얼굴이 백짓장처럼 하얗게 변하더니 곧 시뻘게지며 긴 양말을 사령관에게 넘겨주면서 "살펴보시지요, 대감!" 하고 속삭였다. 사령관은 긴 양말을 세습 기저귀 담당관에게 건네주며 갑자기 숨이 거칠어지는 바람에 "살펴보시지요, 대감!" 하는 소리조차 제대로 내뱉지 못했다. 이런 식으로 긴 양말은 다시 돌고 돌아 왕실 집사장, 런던탑 무관장, 문장원 장관, 의상 보좌관, 랭커스터 공령 상서, 어깨걸이 담당 제3 궁내관, 윈저 숲 관리단장, 침실 제2 비서관, 사냥 담당 제1 시종을 거쳐 갔고 그때마다 놀라고 겁에 질린 듯 "살펴보시지요! 살펴보시라고요!" 하는 말이 뒤따랐다. 이렇게 하여 긴 양말이 마침내 시종무관장

---

* 트웨인이 익살스럽게 묘사하고 있는 이 장면은 프랑스의 루이 14세가 옷을 입는 습관에서 힌트를 얻은 것이다.

의 손에 들어오자 그는 하얗게 질린 얼굴로 이런 소동을 낳은 물건을 바라보며 쉰 목소리로 속삭였다.

"이런 망측한 일이 다 있나! 긴 양말 동여매는 곳에 고리 하나가 떨어지다니! ……폐하의 긴 양말을 담당하는 책임자를 곧바로 런던탑에 가두겠습니다!"

이렇게 말을 끝낸 시종무관장은 흠이 없는 긴 양말을 새로 가져오는 동안 다리가 후들거리는 듯 사냥 담당 제1 시종의 어깨에 기대어 몸을 기댔다.

그러나 모든 일에는 다 끝이 있는 법이다. 이제 시간이 되어 톰 캔티는 잠시 뒤 침대 밖으로 나올 수 있게 되었다. 담당 관리가 물을 부어 주었고, 다른 담당 관리가 얼굴을 씻겨 주었으며, 또 다른 담당 관리가 옆에서 지키고 서 있다가 수건으로 닦아 주었다. 마침내 몸을 닦는 의식을 무사히 마친 톰에게 이제 마지막으로 왕실 미용사의 작업이 기다리고 있었다. 이렇게 미용사의 손에서 풀려난 톰은 그야말로 물 찬 제비와 같았다. 자주색 망토와 바지를 입고 자주색 깃털이 달린 모자를 쓴 그의 모습은 계집아이처럼 아름다웠다. 톰은 아침 식사를 하는 방을 향하여 모여 선 신하들을 지나 위엄을 갖추고 걸어갔다. 그가 지나갈 때마다 신하들은 뒷걸음질을 쳐 길을 터 주고는 무릎을 꿇었다.

톰은 아침 식사를 마친 뒤 고급 관리들과 금으로 도금한 전투용 도끼를 든 왕실 의장병(儀仗兵) 오십 명의 호의를 받으며 왕실의 예법에 따라 공식 알현실로 안내되었다. 이곳에서 그는 나랏일을 보아야 하는 것이다. 그의 '외삼촌' 하트퍼드 백작이 현명한 조언으로 어린 왕을 돕기 위하여 옥좌 옆에 서 있었다.

선왕이 사망 전에 임명한 유언 집행인들이 나타나 톰에게 자기들이 하려는 일을 승인해 달라고 요청했다. 그것은 형식적인 일이었지만 그렇다고 완전히 형식적이라고도 할 수 없는 것이 아직 섭정이 없었기 때문이다.* 캔터베리 대주교가 돌아가신 선왕의 장례식과 관련하여 유언 집행 위원회의 결정 사항을 보고한 뒤 마지막으로 유언 집행인 명단을 읽었다. 그 명단에는 캔터베리 대주교, 영국의 대법관, 윌리엄 세인트 존 경, 존 러셀 경, 에드워드 하트퍼드 백작, 더럼의 커스버트 주교 등의 이름이 있었다.

그러나 톰은 이런 보고를 듣고 있지 않았다. 조금 전에 들은 보고 중 한 조항 때문에 어리둥절했다. 그때 톰은 몸을 돌리고 하트퍼드 백작에게 속삭였다.

"장례식을 언제 거행하기로 했다고요?"

"다음 달 16일이옵니다, 폐하."

"참으로 이상하고도 어리석은 일이로군. 그러면 시체가 썩지 않나요?"

가련한 톰은 아직도 왕실의 풍습을 잘 모르고 있었다. 자기 동네 오펄코트에서 사람이 죽으면 곧바로 서둘러서 땅 속에 파묻어 버리는 것을 익히 보아 왔기 때문이다. 그러나 하트퍼드 백작은 한두 마디 말로 톰의 마음을 진정시켰다.

그때 각료 한 사람이 추밀원에서 외국 대사들의 접견을 이튿날 오전 11시로 잡아 놓았다고 보고하며 왕의 승인을 요청했다.

톰이 묻는 듯한 표정을 짓고 하트퍼드를 바라보자 그가 이렇게 속삭였다.

---

* 아홉 살 된 에드워드 튜더가 공식적으로 왕으로 추대된 1547년 1월 31일에 하트퍼드 백작인 에드워드 시모어가 섭정으로 임명되어 막강한 권력을 휘둘렀다.

"허락하시는 게 좋습니다. 폐하와 온 나라에 닥친 엄청난 불행에 대해 저들 왕을 대신하여 애도를 표하려 찾아오는 것이옵니다."

톰은 그가 시키는 대로 했다. 또 다른 각료가 나서서 돌아가신 선왕의 왕실 비용과 관련한 전문(前文)을 보고하기 시작했다. 그런데 선왕은 지난 여섯 달 동안 무려 2만 8000파운드에 이르는 돈을 썼던 것이다. 너무나 엄청난 액수라서 톰 캔티는 입을 딱 벌리지 않을 수 없었다. 더구나 그중 2만 파운드는 앞으로 지불해야 할 빚이라는 보고를 듣자 또 한 번 입이 딱 벌어졌다. 또 한 왕실 금고는 이제 거의 바닥이 나다시피 했고, 시종 1200명은 봉급을 제대로 받지 못하고 있다는 사실도 알게 되자 또다시 입이 다물어지지 않았다. 톰은 몹시 놀라 이렇게 입을 열었다.

"이대로 가면 우린 망합니다. 불을 보듯 뻔한 노릇이에요. 왕실의 규모를 줄이고 시종들도 대폭 정리해야 합니다. 그 많은 시종 때문에 일이 늦어지기만 하고 귀찮기만 할 뿐 아무 쓸 데가 없어요. 자꾸 그런 사람들 시중을 받다 보면 마음과 영혼을 망치게 됩니다. 인형과 조금도 다를 바 없다고요. 자기 스스로 일할 만큼 머리도 없고 손도 없는 인형한테나 어울릴 사람이라고요. 빌링스게이트 부근의 생선 시장을 등지고 작은 집 한 채가 있는데……."

누군가 팔을 쿡 찌르는 바람에 톰은 바보 같은 말을 멈추고 얼굴을 붉혔다. 그러나 그가 한 엉뚱한 말을 알아차리거나 그것에 대해 관심을 두는 사람은 아무도 없었다.

또다시 각료 한 사람이 나타나 선왕께서 유언장에 하트퍼드 백작에게 공작 작위를 수여하고 그의 동생 토머스 시모어 경을 귀족으로 끌어올리고, 또한 하트퍼드의 아들한테는 백작 작위를 수여하라는 내용과 함께 왕실의 다른 몇몇 고급 신하들한테도 이와 비슷한 영예를 주라고 하셨으니 추밀원에서는 그 영예로운 작위 수여식을 오는 2월 16일에 거행하기로 결정했다고 보고했다.* 또한 선왕께서 서류를 통해 명시적으로 말씀하시지는 않았지만, 이런 신분에는 그에 걸맞은 재산이 뒤따라야 한다고 개인적으로 생각하셨을 거라는 판단에 따라, 추밀원은 시모어에게 '500파운드에 해당하는 땅'을, 하트퍼드의 아들에게는 '800파운드의 땅과 곧 비게 될 다음 주교의 땅 중에서 300파운드'를 주는 것이 적절하다고 판단했다. 물론 그것은 폐하의 허락을 받아야 하는 일이었다.

그러자 톰은 이 돈을 그렇게 함부로 탕진해 버리기 전에 먼저 선왕의 빚을 갚는 것이 적절하다는 식의 말을 내뱉으려고 했다. 그러나 사려 깊은 하트퍼드가 때마침 그의 팔을 쿡 찌르는 바람에 다행히 실수를 모면할 수 있었다. 그래서 톰은 별다른 말 없이 동의해 주었지만 속으로는 꽤 불만이 많았다. 희한하고 머리가 빙글 도는 듯한 어지러운 일을 그래도 나름대로 잘 처리하고 있는 것이라고 스스로도 대견스럽게 생각하고 있을 때 갑자기 멋진 생각 하나가 톰의 머릿속에 떠올랐다. 왜 자신의 어머니를 오펄코트의 공작부인으로 만들고 그녀에게 땅을 하사하지 않는

---

* 하트퍼드 백작인 에드워드 시모어는 1547년 2월 16일 서머싯 공작으로 추대되었다. 곧 헨리 8세의 미망인인 캐서린 파와 결혼하는 그의 동생 토머스 시모어는 같은 날 서들리의 시모어 남작으로 추대되었다. 한편, 에드워드 시모어의 아들 에드워드는 에드워드 6세의 대관식 날 기사 작위를 받았지만 백작 작위는 1559년에야 받았다.

단 말인가? 그러나 한 가지 서글픈 생각 때문에 금방 그 꿈을 접어 버렸다. 톰은 이름만 왕일 뿐 사실 그 자리에 있는 노숙한 관리들과 귀족들이 자신의 상전과 다름없었던 것이다. 그들에게 그의 어머니는 한낱 정신병 환자에 지나지 않을 따름이다. 그들은 자신의 제안을 믿기지 않는 듯 건성으로 듣고 있다가 아마 의원을 부를 사람들이었다.

재미없는 업무가 지루하게 이어졌다. 탄원서를 낭독하고, 선언과 특허, 그밖에 나랏일과 관련한 장황하고 지루한 온갖 문서를 읽었다. 마침내 톰은 처량하게 한숨을 내쉬면서 혼잣말로 중얼거렸다.

"내가 무슨 잘못을 저질렀기에 그 인자하신 하느님께서 들판에서 마음껏 공기와 햇빛을 누리며 살던 나를 왕으로 만들어 이곳에 가두고 이토록 괴로움을 안겨 주시는 걸까?"

그리고 난 뒤 톰은 흐리멍덩해진 머리를 얼마 동안 끄덕이더니 마침내 한쪽 어깨로 고개를 떨어뜨렸다. 그렇게 승인을 내릴 권한이 있는 사람이 없어지자 왕국의 일은 중단될 수밖에 별 도리가 없었다. 잠을 자고 있는 사내아이의 주위로 침묵이 감돌았고, 신하들은 토의를 멈추었다.

그날 오전 톰은 보호자인 하트퍼드 경과 세인트 존 경의 허락을 받아 엘리자베스, 제인 그레이와 즐겁게 한 시간을 보냈다. 왕실에 커다란 변고가 닥친 뒤라서 공주들의 마음은 조금 차분하게 가라앉아 있었지만 말이다. 그리고 막판에는 뒷날 영국 역사에서 '피의 메리*'로 등장하는 '손위 누이'가 찾아와서 거드

---

*『왕자와 거지』 3장 37쪽 주석 참조.

름을 피우는 바람에 톰은 등골이 서늘했는데 그나마 만난 시간이 짧은 것이 천만다행이었다. 그 뒤 톰이 잠시 동안 혼자서 쉬고 있으려니 이번에는 열두 살쯤 되어 보이는 삐쩍 마른 남자아이 하나가 방으로 들어왔다. 눈처럼 하얀 목주름과 손목 주위의 레이스를 빼놓고는 웃옷과 긴 양말 등 온통 까맣게 차려 입고 있었다. 어깨 위의 자줏빛 리본 매듭 말고는 애도의 뜻을 나타내는 기장(旗章)을 달고 있지 않았다. 남자아이는 모자를 벗은 머리를 숙이고 쭈뼛거리며 다가와 톰 앞에 한쪽 무릎을 꿇었다. 톰은 가만히 앉아 그 아이를 차분히 잠시 동안 바라보다가 입을 열었다.

"일어나라, 애야. 넌 누구냐? 무슨 일로 왔느냐?"

소년은 일어서서 정중하면서도 편안한 자세로 서 있었지만 얼굴에는 불안한 빛이 역력했다. 그 아이가 톰에게 말을 건넸다.

"저를 모르실 리 없을 텐데요, 폐하. 폐하를 대신해 매를 맞는 아이*이옵니다."

"나를 대신해 '매를 맞는' 아이라고?"

"네, 그러하옵니다, 폐하. 소인은 험프리…… 험프리 말로라고 합니다."

톰은 보호자들이 자기에게 먼저 알려 주었어야 했지만 알려 주지 않은 누군가가 나타난 것을 알아차렸다. 그러나 이럴 수도 없고 저럴 수도 없는 난처한 입장이었다. 도대체 어떻게 해야 할까? 이 아이에게 아는 척을 할 수도 있겠지만, 그랬다가 자기 입에서 나오는 한 마디 한 마디 때문에 그 아이를 전에 한 번도 본

---

* 에드워드 6세한테는 바너비 피츠패트릭이라는 '매 맞는 아이'가 있었다. 그는 에드워드의 학교 동료요 친한 친구였다.

적이 없다는 사실이 탄로 날 것이 뻔했다. 아니, 그 방법은 통하지 않을 것 같았다. 그때 톰한테 다행스럽게도 이런 생각 하나가 떠올랐다. 하트퍼드와 세인트는 존이 유언 집행인이니 급한 일로 자주 자기 옆에 붙어 있을 수 없을 테니 이런 일은 앞으로도 자주 겪게 될 것만 같았다. 그러니까 이제부터는 혼자 힘으로 이 어려운 상황에서 벗어날 수 있는 방법을 찾아내는 것이 좋을 듯했다. 그렇지, 그렇게 하는 것이 좋은 방법일 거야. 이 아이를 속여 얼마나 성공할 수 있을는지 한번 알아보기로 하자. 그래서 난감한 표정을 짓고 잠깐 동안 이마를 어루만지고는 곧 톰이 입을 열었다.

"이제야 조금 기억이 나는 것 같구나……. 하지만 여전히 머리가 막혀 있고 몽롱한 게……."

"황공하옵니다, 폐하!" 매 맞는 아이가 정감 어리게 내뱉고는 혼잣말로 이렇게 중얼거렸다. "사람들이 말하던 대로구나……. 정말로 머리가 이상해지셨네…… 아, 불쌍하기도 하셔라! 아이고, 내 정신 좀 봐! 절대로 이상한 눈으로 폐하를 보면 안 된다고 신신당부를 받았건만."

"요즘은 왜 이렇게 내 기억이 가물가물해지는지 모르겠구나. 하지만 걱정할 필요 없다……. 조금씩 나아지고 있으니까……. 조그만 단서라도 주면 잊어버렸던 물건과 이름이 머릿속에서 자주 되살아나거든.(사실인즉 잊어버렸던 것뿐만 아니라 듣지도 보지도 못했던 얼굴도 금방 기억이 나지……. 이 아이도 곧 알게 되겠지만 말이야.) 어서 네 용건을 말해 보아라."

"별로 대수로운 일이 아닙니다, 폐하. 그래도 감히 말씀을 드리겠사옵니다. 이틀 전 폐하께서…… 아침 공부하실 때 말이지요. ……그리스어를 세 번이나 틀렸던 것 기억나시옵니까?"

"그, 그래. ……기억이 나는 것 같구나.(이건 대단한 거짓말은 아니군……. 어쨌든 난 그리스어를 주물럭거린 적이 있었지. 한데 세 번이 아니라 마흔 번은 실수를 저질렀거든.) 그래, 이제 기억이 나는구나……. 그러니 어서 계속해라."

"선생님께선 이렇게 게으르고 멍청할 수가 있느냐고 격노하셔서 저한테 늘씬 매를 드시겠다고 말씀하셨습니다……. 그래서……."

"너에게 매를 들다니!" 톰이 냉정을 잃고 놀란 표정으로 물었다. "내가 잘못을 했는데 왜 네가 매를 맞는단 말이냐?"

"아, 폐하께서 또 잊어버리신 모양입니다. 폐하께서 공부를 하시다가 틀리시면 그분은 언제나 소인에게 매를 드시옵니다."

"그래, 그렇지……. 내가 잠깐 깜박했구나. 네가 나를 은밀히 따로 가르치는데…… 만약 내가 공부를 잘못하면 선생님께선 네가 임무를 게을리 한 탓이라고 생각하시고, 그래서……."

"아, 폐하! 지금 무슨 말씀을 하시는 겁니까? 소인처럼 지극히 보잘것없는 놈이 감히 폐하를 가르치다니요?"

"그럼 도대체 왜 너에게 매를 든다는 말이냐? 이게 무슨 수수께끼 같은 소리야? 내가 정말로 미친 것이냐, 아니면 네가 미친 것이냐? 어디 설명 좀 해 보아라……. 솔직하게 말 좀 해 봐."

"폐하, 쉽게 설명하고 뭐하고 할 거리가 없습니다. 어느 누구도 감히 왕세자님의 몸에 함부로 매를 들 수 없나이다. 그래서 폐하께서 잘못을 저지르시면 소인이 매를 맞는 겁니다. 그래야만 지당한 것이지요. 그게 소인이 맡은 일이고, 소인은 그 일로 밥을 먹고 살고 있사옵니다."

톰은 이 얌전한 아이를 물끄러미 바라보면서 혼잣말로 이렇게 말했다.

"아, 이처럼 놀라운 일이 다 있나……. 아주 이상야릇하고도 별난 직업이로구나. 나를 대신해 머리를 빗고 옷을 입을 아이를 고용하지 않은 게 놀라울 정도야……. 그렇게 했으면 좋겠는걸! ……또 신하들에게 이런 일도 하게 하자. 매는 내가 직접 맞겠다고 하는 거야. 이런 변화를 주신 데 대해 하느님께 감사를 드리면서 말이지."

그러고 나서 톰은 그 아이에게 이렇게 큰 소리로 물었다.

"그래 넌 약속한 대로 매를 맞았느냐?"

"아직 맞지 못하였나이다, 폐하. 원래는 오늘 맞기로 되어 있었는데, 나라에 닥친 국상(國喪)에 적절하지 않다는 이유로 어쩌면 취소가 되는지도 모릅니다. 소인으로서는 잘 알 수 없는 일이라서 이렇게 감히 찾아뵙고 폐하께서 소인을 위해 탄원해 주시겠다고 하신 약속을 상기시키고자…….”

“선생님한테? 너한테 매를 들지 말아 달라고 말이냐?”

“아, 폐하께서도 기억하고 계시는군요!”

“보다시피 기억이 되살아나는구나. 아무 걱정 말아라……. 너한테 매질을 가하는 일은 절대 없을 테니까……. 내가 나서서 그렇게 하지 못하도록 하마.”

“아, 고맙습니다, 폐하!” 매 맞는 아이는 또다시 한쪽 무릎을 꿇고 큰 소리를 말했다. “이왕 여기까지 말씀드렸으니까 말입니다만…….”

매 맞는 아이 험프리가 머뭇거리는 것을 보자 톰은 “청이라는 청은 모두 들어 주고 싶은 기분”이라고 말하면서 조금도 구애받지 말고 하고 싶은 말이 있으면 계속 하라고 용기를 북돋워 주었다.

“그럼 소인 마음속 깊이 간직하고 있던 일인지라 말씀드리겠나이다. 이제는 왕세자님이 아니라 왕이시니 어떤 명령을 내리셔도 아무도 거절하는 사람이 없을 겁니다. 그러니 번거롭게 그 지루한 공부를 계속하실 이유도 없습니다. 책들을 불태우시고 좀 더 지루하지 않은 일을 찾아보시는 게 마땅한 줄 아옵니다. 하지만 그렇게 되면 소인은 망합니다. 소인과 함께 고아인 제 누이들도 함께 망하고 말지요!”

“망하다니? 왜 망한다는 거냐?”

“매를 맞는 일이 소인의 밥줄이옵니다, 폐하! 만약 매를 맞지 못하면 소인은 굶어 죽습니다. 폐하께서 공부를 하지 않으시면 소인의 일자리는 없어집니다. 폐하한테는 매 맞는 아이가 필요 없어지니까요. 그래도 소인을 버리지 말아 주시옵소서!"

톰은 이 애처로운 하소연을 듣고 가슴이 뭉클했다. 그래서 왕 답게 한없이 너그러운 목소리로 그에게 이렇게 말했다.

"조금도 걱정하지 말아라, 애야. 네 일자리는 너는 물론이고 네 후손까지도 영원토록 없어지지 않을 것이다." 그리고 난 뒤 톰은 칼의 평평한 면으로 매 맞는 아이의 어깨를 가볍게 두드려 주면서 이렇게 큰 소리로 외쳤다. "일어나라, 험프리 말로. 그대 를 영국 왕실의 세습 매 맞기 시종에 임명하노라! 이제 슬픔을 거두어라……. 나는 다시 책을 가까이하되 공부를 제대로 하지 않을 것이니 마땅히 네가 받는 임금도 세 배로 늘어날 것이다. 그러니 너도 아마 정신없이 바빠질 거야."

그러자 험프리는 감격스러워 몸 둘 바를 몰라 하며 이렇게 대 답했다.

"아, 폐하, 아주 병적으로 재산을 바라는 소인의 꿈에 이렇게 과분하게 은혜를 베풀어 주시니 성은이 망극하옵니다. 앞으로 평생 동안 소인은 행복할 것입니다. 제 뒤를 이어 말로 집안 후 손 전체가 그러할 것이옵니다."

톰은 이제 자신한테 도움을 줄 만한 아이 하나가 생겼다는 것을 깨달을 수 있을 만큼은 충분히 머리가 있었다. 그래서 험 프리에게 계속 말을 시켰고, 그 아이는 조금도 싫어하는 기색이 없었다. 자신이 왕의 병을 '치료'하는 데 보탬이 된다고 생각하 자 더욱 신바람이 났다. 공부방을 비롯하여 왕궁의 어딘가에서 일어났던 이런저런 특별한 경험과 모험에 대한 기억을 톰의 혼 란스러운 마음에 되살려 주자마자, 톰은 언제나 그때의 상황을 아주 뚜렷하게 다시 '떠올릴' 수 있다는 사실을 알아차렸다. 그렇게 한 시간쯤 지나자 톰은 왕실의 중요한 인물들과 일에 대해 아주 중요한 정보를 많이 얻게 되었다. 그래서 앞으로 날마다 이 소식통한테서 정보를 얻어 내기로 마음먹었다. 이런 목적을 위해 이제부터 영국 왕이 다른 사람들과 약속이 없는 한, 험프리가 찾아올 때마다 그를 언제나 왕의 사실로 들여보내라는 명령을 내릴 생각이었다. 험프리가 물러가자마자 하트퍼드 경이 또 다른 골칫거리를 가지고 톰한테 나타났다.

하트퍼드는 왕의 건강이 몹시 좋지 않다는 소문이 밖으로 새어나가서 외국까지 번지면 곤란하기 때문에 하루 이틀 뒤부터는 왕이 공식적인 자리에서 식사를 하기 시작하는 것이 좋겠다고 추밀원 위원들이 의견을 모았다는 소식을 전해 주었다. 왕의 건강한 혈색과 활기찬 걸음걸이, 품위 있는 동작과 위엄 있는 풍채를 온 세상에 과시하면 설령 좋지 않은 소문이 벌써 퍼졌어도 머리를 짜내 생각할 수 있는 어떤 다른 방법보다도 확실히 잠재울 수 있다는 것이다.

그러고 나서 하트퍼드 백작은 계속하여 이미 폐하가 알고 있는 일이지만 다시 한 번 '일깨우는' 것이라는 속이 빤히 들여다보이는 구실로 공식적인 자리에서 왕이 지켜야 할 행동을 아주 교묘하게 가르쳐 주었다. 그러나 다행스럽게도 이제 톰에게 이런 일이라면 별로 도움이 필요하지 않게 되었다. 즉, 이런 쪽으로 험프리를 잘 이용하고 있었기 때문이다. 왕궁에서 떠도는 소문을 재빨리 얻어들은 험프리가 며칠 뒤부터는 왕이 공식적인 자리에서 식사를 하게 될 소식을 벌써 알려 주었다. 그렇지만 톰은 그 비밀을 자신만 혼자서 알고 있었던 것이다.

　왕의 기억력이 그렇게 많이 좋아진 것을 보고 하트퍼드 백작
은 어느 정도나 좋아졌는지 알고 싶은 나머지 우연히 그렇게 하
는 것처럼 몇 가지 시험을 해 보기로 했다. 이것저것 사안에 따
라 결과는 그런대로 만족스러웠다. 특히 험프리가 정보를 준 사
안에서는 더욱 그랬다. 대체로 백작은 아주 만족스러웠고 또 고
무되었다. 그런데 사실 너무 고무가 된 나머지 그는 매우 희망에
찬 목소리로 이렇게 말했다.

　"이제 폐하께서 기억을 조금만 더 되살리시면 국새의 수수께
끼도 풀 수 있으리라는 확신이 드옵니다…… 사실 어제까지만
해도 그걸 잊어버린 게 중대한 일이었지만, 오늘부터는 사정이

달라졌지요. 그 국새는 선왕께서 돌아가시면서 그 효력을 잃게 되었으니까요. 폐하께서 다시 한 번 더 생각해 보시렵니까?"

톰은 당황스러웠다. 국새는 그가 전혀 감을 잡을 수 없는 문제였다. 잠시 망설인 뒤에 톰은 천진난만하게 고개를 쳐들고 그에게 물었다.

"그게 어떻게 생겼지요, 백작?"

소스라치게 놀란 백작은 들릴락 말락 하는 목소리로 혼잣말로 중얼거렸다.

"아이쿠, 다시 정신이 나가셨구나! ……섣불리 머리를 쓰게 한 게 어리석은 짓이었어." 그러고 나서 백작은 그 재수 없는 국새 생각을 톰의 머리에서 지워 버리기 위해 재빨리 다른 쪽으로 화제를 돌렸다. 아니나 다를까 톰은 곧바로 그 일을 까맣게 잊어 버리고 말았다.

15
왕 노릇을 하는 톰

이튿날 외국 대사들이 화려한 옷차림을 한 수행원을 거느리고 방문했고, 톰은 옥좌에 엄숙히 앉아 그들을 접견했다. 처음에는 너무나도 눈부신 광경 앞에서 흥분이 되어 그의 상상력에 불이 붙었지만 사람들이 꼬리에 꼬리를 물고 들어오는 데다가 인사 또한 너무나 길고 재미가 없었다. 그래서 처음에는 재미있던 일이 점점 짜증나고 귀찮아졌다. 톰은 하트퍼드 백작이 이따금 던져 주는 말을 앵무새처럼 되풀이하면서 그럴듯하게 처신하려고 무척 애썼다. 그러나 태어나서 처음 겪는 일이고 너무 불편한 나머지 그런 대로 봐줄 만한 성공이라고 할 수도 없었다. 겉으로는 그럭저럭 왕처럼 보였을는지 모르지만 실제로는 도무지 왕이라는 느낌이 들지 않았다. 그래서 접견 의식이 모두 끝나자 그는 진심으로 기뻤다.

톰은 왕의 집무와 관련한 일을 하는 데 하루 대부분의 시간을 '낭비'하며 보냈다. 그렇게 시간을 보내는 것을 두고 그는 마음속으로 '낭비'라고 불렀다. 해서는 안 될 일은 왜 그렇게 많고 지켜야 할 예절은 또 왜 그렇게 많은지, 오락 시간이라고 주어지는 두 시간마저도 그에게는 오히려 부담이 되었다. 그러나 그 매 맞는 아이와 개인적으로 함께 보내는 시간은 분명히 유익한 시간으로 생각했다. 왜냐하면 그 아이와 함께 있으면 재미도 있을 뿐더러 필요한 정보를 얻을 수 있었기 때문이다.

톰 캔티가 왕위에 오른 지 사흘째 되는 날은 여느 날과 다를 바 없이 그렇게 지나갔다. 그러나 마음속에 낀 구름이 이제 한 가지 점에서는 걷혔다. 처음보다는 불편하다는 생각이 많이 없어진 것이다. 주변 상황과 분위기에도 조금 적응이 되었다. 왕이라는 쇠사슬이 살갗을 스쳐 쓰렸지만 언제나 그런 느낌이 드는 것은 아니었다. 시간이 흐르면 흐를수록 고관대작들이 자기 앞에서 공손하게 구는 것이 점차 부담스럽지 않고 괴롭지도 않게 되었다.

그런데 오직 한 가지 걱정거리를 빼고 나면 톰은 나흘째 되는 날을 별로 심각한 걱정 없이 맞이할 수 있었을 것이다. 그러니까 사람들 앞에서 하는 식사 말이다. 그날은 공식 식사로 하루 일과를 시작하기로 되어 있었다. 그날 프로그램에는 그보다 더 중요한 행사도 있었다. 추밀원 회의를 주재하는 일도 그 가운데 하나로 그 회의에서 톰은 이 거대한 지구상에 멀리 또는 가까이 흩어져 있는 나라들에 대해 어떤 정책을 취할 것인지 자기 생각을 말하고 필요하다면 지시도 내려야만 했다. 그날은 또 하트퍼드가 왕을 도와 나랏일을 다스리는 섭정 자리에 공식 취임하는 날이기도 했다. 그밖에도 중요한 일이 이 넷째 날에 많이 계획되어 있었다. 그러나 사실 톰한테는 수많은 시선이 호기심을 가지고 지켜보는 가운데 혼자서 식사를 하는 시련과 비교해 보면 그런 일들은 그렇게 중요하지 않았다. 수많은 입들이 자신이 식사하는 모습을 보고 뭐라고 속삭일 것이다. 또 지독히 재수가 없어 혹 실수라도 저지르게 되면 그 실수를 두고 소곤소곤 입방아를 찧어 댈 것이다.

그렇지만 이 나흘째 되는 날을 막을 수 있는 방법은 없었고, 결국 그날은 오고야 말았다. 불쌍한 톰은 그날 아침부터 잔뜩 풀이 죽어 있던 데다가 넋이 나간 사람과 같았고, 그런 상태가 하루 종일 계속되었다. 그는 그런 기분에서 좀처럼 벗어날 수가 없었다. 오전 중에 처리해야 할 일상 업무가 끝도 없이 이어졌고, 그러는 동안 그는 지칠 대로 지쳐 있었다. 다시 한 번 자신이 포로 상태에 놓여 있다는 서글픈 생각이 들었다.

오전 늦게 톰은 큼직한 알현실에서 하트퍼드 백작과 이야기를 나누면서 수많은 고관대작을 접견하기로 약속한 시간이 되기를 지루한 마음으로 기다리고 있었다.

얼마 뒤 톰은 어느새 창문 쪽으로 걸어가 궁전 문 너머 널찍한 한길에서 펼쳐지는 생기발랄한 움직임을 흥미 있게 바라보고 있었다. 단순한 흥미가 아니라, 자신도 몸소 그들 무리에 끼어 마음껏 뛰놀 수 있으면 얼마나 좋을까 하면서 은근히 부러워하기까지 했다. 그런데 바로 그때 가장 비천하고 가난한 남자들과 여편네들 그리고 아이들이 떼를 지어 고함과 야유를 퍼부으면서 길 위쪽에서 다가오고 있는 무리의 선봉이 보였다.

"무슨 일인지 궁금하구나!" 아이들이라면 그런 광경에 마땅히 보일 호기심을 보이면서 톰이 외쳤다.

"폐하께선 왕이시옵니다!" 백작이 공손한 태도로 정중하게

물었다. "제가 어명을 받들어 알아볼까요?"

"아, 그러면 얼마나 좋겠소! 아, 그렇게 해 주게!" 톰이 흥분하여 큰 소리로 대답했다. 그런 뒤 아주 만족스러운 태도로 혼잣말로 이렇게 중얼거렸다.

"실제로는 왕 노릇이 그리 지루한 것만은 아니로구나……. 나쁜 점을 보상해 줄 만한 편리한 점도 있군그래."

백작은 시동(侍童) 하나를 불러 왕궁 수비대장에게 다음과 같은 명령을 전하라고 보냈다.

"군중을 멈추게 하고 무슨 이유로 그렇게 소란을 피우는지 그 이유를 물어보도록 하라! 어명이시다!"

잠시 번쩍거리는 갑옷을 입은 왕궁 수비병들이 문 밖으로 줄지어 나가 한길을 가로질러 군중 앞에 섰다. 곧 시동이 돌아와 나라의 치안과 명예 위반죄를 범하여 처형장으로 끌려가는 남자 하나와 여자 하나 그리고 여자아이 하나를 군중들이 뒤쫓는 중이라고 보고했다.

이 불행하고 불쌍한 사람들에게 죽음, 그것도 끔찍스러운 죽음이라니! 그런 생각이 들자 톰의 가슴이 찢어지는 듯했다. 동정심이 뭉클 솟아오르자 다른 일을 생각할 겨를이 없었다. 그 범죄자 세 사람이 나라의 법을 어겼다거나, 그들 때문에 피해를 당하고 고통 받는 사람이 있다는 생각은 전혀 들지 않았다. 그는 오직 사람의 목을 자르는 단두대와 그들이 맞이해야 할 끔찍한 운명에 대해서만 생각했다. 얼마나 걱정이 됐는지 톰은 순간적으로 자신이 진짜 왕이 아니라 가짜 왕이라는 사실마저 깜빡 잊어버렸다. 그래서 자신도 모르게 엉겁결에 이런 명령을 내렸다.

"그들을 이곳으로 데려오라!"

그러고 나니 톰의 얼굴이 후끈 달아올랐고, 그래서 뭔가 사과를 하기 위해 입을 막 열려고 했다. 그러나 백작도, 옆에서 기다리던 시동도 자기 명령을 듣고도 조금도 놀라는 기색을 보이지 않자 톰은 입 밖에 내려고 하던 말을 거두어들였다. 시동은 아주 당연하다는 듯 머리를 나지막하게 조아린 뒤 방 뒤로 물러가 왕의 명령을 실행에 옮겼다. 그러자 톰은 가슴이 뿌듯해지면서 왕 노릇의 좋은 점이 바로 이런 것이구나 하고 다시 한 번 깨달았다. 그는 혼잣말로 이렇게 중얼거렸다.

"늙은 신부님의 책을 읽으면서 느끼곤 하던 감정과 비슷해. 내 자신이 왕자라고 상상하고 모든 사람에게 '이래라 저래라' 명령을 내렸지. 그래도 감히 내 말을 거역하는 사람이 아무도 없었거든."

바로 그때 문이 활짝 열렸다. 그러더니 어마어마한 직함이 하나하나 계속해서 호명되자 그 직함을 가진 사람들이 뒤따라 들어와 화려하게 차려입은 귀족과 벼슬아치들로 순식간에 방이 반쯤 찼다. 그러나 톰은 그들의 존재를 거의 의식하지 못하고 있었다. 몹시 흥분한 데다 그보다 더 흥미진진한 일에 온통 정신을 빼앗기고 있었기 때문이다. 톰은 으리으리한 옥좌에 넋을 놓고 앉아서 초조한 빛을 감추지 못하는 눈빛으로 문 쪽을 바라보고 있었다. 그런 모습을 보자 사람들은 감히 그를 방해할 생각을 하지 못하고 자기들끼리 나라 일을 늘어놓거나 궁정 안에서 떠도는 소문을 두고 수군거렸다. 잠시 뒤 병사들이 절도 있는 발걸음으로 다가오는 소리가 들렸다. 범죄를 저지른 사람들이 왕실 근위대 병사의 호위를 받고 장교에게 끌려와 모습을 드러냈다. 문관 한 사람이 톰 앞에 무릎을 꿇었다가 일어나더니 옆에 비켜섰다. 범죄자 세 명도 마찬가지로 무릎을 꿇었지만 그들은 일어서지 않고 그냥 그 자리에 그대로 있었다. 근위대 병사는 톰의 의자 뒤에 섰다. 톰은 범죄자를 유심히 뜯어보았다. 입고 있는 옷이나 생김새로 보아 사내를 어디서 본 것 같다는 생각이 들었다. 그래서 톰을 속으로 이렇게 생각했다.

'아무래도 전에 어디서 이 남자를 본 것 같아……. 하지만 언제 어디서 봤는지는 잘 모르겠는걸.'

바로 그때 사내는 얌전하게 고개를 쳐들었다가 왕의 당당한

태도를 견딜 수 없어 재빨리 다시 떨어뜨렸다. 그러나 비록 짧은 순간이었지만 톰으로서는 그렇게 한 번 얼굴을 본 것만으로 충분했다. 톰은 다시 혼잣말로 이렇게 중얼거렸다.

"이제야 알겠군. 이 사람은 바로 템스 강에서 가일스 위트를 건져 준 이방인이야. 매서운 바람이 세차게 몰아치던 새해 첫날 그의 목숨을 구해 주었지……. 참으로 모든 사람의 귀감이 될 만한 용감한 행동이었어……. 그런데 어쩌다 나쁜 짓을 저질러 이런 몹쓸 일을 당하고 있단 말인가……. 난 아직도 그날 일을 차마 잊을 수가 없어. 그 시간까지도 말이지. 그로부터 한 시간 뒤, 그러니까 시계가 땡 하고 밤 11시를 알렸을 때 나는 할머니한테 실컷 두들겨 맞고 있었거든. 손이 얼마나 매섭던지 그때 얻어맞은 것에 비하면 그 전이나 그 뒤에 맞은 것은 그야말로 부드럽게 애무해 주는 것과 다름없었지."

톰은 여인과 아이가 잠시 동안 물러가 있도록 명령했다. 그러고 난 뒤 장교에게 물었다.

"장교, 이 남자가 저지른 죄가 무엇인가?"

그러자 장교가 무릎을 꿇고 대답했다.

"아뢰옵기 황송하오나 백성 한 사람을 독살했나이다."

죄인에 대한 연민의 정에다가 목숨을 걸고 물에 빠진 아이를 구해 주었던 사람에 대한 존경심을 품고 있던 톰은 그 말에 아주 큰 충격을 받았다.

"그런 범죄를 저질렀다는 확실한 증거가 있나?" 톰이 물었다.

"확신한 증거가 있사옵니다, 폐하."

그러자 톰은 한숨을 쉬면서 말했다.

"그자를 데리고 가거라……. 죽을 만한 죄를 지었구나. 불쌍하다. 그렇게 용맹스럽던 사람이 그런 짓을 하다니. ……아니, 아니. 내 말은 그자가 겉으로 용맹스러워 보인다는 뜻이지."

그러자 죄인은 갑자기 힘껏 두 손을 맞잡더니 절망에 차서 꽉 쥐면서 동시에 겁에 질린 목소리로 '왕'에게 띄엄띄엄 애걸하기 시작했다.

"오, 폐하, 죄를 짓고 지옥에 떨어질 자들에게 동정을 베푸시는 폐하이시니 소인을 불쌍히 여겨 주시옵소서! ……소인은 죄가 없나이다. ……소인이 지금 뒤집어쓰고 있는 죄는 그 증거가 충분하지 않습니다. ……하지만 그것에 대해선 말씀드리지 않겠습니다. 소인한테 불리하게 판결을 내렸고, 그 판결을 뒤집을 가능성은 없을 테니까요. 하지만 임종을 눈앞에 두고 딱 한 가지 청을 드리고 싶은 일이 있나이다. 제가 받은 처벌을 도저히 참을 수 없어서 그러하옵니다. 폐하, 제발 소인에게 너그럽게 아량을 베풀어 주시옵소서! 소인을 불쌍하게 여기시어 소인의 청을 들어 주시옵소서. ……소인의 목을 매달아 처형하라는 어명을 내려 주시옵소서!"

이 말을 듣고 톰은 기가 막혔다. 그가 기대하던 간청이 아니었다.

"소원치고는 참으로 해괴한 소원이로다! 네가 그렇게 죽기로 되어 있지 않느냐?"

"아, 폐하, 그렇지가 않사옵니다! 소인은 산 채로 끓는 물에 삶겨 죽게 되어 있사옵니다!"

그 끔찍한 말에 톰은 하마터면 그만 의자에서 튕겨져 나올 뻔했다. 정신을 차리자마자 그는 이렇게 큰 소리로 말했다.

"네 소원을 들어 주마, 불쌍한 영혼이여! 네가 백 사람을 독살했다고 해도 그런 비참한 죽음은 당하지 않을 것이다."

죄인은 이마가 땅에 닿도록 절을 하며 갑자기 흥분하여 고맙다는 말을 쏟아 내더니 마지막으로 이렇게 말을 맺었다.

"만에 하나 폐하께서 불행한 일을 당하신다면…… 물론 그럴리야 없겠습니다만…… 폐하께서 소인에게 베풀어 주신 은혜를 기억하고 반드시 보답해 드리겠나이다!"

톰은 하트퍼드 백작에게 돌아서서 말했다.

"이 사내가 그런 끔찍한 처벌을 받아야 할 만한 정당한 사유가 있소, 하트퍼드 경?"

"법으로 그렇게 규정되어 있나이다, 폐하……. 독일에서도 위조 화폐를 만든 죄인들을 기름에 튀겨 죽입니다……. 그것도 순식간에 죽이는 것이 아니라 죄인의 몸에 밧줄을 묶어 천천히 기름에 넣어 죽이지요. 처음에는 발을 집어넣고, 그다음에는 다리를 집어넣고, 그리고 난 뒤에는……."

"오, 제발 그만하오. 참을 수가 없구려!" 톰은 그 광경을 보지 않으려는 듯 두 손으로 눈을 가리면서 큰 소리로 외쳤다. "당장 그 법을 뜯어고치도록 명하시오. ……아, 불쌍한 사람들에게 더 이상 그런 잔혹한 고문을 해서는 아니 되오."

그 말은 들은 백작의 얼굴에는 더없는 기쁨의 빛이 감돌았다. 그도 마음씨가 비단결처럼 곱고 너그러운 사람이었기 때문이다. 그 무서운 시대에 그의 계급에 속한 사람한테는 좀처럼 찾아보기 어려운 마음씨였다. 그가 입을 열었다.

"폐하의 명령으로 이제 그런 형벌은 종말을 고하였나이다. 이 일은 왕실의 명예로 역사에 길이 기억될 것이옵니다."

장교가 죄인을 데리고 나가려고 하자 톰은 잠시 기다리라고 손짓을 했다. 그러고 나서 이렇게 말했다.

"이 문제를 좀 더 자세히 알아보고 싶도다. 이 죄인은 억울한 누명을 썼다고 주장하고 있거든. 그대가 알고 있는 대로 털어놓아라."

"폐하, 황공하옵나이다. 재판정에서 드러나기로는, 이자는 이즐링턴*이라는 작은 부락에서 어떤 사람이 앓아누워 있는 집에 침입했습니다……. 목격자 세 사람의 말에 따르면, 그때가 오전

---

* 북부 런던 외곽에 위치해 있던 마을로, 지금은 런던 시의 중심 구역이 되었다.

10시였다고 합니다. 두 사람은 그보다 몇 분 지나서였다고 말합니다만……. 병자는 그때 혼자 잠을 자고 있었습니다……. 얼마 뒤 이 사내는 집 밖으로 다시 나와 가던 길을 갔습니다. 그런데 한 시간도 되지 않아 그 집에 있던 병자가 경련과 헛구역질을 하면서 죽었나이다."

"독을 먹이는 것을 목격한 사람이 있었나? 또 독은 발견되었는가?"

"그렇지 않사옵니다, 폐하."

"그렇다면 도대체 독살했다는 것을 어떻게 알 수 있단 말이냐?"

"폐하, 그런 증상은 독을 먹은 사람한테서만 나타난다고 의원들이 증언했사옵니다."

의원들의 이 말은 과학이 발달하지 않았던 시대로서는 무시할 수 없는 유력한 증거였다. 톰은 이 증거가 만만하지 않은 증거라는 사실을 깨닫고는 이렇게 입을 열었다.

"의원들은 자신이 하는 일을 잘 알고 있지……. 어쩌면 그들의 말이 옳을는지도 몰라. 아무래도 일이 이 불쌍한 사내한테 불리하게 보이는구나."

"하지만 그뿐이 아니옵니다, 폐하. 이보다 더 끔찍한 이야기가 더 있나이다. 많은 사람의 증언에 따르면, 마을에서 사라져 아무도 모르는 곳으로 종적을 감추었던 마녀 하나가 마을 사람들의 귀에 은밀히 예언을 했다는 겁니다. 앓아누워 있는 사람이 독살될 것이며…… 더구나 낯선 이방인이 그 독을 먹일 것이라고요……. 또한 그 낯선 이방인은 갈색 머리에 낡은 평민 옷을 입고 있을 것이라고도 예언했다고 하옵나이다. 하온데 이 죄인은 확실히 기소장과 완벽하게 잘 맞아떨어집니다. 폐하, 이렇게 미리 예언된 것을 보면, 이 사건은 더 이상 의문의 여지가 없어 보이나이다."

미신을 믿던 그 시대에는 이런 논리가 엄청난 힘을 지니고 있었다. 톰은 이제 이 문제가 해결되었다고 느꼈다. 증거를 조금이라도 중요하게 생각한다면, 이 불쌍한 사내의 죄는 증명되고도 남음이 있었기 때문이다. 그래도 톰은 범인에게 마지막으로 기회를 주며 이렇게 말했다.

"변명하고 싶은 말이 있거든 어디 말해 보아라."

"변명을 해도 이제 아무 소용이 없나이다, 폐하. 소인은 죄가 없지만 그것을 증명해 줄 길이 없으니까요. 소인한테는 친구가 없습니다. 만약 소인한테 친구가 있었다면, 소인은 그날 이즐링턴에 있지 않았다는 사실을 증언해 줄 수 있을는지도 모릅니다. 또한 사람들이 소인을 보았다는 그 시간에 소인은 그곳에서 5킬로미터 이상 떨어진 웨핑올드 스테어스*에 있었다는 사실도 증언할 수 있을는지도 모르고요. 더구나 폐하, 사람들이 소인이 사람 목숨을 앗아 갔다고 말하는 그 시간에 소인은 사람 목숨을 구해 주고 있었다는 사실을 입증해 줄 수 있을는지도 모르옵니다. 물에 빠진 아이 하나가……."

"가만있어라! 장교, 그 사건이 언제 일어났다고 했느냐?"

"정월 초하루 오전 10시, 혹은 그 몇 분 뒤에 그 끔찍한……."

"죄수를 풀어 주어라. ……어명이다!"

이렇게 왕답지 못한 명령을 내리고 나자 톰은 다시 얼굴이 발

---

* 런던 시 동쪽 템스 강가에 있는 지역.

개졌다. 있는 힘을 다해 무안함을 감추려고 이렇게 덧붙여 말을 이었다.

"그렇게 한심스럽고 엉뚱한 증거를 가지고 사람을 목매달아 죽여야 한다니 분노가 치미는구나!"

그곳에 모여 있는 사람들이 감격하여 나지막하게 웅성거리는 소리가 방 안을 휩쓸었다. 그런데 그들이 감격한 것은 톰이 내린 명령 때문이 아니었다. 사람을 독살한 죄인을 적법이건 편법이건 용서하는 일은 사람들이 인정하지도 바라지도 않는 일이었다. 아니, 사람들이 감격한 것은 톰이 보여 준 영민함과 자신감 때문이었다. 몇몇 사람은 이런 식으로 나지막하게 속삭이고 있었다.

"왕은 머리가 돌지 않으셨어……. 정신이 멀쩡하시지 뭐야."

"질문은 또 얼마나 또박또박하게 잘하시고……. 이렇게 문제를 시원스럽게 단칼에 해결하시는 모습은 예전 그대로의 모습이란 말씀이야!"

"아, 이렇게 반가울 수가 있나! 드디어 폐하께서 정신이 돌아오시다니. 이분은 정신병자가 아니라 진짜 왕이셔. 돌아가신 선왕을 어쩌면 저렇게 꼭 빼닮으셨을까."

그때 박수갈채로 방 안이 가득 차게 되자 톰은 조금이나마 그 소리를 듣지 않을 수 없었다. 그 소리를 듣고 보니 그는 마음이 아주 편해졌고, 또 만족스러운 감격이 온몸에 물밀 듯이 밀려왔다.

그러나 이런 즐거운 생각과 감격에 젖는 것보다는 사내아이다운 호기심이 곧바로 고개를 쳐들었다. 톰은 여인과 아이가 도대체 무슨 죽을죄를 지었는지 알고 싶어 견딜 수가 없었다. 그래서 두려움에 떨면서 흐느끼고 있는 두 사람을 앞으로 데려오라고 명령했다.

"이 사람들은 무슨 죄를 지었느냐?" 톰이 장교에게 물었다.

"폐하, 사악한 죄를 저질렀고, 틀림없는 증거가 있사옵니다. 그래서 재판관들은 법에 따라 교수형에 처하라는 판결을 내렸사옵니다. 이들은 악마에게 자신의 혼을 팔아넘겼습니다……. 그것이 바로 그들의 죄옵니다."

이 말을 듣고 톰은 몸을 부르르 떨었다. 그런 사악한 짓을 하는 사람은 될수록 멀리해야 한다고 배워 왔기 때문이다. 그런데도 호기심을 충족해 보려는 마음을 포기하려고 하지 않았다. 그래서 그가 다시 물었다.

"어디서 그런 짓을 저질렀는가? ……또 언제 저질렀느냐?"

"12월 어느 날 한밤중입니다……. 어떤 버려진 교회에서였습니다, 폐하."

그러자 톰은 다시 몸을 떨었다.

"그곳에는 누가 있었는가?"

"여기 있는 두 사람밖에는 없었사옵니다, 폐하……. 또 그 문제의 장본인하고요."

"저들이 자백을 했는가?"

"아닙니다, 폐하. 아직 자백을 받아내지 못했습니다……. 저들은 자신의 죄를 부정하고 있사옵니다."

"그렇다면 어떻게 그 사실을 알게 되었는가?"

"두 사람이 그쪽으로 가는 것을 본 목격자들이 있사옵니다, 폐하. 그래서 의심을 품게 되었는데, 그 뒤로 무시무시한 사건이 발생하는 바람에 결정적으로 증거를 확보하게 되었나이다. 그중에서도 특히 이들은 악마한테서 얻은 사악한 힘으로 폭풍우를 일으켜 이 지방 일대를 쑥밭으로 만들어 놓았다는 증거가 있습니다. 폭풍우를 봤다고 증언한 사람이 마흔 명이 넘습니다. 어쩌면 1000명이 될는지도 모릅니다. 하나같이 폭풍우로 피해를 봤으니 다들 생생하게 기억하고 있을 것이옵니다."

"이건 예사로운 일이 아니로구나." 톰은 잠시 동안 이 사악하고 비열한 짓거리를 마음속으로 되씹어 보다가 이렇게 물었다.

"이 여인도 폭풍우로 피해를 보았는가?"

나이 든 신하 몇 명이 이 슬기로운 질문에 탄복을 한 듯 고개를 끄덕였다. 그러나 장교는 그 말에 어떤 중요한 뜻이 담겨 있는지도 모르고 있었다. 그래서 그가 직접 거침없이 대답했다.

"물론 피해를 보았나이다, 폐하. 모두들 주장하듯 이들은 그런 피해를 당해도 싼 사람들이옵니다. 이들의 집이 홀랑 날아가 버리는 바람에 이 여자와 아이가 살 집이 없어졌사옵니다."

"악마의 힘 때문에 그녀도 변을 당했다니 값비싼 대가를 치른 것 같구나. 한 푼이라도 돈을 주고 그 힘을 샀다면, 이 여자는 악마한테 사기를 당한 것이지. 그 대가로 이 여자가 자신의 영혼과 딸의 영혼을 내주었다고 말하는 사람들은 그녀가 미쳤다고 주장할 테지. 만약 이 여자가 미쳤다면 자신이 무슨 짓을 하는지 도저히 알 리가 없어. 그러므로 이 여자한테는 죄가 성립하지 않아."

나이 든 신하들이 다시 톰의 지혜에 탄복을 하고 다시 한 번 고개를 끄덕였다. 그중 한 신하가 혼잣말로 이렇게 중얼거렸다.

"설령 폐하께서 소문대로 머리가 이상해졌다고 해도, 그건 내가 알고 있는 몇몇 사람의 멀쩡한 머리를 능가하는 종류의 머리야. 하느님의 섭리에 따라 그 사람들이 폐하의 머리를 조금이라도 따라갈 수 있다면 좋으련만."

"이 아이는 몇 살인가?" 톰이 장교에게 물었다.

"아홉 살이옵나이다, 폐하."

"영국의 법은 어린아이가 계약을 맺어 자기 스스로를 남에게 팔아넘기는 것을 허용하는가?" 톰이 나이 지긋한 법관을 바라보며 물었다.

"영국 법은 어린아이가 중요한 문제에 관여하거나 개입하는 것을 허용하지 않고 있습니다, 폐하. 어린아이의 순진한 머리로는 어른들의 성숙한 머리와 사악한 음모를 당해 낼 수 없기 때문입니다. 악마가 마음만 먹고 또 어린아이가 동의한다면, 악마는 어린아이를 살 수 있을는지 모릅니다. 하지만 영국 아이는 아니 됩니다……. 후자의 경우 계약은 무효가 되옵나이다."

"영국 법이 악마에게 자신을 팔아넘길 수 있는 백성들의 특권을 부정한다는 것은 그리스도의 가르침에 위배되는 잘못된 생각처럼 보이는군." 톰이 솔직하게 열을 올리며 큰 소리로 외쳤다.

이 이색적인 견해에 많은 사람이 미소를 띠었고, 그들은 이런 말을 머릿속에 고이 간직해 두었다가 나중에 궁중에서 톰이 독창적인 머리를 갖고 있으며 건강도 점차 회복되어 가고 있다는 증거라고 되풀이하여 말했다.

나이 많은 죄인은 이제 더 이상 흐느끼지 않고 부쩍 큰 관심과 점차 커 가는 한 가닥 희망을 품고서 톰이 하는 말에 기대를 품고 있었다. 톰도 여인의 그런 생각을 눈치 채고 있었다. 또 도와주는 친구도 하나 없이 위험한 상황에 놓인 그 여인을 적잖이 동정하게 되었다. 마침내 톰이 다시 물었다.

"이 사람들이 폭풍우를 어떻게 일으켰느냐?"

"스타킹을 벗어 일으켰나이다,* 폐하."

이 말에 톰은 깜짝 놀랐다. 호기심의 불길을 누를 길이 없었다. 그래서 간절한 마음으로 물었다.

"그것 참 놀랍구나! 스타킹을 벗을 때면 언제나 그렇게 무시무시한 폭풍우가 몰아친단 말이냐?"

"언제나 그러하옵니다, 폐하……. 적어도 이 여자가 폭풍우를 일으키려고 마음먹고 속으로나 입으로 주문을 외우기만 하면 됩니다."

톰은 여인 쪽으로 몸을 돌리고 충동적으로 그러듯 열의를 보이며 명령했다.

"힘을 한번 써 보아라……. 폭풍우를 보고 싶구나!"

그러자 갑자기 미신을 믿는 사람들의 얼굴이 백짓장처럼 창백해졌다. 아무도 겉으로 말은 하지 않았지만 하나같이 밖으로 도망치고 싶은 생각이 굴뚝같았다. 그러나 자신이 부탁한 재앙 말고는 그 밖에 아무 관심이 없는 톰의 얼굴에는 불안한 빛을 전혀 찾아볼 수 없었다. 여인의 얼굴에서 놀라 어쩔 줄 몰라 하는 표정을 보자 그는 흥분하여 이렇게 덧붙여 말했다.

"조금도 두려워할 것 없다……. 그대에게는 책임을 묻지 않을 테니까. 더구나…… 너를 자유롭게 풀어 줄 테니까……. 어느 누구도 너한테 손을 대지 못하게 할 테다. 자, 그러니 어서 힘을

---

* 19세기 중엽 J. 해먼드 트럼블이 쓴 『코네티컷과 뉴헤이븐의 진짜 엄격한 법과 가짜 엄격한 법』에 따르면 1716년에 실제로 이런 일이 일어났다. 한 여자와 아홉 살 난 그녀의 딸이 악마에게 영혼을 팔고 스타킹을 벗어 폭풍우를 일으켰다는 죄목으로 교수형을 받은 일이 있다.

한 번 써 보아라."

"폐하, 소인에게는 그럴 만한 힘이 없습니다……. 소인은 억울한 누명을 쓰고 있사옵니다."

"그대는 겁을 집어먹고 있어서 그러는 것이야. 마음을 차분하게 가져라. 어느 누구도 그대한테 해를 입지 않을 것이다. 자, 어서 폭풍우를 만들어 보아라……. 아무리 작은 폭풍우라도 상관없다……. 아주 크고 위력 있는 폭풍우를 요구하는 게 아니야. 오히려 그 반대야……. 그렇게 하면 그대는 살아날 수가 있어……. 아이와 함께 그대를 풀어 주겠노라. 어명으로 풀려나 이제 이 나라 어디를 가도 고통이나 원한에서 벗어나 안전하게 살수가 있다."

여인은 엎드려 자기에게는 그런 기적을 일으킬 만한 힘이 없다고 눈물로 호소했다. 만약 자신에게 그런 능력이 있었다면, 비록 자신은 죽더라도 아이의 목숨만이라도 기꺼이 살리지 않았겠느냐고 말했다. 왕의 명령에 순종하여 그렇게 소중한 은혜를 입을 수만 있다면 말이다.

그러나 톰은 고집을 꺾지 않았다. 여인도 자신이 한 말에 여전히 매달리고 있었다. 마침내 톰이 입을 열었다.

"아무래도 이 여인은 진실을 말하고 있는 것 같구나. 만약 우리 어머니가 이 여인과 똑같은 입장이 되어 악마의 능력을 갖고 있다면, 내 잃어버린 목숨을 되찾기 위해 아마 서슴없이 폭풍우를 일으켜 나라 전체를 쑥대밭으로 만들어 놓으셨을 것이야! 다른 어머니들도 이와 비슷한 마음일 테지. 여인이여, 그대를 풀어 주겠노라……. 그대와 딸을 모두 풀어 주겠노라……. 그대들은 아무 죄가 없다는 생각이 드는구나. 사면을 받았으니 이제는 두려워할 필요가 없다……. 스타킹을 벗어 보아라……! 내 앞에서 폭풍우를 일으켜 보이면 금은보화를 듬뿍 안겨 주겠노라!"

목숨을 건진 여인은 큰 소리로 고맙다고 말을 하며 톰의 명령에 따르려고 했다. 한편 톰은 기대와 불안이 뒤섞인 표정으로 여인의 행동을 지켜보았다. 이와 동시에 신하들은 드러내 놓고 불안에 떨고 걱정하는 표정을 지었다. 여인은 자신의 다리에서 스타킹을 벗었고, 또한 딸의 다리에서도 스타킹을 벗었다. 그러고는 폭풍우를 불러일으켜 왕의 은혜에 보답하려고 혼신의 노력을 기울였다. 그러나 모두 헛수고로 실망스럽기 짝이 없었다. 톰이 한숨을 내쉬면서 이렇게 말했다.

"자, 그대는 이제 더 이상 애를 쓰지 않아도 좋다. 그대의 힘은 이제 그대한테서 떠나갔도다. 이제 조용히 그대의 길을 가도록 하라. 만약 언제라도 그 힘이 다시 돌아오거들랑 나를 잊지 말고 나한테 폭풍우를 몰고 오도록 하라."

16
공식 만찬

저녁 만찬 시간이 다가왔다. 그런데 신기하게도 톰은 조금밖에는 부담을 느끼지 않았고 무섭다는 생각도 거의 들지 않았다. 그날 아침에 겪은 경험 덕분에 그는 놀랍게도 자신감을 얻었다. 겨우 나흘밖에 지나지 않았는데도 그 불쌍한 새끼 고양이 같던 사내아이는 자신의 낯선 환경에 벌써 훌륭히 적응하고 있었다. 웬만한 어른 같았으면 아마 한 달이 지나도 그처럼 잘해 내지는 못했을 것이다. 한 어린아이가 환경에 적응하는 능력을 톰만큼 눈에 띄게 잘 보여 줄 수 없었다.

시종들이 이 성대한 행사를 위해 톰을 준비시키는 동안 특권을 지닌 우리는 서둘러 웅장한 만찬장으로 들어가 그곳에서 벌어지는 일을 힐끗 쳐다보기로 하자. 만찬장은 아주 넓은 방으로 금을 입힌 둥근 기둥과 벽기둥, 그림을 그려 놓은 벽과 천장을 갖추고 있었다. 문 앞에는 화려하고도 멋진 옷을 입은 키 큰 수비병이 미늘창을 들고 장승처럼 꼼짝도 하지 않고 서 있었다. 사방으로 높이 들어찬 관람석에는 정장을 한 악사들과 남녀 시민들이 빽빽이 앉아 있었다. 만찬장 한가운데 마루에서 약간 올라간 단 위에 톰의 식탁이 놓여 있었다. 이 장면에 대한 그 무렵의 역사 기록은 다음과 같이 남아 있다.

남자 시종 한 사람이 권력을 상징하는 막대기를 들고 방으로 들어오고, 그와 함께 식탁보를 든 또 다른 시종이 들어온다. 두 시종은 더할 나위 없이 정중하게 세 번 무릎을 꿇은 뒤 식탁 위에 식탁보를 깐다. 그러고 나서 두 시종은 다시 무릎을 꿇고 나서 물러간다. 이어 다시 막대를 든 시종과 소금 그릇과 접시와 빵을 든 다른 시종이 들어온다. 앞의 두 시종처럼 무릎을 꿇은 뒤 가져온 것을 식탁 위에 얹고 나서 앞서와 같은 의식을 치르고 두 사람 역시 물러난다. 마지막으로 화려한 옷을 입은 두 귀족이 들어온다. 그들 가운데 한 사람은 시식용 나이프를 들고 있다. 그들은 더할 나위 없는 존경심을 보이면서 바닥에 세 번 무릎을 꿇고는 식탁으로 다가가 마치 왕이 그 자리에 있기라도 한 것처럼 정중하게 빵과 소금으로 식탁을 문지른다.*

이렇게 엄숙한 만찬 준비 행사가 끝이 났다. 이제 메아리가 울려 퍼지는 복도 저편에서 요란한 나팔 소리와 함께 "길을 비켜라! 왕께서 납신다!" 하는 외침 소리가 불분명하게 들려왔다. 이런 소리가 한동안 되풀이되었고, 그럴 때마다 점점 가깝게 들

* 이 인용문은 16세기 독일의 여행가 파울 헨트너가 엘리자베스 여왕과 그 시종들이 그리니치 교회에 들어가 식사 준비를 하는 모습을 묘사한 글에서 따온 것이다.

렸다. 이윽고 사람들 얼굴에 바짝 대고 부는 듯 씩씩한 나팔 소리가 들리더니 "길을 비켜라!" 하는 고함 소리가 귀청을 찢어 놓을 듯했다. 바로 그 순간 화려한 행렬이 나타나 문 앞에서 열을 지어 보조를 맞추며 행진해 들어왔다. 다시 이 무렵의 기록을 보기로 하자.

먼저 신사*, 남작, 백작, 가터 훈작 기사들이 요란스러운 복장으로 모자를 벗고 들어온다. 그 뒤에는 대법관이 두 사람 중간에 서서 들어온다. 한 사람은 왕의 홀(笏)을 들고 있고, 다른 사람은 순금 붓꽃 무늬를 새긴 붉은 칼집에 든 국검(國劍)을 위로 치켜들고 있다. 그 뒤로 왕이 모습을 드러낸다. 왕이 나타나면 열두 개의 트럼펫과 수많은 북이 일제히 소리를 높여 환영의 뜻을 나타내며, 관람석에 앉아 있던 사람들이 모두 일어나 "국왕 폐하 만세!"를 외쳐 댄다. 그 뒤로 왕을 옆에서 모시는 귀족들이 뒤따르고, 왕의 특별 의장대가 금을 입힌 전투용 도끼를 들고 좌우에서 행진해 들어온다.

그야말로 멋지고 가슴 뿌듯한 장면이었다. 톰의 맥박이 고동치듯 빨라졌고, 눈동자에서는 환희의 빛이 감돌았다. 자신의 행동을 의식하고 있지 않은 데다가 주위의 즐거운 광경과 소리에 온통 정신을 빼앗기고 있었기 때문에 더더욱 위엄 있게 처신할 수 있었다. 더구나 몸에 꼭 맞는 멋진 옷을 입고 그런 옷차림에 조금만 익숙해지면 어느 누구라도 그렇게 위엄을 부리지 않을 수 없을 것이다. 특히 그 순간 자신이 그런 옷을 입고 있다는 사실조차 의식하지 못하고 있다면 말이다. 톰은 미리 지시를 받은 것을 기억하고는 깃털 달린 모자를 쓴 머리를 살짝 숙여 신하들의 인사에 답례를 보내고 "수고가 많구려." 하고 정중하게 한마디 던졌다.

톰은 모자도 벗지 않고 식탁 앞에 앉았다. 그러면서도 조금도

---

* 향사(鄕士)보다 한 단계 높은 직위. 때로는 왕의 남자 시종을 일컫기도 한다.

당황스러운 표정을 짓지 않았다. 모자를 쓰고 밥을 먹는 습관은 왕족과 캔티네 식구의 유일한 공통점이었기 때문이다. 이런 오랜 관습으로 말하자면 두 집안 중 어느 집안도 상대 집안에 대해 유리한 입장에 있지 않았다. 행렬은 멋들어지게 흩어졌다가 다시 무리를 이룬 뒤 모자를 벗은 채 제자리를 지켰다.

그때 경쾌한 음악에 맞추어 근위병들이 들어왔다. 근위병은 "영국에서 가장 키가 크고 힘이 센 사람들로서 이 점을 고려하여 선발"했다고 한다. 이제 다시 옛 기록을 보기로 하자.

진홍색 옷을 입고 등에는 금빛 장미 무늬를 새겨 넣은 왕실 근위병들이 모자를 벗고 들어왔다. 그들은 부지런히 드나들면서 요리를 담긴 접시를 하나씩 들고 왔다. 시종 한 사람이 요리를 들여온 순서대로 식탁 위에 올려놓았다. 이러는 동안 음식에 독이 든 것을 염려하여 시식관(試食官)이 근위병 한 사람 한 사람에게 그들이 날라 온 특정한 음식을 한 입씩 먹어 보도록 했다.

톰은 배불리 잘 먹었다. 음식 한 숟가락을 입으로 가져갈 때마다 수백 개의 눈이 일제히 쏠리고 있고 자기가 먹는 모습을 관심을 가지고 지켜보고 있다는 사실을 의식하고 있었는데도 말이다. 톰이 입에 갖다 대는 음식이 치명적인 폭약이고 그것이 폭발하여 그의 몸뚱어리가 가루가 되어 방 안에 흩어진다고 해도 이보다 더 그렇게 큰 관심을 끌지는 못했을 것이다. 톰은 서두르지 않으려고 애를 썼으며, 무슨 일이든지 자기 손으로 직접 하지 않고 담당 시종이 무릎을 꿇고 대신 해 줄 때까지 기다리려고 노력했다. 그래서 실수 한 번 하지 않고 식사를 무사히 마

칠 수 있었다. 톰에게는 그야말로 더할 나위 없이 값진 승리였던 것이다.

　마침내 만찬이 끝나자 톰은 우렁찬 나팔 소리와 요란한 북소리, 우레 같은 환호성과 함께 행렬의 한가운데에서 행진하여 만찬장을 빠져나갔다. 그러면서 사람들 앞에서 밥을 먹는 괴로움이 고작 이 정도라면 하루에 몇 번이라고 기꺼이 참아 낼 것이라고 생각했다. 적어도 식사를 하는 동안에는 그보다 더 끔찍한 왕의 임무에서 벗어날 수 있기 때문이다.

17
푸푸 왕 1세

마일스 헨든은 찾고 있는 사람들에 대한 경계를 늦추지 않고 또 곧바로 따라잡을 수 있을 것이라는 희망과 기대를 잃지 않으면서 부랴부랴 런던교의 서더크 쪽 끝을 향해 발걸음을 재촉했다. 그러나 결국에는 실망할 수밖에 없었다. 여기저기 물어본 끝에 그들 일행이 서더크를 지나간 길의 일부를 추적할 수 있었다. 그러나 그 뒤로는 발자취가 끊어지고 말아서 헨든은 이제 어디로 발길을 돌리면 좋을지 앞길이 막막했다. 그래도 그날 해가 저물 때까지 그는 포기하지 않고 최선을 다했다. 밤이 되자 두 다리는 욱신거렸고, 배도 고픈 데다가 일행을 찾겠다는 생각도 가망이 없어 보였다. 그래서 헨든은 하는 수 없이 태버드 여관에서 저녁밥을 먹고 잠자리에 든 뒤 이튿날 아침 일찍 출발하여 런던 시 구석구석을 이 잡듯이 뒤져 보기로 마음먹었다. 자리에 누워 온갖 궁리를 하면서 곧 이런 식으로 논리를 펴기 시작했다. 그 아이는 아비라고 주장하는 그 불한당한테서 어떻게든 도망치려고 할 것이다. 그렇지만 도망친 뒤에 런던으로 다시 돌아가 전에 살던 집으로 가려고 할까? 아니, 그렇게 하지는 않을 거야. 다시 붙잡히고 싶지 않을 테니까. 그렇다면 그 아이는 도대체 어디로 갈까? 마일스 헨든을 만나기 전까지 그 아이한테는 이제껏 누구 한 사람 도와주는 친구나 보호자가 없었으니 마땅히 다시 그 친구를 찾으려고 하겠지. 물론 위험을 무릅쓰고 다시 런던 쪽으로 가야 하지 않는다면 말이야. 어쩌면 헨든 저택으로 발걸음을 향할는지도 모르지. 이 헨든이 집으로 가고 있다는 사실을 알고 있으니 그곳에서 그를 만날 수 있으리라고 기대하고 있겠지. 분명히 그렇게 할 거야. 정말로 그랬다, 헨든한테는 그 아이가 그렇게 할 것이 불을 보듯 뻔했다. 그렇다면 이렇게 서더크에서 시간을 낭비할 게 아니라 빨리 켄트를 거쳐 몽크스 홀름 쪽으로 가서 숲 속을 샅샅이 뒤지고 또 길을 가면서 사람들한테 물어보는 것이 좋을 것이다. 자, 우리는 이제 다시 사라져 버린 어린 왕 쪽으로 화제를 돌리기로 하자.

런던교의 여관 종업원이 보기에 청년과 왕이 '합류하려고' 한 불한당은 실제로는 그들과 합류하지 않고 그 뒤에서 바짝 쫓아갔다. 그 불한당은 아무 말도 하지 않았다. 왼쪽 팔에 붕대를 감고 있었고, 왼쪽 눈 위에는 커다란 녹색 안대를 붙이고 있었다. 다리를 조금 절룩거리는 그는 참나무 지팡이에 몸을 의지하고 있었다. 청년은 서더크의 구불구불한 골목으로 어린 왕을 데리고 들어갔고 마침내 건너편 한길로 들어갔다. 화가 난 왕은 이제 더 이상 가지 않고 이곳에서 걸음을 멈추겠다고 말했다. 헨든이 자기를 데리러 와야지, 자기가 헨든한테 갈 수는 없다고 했다. 그런 무례한 짓은 참을 수 없다는 것이다. 그러면서 왕은 이제 더는 못 가겠다고 버티고 섰다. 그러자 청년이 이렇게 말했다.

"네 친구가 다쳐서 지금 저 숲에 누워 있는데 여기서 머뭇거리겠다고? 그럼 너 좋을 대로 하려무나."

이 말을 듣자 왕의 태도가 갑자기 달라졌다. 그가 큰 소리로 외쳤다.

"그 사람이 다쳤다고요? 누가 감히 그런 짓을 했소? 그 문제는 나중에 따지기로 합시다. 어서 앞장서시오! 어서 빨리! 좀 더 빨리 가시오! 납으로 만든 신발이라도 신었단 말이오? 그가 부상을 입었다고? 그 짓을 한 자가 공작의 아들이라 하더라도 난 그놈을 가만두지 않겠소!"

숲까지는 꽤 멀었지만 빠른 걸음으로 가로질러 갔다. 청년은 주위를 두리번거리다가 작은 넝마 조각이 매여 있는 나뭇가지 하나가 땅에서 삐죽 솟아 나온 것을 발견했다. 청년은 일정한 간격을 두고 비슷한 나뭇가지를 찾아내면서 숲으로 들어갔다. 나뭇가지들은 지금 그가 찾아가고 있는 곳을 알려 주는 길 안내판 표지임에 틀림없었다. 이윽고 넓은 공터가 나왔다. 그곳에는 불에 탄 농가의 잔해가 있고, 그 근처에는 허물어져 가는 헛간 한 채가 놓여 있었다. 생명이 붙어 있는 것이라고는 어느 곳에서도 찾아볼 수 없고 무거운 침묵만이 감돌고 있었다. 청년이 헛간으로 들어가자 왕은 그의 꽁무니를 열심히 뒤쫓았다. 그러나 헛간 안에는 아무도 없지 않은가! 깜짝 놀란 왕은 의심스러운 눈초리로 청년을 쏘아보며 물었다.

"그 사람이 어디 있소?"

청년은 이 물음에 대답하는 대신 그에게 비웃음을 지었다. 왕은 순간 발끈 화가 치밀어 올랐다. 장작개비 하나를 집어 청년을

막 후려치려고 할 때 또 다른 비웃음 소리가 왕의 귓가에 들렸다. 그 소리는 멀리서 뒤쫓아 온 그 불한당의 비웃음 소리였다. 왕은 그쪽을 향해 몸을 돌리고 화가 난 목소리로 물었다.

"당신은 누구요? 여긴 무엇 하러 왔소?"

"그 바보 짓거리를 그만두지 못할까. 조용히 입 닥치고 있어. 네 아비도 알아보지 못할 만큼 내 변장이 그렇게 감쪽같지는 않을 텐데." 사내가 말했다.

"그대는 내 아버지가 아니오. 나는 그대를 모르오. 난 왕이란 말이오. 그대가 내 신하를 숨겨 두었거든 어서 이리로 데리고 오시오. 만약 그렇게 하지 않으면 반드시 후회할 날이 올 테니까."

그러자 존 캔티가 단호한 목소리로 또박또박 말했다.

"네놈은 미쳐도 단단히 미쳤구나. 이제는 더 이상 혼구멍을 내기도 역겹구나. 하지만 네가 아비를 약 올린다면 할 수 없지. 이곳에서 네놈이 아무리 지껄여 봤자 피해를 입을 건 없어. 이곳엔 네놈의 어리석은 짓거리에 관심을 둘 사람들이 없으니까. 그래도 이참에 네놈의 말버릇을 고쳐 놓는 게 좋겠구나. 다른 장소에 있을 때 피해를 입지 않도록 말이야. 난 살인을 저질렀기 때문에 이제 집에 머물러 있을 수 없는 몸이지……. 그건 네놈도 마찬가지고. 난 네놈의 도움이 필요하니까. 이 아비는 그럴 만한 이유로 이름도 바꿨다. 홉스…… 존 홉스로 말이다. 네 이름은 잭으로 했다……. 머릿속에 단단히 새겨 두어라. 자, 이제 물어볼 테니 대답해라. 네 어미는 지금 어디 있느냐? 또 네 누이들은 어디 있고? 약속한 장소에 나타나지 않았단 말이야……. 그들이 어디로 갔는지 알고 있느냐?"

그러자 왕이 심드렁하게 대꾸했다.

"이런 수수께끼 같은 말로 나를 괴롭히지 마시오. 내 어머니는 이 세상을 하직하셨고, 내 누이들은 지금 궁전에 있소."

옆에 있던 청년이 갑자기 조롱하는 웃음을 터뜨렸다. 그래서 왕이 그 청년에게 덤벼들려고 했지만 존 캔티가 — 아니, 이제 홉스라고 해야겠지.— 왕을 가로막으며 말했다.

"가만있어라, 휴고! 저놈을 약 올리지 마라. 저놈은 지금 머리가 살짝 돌았거든. 그래서 네 행동에 안달하고 있는 거야. 잭, 너도 앉아서 진정해라. 곧 먹을 것을 한 입 줄 테니."

홉스와 휴고는 자기들끼리 나지막한 목소리로 수군거리기 시작했다. 왕은 구역질 나는 그 패거리로부터 될 수 있는 대로 멀리 떨어져 있으려고 자리를 옮겼다. 어둑어둑한 헛간의 한쪽 끝으로 다가가자 맨땅에 한 자 깊이로 지푸라기가 쌓여 있었다. 왕은 그곳에 누워 담요 대신에 마른 풀을 주섬주섬 모아 몸 위에 덮은 뒤 곧바로 이 생각 저 생각에 잠겼다. 슬픈 일이 한두 가지가 아니었지만, 그래도 웬만한 슬픔은 아버지를 여읜 엄청난 슬픔 때문에 거의 잊어버리다시피 했다. 세상 사람들은 헨리 8세라는 이름만 들어도 몸을 벌벌 떨었다. 그들에게 헨리 8세는 콧구멍으로 숨을 한 번 내쉴 때마다 세상을 무너뜨리고 손을 한번 들 때마다 재앙과 죽음을 불러오는 도깨비 같은 존재였다. 그러나 이 아이한테 그 이름은 오직 즐거운 추억만을 안겨 주었고, 그 추억에서 떠오르는 얼굴에는 더없는 자애와 사랑이 넘쳐흘렀다. 그는 아버지 헨리 8세와 나누었던 수많은 대화를 잇달아 떠올리면서 애틋한 추억에 잠겼다. 그러자 그의 가슴을 사로잡고 있는 슬픔이 얼마나 깊게 실감이 나는지 하염없이 눈물이 흘러내렸다. 오후 해가 뉘엿뉘엿 저물어 가자 온갖 고통으로 지친 사내아이는 근심과 걱정을 잊을 수 있는 고요한 꿈나라로 서서히 빠져 들어갔다.

얼마나 오랜 시간이 흘렀는지 알 수 없었지만 꽤 시간이 흐른 뒤 사내아이는 반쯤 정신을 차리려고 안간힘을 썼다. 가만히 누운 상태에서 눈을 감고 자기가 지금 어디 있는지, 주위에서 무슨 일이 벌어지고 있는지 막연하게나마 기억을 더듬어 보았다. 바로 그때 주위에서 두런두런하는 소리가 들리는 것 같더니 후드득 지붕을 두드리는 울적한 빗소리가 들렸다. 아늑하고 편안한 기분이 슬며시 찾아왔지만 날카롭게 캑캑거리고 야비하게 웃어대는 소리가 한데 어울려 들리는 바람에 그런 기분은 다음 순간

그만 달아나 버리고 말았다. 불쾌감을 느끼며 깜짝 놀란 사내아
이는 머리에서 마른 풀을 털어 내면서 이 시끄러운 소리가 어느
쪽에서 들리는지 알아보았다. 그러자 꼴사납고 역겨운 광경이
눈앞에 펼쳐지고 있는 것이 아닌가. 헛간 맞은편 한복판에서 불
이 활활 타오르고 있었고, 그 주위에는 지금껏 그가 책으로 읽
거나 머릿속으로 상상하던 온갖 밑바닥 사회의 쓰레기 같은 거
지들과 부랑자들이 남녀노소 늘어져 기대어 있거나 양팔을 쫙
벌리고 누워 있었다. 그런데 그들의 모습은 시뻘건 불꽃 때문에
기기묘묘한 빛깔로 빛이 났다. 햇빛이 노출되어 몸이 구릿빛으
로 잘 그을려 있고 머리카락이 텁수룩하고 몸집 좋은 우람한 남

자들도 있었는데 이상야릇한 넝마를 걸치고 있었다. 성질이 포악해 보이는 얼굴에 중간 정도 체구를 가진 젊은이들도 이와 비슷한 옷을 입고 있었다. 눈에 붕대를 감거나 안대를 한 채 동냥으로 살아가는 장님 거지들도 있었다. 목발이나 지팡이에 몸을 의지하고 있는 불구자도 눈에 띄었다. 등짐을 진 악당처럼 보이는 도붓장수도 있었다. 칼 가는 사람, 땜장이, 작업 도구를 옆에 모셔 두고 있는 이발사 겸 외과 의사*들도 있었다. 여자들도 많았다. 어떤 여자들은 아직 처녀티도 벗지 않았고, 어떤 여자들은 한창 전성기에 있었으며, 또 어떤 여자들은 늙고 주름살이 잡힌 노파로 하나같이 시끄럽고 뻔뻔스럽고 입에서는 상소리만 튀어나왔다. 다들 더럽고 행실이 추잡해 보였다. 얼굴에 부스럼이 난 갓난아이도 셋이나 있었다. 목에 줄을 매달고 있는, 먹지 못해 말라빠진 똥개도 두어 마리 있었는데, 그 개들은 장님의 길 안내를 맡고 있었다.

어느새 밤이 되자 그 어중이떠중이들은 방금 잔치판을 끝내고 떠들썩한 술잔치를 벌이기 시작하는 중이었다. 입에서 입으로 술잔이 돌기 시작했다. 그러더니 사람들이 입을 모아 소리를 질렀다.

"노래 한 곡 뽑아라! 박쥐와 절름발이가 한 곡씩 뽑아라!"

그러자 장님 한 사람이 일어나 멀쩡한 두 눈을 가리고 있던 안대를 떼어내고는 눈이 멀게 된 애달픈 사연을 적은 팻말을 옆

---

* 옛날에는 이발사와 외과 의사의 일이 구분되지 않았을 뿐만 아니라, 흔히 한 사람이 두 일을 겸하고 있었다. 그러나 헨리 8세는 법을 제정하여 이 두 직업을 구분했다. 즉 이발사가 방혈(放血)과 이를 뽑는 일 외의 외과 의사 일을 하는 것과 외과 의사가 이발하는 행위를 엄격히 금했다.

으로 밀쳐 낸 뒤 노래 부를 준비를 했다. 또 절름발이는 목발에서 해방되어 멀쩡한 두 발로 동료 불한당의 옆에 버티고 섰다. 그러고 나서 두 사람이 신바람 나는 노래를 불러 대자 동료 패거리들이 한 소절 끝날 때마다 일제히 흥을 돋워 함께 불렀다. 마지막 소절에 이르렀을 무렵에는 너 나 할 것 없이 반쯤 얼큰하게 취흥이 고조되어 모두 합세하여 처음부터 끝까지 다시 불렀다. 야비한 소리가 어찌나 크게 울리던지 서까래가 들썩들썩할 정도였다. 정신이 번쩍 드는 노래 가사는 이러했다.

그럼 안녕히 주무시라고요. 마셔라, 계집아, 선술집아,
선량한 우리 친구 골로 갔구나.
런던 한량들 옆에서 밥을 먹는 동안
밧줄에 목이 매달린 채로
마침내 기나긴 잠에 빠졌구나.
나와라, 계집들아, 잘 봐 둬라, 잘 봐 둬라.
런던 시에서 빠져나와
네 물건 훔쳐 간 놈이
밧줄에 매달려 있는 꼴 잘 봐 둬라.*

　노래가 끝나자 이번에는 잡담이 이어졌다. 그러나 노래 가사
처럼 도둑들끼리 사용하는 변말로 하지는 않았다. 변말은 낯모
르는 사람이 옆에서 들을 때만 사용하기 때문이다. 그들이 주고
받는 잡담을 들어 보니 '존 홉스'는 이 패거리들과 전혀 낯선 사
람은 아니었고 전에 함께 어울려 지낸 적이 있는 듯했다. 누군가
그에게 요즈음 어떻게 지내냐고 물었다. '우발적으로' 사람 하나
를 살해했다고 대답하자, 패거리들은 꽤 흐뭇해하는 표정을 지
었다. 자기가 죽인 사람이 신부라고 덧붙이자 패거리들한테 박
수갈채를 받았고 모두와 한 잔씩 쭉 들이켜지 않으면 안 되었다.
그 사람을 알고 있는 사람들은 그를 열렬히 환영했고, 그를 처
음 보는 사람들은 자랑스럽게 그와 악수를 나누었다. 누군가가
그에게 무슨 일로 "그렇게 몇 달째 코빼기도 보이지 않았는지"
묻자 그가 이렇게 대답했다.

---

* 도둑이나 부랑자 들의 변말로 된 이 노래 가사는 리처드 헤드와 프랜시스 커크
먼이 편찬한 『영국의 악한』(1665)에서 인용한 것이다.

"런던이 시골보다 더 낫다네. 최근 몇 년 동안에는 법이 매우 엄격해진 데다가 너무 그대로 지키는 통에 런던이 더 안전하단 말씀이야. 만약 그 사건만 없었더라면 런던에 계속 머물러 있었을 거야. 이제는 시골로 나돌아 다니는 대신 런던에 눌러 있기로 굳게 마음먹었더랬거든……. 한데 그만 사고가 일어나는 바람에 끝장이 나고 말았지 뭐야."

이번에는 존 캔티가 지금 패거리 숫자가 얼마나 되느냐고 물었다. 그러자 '왕초' 즉 두목이 이렇게 대답했다.

"남의 옷 훔치는 놈, 소매치기와 그 일당, 타고난 비렁뱅이, 거지에 여자들까지 합쳐 모두 스물다섯 명이라네. 대부분은 이곳에 있고, 나머지는 겨울 등지를 따라 동쪽으로 떠돌아다니고 있지. 우리도 내일 새벽에는 그들을 따라갈 참이야."

"그런데 여기 있는 정직한 양반들 중에 혹부리가 보이지 않는군요. 지금 어디 있습니까?"

"불쌍한 녀석이지. 지금쯤 유황불을 실컷 먹고 있을 거야. 너무 뜨거워서 맛대가리는 없겠지만. 지난 한여름 어디선가 패싸움에 끼었다가 맞아 죽었다네."

"저런 안됐군요. 혹부리는 수완 좋고 용감한 친구였는뎁쇼."

"정말로 그랬지. 그 친구 계집인 검둥이 베스는 아직 우리 패에 있는데, 지금은 동쪽으로 떠난 패거리를 따라갔다네. 얌전한 데다가 유순하고 아주 괜찮은 계집이지. 일주일에 나흘 이상은 술을 퍼마시는 일이 없거든."

"정말 야무진 계집이었지요……. 그러고 보니 나도 기억이 나는구먼요……. 아무리 칭찬을 퍼부어도 아깝지 않은 계집이었습죠. 그 계집의 어미는 그 여자에 비해 좀 더 헤프고 까다롭지

가 않았거든요. 툭 하면 말썽을 부리고 성질이 고약한 노파였지
만 머리는 보통 이상이었죠."

  "그 좋은 머리 때문에 우린 그 여자를 잃어버렸어. 손금을 보
고 또 그밖에 다른 점을 본다는 소문이 퍼지면서 결국에는 마녀
로 낙인이 찍혔어. 법에 따라 약한 불에 천천히 굽혀 죽였지. 죽
음을 아주 당당하게 받아들이던 그 할망구의 장한 모습을 생각
하면 지금도 가슴이 찡하다고……. 주위에 모여들어 넋을 잃고
바라보는 구경꾼들한테 그 할망구는 저주하며 욕을 퍼붓더라
고. 불길이 날름거리며 위로 치솟아 올라가 자기 얼굴을 핥고 몇
오라기 되지 않는 머리카락을 삼키고 잿빛 머리통 주위에서 바

삭바삭 하는 소리를 내고 있는데도 말이야……. 사람들한테 욕을 퍼부었다고, 알겠어? ……욕을 퍼붓고 있었단 말씀이야! 천년을 살아도 그렇게 가슴 후련한 욕지거리는 다시 듣지 못할 거야. 아, 그 여자와 함께 그녀의 욕 솜씨도 사라졌어. 지금도 천박하고 시시하게 흉내를 내는 것들이 남아 있지만, 그 할망구에 비하면 새 발의 피지 뭐야."

거지 왕초는 한숨을 내쉬었다. 그러자 그의 말을 듣고 있던 패거리들이 덩달아 한숨을 쉬었다. 잠깐 동안 분위기가 침통하게 가라앉았다. 아무리 이런 부랑자들이라고 하여도 감정이 모두 메마른 것은 아니어서 이따금씩 특별히 형편에 맞는 상황에서는 상실감과 고통을 언뜻언뜻 느낄 수 있었기 때문이다. 이를테면 대를 이을 후계자 한 사람 없이 천재가 훌쩍 이 세상을 떠나가 버리는 지금 같은 경우처럼 말이다. 그러나 한 잔씩 술을 거나하게 마시고 나자 초상집 분위기가 사라졌다.

"우리 친구 중에서 또 일이 잘 풀리지 않는 사람들은 없나요?" 홉스가 물었다.

"몇 명 있지……. 암, 있고말고. 특히 새로 들어온 친구들이 그랬지……. 소규모 농부들이 자기 땅에서 쫓겨나는 바람에 속수무책으로 먹을 것이 없게 되었지 뭐야. 그 땅을 빼앗아 양 치는 목장으로 만들었기 때문이지.* 구걸하러 다니다가 걸려서 웃

---

* 이 무렵 영국에서 일어난 인클로저 운동을 얘기하는 것이다. 영주가 목장을 만들기 위하여 농민의 이해를 무시하고 경지와 공동지에 폭력적으로 산울타리나 담을 두르자, 토지에서 쫓겨난 농민들은 부랑인이 되어 전국을 떠돌아다녔다. 토머스 모어가 『유토피아』에서 "양(羊)이 사람을 잡아먹는다."라고 말한 것이 바로 그 때문이다. 사회 문제가 되자, 정부는 인클로저 운동을 법으로 금지했지만 실효를 거두지 못했다.

통을 드러낸 채 마차 꽁무니에 묶여 피가 줄줄 흐를 때까지 채
찍질을 당했지. 그러고는 족쇄에 채여 돌팔매질을 당했어. 또다
시 구걸을 하다 걸려 또 채찍질을 당하고, 한쪽 귀까지 잘리는
신세가 되었어. 그들은 세 번째로 구걸을 했지……. 불쌍하기도
하지, 오죽했으면 세 번씩이나 구걸하러 나섰겠냐고! ……이번
에는 시뻘겋게 달군 쇠로 뺨에 낙인을 찍고 노예로 팔렸지 뭐야.
그래서 도망을 치다 끝내 붙잡혀 사형을 당했어. 간단히 그리고
짧게 얘기한 거야. 이보단 덜하지만, 우리 중에도 이런 고생을 겪
은 사람이 많아. 요컬, 번스, 호지, 앞으로 나와 봐……. 너희들
훈장 좀 보여 줘라!"

지목을 당한 사람들은 자리에서 일어서더니 몸에 걸치고 있던 넝마를 일부 벗고는 등판을 드러내 보였는데, 보기 흉한 채찍 자국이 십자로 패어 있었다. 한 사람이 머리털을 들추어 왼쪽 귀가 잘려 나간 자국을 보여 주었다. 또 한 사람은 어깨에 찍힌 '브이(V)* 자' 낙인과 함께 역시 귀가 잘려 나간 자국을 보여 주었다. 세 번째 사람이 이렇게 입을 열었다.

　"내 이름은 요컬이라고 하지. 한때 농사를 지었는데 제법 잘 살았어. 사랑하는 아내와 아이들도 있었고……. 한데 지금은 지위도 직업도 달라졌단 말씀이야. 아내와 자식들은 먼저 이 세상을 하직했어. 어쩌면 천국에 가 있거나, 아니면 어쩌면 지옥에 ─ 그 반대쪽에 있는 곳 말이야. ─ 가 있을 테지. 하지만 내 가족이 더 이상 영국에 살지 않는 것에 대해 난 하느님께 감사를 드린다네! 어디 한 곳 비난할 데가 없는 우리 어머니는 아픈 사람들을 간호하면서 연명을 하려고 하셨지. 그런데 어느 날 병자 하나가 죽었어. 의사들이 원인을 알아내지 못하자 졸지에 우리 어머니는 마녀로 몰려 불에 타 돌아가셨어. 내 새끼들이 그 모습을 쳐다보면서 흐느끼더군. 그게 영국 법이야! ……자, 다들 한 잔씩 들자고! ……한 사람도 빠지지 말고 축배를 들자고! ……우리 어머니를 지옥 같은 영국에서 건져 준 자비로운 영국 법을 위하여 건배! 고마워, 고맙다고, 친구들. 나는 이 집 저 집 구걸하러 다녔지……. 나랑 아내랑 둘이서……. 물론 굶주린 자식들을 데리고 말이야……. 하지만 영국에서는 배고픈 것도 죄가 되거든……. 그래서 놈들은 우리 식구를 홀딱 벗기고는 매

───────────

* 부랑인(vagabond)의 머리글자.

질을 해 대며 동네 세 곳을 돌아다니더군. 자, 자비로운 영국 법을 위해서 다시 한 번 축배를 드세! ……내 아내 메리는 매를 너무 맞아 피를 하도 많이 흘린 탓에 다행스럽게도 지옥에서 빨리 벗어난 거야. 이제 온갖 고생에서 해방되어 지금 가마터 자리에 묻혀 있어. 또 우리 아이들은…… 글쎄, 법에 따라 내가 이 동네 저 동네에서 매질을 당하며 쫓겨 다니는 동안 굶어 죽었어. 얘들아, 마시라고……. 한 방울만 마셔……. 새 한 마리 죽이지 못했던 불쌍한 내 어린 것들을 위해서 한 방울만 마시자고……. 난 다시 구걸하러 다녔지……. 빵 부스러기 하나 얻으려고 다니다가 족쇄에 묶이고 귀까지 잘렸다고. 봐……. 여기 좀 보라고, 이곳에 귓불이 조금 남아 있잖아. 또다시 난 계속해서 구걸하러 다니다가 마침내 노예로 팔렸지 뭐야……. 여기 뺨에 불로 지진 자국이 있다고. 지금은 때 때문에 더러워서 잘 보이지 않지만 깨끗이 씻으면 불에 달군 인두로 붉게 '에스(S)'*라는 글자를 새긴 자국이 보일 거야! 이건 노예란 뜻이라고! 알겠어? 그 말을 알고 있느냔 말이야! 영국 노예! ……지금 여러분 앞에 서 있는 이 몸이 왕년에 노예였단 말씀이야. 얼마 뒤 난 주인집에서 도망쳤어. 만약 붙잡히는 날에는…… 이런 법이며 이런 법을 명령하는 이 땅에 하늘의 저주가 내릴지어다! ……난 모가지가 날아가게 되겠지!**"

그때 또랑또랑한 음성이 어두운 공기를 어둠을 가르고 들려왔다.

---

* 노예(slave)의 머리글자.
** 요컬이 지금 언급하고 있는 끔찍한 법은 이 무렵에는 아직 실행되지 않고 있었다. 다른 장면과 마찬가지로 여기에서도 트웨인의 언급은 시대착오적이다.

"그대는 죽지 않을 것이오! ······오늘로서 그 법은 무효가 되었소!"

모두들 소리 나는 쪽으로 고개를 돌리자 이상야릇한 모습을 한 어린 왕이 빠른 걸음으로 다가오고 있었다. 사내아이가 불빛 안에 들어와 환히 그 모습을 드러내자 사람들이 일제히 호기심 어린 목소리로 내뱉었다.

"이게 누구야? 무엇 하는 아이람? 도대체 넌 누구란 말이냐, 이 난쟁이 같은 녀석아?"

사내아이는 놀라고 궁금한 시선으로 자기를 바라보고 있는 사람들 한가운데에서 조금도 주눅이 들지 않고 서서 위엄을 갖추고 대답했다.

"나는 영국의 왕 에드워드요."

그러자 그 멋들어진 농담을 듣고 한편으로는 가소롭고 다른 한편으로는 재미가 있어 폭소가 터져 나왔다. 어린 왕은 가시에 찔린 듯 가슴이 아팠다. 그래서 이렇게 쏘아붙였다.

"버릇없는 무뢰한들이로고, 왕이 약속한 혜택에 대한 보답이 겨우 이 정도란 말이오?"

사내아이는 흥분한 몸짓을 지으며 화가 난 목소리로 호통쳤지만 그 목소리는 떠나갈 듯한 웃음소리와 야유에 묻혀 아무한테도 들리지 않았다. '존 홉스'는 몇 번씩 고함을 지른 뒤에야 마침내 사람들한테 자기 목소리를 듣게 할 수 있었다.

"여보게들! 저 애는 내 아들놈인데 꿈을 꾸고 있는 공상가인 데다가 바보요 미쳐도 단단히 미친 녀석이야…… 그러니 신경 쓸 것 없어…… 자기가 왕이라고 착각하고 있다니까."

"나는 왕이오." 에드워드가 그에게 몸을 돌리고 말했다. "이제 때가 되면 그대는 후회할 날이 올 거요. 그대는 사람을 죽였다고 고백했지…… 그러니 교수형에 처하겠소."

"네놈이 나를 배신해? ……네놈이 말이지? 네놈의 모가지를 붙잡을 수만 있다면……."

"쯧쯧!" 거지 왕초가 때마침 왕을 막아 주려고 끼어들어서는 주먹을 날려 홉스를 고꾸라뜨리면서 말했다. "네놈 눈에는 왕도, 이 거지 왕초도 보이지 않는 거냐? 다시 한 번 내 자리를 더럽혔다간 내가 직접 네놈의 목을 매달 줄 알아라!" 그리고 나서 거지 왕초는 다시 왕에게 말했다. "동료들을 그렇게 윽박지르면 못써, 애야. 그리고 입조심을 하여 다른 곳에 가서는 절대

로 그런 끔찍한 말을 하지 마라. 머리가 살짝 돌아서 그러고 싶
다면 왕 노릇을 해라. 하지만 그것 때문에 피해를 보는 일이 있
어서는 안 되지. 그리고 방금 네 입으로 뱉은 왕의 직함은 꼭꼭
숨겨라……. 그건 반역 행위야. 우리가 비록 이런저런 사소한 몇
몇 일에서는 잘못을 저지르고 있긴 하지만, 왕한테 감히 반역하
는 그런 버르장머리 없는 놈은 우리 중에 아무도 없단 말이야.
어찌 보면 그 점에서는 우린 나라를 사랑하는 충성스러운 백성
이거든. 내 말이 틀리지 않다면 똑똑히 머릿속에 간직해 두어라.
자, 이제…… 큰 소리로 모두들 따라해라! '영국 왕 에드워드 폐
하 만세!'"

"영국 왕 에드워드 폐하 만세!"

어중이떠중이들이 우레와 같은 함성을 한꺼번에 내지르는 바람에 그렇지 않아도 무너질 것만 같은 헛간이 곧 무너질 듯 흔들거렸다. 어린 왕의 얼굴이 잠시 동안 기쁨으로 빛이 났고, 그는 머리를 살짝 숙이고 엄숙하고도 간략하게 말했다.

"참으로 고맙네, 내 백성들이여."

이 예기치 못한 반응에 사람들은 모두 한바탕 배꼽을 쥐고 웃었다. 웃음이 가라앉고 조용해지자 거지 왕초가 단호하면서도 상냥한 목소리로 말했다.

"애야, 이젠 그만두라니까 그런다. 그건 현명한 짓이 아니야. 꼭 그러고 싶으면 마음대로 해라. 하지만 왕 말고 다른 직위를 고르려무나."

그러자 땜장이가 큰 소리로 한 가지 제안을 했다.

"바보 나라 왕 푸푸* 1세가 어떨까!"

사람들은 한목소리로 그 직위를 곧바로 받아들이고는 모두들 이렇게 환호성을 터뜨렸다.

"바보 나라 왕 푸푸 1세 만세!"

바로 그 뒤를 이어 우우 하며 야유하는 소리며, 휘파람 소리며, 웃음소리가 뒤따랐다.

"앞으로 모시고 왕관을 씌워라!"

"왕의 옷을 입혀라!"

"그에게 왕 홀을 주어라!"

"왕좌에 앉혀라!"

---

* 푸푸(poopoo)는 '대변'을 가리키는 유아어이다.

　이런 외침을 비롯하여 스물이 넘는 외침 소리가 동시에 터져
나왔다. 불쌍한 어린 희생자가 숨을 쉬기도 전에 사람들은 양은
대야를 왕관 삼아 씌우고, 너덜너덜한 담요 한 장을 왕의 옷처럼
입혔다. 또한 나무통을 옥좌로 삼아 앉히고, 땜장이의 납땜인두
를 왕 홀 삼아 들고 있도록 했다. 그러고 나서 사람들은 하나같
이 그의 주위에 무릎을 꿇고 앉아 짐짓 애처롭게 흐느끼는 척하
기도 하고 장난삼아 탄원을 올리는 척하기도 했다. 그러는 동안
그들은 지저분한 너덜너덜한 소매와 치맛자락으로 계속 눈물을
훔쳐 대기도 했다.

　"오, 자비로우신 왕이시여, 저희들에게 자비를 베푸소서!"

　"오, 이렇게 간절히 청하는 벌레 같은 저희들을 짓밟지 마시옵소서, 폐하!"

"폐하의 노예들을 불쌍히 여기시어 폐하의 발로 뻥 차서 위로해 주시옵소서!"

"오, 태양처럼 빛나는 왕이시여, 폐하의 거룩한 햇살로 우리의 몸과 마음을 즐겁고 훈훈하게 해 주시옵소서!"

"폐하의 발을 내디뎌 땅을 거룩하게 만드시옵소서! 하오면 저희는 흙먼지를 먹고 고귀하게 되겠나이다."

"오, 폐하, 황공하게도 저희에게 침을 뱉어 주시면 자손 대대로 그 은혜를 칭송하며 영원토록 자랑스러운 기억으로 남기겠나이다!"

그러나 그날 저녁 영예를 안은 '주인공'은 단연코 익살스러운 땜장이었다. 땜장이는 무릎을 꿇고 왕의 발에 입을 맞추는 척하다가 그만 화가 난 왕한테 발길질을 당하고 말았다. 그러자 땜장이는 왕의 발에 걸어차인 얼굴 부위에 갖다 댈 헝겊을 구하러 다니느라 부산을 떨었다. 더러운 공기가 그곳에 닿으면 안 된다고 하기도 하고, 또 한길로 나가서 지나가는 사람에게 한 번 보여 줄 때마다 100실링씩 받으면 떼돈을 벌 수 있을 것이라고 큰소리쳤다. 어찌나 능청을 떨며 웃겨 대는지 천한 폭도들한테서 부러움과 존경을 받았다.

어린 왕은 창피하기도 하고 분하여 두 눈에 눈물을 글썽거렸다. 그러면서 마음속으로 이런 생각을 했다.

'만약 내가 저들을 부당하게 대했더라도 이보다 더 야비하게 나오진 않았을 거야……. 하지만 나는 저들한테 오직 친절하게 대해 줬지……. 바로 그 때문에 이렇게 나를 골탕 먹이는 거야!'

18
부랑자들과 어울린 왕자

부랑자 패거리는 이른 새벽에 일찍 출발하여 길을 떠났다. 하늘은 찌푸렸고, 발밑의 땅은 질퍽거렸으며, 겨울의 냉기가 공기 중에 감돌았다. 지난밤의 흥겨움은 온데간데없이 사라졌다. 시무룩하게 말이 없는 사람들도 있었고, 안달복달하며 조바심을 내는 사람들도 있었지만 기분이 좋은 사람은 하나도 없었다. 모두 목이 말랐다.

거지 왕초는 간단한 지시를 내리면서 '잭'을 휴고의 손에 맡기고는 존 캔티한테는 사내아이 옆에 얼씬거리지도 말고 그냥 내버려 두라고 명령했다. 휴고에게도 사내아이를 너무 거칠게 다루지 말라고 경고했다.

시간이 얼마 지나자 날씨는 한결 포근해지고 구름도 조금 걷혔다. 떼거리들은 추위에 오그라든 몸이 녹자 모두들 조금씩 생기를 되찾기 시작했다. 분위기가 점차 밝아지면서 마침내 자기들끼리 장난을 치거나 길을 가는 사람들을 집적거리까지 했다.

이런 행동을 보면 그들이 이제 삶을 즐기고 그 삶이 주는 기쁨
을 다시 한 번 만끽하고 있다는 사실을 알 수 있었다. 사람들이
이들 무리를 무서워하고 있다는 것은, 두말 않고 길을 비켜 주고
상스러운 욕지거리를 보내도 말없이 받아들일 뿐 감히 대꾸하
는 법이 없다는 사실에서도 잘 드러났다. 거지 패거리는 이따금
씩 남의 집 울타리에 널린 옷가지를 기분 내키는 대로 슬쩍했다.
옷 주인들은 빤히 쳐다보고 있었지만 아무런 항의도 하지 않고
울타리를 빼 가지 않는 것만도 다행스럽게 생각하는 눈치였다.

　이윽고 거지 패거리가 작은 농가로 몰려 들어가 주인 노릇을
하는 동안 겁에 질린 농부와 그 가족은 집에 있는 양식을 모조

리 꺼내 와 거지들한테 바칠 아침상을 준비했다. 패거리는 농부와 아내와 딸들이 준비한 음식을 받으면서 자신들의 턱을 어루만지며 야한 농담과 함께 망측스러운 음담패설을 던지고 너털웃음을 터뜨리기도 했다. 또 농부와 아들들에게는 고기 뼈다귀와 야채를 던지는 바람에 그들은 그것들을 계속 피해야 했다. 그러다가 몸에 정통으로 맞기라도 하면 신나게 박수를 쳐 댔다. 버릇없이 구는 행동을 참다못한 농부의 딸 하나가 화를 내자 거지들은 결국 그녀의 머리에 버터를 발라 놓았다. 거지 패거리는 농가를 떠나면서 만약 자기들이 한 짓을 당국에 밀고하면 다시 돌아와 집 안을 불바다로 만들어 버리겠다고 위협했다.

고달프고 긴 방랑길에 지친 일행은 정오쯤 해서 제법 규모가 커 보이는 마을 외곽의 울타리 뒤쪽에서 걸음을 멈추었다. 한 시간의 휴식 시간을 가진 뒤 패거리들은 뿔뿔이 흩어져 마을 여기저기로 들어가서는 각자의 재능을 힘껏 발휘했다. '잭'은 휴고와 함께 가라는 명령을 받았다. 두 사람은 한참 동안 여기저기 헤매고 돌아다녔다. 휴고는 한 가닥 솜씨를 보일 기회를 엿보았지만 아무런 소득이 없었다. 그러자 그가 마침내 이렇게 말했다.

"훔칠 것이라곤 하나도 없구나. 거지 같은 마을이야. 결국 우린 동냥이나 해야겠군."

"정말, 지금 '우리'라고 했소! 당신이나 하시오……. 그런 건 당신한테 제격일 테니까. 하지만 난 동냥을 하지 않겠소."

"동냥을 하지 않겠다니!" 휴고는 놀라서 왕의 얼굴을 빤히 들여다보면서 큰 소리를 말했다. "묻겠는데, 넌 언제부터 마음을 고쳐먹었지?"

"그게 무슨 말이오?

"그게 무슨 말이냐고? 그럼 지금껏 런던 길거리에서 동냥으로 살아오지 않았다는 거야?"

"내가요? 바보 같은 사람이로고!"

"그런 칭찬은 삼가라……. 그래야 네 평판이 좀 더 오래 갈 거야. 네 아비 말로는 넌 평생 동안 구걸만 하고 산 놈이라고 하던데. 그렇다면 그 양반이 거짓말을 한 모양이로군." 휴고가 빈정거리며 말했다. "어쩌면 넌 배짱 좋게 네 아비가 거짓말을 하고도 남을 사람이라고 말하겠지만."

"당신은 지금 그자를 우리 아버지라고 불렀소? 그래, 맞소. 그 사람이 거짓말을 한 거요."

"자, 이제 그 미친놈 흉내는 이제 그만두어라, 얘야! 그런 짓거리는 재미 삼아 하면 몰라도, 그 때문에 큰 코 다쳐선 안 돼지. 만약 네놈 아비한테 방금 네가 한 말을 일러바치면, 그 양반이 너를 불에 구워 먹으려고 할 텐데."

"당신이 그런 수고를 할 필요가 없소. 내 입으로 직접 말할 작정이니까."

"난 네 배짱이 마음에 들어. 정말이라고. 하지만 네 판단을 존경하지는 않는다. 옳고 그른 건 가릴 줄 알아야지. 그러지 않아도 이 세상을 살다 보면 등이 부러지고 몽둥이로 두드려 맞을 일이 널려 있는데 굳이 일부러 얻어맞을 짓말 골라서 하다니. 하지만 이 문제는 접어 두기로 하자. 어쨌든 난 네 아비를 믿으니까. 그 양반이라고 거짓말을 할 수 없겠느냐. 물론 경우에 따라서는 거짓말을 하리라고 의심치 않는다. 우리 중에서 제아무리 잘난 놈도 다 거짓말을 하는 법이거든. 그렇지만 지금은 그럴 상황이 아니지. 똑똑한 놈이라면 까닭 없이 거짓말 같은 걸 하지는 않아. 자, 그런 그렇고. 네가 정녕 동냥을 하기 싫다면 어디 가서 시간을 보내지? 부엌에서 먹을 거나 훔칠까나?"

그러자 왕이 참다못해 그에게 쏘아붙였다.

"이런 바보 같은 소리 그만하구려……. 이제는 지겹소!"

그러자 휴고가 화를 내면서 이렇게 대꾸했다.

"자, 내 말 좀 들어 보아라, 애야. 동냥도 못하겠다, 도둑질도 못하겠다 이거냐? 그렇다면 할 수 없구나. 하지만 너한테 한 가지 제안을 하마. 내가 동냥을 하는 동안 넌 바람잡이 노릇을 해라. 어디 한 번 그럴 배짱이 있으면 거부해 보아라!"

그 말에 왕이 곧바로 경멸적으로 대답하려고 하는데 휴고가 갑자기 끼어들었다.

"쉿, 조용히 해! 저기 마음씨 좋아 보이는 사람이 오는구나. 내가 발작을 하며 푹 고꾸라질 테다. 저 사람이 나한테 달려오거들랑 넌 울부짖으며 무릎을 꿇고 흐느껴 우는 척을 해라. 마치 네 가슴이 온갖 슬픈 일로 가득 차 있는 것처럼 큰 소리를 내어 통곡하는 거야. 그리고는 이렇게 말해라. '아, 나리, 이자는 고통 받고 있는 제 가엾은 형이지요. 우린 친구 하나 없는 외톨이입니다. 하느님의 이름으로 부탁드립니다만, 그 자애로운 눈길로 병들고 버림받은 비참하기 이를 데 없는 불쌍한 인간을 가엾게 보아 주십시오. 하느님의 저주를 받아 언제 죽을지도 모르는 인간에게 나리의 넉넉한 호주머니에서 한 푼만 적선해 주십시오!' 하고 말이야……. 내 말 잘 기억해. 절대로 울음을 멈춰서는 안돼. 그 사람한테서 한 푼 뜯어내기 전에는 절대로 누그러뜨려서는 안 된단 말이야. 내가 시키는 대로 하지 않으면 나중에 반드시 후회하게 될 거야."

급히 말을 마친 휴고는 곧바로 끙끙 앓으며 죽어 가는 소리를 내더니 눈을 뒤집고는 사방에 몸을 비틀거렸다. 낯선 사나이가 가까이 다가오자 그는 비명을 지르며 그 사람 앞에 벌렁 나자빠진 뒤 고통스러운 척 흙바닥에 몸을 비틀고 뒹굴기 시작했다.

"아, 이걸 어쩌나! 아, 불쌍하기도 해라!" 마음씨 착한 낯선 사나이가 말했다. "아, 가엾은 영혼, 불쌍한 영혼, 얼마나 아프면 이럴까? 자…… 내가 일으켜 주지."

"아, 고마우신 나리, 용서해 주십시오. 하느님께서 왕자 같은 나리를 보답해 주실 겁니다……. 하지만 제가 이렇게 발작할 때엔 제 몸에 손이 닿으면 너무 아파서 견딜 수가 없습니다. 한 번 발작이 시작되면 어쩌나 고통스러운지, 저기 있는 제 동생이 나리께 말씀드릴 겁니다. 한 푼만 적선해 줍쇼, 나리. 한 푼만요! 입에 풀칠할 수 있도록 말입니다. 전 이대로 그냥 놔두시고요."

"한 푼을 적선해 달라고! 아무렴 세 푼이라도 줘야지. 참으로

사정이 딱하구나." 낯선 사나이는 이렇게 말하면서 부리나케 주
머니를 뒤져 동전 몇 개를 꺼냈다. "자, 어서 이걸 받아라, 얘야,
넌 이리로 오렴, 얘야. 네 아픈 형을 나하고 저기 저 집까지 함께
부축해서 가자. 그 집에 가서……."

"이 사람은 내 형이 아니란 말이오." 왕이 낯선 사나이의 말
을 가로막으며 말했다.

"뭐라고! 네 형이 아니라고?"

"아니, 저 녀석 말하는 것 좀 보게나!" 휴고가 신음 소리로 말
하고 속으로 이를 갈았다. "자기 형을 보고 형이 아니라니…….
그러고 보니 저 녀석 죽을 때가 가까웠구나!"

"야아, 네 형이 틀림없다면 넌 정말로 인정머리 없는 애로구
나! 부끄러운 줄 알아야지! ……봐라, 손발을 거의 놀리지 못하

잖니. 이 사람이 네 형이 아니라면 도대체 누구란 말이냐?"

"동냥질과 도둑질을 하는 놈이지 누구겠소이까! 그대가 준 돈도 갖고 있고, 그대 주머니에 들어 있던 돈도 벌써 훔쳤을 거요. 만약 그대가 치료의 기적을 행하고 싶으면, 그 지팡이로 저 놈의 어깨를 후려갈기시오. 나머지 일은 하느님께 맡기고 말이외다."

그러나 휴고는 왕이 말한 그 기적이 일어날 때까지 기다리고 있지 않았다. 후닥닥 일어나서 걸음아 날 살려라 하고 쏜살같이 내뺐고, 낯선 사나이는 있는 힘을 다해 고함을 지르면서 그의 뒤를 쫓아갔다. 왕은 자유로운 몸이 되게 해 준 하느님께 감사를 드리며 안도의 한숨을 쉬고는 반대 방향으로 부지런히 달렸다. 그는 안전한 곳으로 벗어날 때까지 걸음을 늦추지 않았다. 첫 번째 길을 따라 걸어가 곧 그 마을에 벗어났다. 그 뒤 몇 시간 동안 그는 누가 쫓아오지 않는지 계속 뒤를 돌아보면서 잠시도 쉬지 않고 빠른 걸음으로 걸어갔다. 이제 마침내 두려움이 떠나고 그 대신 패거리로부터 도망쳐 나왔다는 안도감이 찾아왔다. 그제야 비로소 배가 고픈 데다가 몸이 몹시 피로하다는 것을 깨달았다. 그래서 그는 한 농가 앞에서 발길을 멈추었다. 그러나 미처 말을 꺼내기도 전에 문전에서 박대를 당하고 쫓겨나고 말았다. 그의 옷차림이 영 말이 아니었기 때문이다.

어린 왕은 분하고 창피했지만 어쩔 수 없이 계속 길을 걸어가면서 앞으로는 더 이상 그런 취급을 받는 상황에 놓이지 않겠다고 굳게 결심했다. 그래서 날이 저물자 왕은 결국 또 다른 농가를 기웃거리게 되었다. 그러나 이곳에서 전보다도 더 심한 봉변을 당했다. 차마 입에 담기 어려운 욕설까지 듣고 냉큼 물러가지 않으면 부랑자로 체포하겠다는 위협까지 받았다.

밤이 찾아오면서 냉기가 감돌고 하늘에는 구름이 끼었다. 그래도 왕은 아픈 발로 천천히 앞으로 나아갔다. 계속 움직이지 않으면 안 되었다. 숨을 돌리려고 조금만 앉아 있으면 금방 추위가 뼛속까지 스며들었기 때문이다. 밤의 음산한 어둠과 황량한 들판을 가로질러 가자니 감각도 경험도 모두 새롭고 낯설기만 했다. 이따금씩 이상한 목소리들이 간격을 두고 점점 다가오다가 옆을 스치더니 어느새 침묵 속으로 사라졌다. 그 목소리의 주인공이라고는 오직 형체 없이 허공에 떠 있는 뿌연 자취밖에는 보이지 않자 어딘지 모르게 유령을 본 것처럼 으스스한 기분이 들어 전율했다. 이따금씩 불빛이 보였는데 ── 언제나 아주 멀리서 보이는 듯했다. ── 마치 딴 세상에서 반짝거리는 것 같은 생각이 들었다. 양의 목에 매단 방울이 딸랑거리는 소리도 귀에 들렸지만 아주 멀리서 아득하게 들리는 희미한 소리였다. 소들의 나지막한 음매 소리가 꺼질 듯 말 듯한 슬픈 음조로 바람을 타고 아련하게 들려오기도 했다. 어쩌다 끝없이 펼쳐진 벌판과 숲 위로 개가 투덜거리듯 짖어 대는 소리도 들렸다. 하나같이 멀리서 들려오는 소리였다. 그 소리를 들으면 어린 왕은 모든 삶과 모든 활동이 자기한테서 아주 멀어져 버린 것만 같고, 막막한 고독의 한가운데 홀로 쓸쓸히 서 있는 기분이 들었다.

어린 왕은 이런 새로운 경험에 섬뜩해하면서 매혹을 느낀 채 비틀거리며 앞으로 계속 나아갔다. 어쩌다 머리 위에서 마른 잎사귀가 가볍게 부스럭거리는 소리가 나면 놀라기도 했다. 그 소리는 꼭 사람이 소곤거리는 소리처럼 들렸다. 이윽고 그는 갑자기 작은 양철 호롱의 반점 같은 불빛이 가물거리는 곳 가까이 다가왔다. 어린 왕은 그늘로 몸을 숨기고 기다렸다. 호롱은 헛간의 열린 문 옆에 놓여 있었다. 그는 얼마 동안 기다렸다. 아무런 소리도 들리지 않았고, 어느 한 사람 움직이는 기척도 없었다. 가만히 서 있자니 너무 추웠다. 그런 왕에게 아늑한 헛간 안이 너무나 훈훈해 보여 참다못한 그는 마침내 위험을 무릅쓰고 안에 들어가 보기로 마음먹었다. 재빠르게 슬그머니 발길을 옮겨 헛간으로 막 들어가려던 순간 뒤쪽에서 어떤 목소리들이 들렸다. 얼른 헛간 안에 놓인 통 뒤로 몸을 숨긴 채 웅크리고 앉았다. 농부 두 사람이 호롱불을 들고 들어오더니 두런두런 이야기

를 나누면서 일을 하기 시작했다. 그들이 호롱불 옆에서 움직이는 동안 왕은 눈을 치켜뜨고 헛간 먼 끄트머리에 외양간처럼 보이는 큼직한 공간이 있는 것을 보며 혼자 남게 되면 어둠 속을 더듬어 그쪽으로 가기로 마음먹었다. 또한 외양간 쪽으로 가는 길 중간쯤에 말을 덮는 담요가 쌓여 있는 것도 확인해 두면서 하룻밤 영국 왕의 이불로 징발해 사용하려고 생각했다.

마침내 농부들은 일을 끝마치고 헛간 밖으로 나가면서 문을 닫고 호롱불까지 가져갔다. 몸을 오들오들 떨고 있는 어린 왕은 어두워 앞이 잘 보이지 않았지만 최대한으로 몸을 재빨리 움직여 거적때기를 향해 나아갔다. 그것을 집어 들고 나서 다시 살금살금 더듬어 안전하게 외양간 쪽으로 다가갔다. 담요 두 장은 요로 깔고 나머지 한 장은 이불로 덮었다. 담요는 낡은 데다가 얇아서 추위를 막아 주기에는 턱없이 부족했고, 코를 찌르는 말똥 냄새 때문에 숨을 쉬기가 어려울 정도였지만, 이제 왕은 남부러울 것이 없었다.

어린 왕은 배가 고프고 추웠지만 또한 몸이 너무 지친 데다 너무 졸렸다. 배고프고 추운 것은 참아도 피곤하고 졸린 것은 도저히 참을 수 없어 얼마 뒤 왕은 꾸벅꾸벅 졸면서 반무의식 상태로 빠져들기 시작했다. 그러고 나서 아주 깊은 잠으로 막 빠져들려는 순간 뭔가 분명히 자기 몸을 건드리는 것 같은 느낌이 드는 것이 아닌가! 어린 왕은 잠이 확 달아나면서 숨도 제대로 쉬지 못하고 헐떡거렸다. 어둠 속에서 알 수 없는 누군가의 손길을 느끼자 공포감으로 소름이 끼치면서 심장이 멎을 것만 같았다. 꼼짝하지 않고 누워서 숨을 죽인 채 귀만 곤두세우고 있었다. 그러나 아무런 인기척도 없었고, 부스럭거리는 소리도 들리지 않았다. 어린 왕은 한참 동안 신경을 곤두세우고 가만히 기다렸지만, 역시 움직이는 동작도 없었고 아무 소리도 들리지 않았다. 그래서 마침내 다시 잠을 청하기로 했다. 그런데 바로 그때 또다시 그 알 수 없는 감촉이 다시 느껴지는 것이 아닌가! 눈에 보이지 않는 무엇이 아무 소리도 없이 자기를 슬쩍 만지는 것에 소름이 끼쳤다. 어린 왕은 귀신을 본 듯한 두려움에 떨었다. 어떻게 해야 좋을까? 그것이 문제였지만 그렇다고 뾰족한 수가 없었다. 그런 대로 편안한 이 헛간을 떠나 알 수 없는 공포에서 벗어나야 하는가? 그러나 어디로 간담? 그는 이 헛간에서 나갈 수가 없었다. 그렇다고 네 벽에 갇힌 채 어둠 속에서 유령에게 허겁지겁 쫓기면서 고개를 돌릴 때마다 부드럽지만 기분 나쁜 손길에 뺨과 어깨를 내맡긴다는 것도 도저히 참을 수 없는 노릇이었다. 그러나 지금 있는 곳에 그대로 머물면서 밤새도록 이 살아있는 죽음을 어떻게 견딜 것인가? 그렇게 하는 것이 더 나을까? 그렇지 않아. 그렇다면 어떤 방법이 남아 있는 건가? 아, 오직 한가지 길밖에는 없어. 그는 그것을 잘 알고 있었다. 손을 뻗쳐 그 물건을 확인해 보지 않으면 안 되었던 것이다!

그런데 이런 일은 생각하기는 쉬워도 용기를 내어 시도해 보기는 어려웠다. 세 번씩이나 어둠을 향해 조심스럽게 손을 뻗어 보았다가 숨을 헐떡이며 갑자기 도로 거두어 들였다. 어둠 속에서 어떤 물체를 만졌기 때문이 아니라, 막 그럴 것 같은 느낌이 확실히 들었기 때문이다. 그러나 네 번째에는 손이 조금 더 멀리 나아가 부드럽고 따뜻한 어떤 물체에 가볍게 스쳤다. 공포에 질린 그는 돌처럼 몸이 굳어졌다. 마음을 얼마나 졸였는지 그는 죽은 지 얼마 안 되어 아직 온기가 남아 있는 시체일 것이라고 상상했다. 그것을 다시 만지느니 차라리 죽고 싶은 심정이었다. 그러나 그것은 인간의 호기심이 얼마나 무한한 힘을 지니고 있는지 몰라서 하는 생각이다. 얼마 되지 않아 그는 손을 덜덜 떨면서 다시 그 물체를 더듬고 있었다. 만지고 싶지 않다는 판단과는 어긋나게 또한 그의 승낙도 없이 말이다. 어쨌든 그는 계속 끈질기게 그것을 더듬었다. 기다란 머리카락 다발 같은 것이 만져졌다. 그는 소스라쳤지만 머리카락을 살살 더듬어 올라가자 올가미 같은 것이 손끝에 닿았다. 그런데 그 올가미를 따라가자 이번에는 순진한 송아지 한 마리가 있는 것이 아닌가! 그 올가미는

진짜 올가미가 아니라 송아지의 꼬리였던 것이다.

왕은 잠자는 송아지 같은 하찮은 것을 가지고 그토록 두려움
과 고통을 느낀 자신의 모습이 몹시 부끄러웠다. 그러나 따지고
보면 굳이 그렇게 부끄러워할 필요가 없었다. 그가 무서워했던
것은 송아지가 아니라 송아지가 상징하는, 이 세상에 존재하지
않는 어떤 끔찍한 존재였기 때문이다. 미신을 믿던 그 시절에는
어떤 아이라도 그와 비슷하게 행동하고 비슷하게 고통을 느꼈을
것이다.

왕은 두려움을 느꼈던 것이 겨우 송아지에 지나지 않는다는
사실을 알고 기뻤을 뿐만 아니라, 송아지와 함께 지낼 수 있게
되었다는 사실 때문에도 더없이 흐뭇했다. 지금까지 친구 하나
없이 외톨이로 떠돌아다녔기 때문에 이렇게 보잘것없는 짐승이
라도 친구가 되어 곁에 있어 주는 것이 반가웠다. 또한 동료 인
간한테 얼마나 시달리고 얼마나 버릇없이 취급을 받았는지, 비

록 사람처럼 고상한 속성은 없는지 몰라도 적어도 고운 마음씨와 착한 심성을 지닌 짐승과 함께 있다는 사실이 왕에게는 참으로 위로가 되었다. 그래서 그는 이제 자신의 높은 지위도 포기한 채 송아지와 친구가 되기로 마음먹었다.

윤기가 흐르는 따스한 송아지 등을 어루만지는 동안 송아지는 손이 쉽게 닿는 그 옆에 누워 있었다. 문득 송아지한테 여러 모로 도움을 받을 수 있다는 생각이 떠올랐다. 그러자 왕은 잠자리를 다시 정돈하여 송아지 옆에 바짝 붙여 깔았다. 그러고 나서 송아지 등에 몸을 꼭 붙이고 자기 몸과 송아지 몸에 거적때기를 함께 덮었다. 그렇게 하고 몇 분이 지나자 웨스트민스터 왕궁의 푹신한 침대 못지않게 따뜻하고 아늑했다.

그러자 갑자기 마음이 즐거워졌다. 삶도 전보다 유쾌해 보였다. 이제 그는 노예 상태와 범죄의 굴레에서 벗어났고, 야비하고 난폭한 무법자들의 손아귀에서도 벗어났다. 몸이 따뜻하고 아늑한 잠자리까지 마련되었다. 한마디로 그는 행복했다. 밤바람이 점차 거세게 일고 있었다. 갑자기 몰아치는 강풍 때문에 낡은 헛간이 덜커덩 흔들거리다가 간격을 두고 그 힘이 잦아들면서 모퉁이와 튀어나온 모서리를 굽이돌며 윙윙 하고 울부짖었다. 그러나 따스하고 아늑한 잠자리에 누운 왕의 귓가에는 그것이 모두 음악처럼 들렸다. 바람이 거세게 불거나 뒤흔들고 때리거나 울부짖고 흐느끼거나 간에 조금도 상관하지 않았고 오직 그 소리를 즐길 따름이었다. 어린 왕은 더없이 따사로운 만족감에 젖어 송아지에게 몸을 좀 더 바짝 붙이고는 꿈도 꾸지 않고 안식과 평화가 가득 찬 깊은 잠 속으로 행복하게 빠져 들어갔다. 저 멀리서 개들이 짖어 댔고, 소들은 우수에 잠긴 소리로 한탄

을 했으며, 세찬 바람은 여전히 그칠 줄 몰랐다. 그러는 동안 거
센 빗줄기가 지붕을 때리고 있었다. 그러나 영국 왕은 세상모르
게 계속 곤히 잠을 자고 있었다. 폭풍우가 몰아치든 말든, 왕이
바로 옆에서 잠을 자든 말든 상관하지 않은 채 천진난만한 짐승
인 송아지 또한 깊은 잠에 빠져 있었다.

19
농민과 어울린 왕자

아침 일찍 눈을 떠 보니 지난밤 비에 젖은 친절한 쥐 한 마리가 기어 들어와 왕의 가슴을 파고들어 편히 잠들어 있었다. 인기척에 깜짝 놀란 쥐는 겁에 질려 달아났다. 왕은 빙그레 웃으면서 혼잣말로 이렇게 중얼거렸다.

"불쌍한 녀석, 뭘 그렇게 무서워하느냐? 나도 너처럼 버림받은 신세란다. 나처럼 그렇게 의지할 데 없는 짐승한테 해를 입힌다면 내가 파렴치한 인간이지. 더구나 네가 나한테 찾아왔다는 건 좋은 조짐이니 오히려 너한테 고마워해야지. 쥐들의 보금자리나 될 정도로 왕의 신세가 영락했다는 건, 이제 운이 바뀌는 고비에 있다는 뜻이지 뭐야. 왕의 형편이 이보다 더 나빠지려야 나빠질 수 없을 테니까 말이야."

왕은 자리에서 일어나 헛간 밖으로 걸어 나갔다. 바로 그때 아이들 목소리가 들리기 시작했다. 헛간 문이 열리면서 여자아이 둘이 들어왔다. 두 여자아이는 그를 보는 순간 웃으며 조잘거리던 것을 뚝 그쳤다. 걸음을 멈추고 그 자리에서 꼼짝하지 않고 서서 아주 호기심 어린 표정으로 사내아이를 빤히 쳐다보았다. 여자아이들은 얼마 뒤 자기들끼리 뭐라고 속삭이더니 조금 더 가까이 다가섰다가 다시 걸음을 멈추고 서서 빤히 쳐다보고는 저희들끼리 속삭였다. 마침내 여자아이들은 용기를 내어 그에 대해 큰 소리로 말을 하기 시작했다. 한 아이가 말했다.

"얼굴이 잘 생겼네."

그러자 다른 아이가 맞장구를 쳤다.

"머리카락도 예쁜데."

"하지만 옷은 너무 지저분하네."

"쫄쫄 굶은 얼굴이잖아."

여자아이들은 조금 더 가까이 다가와 수줍게 왕의 주위를 돌면서 마치 어떤 낯선 짐승이라도 되는 것처럼 구석구석 자세히 뜯어보았다. 그러나 그 짐승이 기회를 보아 자기들한테 덤벼들어 물어뜯을는지도 몰라 두려워하는 듯 아주 조심스럽게 경계하는 눈치였다. 이윽고 여자아이들은 만약의 경우에 대비하려는 듯 서로의 손을 꼭 잡고 왕 앞에 서서 천진난만한 눈으로 실컷 쳐다보았다. 그러고 나서 한 아이가 용기를 내어 솔직하게 물어 보았다.

"넌 누구니?"

"난 왕이란다." 그가 엄숙하게 대답했다.

그러자 여자아이들은 조금 놀랐다. 두 눈을 휘둥그렇게 뜨고 삼십 초쯤 아무 말 없이 그렇게 있었다. 그러나 호기심 때문에 더 이상 침묵을 지킬 수 없었다.

"왕이라고? 어느 나라 왕?"

"영국 왕이야."

여자아이들은 물끄러미 서로의 얼굴을 쳐다보았다. 그런 다음 왕한테로 눈길을 돌렸다. 그런 뒤에 다시 자기들끼리 서로 쳐다보았다. 놀라서 어리벙벙한 표정을 지으며 말이다. 그러고 나서 한 아이가 입을 열었다.

"너도 저애 말을 들었지, 마저리? …… 저 애가 왕이라고 했어. 그게 정말일까?"

"그럼 정말이잖고, 프리시? 저 아이가 거짓말을 할까? 내 말 잘 들어, 프리시. 만약 그 말이 사실이 아니라면 그건 거짓말이 되는 거야. 이건 틀림없는 사실이야. 잘 생각해 봐. 정말이 아닌 것은 하나같이 거짓말이거든……. 그러니까 그건 정말일 수밖에 없는 거란 말이야."

그야말로 도저히 반박할 수 없는 치밀한 논리였다. 반신반의
하던 프리시도 이제 더 의심을 품을 수가 없었다. 프리시는 잠깐
생각하다가 천진난만한 말로 왕에게 명예를 걸고 서약하도록
했다.

"네가 정말 왕이라면 난 네 말을 믿을게."

"정말로 나는 진짜 왕이야."

이렇게 해서 이 문제는 해결되었다. 두 여자아이는 더 이상 묻
거나 따지지 않고 왕을 받아들였다. 다만 그들은 곧바로 그가
어떻게 해서 이곳까지 오게 되었는지, 어째서 그렇게 왕답지 않
게 초라한 옷을 입고 있는지, 지금 어디로 가고 있는 중인지 등
그에 관한 일을 꼬치꼬치 캐묻기 시작했다. 놀림을 받거나 의심
받는 일 없이 자신의 고민을 털어놓을 수 있게 된 것이 그에게
는 무척 후련한 일이었다. 그래서 배고픈 것도 잠시 잊어버리고
여자아이들에게 자신의 얘기를 감동 있게 들려주었다. 마음씨
착한 두 여자아이는 더할 나위 없이 깊은 동정을 느끼며 그 이
야기를 들었다. 그런데 왕이 가장 최근에 겪은 일에 대해 말하자
아이들은 왕이 오랫동안 음식을 먹지 못한 채 지냈다는 사실을
문득 깨닫고는 이야기를 멈추고 아침을 먹이기 위해 그를 농가
로 데리고 갔다.

왕은 이제 기분이 좋고 행복했다. 그래서 혼잣말로 이렇게 중
얼거렸다.

"궁전으로 다시 돌아가게 되면 자나 깨나 어린아이들을 잘 보
살펴 줘야겠어. 내가 어려움에 놓여 있을 때 아이들이 나를 철
석같이 믿어 주었다는 사실을 늘 기억하자. 한편 스스로 잘났다

고 생각하는 나이 든 사람들은 나를 비웃고 거짓말쟁이 취급을 했지."

여자아이들의 어머니는 동정심을 느끼면서 왕을 따뜻하게 맞아 주었다. 그가 오갈 데 없이 버림받은 신세인 데다 머리가 살짝 돈 것처럼 보였기 때문에 이 여주인의 마음이 움직였다. 그녀는 과부였기 때문에 살림이 그다지 넉넉하지는 않았다. 그런데도 고생을 많이 했기 때문에 불쌍한 사람을 보면 못 본 척 그냥 지나치지 못했다. 그녀는 머리가 돈 이 아이가 친구와 보호자의 품을 떠나 이리저리 떠돌아다니는 신세가 된 것으로 판단했다. 그래서 그를 집으로 돌려보낼 수 있는 방법을 강구하기 위해 그가 어디에서 왔는지 알아내려고 애썼다. 그러나 부근의 읍과 마을 이름을 아무리 대 보고 이 아이가 알 만한 동네를 아무리 물어보아도 전혀 소용이 없었다. 사내아이의 표정이나 대답으로 보아 그녀가 지금 말하고 있는 것들을 모르는 눈치였다. 그 아이는 진지하고 천진난만하게 궁전 이야기만 늘어놓을 뿐이었다. 그러다 "자기 아버지"이신 돌아가신 왕에 대한 이야기를 하면서 울음을 터뜨린 적이 한두 번이 아니었다. 그러나 그는 대화가 이보다 천박한 화제로 바뀌면 흥미를 잃고 아무 말도 하지 않았다.

여주인은 머리가 혼란스러웠지만 그렇다고 포기할 수도 없었다. 음식을 준비하면서 이 아이가 무심결에 진짜 비밀을 털어놓게 만들 수 있는 방법을 궁리하기 시작했다. 그래서 먼저 소 이야기를 꺼냈다. 그러나 남자아이는 아무런 관심을 보이지 않았다. 그다음에는 양 이야기를 꺼냈다. 역시 결과는 마찬가지였다. 그래서 예전에 양치기였을 것이라는 짐작은 빗나가고 말았다. 이번에는 방앗간 이야기로 시작해서 천 짜는 사람, 땜장이, 대장장이, 온갖 종류의 장사와 장사꾼들 이야기를 늘어놓았다. 또 정신병원, 감옥, 자선 보호 수용소까지 들먹여 보았지만 실망스럽기는 마찬가지였다. 그렇다고 전혀 소득이 없는 것도 아니었다. 범위를 집 안에서 하는 일로 좁혔다는 생각이 들었기 때문이다. 정말로 그랬다. 이번만큼은 옳게 방향을 잡은 듯했다. 이 사내아이는 집안일을 거들던 하인이었음에 틀림없었다. 그래서 여주인은 그쪽으로 대화를 몰고 갔지만 결과는 실망스러웠다. 빗자루로 하는 집 안 청소를 화제로 삼자 아이는 따분해하는 눈치였다. 불을 지피는 화제에도 시큰둥했다. 마룻바닥을 문질러 닦는 일에 대해서도 얘기했지만 아무런 반응을 보이지 않았다. 여주인은 한 가닥 기대를 걸고 의례적으로 요리를 화제로 삼아 보았다. 그러자 놀랍고도 반갑게도 사내아이의 얼굴에 금방 화색이 도는 것이 아닌가! 아, 드디어 이제 정체를 알아냈다고 생각했다. 교묘하고도 기민한 방법으로 그것을 알아낸 자신의 솜씨가 여간 자랑스럽지 않았다.

그래서 말을 많이 하는 바람에 지친 여주인의 혀도 이제는 좀 쉴 수 있게 되었다. 왕의 혀는 극심한 굶주림에다가 지글지글 끓는 냄비에서 풍겨 오는 구수한 음식 냄새에 자극을 받아 술술 잘 돌아가며 어떤 맛있는 음식에 대한 이야기를 마치 웅변을 하듯 늘어놓았다. 그러자 채 삼 분도 되지 않아 여주인이 혼잣말로 중얼거렸다.

"그래 정말로 내 짐작이 맞았어……. 이 아이는 부엌일을 도왔던 거야!"

그러고 나서 왕은 음식의 차림표를 계속 늘려 나가면서 너무도 식별 있게 그리고 열심히 그것에 대해 설명했다. 이런 모습을 보면서 여주인은 또 이렇게 혼잣말로 중얼거렸다.

"어쩌면! 저렇게 많은 요리를, 그것도 그렇게 훌륭한 요리를 어떻게 다 알고 있을까? 이런 음식은 부잣집이나 고관대작의 식탁에나 오를 고급 요리들인데. 아, 이제야 알겠군! 지금은 저렇게 남루한 옷을 걸치고 있지만 정신이 이상해지기 전에는 궁전에서 일을 했던 게 분명해. 그래, 임금님 음식을 차리는 그 수라간에서 일을 도왔던 게 틀림없어! 어디 한번 시험해 봐야지."

자기의 뛰어난 판단력을 증명해 보고 싶은 나머지 마음이 들뜬 여주인은 왕에게 요리를 잠깐 봐 달라고 부탁하고는 원한다면 한두 가지 요리를 직접 만들어도 좋다고 넌지시 암시를 주었다. 밖으로 나가면서 아이들에게도 따라 나오라고 손짓을 했다. 그러자 왕은 이렇게 혼잣말을 했다.

"과거에 나처럼 이런 부탁을 받은 영국 왕이 과거에도 한 분 계셨지……. 알프레드 대왕*께서도 몸소 하신 일을 내가 한다고 해서 체통을 잃는 건 아닐 테지. 하지만 이 맡은 일을 그분보다는 더 잘할 수 있도록 해야지. 그분께선 빵을 태우셨거든.**"

왕의 의도는 좋았지만 실제 행동은 그것에 미치지 못했다. 옛날의 왕과 마찬가지로 지금의 왕도 곧 자신의 엄청난 일과 관련하여 상념에 깊이 빠지다 보니 똑같이 일을 엉망으로 망쳐 버리

---

* 웨스트색슨의 왕 알프레드(849~899). 자신이 다스리던 웨섹스뿐만 아니라 영국의 인접한 모든 왕국을 바이킹으로부터 구하여 명실 공히 영국 통일의 기반을 닦아 놓았다. 그는 군인, 정치가, 학자, 행정가로서 탁월했다.
** 알프레드 왕이 덴마크와 전쟁을 하던 중 참패하여 숲 속 초가집에 숨어 있을 때 일어난 일화를 말한다. 빵을 굽던 농부의 아내는 알프레드 왕에게 빵을 보살펴 달라는 부탁하고 우유를 가지러 밖에 나갔다. 그러나 전쟁 생각에 골몰하던 그는 그만 빵을 모두 태우고 말았다.

고 말았다. 음식을 태웠던 것이다. 때마침 여주인이 돌아와서 음식이 완전히 재로 변하는 것은 가까스로 막을 수 있었다. 그녀가 애정 어린 말로 활발하게 혀를 놀리는 바람에 왕은 곧바로 몽상에서 깨어났다. 자신을 믿고 맡긴 일을 제대로 하지 못한 것에 그가 몹시 괴로워하는 모습을 보고 여주인은 금방 마음이 누그러지며 그를 아주 상냥하고 자상하게 대해 주었다.

왕은 모처럼 맛있는 음식을 배불리 먹었다. 배가 든든해지자 마음도 한결 새롭고 기분이 좋았다. 이 집에서 함께한 식사는 신분의 높고 낮음을 양쪽 모두에서 접어 두었다는 데 그 특징이 있었다. 그러나 그런 특혜를 받고 있는 양쪽 모두 그 사실을 깨닫지 못하고 있었다. 여주인은 처음에 다른 어떤 거지나 강아지한테 그러듯이 이 어린 부랑아에게 부엌 한구석에서 남는 음식이나 먹일 작정이었다. 그러나 아까 크게 꾸짖은 것이 너무 마음에 걸려 미안한 마음에서 겉치레로나마 식구들과 평등하게 이 어린 부랑아를 식구들이 앉는 식탁에 앉히고 함께 식사를 했다. 한편, 왕은 왕 대로 자기를 그토록 따뜻하게 맞아 주었는데도 가족을 실망시킨 것이 너무나 후회가 되어 속죄하는 마음에서 자신을 식구들 수준으로 낮추기로 했다. 자신의 출생 신분이나 지위로 보아서는 식탁을 독차지하고 혼자 식사하는 동안 여주인과 딸들이 옆에 서서 자기한테 시중을 들도록 해야 하는데도 말이다. 이렇게 때로는 긴장을 풀어 주는 것이 모든 사람한테 좋은 법이다. 착한 여주인은 부랑아한테 그토록 자신을 낮추어 관대하게 친절을 베푼 것이 너무 대견스러워 온종일 행복했다. 한편, 왕은 왕대로 보잘 것 없는 시골 여편네한테 왕다운 겸손함을 보였기 때문에 마찬가지로 가슴이 뿌듯했다.

아침 식사가 끝나자 여주인은 왕에게 접시를 닦으라고 시켰다. 이 명령을 듣자 왕은 한순간 기절초풍했고, 하마터면 싫다고 뻗댈 뻔했다. 그러나 조금 뒤 그는 혼잣말로 이렇게 중얼거렸다.

"알프레드 대왕께서는 빵을 굽는 것도 지켜보셨어. 틀림없이 그릇도 씻으셨을 거야……. 그러니 나라고 못할 것 있나."

왕의 설거지 솜씨는 아주 형편없었고, 그는 자신의 이런 솜씨에 적잖이 놀랐다. 나무 숟가락이나 나무 접시 정도를 닦는 일은 별로 어렵지 않을 것처럼 보였기 때문이다. 막상 설거지는 지겹고 성가신 일이었지만 그래도 그 일을 모두 끝냈다. 왕은 이제 다시 길을 떠나고 싶어 견딜 수가 없었다. 그러나 이 알뜰한 여주인을 뿌리치고 떠나는 것이 그렇게 쉬운 일은 아니었다. 그녀는 왕에게 이것저것 자질구레한 일을 시켰고, 왕은 그런 대로 그럭저럭 일을 마쳤다. 그러고 난 뒤 여주인은 그에게 딸들과 함께 겨울 사과를 깎으라고 시켰다. 사과 깎는 솜씨가 너무 형편없자 그녀는 그 일을 그만두게 하고 대신 식칼을 갈아 달라고 부탁했다. 그런 뒤에 이번에는 양털 빗기는 일을 시켰다. 그러자 마침내 왕은 이야기책이나 역사책에서 생생하게 읽을 수 있듯 알프레드 대왕이 미천한 일을 그토록 영웅적으로 해낸 일과 관련하여 자신이 대왕을 무색하게 했다는 생각이 들기 시작했다. 그래서 이제 그만 물러나기로 대충 결심하고 있었다. 점심을 먹고 난 뒤 곧바로 여주인이 그에게 새끼 고양이들이 든 바구니를 주면서 물에 빠뜨리라고 명령하자 왕은 정말로 물러나고 말았다. 적어도 그는 이제 막 물러나려고 하고 있던 참이었다. 어딘가에서 분명한 선을 그어야 한다고 느끼고 있었고, 고양이를 물에 빠뜨려 죽이는 일에서 그 선을 긋는 것이 좋을 것만 같았다. 그래서 그

가 농가에서 막 물러나려고 하는 바로 그 순간 훼방꾼들이 나
타났다. 훼방꾼이란 다름 아닌 도붓장수처럼 등에 짐을 메고 있
는 존 캔티와 휴였던 것이다!

왕은 이 불한당들이 앞문 쪽을 향해 걸어오는 모습을 보았지
만 그들은 미처 그를 보지 못했다. 그래서 왕은 선을 긋는 문제
에 대해 더 이상 입도 뻥긋하지 않고 고양이가 든 바구니를 들
고 조용히 뒷문으로 몰래 빠져나갔다. 그러고는 고양이를 뒷간
에 내려놓고 뒤쪽으로 난 오솔길을 따라 부지런히 발걸음을 재
촉했다.

20
왕자와 은자

높다란 울타리에 가려 이제 집에서는 왕의 모습이 보이지 않았다. 무서운 공포에 질린 그는 젖 먹던 힘까지 짜내어 멀리 숲을 향해 힘껏 달려갔다. 숲 속으로 피신하기 전까지는 뒤도 돌아보지 않았다. 숲에 이른 뒤에야 비로소 고개를 돌리자 멀리서 어렴풋이 두 남자의 모습이 보였다. 그렇게 본 것만으로도 충분했다. 왕은 기다리고 서서 두 사람을 자세히 뜯어보지 않고 서둘러 길을 재촉했다. 어두컴컴한 숲 속 깊이까지 멀리 들어와서야 비로소 발걸음을 늦추었다. 그러고 나서 이제는 안심해도 괜찮다는 확신이 들자 걸음을 멈추었다. 가만히 귀를 기울여 보았지만 무겁고 장엄한 침묵만이 깔려 있었다. 무섭고 한결같고 뼛속까지 섬뜩한 느낌이 들었다. 두 귀를 쫑긋 기울이자 이따금씩 무슨 소리가 들렸지만, 아주 멀리 떨어져 알듯 모를 듯한 공허한 소리였기 때문에 진짜 소리라기보다는 차라리 죽은 사람의 혼령이 흐느끼거나 넋두리를 늘어놓는 듯한 소리에 가까웠다. 그

래서 그 소리가 방해하는 침묵보다도 훨씬 더 으스스한 느낌이
들었다.

　처음에 왕은 지금 있는 숲에서 나머지 시간을 보낼 생각이었
다. 그런데 땀이 흐르는 몸에 냉기가 스며들자 몸을 따뜻하게 하
기 위해서라도 다시 움직이지 않을 수 없었다. 왕은 얼마 가지
않아 길이 나타나리라는 희망을 품고 계속 앞으로 곧장 나아
갔지만 아무리 걸어가도 길은 나오지 않았다. 그렇지만 포기하
지 않고 걷고 또 걸었다. 그러나 앞으로 걸어가면 갈수록 나무
는 점점 더 빽빽하게 우거져 보였다. 어둠도 점점 더 짙어져 갔
고, 왕은 밤이 오고 있음을 깨달았다. 이렇게 으스스한 곳에서
하룻밤을 지내야 한다고 생각하니 몸이 으스스 떨렸다. 그래서

발걸음을 더욱 재촉하려고 했지만 오히려 걸음이 점점 느려지기만 했다. 이제 어둠이 깔려 발걸음을 신중하게 옮길 수 없을 만큼 앞이 잘 보이지 않았기 때문이다. 왕은 자꾸 나무뿌리에 걸려 넘어지고 덩굴과 덤불에 휘감겼다.

그러던 가운데 마침내 불빛 한 줄기가 눈에 들어오자 왕은 얼마나 반가웠겠는가! 가끔 걸음을 멈추고 주위를 돌아보며 무슨 소리가 들리지 않는지 귀를 기울이면서 조심스럽게 불빛을 향해 다가갔다. 불빛은 초라한 오두막의 유리 없는 창틈에서 새어 나오고 있었다. 목소리가 귀에 들리자 왕은 재빨리 달아나 숨고 싶은 충동을 느꼈다. 그러나 틀림없이 누군가가 기도를 드리는 목소리로 들렸기 때문에 곧 마음을 고쳐먹었다. 왕은 창문 하나로 살금살금 다가가 까치발을 서서 방 안을 힐끗 훔쳐보았다. 작은 방으로 바닥은 맨땅이었지만 사람 발에 단단하게 다져져 있었다. 한구석에는 골풀로 만든 침대가 놓여 있고, 그 위에는 낡은 담요도 한두 장 있었다. 또 침대 옆에는 양동이 하나, 컵 하나, 대야 하나, 그리고 냄비와 항아리 두세 개가 놓여 있었다. 키가 낮은 긴 의자 하나와 다리가 세 개 달린 의자도 있었다. 난로에는 타다 남은 장작불이 모락모락 연기를 피우고 있었다. 촛불 하나를 켜 놓아 밝힌 제단 앞에 노인 한 사람이 무릎을 꿇고 있었다. 노인 옆에 있는 나무 상자 위에는 책 한 권이 펼쳐져 있고 사람의 두개골 하나가 놓여 있었다. 노인은 체구는 컸지만 뼈만 앙상하게 남은 사람이었다. 아주 길게 자란 머리카락과 수염은 눈처럼 새하얗게 세어 있었다. 목에서 발끝까지 내려오는 긴 양가죽 옷을 입고 있었다.

"도를 닦는 은자(隱者)로구나!" 왕이 혼잣말로 중얼거렸다.

"이런 사람을 만나다니 참으로 다행이로군."

그때 은자는 무릎을 꿇고 있다가 일어났고, 왕은 문에 노크를 했다. 그러자 굵직한 목소리로 대답하는 소리가 들렸다.

"들어오게! ……죄는 뒤에 남겨 두고. 그대가 서 있게 될 땅은 성스러운 곳이니까."

왕은 안으로 들어가 멈춰 섰다. 은자는 눈동자를 반짝거리며 불안스럽게 왕을 바라보고 말했다.

"넌 누구냐?"

"나는 왕이오." 왕이 조용하고도 단순하게 대답했다.

"잘 오셨소, 왕!" 은자가 환호성을 지르더니 법석을 떨며 분주히 돌아다니면서 계속 말을 이었다. "잘 왔소, 참 잘 왔소이다."

그러더니 노인은 긴 의자를 정돈하고 나서 난롯가 옆 의자에 왕을 앉히고 나서 장작 몇 개비를 난로 안에 던져 넣은 뒤 마침내 불안한 발걸음으로 방 안을 왔다 갔다 하기 시작했다.

　"잘 왔소! 이곳에 몸을 숨기러 온 사람은 많았지만 자격이 없어서 그냥 돌려보냈지요. 하지만 왕관을 벗어 던지고 왕위라는 헛된 명예를 경멸하며 누더기 옷을 걸치고 평생을 거룩함과 육체적 고행에 바치려는 왕이라면…… 그런 소중한 분이라면 환영이지요! ……이곳에서 죽을 때까지 머물러도 괜찮소이다."

　왕은 중간에 서둘러 말을 가로채어 해명하려고 했지만 은자는 아예 상대방의 말을 들으려고 하지 않았다. 그의 말을 듣기는커녕 들뜬 목소리로 힘차게 계속 자기 이야기만 늘어놓았다.

　"이곳에서는 마음 편히 지낼 수 있습니다. 어느 누구도 당신의 피난처를 찾아내어 하느님의 뜻에 따라 당신이 포기해 버린 그 공허하고 어리석은 삶으로 다시 돌아와 달라고 성가시게 굴지 않을 겁니다. 이곳에서 당신은 기도를 드리고 성경을 읽으며 속세의 어리석음과 망상에 대해, 또 앞으로 다가올 하늘나라의 거룩함에 대해 묵상하게 되지요. 당신은 빵 조각과 약초로 살아가고 날마다 몸을 채찍으로 다스려 영혼을 깨끗이 하겠지요. 입는 옷은 살갗에 걸치는 헤어 셔츠* 하나면 될 것이요, 마시는 것은 오직 물뿐입니다. 당신은 평화를, 그렇지요, 그야말로 완전한 평화를 누리게 될 겁니다. 누군가 찾아온다고 해도 그 사람은 실망만 하고 다시 발길을 돌리게 될 겁니다. 결국 그들은 당신을 찾지 못할 것이니 당신을 괴롭힐 리도 없겠지요."

---

* 과거 종교적인 고행을 하던 사람들이 입던 옷으로, 털 섞인 거친 천으로 만든 셔츠.

노인은 여전히 왔다 갔다 하면서 큰 목소리로 말하는 것을 멈추고 이번에는 혼잣말로 중얼거리기 시작했다. 왕은 자신의 입장을 설명할 수 있는 좋은 기회라고 생각하고는, 불안하고 두려운 나머지 웅변적으로 자기 이야기를 늘어놓았다. 그런데도 은자는 계속 혼자서 중얼거릴 뿐 왕의 말에는 아랑곳하지도 않았다. 그리고 노인은 여전히 중얼거리며 왕에게 다가와 의미심장한 표정으로 이렇게 말했다.

"쉿! 내가 비밀 한 가지 알려 드리지!"

노인은 허리를 굽히고 비밀을 말하려다가 멈추고는 가만히 귀를 기울이는 태도를 보였다. 잠시 뒤 발끝으로 창문 쪽을 향해 살금살금 걸어가더니 고개를 쑥 내밀고 땅거미가 깔린 숲 주위를 한 번 훑어보았다. 그러고 나서 다시 발끝으로 걸어와 왕의 얼굴에 자기 얼굴을 바짝 들이밀고는 이렇게 소곤거렸다.

"나는 천사장(天使長)이라오!"

기겁을 하고 놀란 왕은 혼잣말로 이렇게 중얼거렸다. "차라리 불한당들하고 같이 있는 게 좋았을걸. 아니, 어쩌다가 이런 미치광이한테 붙들린 신세가 되었담!" 왕의 불안감은 점점 커져 갔고 그것이 얼굴에 그대로 드러났다. 그러자 노인은 들뜬 목소리로 나지막하게 말을 이었다.

"이제 내 분위기를 좀 느끼는 모양이군! 얼굴에 경외심이 감돌고 있단 말씀이야! 이런 분위기에 있으면 누구나 그런 느낌을 받게 마련이지만. 그건 바로 하늘나라의 분위기이니까. 난 눈 깜짝할 사이에 훌쩍 하늘나라로 갔다가 다시 훌쩍 되돌아올 수 있거든. 나는 오 년 전 바로 이 자리에서 천사장이 되었다오. 그 중요한 자리를 수여하기 위해 하늘에서 천사들이 직접 내려왔었소. 천사들이 내려온 날은 방 안이 얼마나 눈부셨는지 모르오. 천사들이 내 앞에 무릎을 꿇었다오, 왕! 그래요, 정말로 나한테 무릎을 꿇었다니까! 그도 그럴 것이 내가 자기들보다 높았으니까. 나는 하늘의 궁전을 거닐며 먼 족장들하고 이야기를 나눴소. 내 손을 한번 만져 보시오……. 두려워하지 말고…… 어서 한번 만져 보라니까! 자, ……이제 당신은 아브라함, 이삭, 그리고 야곱과 악수를 했던 손을 잡은 것이오!* 황금 궁전을 거닐다가 하느님을 직접 만나기도 했지 뭐요!"

노인은 자기 말에 효과를 불어넣기 위해 잠시 말을 멈추었다. 그러다 갑자기 얼굴빛이 바뀌면서 다시 두 발로 일어서더니 화가 나고 격앙된 목소리로 이렇게 말했다.

"그래, 나는 천사장이오! 겨우 천사장이라니! ……사실은 교황이 되었어야 할 사람인데 말씀이야! 정말이라니까. 이십 년 전에 꿈을 꾸다가 하늘나라에서 그런 계시를 받았다니까. 아, 아무렴, 난 교황이 되기로 됐었지! ……교황이 되었어야 했고말고! 그것이 하늘의 명령이었으니까……. 그런데 왕이 내 교회를 폐쇄해 버렸고, 나는 친구 한 사람 없이 불쌍하고 미천한 수도승이 되어 오갈 데 없이 이 세상을 떠돌게 되었어.** 내 막강한 운명을 박탈당한 채 말이야."

여기에서 노인은 또다시 웅얼거리기 시작하면서 주먹으로 자기 이마를 치며 화를 냈지만 쓸데없는 짓이었다. 어떤 때에는 원

---

* 구약 성서에 히브리족의 시조로 나오는 인물들. 하느님은 "나는 아브라함의 하느님, 이삭의 하느님, 야곱의 하느님이니라."(「출애굽기」 3장 6절)라고 했다.
** 여기에서 은자는 헨리 8세가 수도원을 폐쇄하고 수도승들을 세상 밖으로 내쫓은 사실을 언급하고 있다.

한에 찬 저주의 말을 늘어놓다가, 또 어떤 때에는 애처롭게 이렇
게 늘어놓기도 했다.

"그래서 내가 겨우 천사장에 그치고 만 거야……. 교황이 되
었어야 할 사람이 말이지!"

노인이 이런 식으로 한 시간 동안 이야기를 늘어놓고 있는 동
안 어린 왕은 앉아서 고통을 당하고 있었다. 그때 갑자기 노인의
광기가 달아나면서 태도가 아주 상냥하게 바뀌었다. 목소리도
부드러워지고 뜬구름에서 내려와 너무나 소박하고도 인간답게
이야기를 늘어놓는 바람에 곧 왕의 마음을 사로잡고 말았다. 광
신적인 노인은 왕을 좀 더 난로 가까이로 데리고 가서 위로해 주
었다. 그런 뒤 왕의 몸 여기저기에 생긴 작은 상처와 멍을 날렵
하고 부드러운 손길로 보살펴 준 뒤 저녁 식사 준비를 하기 시작
했다. 그러면서도 끊임없이 줄곧 즐겁게 잡담을 늘어놓고, 또 가
끔씩 왕의 뺨을 어루만지거나 머리를 쓰다듬어 주기도 했다. 그
손길이 어찌나 부드럽고 포근하던지 얼마 안 가서 천사장이라
는 말 때문에 느꼈던 노인에 대한 두려움과 거부감이 어느덧 노
인에 대한 존경심과 연민의 정으로 바뀌게 되었다.

두 사람이 저녁을 먹는 동안 이런 화기애애한 분위기는 계속
이어졌다. 그러고 나서 제단 앞에서 기도를 마친 은자는 옆에 딸
린 작은방에 왕의 잠자리를 마련해 준 뒤 마치 어머니처럼 따
뜻하고 편안하게 이불을 덮어 주었다. 잘 자라고 왕을 쓰다듬어
준 뒤 노인은 다시 큰방으로 돌아가 난롯가에 앉아 멍한 표정으
로 불이 잘 붙도록 장작을 이리저리 휘저었다. 마치 잊힌 그 뭔
가를 기억해 내려고 하는 듯 갑자기 동작을 멈추고는 손가락으
로 이마를 몇 번 톡톡 두드렸다. 그러나 언뜻 기억해 내지 못한

듯했다. 노인은 재빨리 자리에서 일어나 손님이 있는 방으로 들어가 이렇게 물었다.

"자네가 왕이라고 했던가?"

"그렇소." 왕이 졸린 듯 대답했다.

"어느 나라 왕 말이야?"

"영국 왕이오."

"영국 왕이라고? 그렇다면 헨리가 죽었겠네!"

"아, 슬프지만 그렇소. 내가 그분의 아들이오."

그러자 은자는 얼굴을 험상궂게 찌푸리더니 복수심에 불타 뼈가 앙상한 손으로 주먹을 부르쥐었다. 그는 몇 분 동안 그렇게 서서 가쁘게 숨을 내쉬다가 도로 들이마시기를 반복하고 나서 쉰 목소리로 말했다.

"우리를 집도 없이 이 세상으로 내몬 장본인이 바로 그 자라는 사실을 알고 있는가?"

그러나 아무런 대답이 없었다. 노인은 허리를 숙여 곤히 잠든 왕의 얼굴을 찬찬히 살피고 평온한 숨소리에 귀를 기울였다.

"잠이 들었군……. 곤히 잠이 들었어."

노인의 얼굴에서 찌푸린 표정이 사라지고 그 대신 음흉한 만족감이 감돌았다. 꿈을 꾸고 있는 어린아이의 얼굴에는 미소가 번졌다.

"그래…… 저 아이의 마음은 행복해 보이는군." 은자가 혼잣말로 중얼거렸다.

그러고는 노인은 돌아섰다. 살금살금 방 안을 거닐면서 여기저기에서 뭔가를 찾았다. 이따금 걸음을 멈추고 귀를 기울이기도 하고, 또 이따금씩 고개를 돌려 침대 쪽을 힐끗 살피기도 했다. 그러면서도 그는 언제나 혼잣말로 중얼거리고 있었다. 마침내 그는 찾고 있는 듯한 물건을 찾아냈다. 그것은 녹이 슨 식칼과 숫돌이었다. 노인은 난로 옆 자기 자리로 기어가 그곳에 앉아서 쉬지 않고 주절주절 중얼거리다가 갑자기 외치며 숫돌에 부드럽게 식칼을 갈기 시작했다. 바람은 이 외로운 오두막을 휘돌며 한숨을 지었고, 멀리서 밤의 신비로운 소리들이 떠돌며 지나가고 있었다. 온갖 대담한 쥐들이 눈을 반짝이며 노인을 뚫어지게 바라보았지만, 노인은 일에 몰두한 듯 열심히 식칼을 갈 뿐 바람이 부는지 옆에 쥐가 있는지 까맣게 모르고 있었다.

노인은 아주 가끔씩 엄지손가락으로 칼날을 문질러 보고는

만족스러운 듯이 고개를 끄덕였다.

"점점 날카로워지는구나, 점점 더……." 그가 말했다. "그래, 점점 날카로워지고 있어."

노인은 시간이 흐르는 것도 모르고 묵묵히 칼을 가는 일을 계속했다. 가끔씩 무료함을 달래듯 마음속의 생각을 입 밖으로 내뱉기도 했다.

"저놈 아비가 우리한테 몹쓸 짓을 했어. 우리 신세를 모두 망쳐 놓았단 말씀이야……. 그래서 그자는 지금 영원히 불구덩이에 빠져 있게 되었어! 그렇지, 영원히 꺼지지 않는 지옥의 불속에 던져 졌을 거야! 우리 손아귀에서 피해 갔어……. 하지만 그건 하느님의 뜻이지, 암, 하느님의 뜻이고말고. 그러니 우리는 불평해서는 안 돼. 하지만 그자는 지옥 불에서 빠져나올 순 없었지! 암, 그 불구덩이, 인정사정없이 무자비하게 모든 것을 태워 버리는 그 불구덩이를 피할 순 없었지…… 그 불은 영원토록 타오르거든!"

이렇게 노인은 계속하여 칼을 갈고 또 갈았다. 주절거리다가 어떤 때는 당장 숨이라도 넘어갈 듯이 키득키득 나지막하게 웃다가 또 어떤 때는 갑자기 다시 말을 내뱉기도 했다.

"이런 모든 건 저놈의 아비 때문이었어. 난 지금은 기껏 천사장 신세를 면치 못하고 있잖아…… 저놈만 아니었다면 벌써 교황이 되고도 남았을 거야!"

그때 잠들어 있던 어린 왕이 잠시 꿈틀거렸다. 노인은 소리 없이 침대 옆으로 달려가 무릎을 꿇고 식칼을 쳐들고는 누워 있는 몸 위로 허리를 굽혔다. 왕이 다시 몸을 꿈틀거렸다. 그러다가 잠깐 눈을 떴지만 의식이 없었기 때문에 아무것도 보지 못했다. 다음 순간 숨을 고르게 내쉬는 것을 보아 다시 한 번 깊은 잠에 빠져들어 있다는 것을 알 수 있었다.

은자는 얼마 동안 꼼짝도 하지 않고 거의 숨을 내쉬지도 못하면서 어린 왕을 지켜보고 귀를 기울였다. 그런 뒤 노인은 칼을 쳐들었던 손을 천천히 내리고 마침내 살금살금 걸어 자리를 뜨면서 혼잣말로 중얼거렸다.

"벌써 자정이 훨씬 지났군…… 하지만 녀석이 소리를 지르게 해서는 안 돼. 우연히 누군가가 이곳을 지나갈지도 모르니까."

노인은 오두막 안을 미끄러지듯이 움직이면서 여기서 넝마 한 조각, 저기서 끈 하나, 그리고 또 저쪽에서 다른 끈 하나를 주

위 모았다. 그런 뒤 왕이 잠든 방으로 다시 돌아가 잠을 깨우지 않도록 조심스럽고 부드럽게 다루면서 왕의 발목을 살그머니 묶었다. 그 뒤에는 왕의 팔목을 서로 엇갈려 묶으려고 몇 번 시도했지만, 막 밧줄로 묶으려고 할 때면 으레 왕은 이 손이나 저 손을 빼내곤 했다. 그러나 마침내 천사장이 거의 포기할 지경에 이르렀을 때 사내아이는 스스로 두 손을 엇갈려 놓았고, 그다음 순간 쉽게 손을 묶을 수 있었다. 이제 노인은 왕의 턱 밑에 붕대를 넣은 뒤 머리 위로 풀어내어 머리를 단단히 묶었다. 아주 조금씩 부드럽고 교묘한 솜씨로 매듭을 묶었기 때문에 사내아이는 그러는 동안 몸 한 번 꿈틀거리지 않고 곤히 잠만 자고 있었다.

21
헨든이 구출하려 나타나다

노인은 허리를 구부리고 고양이처럼 슬그머니 사라졌다가 나지막한 긴 의자를 가지고 왔다. 의자에 앉은 그의 몸 절반은 가물거리는 희미한 불빛에 드러나 있는 반면, 나머지 절반은 어둠 속에 묻혀 있었다. 그렇게 탐욕스러운 눈길로 잠자는 왕을 내려다보면서 노인은 시간이 흐르는 것조차 잊은 채 끈기 있게 불침번을 섰다. 그러면서도 여전히 부드럽게 칼을 갈면서 중얼거리거나 키득키득 웃었다. 그의 모습이나 태도는 영락없이 자기 거미줄에 꼼짝없이 걸려든 어떤 재수 없는 벌레를 바라보면서 흐뭇해하는, 소름끼칠 만큼 흉측한 거미와 비슷했다.

시간이 꽤 흐른 뒤 여전히 사내아이를 바라보던 노인은 문득 잠들어 있던 사내아이가 눈을 떴다는 사실을 알아차렸다. 그러나 그의 마음이 어떤 몽상적인 일에 몰두해 있었기 때문에 눈으로 직접 보고 있지는 않았다. 그런데 그 아이가 눈을 크게 뜨고 뚫어지게 바라보고 있는 것이 아닌가! 겁에 질려 식칼을 올려다

보고 있었던 것이다. 만족스러워하는 악마의 미소가 노인의 얼굴을 스쳐 지나갔다. 노인은 태도를 바꾸거나 하던 일을 중단하지도 않고 태연스럽게 그에게 말했다.

"헨리 8세의 자제분께서는 기도를 올리셨나?"

온몸이 결박된 어린아이는 몸부림을 쳤지만 헛수고였다. 이와 동시에 붕대에 묶인 턱을 움직여 억지로 소리를 질렀지만 질식한 소리밖에는 나오지 않았다. 은자는 그 소리를 자기가 묻는 질문에 대한 긍정적인 대답으로 받아들이기로 했다.

"그럼, 다시 기도를 드리시게나. 죽어 가는 사람을 위해 드리는 마지막 기도를 드리란 말씀이야!"

사내아이가 온몸을 부르르 떨더니 얼굴이 백짓장처럼 새파랗게 질렸다. 그러고는 또다시 빠져나오려고 버둥거렸다. 속박을 풀려고 이리저리 몸을 비틀고 비비 꼬고 필사적으로 미친 듯이 몸을 움직여 댔지만 아무런 소용이 없었다. 그러는 동안 끔찍한 노인은 사내아이를 내려다보고 빙그레 미소를 짓고 고개를 끄덕이며 침착하게 칼을 갈았다. 그러다가 이따금씩 이런 말을 던지기도 했다.

"순간순간은 소중한 것! 얼마 남지 않았으니 더욱 소중하거든! ……죽어 가는 사람을 위해 기도를 드리려무나!"

사내아이는 절망에 찬 신음을 내뱉더니 더 이상 몸부림을 치지 않고 가쁘게 숨을 몰아쉬었다. 그러자 어느새 왕의 눈에서는 눈물이 나와 금방 두 뺨을 타고 줄줄 흘러내렸다. 그러나 이런 애처로운 모습을 보고도 포악한 노인은 마음에 아무런 동요도 받지 않았다.

어느덧 새벽녘이 밝아 오고 있었다. 문득 그 사실을 깨닫고는

노인이 갑자기 말했다. 그의 목소리에는 불안과 긴장감이 담겨
있었다.

"이 황홀한 시간을 더 즐길 수가 없게 되었구나! 밤은 이미 지
나가 버렸으니. 눈 깜짝할 사이에 지나간 것 같군……. 그야말로
한순간이었어. 이 시간이 일 년쯤 계속되었다면 얼마나 좋았을
까! 교회를 망쳐 놓은 자의 자손아, 쳐다보는 것이 겁이 나거든
곧 사라져 버릴 네 두 눈을 감아라……."

그 뒤 나머지 말은 알아듣기 힘든 웅얼거림 속에 잘 들리지
않았다. 노인은 무릎을 꿇고 식칼을 손에 든 채 끙끙 신음 소리
를 내고 있는 사내아이를 내려다보았다.

아, 이것이 무슨 소리인가! 오두막 부근에서 사람 목소리가 들렸다. 그러자 은자는 손에 들고 있던 식칼을 떨어뜨렸다. 그는 사내아이 위로 양가죽을 뒤집어씌우고 몸을 벌벌 떨면서 자리에서 일어났다. 사람 목소리가 점점 커지더니 마침내 퉁명스럽고 거칠어졌다. 그러고는 주먹질이 시작되고 사람 살리라는 비명이 터져 나왔다. 곧이어 후닥닥 빠른 걸음으로 달아나는 발자국소리가 들렸다. 그 뒤 곧바로 누군가가 오두막 문을 세차게 계속 두드리더니 고함을 질렀다.

"여-보-시-오! 문 좀 여시오! 제발 꾸물대지 말고 어서 빨리 문 좀 여시오!"

아, 그 고함 소리가 왕의 귀에는 지금까지 들어 본 음악 중에서 가장 달콤한 음악처럼 들렸다. 바로 마일스 헨든의 목소리가 아니던가!

은자는 화를 낼 힘도 없이 이를 부드득 갈면서 재빨리 문을 닫고 침실에서 나갔다. 곧바로 부속 '예배당'에서 나누는 이런 대화가 왕의 귓가에 들렸다.

"신부님, 경의와 인사를 드립니다! 그 아이는 지금 어디 있습니까? ……제 아이 말입니다."

"이보게 친구, 어떤 아이를 두고 하는 말인가?"

"어떤 아이라니요! 신부님, 거짓말하지 마세요! 저한테는 거짓말을 하지 말라고요! ……지금 그럴 기분이 아니거든요. 이 집 부근에서 악당 녀석들을 붙잡았는데, 내 판단으론 그 녀석들이 바로 그 아이를 유괴해 간 놈들이지요. 놈들이 자백을 했어요. 그 아이가 다시 달아나 그 아이의 뒤를 밟아 이곳까지 왔다고 말이지요. 그 아이의 발자국까지 보여 주었거든요. 그러니 이제 더 속이려 들지 마세요. 신부님, 정 아이를 내놓지 못하겠다면 그때엔⋯⋯. 그 아이 지금 어디 있습니까?"

"아, 어젯밤에 이곳에 묵었던 그 누더기 옷을 걸친 떠돌이 거지 왕을 말하는 모양이로군. 바로 그런 아이를 두고 말하는 거라면 내가 심부름을 보냈는걸. 금방 돌아올 거요."

"언제쯤 돌아옵니까? 언제쯤에 말입니까? 자, 여기서 이렇게 시간을 낭비할 게 아니라⋯⋯ 내가 직접 그 애를 따라잡을 순 없을까요? 언제쯤이면 돌아오는 겁니까?"

"그렇게 조바심 낼 필요가 없어. 곧 돌아올 테니까."

"그럼 그렇게 하지요. 기다려 보겠습니다. 하지만 잠깐! ⋯⋯심부름을 보내셨다고 했나요? ⋯⋯신부님께서요! 그건 새빨간 거짓말이에요! ⋯⋯ 그 아이는 심부름을 갈 애가 아니거든요. 만약 그 애한테 그런 무례한 부탁을 했다가는 그 애가 당장에 신부님의 수염을 잡아 뜯었을 겁니다. 신부님께선 거짓말을 했어요. 새빨간 거짓말을 했다고요! 그 아이는 신부님뿐만 아니라 그 어떤 사람 명령도 듣지 않을 겁니다."

"지금 그 어떤 '사람'이라고 했나⋯⋯. 천만에, 아마 아닐거야. 하지만 난 사람이 아니네."

"뭐라고요! 그럼 댁은 도대체 누구란 말이오?"

"이건 비밀인데⋯⋯. 내가 한 말을 다른 데 가서는 절대로 말하면 안 되네. 난 천사장이야!"

그러자 마일스 헨든은 갑자기 큰 소리로 외쳤다. 그런데 전적으로 불경스러운 말이 아니라고 할 수는 없었다. 그러더니 그는 곧바로 이렇게 혼잣말로 중얼거렸다.

"어쩐지 상냥하더라니! 저렇게 천사장을 자처하고 있으니 우리네 인간들이 하는 미천한 일에 손이나 발을 까딱할 이유가 없겠지. 이런, 천사장 명령이면 심지어 왕도 고분고분 따라야 하겠지! 가만…… 쉿! 저게 무슨 소리람?"

이러는 동안 어린 왕은 건넌방에서 한편으로는 두려움에 몸을 부르르 떨고 다른 한편으로는 한 가닥 희망에 전율하고 있었다. 그동안 내내 그는 자신의 목소리가 헨든의 귓가에 닿기를 간절히 바라면서 있는 힘을 다해 끙끙거리는 소리를 질렀다. 그러나 안타깝게도 그 소리가 전달되지 않았거나 적어도 아무런 영향을 미치지 못한다는 사실을 깨달았다. 헨든이 별다른 반응을 보이지 않았던 것이다. 그래서 헨든의 입에서 나온 마지막 말은 죽어 가던 사람에게 시원한 들판에서 불어오는 한 줄기 생명의 바람처럼 들렸다. 어린 왕은 다시 한 번 젖 먹던 힘까지 짜 내어 다시 한 번 힘껏 소리를 질렀다. 바로 그때 은자가 이렇게 말하는 소리가 들렸다.

"소리라고? 내 귀에는 바람 소리밖에 들리지 않는데."

"어쩌면 바람 소리인지도 모르지요. 그래요, 틀림없이 바람 소리였을 것이오. 아까부터 줄곧 어렴풋하게 들어 왔으니……. 또다시 들리는군요! 한데 바람 소리는 아니라고요! 참 희한한 소리로군요! 자, 저게 무슨 소린지 어디 한번 찾아보시지요!"

이 말을 듣고 왕은 거의 참을 수 없을 만큼 잔뜩 기대에 부풀어 있었다. 피곤에 지쳐 있지만 희망에 부풀어 그의 허파가 있는 힘을 했다. 그러나 턱에 동여맨 붕대와 몸을 덮은 양가죽 때문에 아쉽게도 별다른 효과가 없었다. 그때 은자가 하는 말을 듣고 불쌍한 왕은 억장이 무너져 내리는 것만 같았다.

"아, 옳거니, 그 소리는 밖에서 들렸어……. 저쪽 관목 숲에서 나는 소리로군. 자, 그쪽으로 가 보지."

왕한테 두 사람이 이야기를 나누며 밖으로 나가는 소리가 들렸고, 또 그들의 발소리가 빠르게 멀어져 가는 소리도 들렸다. 그러고 난 뒤 그는 다시 불길한 예감과 무서운 침묵 속에 홀로 남아 있었다.

다시 발소리와 목소리가 들리기까지 마치 100년의 세월을 기다린 듯했다. 이번에는 아까 듣지 못한 소리까지 들렸다. 언뜻 말발굽 소리 같았다. 그러고 나서 헨든의 목소리가 들렸다.

"더 이상 기다리지 못하겠습니다. 도저히 더 이상 기다릴 수가 없다고요. 그 아이는 틀림없이 숲 속에서 길을 잃은 겁니다. 어느 쪽으로 갔죠? 어서 가르쳐 주세요……. 그가 간 방향을 가리켜 달라고요."

"그 아이는…… 하지만 잠깐 기다려 봐. 나하고 같이 가자고."

"좋습니다……. 좋아요! 그러고 보니, 겉보기보다는 친절한 분이시로군요. 맹세코 말하지만, 당신처럼 이렇게 마음씨 고운 천사장은 또다시 없을 거요. 한데 짐승을 타고 가시겠습니까? 그 아이를 태우려고 끌고 온 작은 당나귀를 타고 가시겠습니까? 아니면 제가 타려고 마련한 이 성질 고약한 노새 놈 위에 그 거룩한 두 다리를 걸쳐 놓으시렵니까? ……하긴 그 노새 놈은 사기를 쳐 빼앗은 것과 다름없지만요. 일자리를 잃은 땜장이한테서 청동화(靑銅貨) 한 닢 빌려 주고 받은, 하찮은 한 달치 고리대금을 주고 샀으니까 말입니다."

"됐어……. 자네는 자네 노새를 타고 가고, 그 당나귀도 끌고 가게. 나는 든든한 내 두 다리로 걸어갈 테니."

"그럼, 제가 목숨을 걸고 이 커다란 노새에 올라타려고 애쓰

는 동안 작은 당나귀 좀 돌봐 주십시오.”

그러고 나서 어지럽게 발길질, 주먹질, 뒷발질, 그리고 뛰어오기가 난무하고 사이사이 천둥 치는 듯한 욕지거리를 내뱉기도 한 끝에 마침내 노새는 수그러들었다. 그 순간부터 적대 행위가 멈춘 것으로 보아 기가 꺾였음에 틀림없었다.

결박당한 어린 왕은 목소리와 발소리가 점점 희미해져서 아예 들리지 않게 되자 이루 말할 수 없는 비통함을 느꼈다. 그 순간 이제 모든 희망이 사라지고 무거운 절망감이 그의 가슴을 짓눌렀다.

“하나밖에 없는 내 친구가 농락당한 채 가 버렸군.” 그가 말했다. “은자가 혼자 돌아와서는……”

왕은 숨을 헐떡거리는 바람에 미처 말을 끝내지 못했다. 다시 한 번 결박을 풀려고 미친 듯이 몸부림을 치는 바람에 질식시키던 양가죽이 겨우 벗겨졌다.

바로 그때 문이 열리는 소리가 들리는 것이 아닌가! 그 소리를 듣는 순간 왕은 등줄기가 서늘해졌다. 벌써 식칼이 목에 와 닿는 느낌이 들었기 때문이다. 공포심 때문에 두 눈을 꼭 감았다가 다시 공포심 때문에 두 눈을 떴다. 그런데 자기 앞에 존 캔티와 휴고가 서 있는 것이 아닌가!

턱에 붕대가 감겨 있지만 않았어도 왕은 "하느님 감사합니다!" 하고 말했을 것이다.

잠시 뒤 왕은 결박에서 풀려났고, 그를 붙잡은 두 사나이는 어린 왕의 팔을 하나씩 끼고 아주 빠른 걸음으로 허둥지둥 숲 속으로 들어가고 있었다.

22
배신당한 희생자

'푸푸 왕 1세'는 또다시 거지 패거리와 부랑자들과 함께 떠돌아다니면서 짓궂은 희롱과 바보 같은 야유의 표적이 되었다. 또거지 왕초가 한눈을 파는 동안에는 캔티와 휴고의 악의에 찬 매질에 시달려야 하는 때도 있었다. 캔티와 휴고를 제외하면 그를 정말로 싫어하는 사람은 아무도 없었다. 몇몇 사람은 그를 좋아했고, 다들 그의 배짱과 기백을 높이 평가했다. 이삼 일 동안 왕을 감시하던 휴고는 어떻게든 남의 눈을 피해 왕을 골탕 먹이려고 했다. 으레 술판을 벌이는 밤이면 휴고는 물론 언제나 고의가 아닌 듯 꾸며서 왕에게 작게나마 모욕을 주곤 했다. 휴고는 두번이나 실수를 가장하여 왕의 발을 밟았다. 왕은 체면을 생각하여 그런 행동을 경멸해 모르는 척하며 무관심하게 넘겨 버렸다. 그러나 휴고가 똑같은 짓을 세 번째 되풀이하며 재미있어 하자 왕은 곤봉을 휘둘러 그를 고꾸라뜨렸다. 그러자 패거리들은 일제히 환호성을 지르며 기뻐했다. 수치심으로 노발대발하던 휴

고는 벌떡 일어나 곤봉 하나를 잡고 어린 적수를 향해 달려들었
다. 순식간에 두 검투사 주위로 사람들이 둥근 원을 그리며 모
여 서서 내기를 걸고 환호를 지르기 시작했다. 그러나 가련한 휴
고는 전혀 승산이 없었다. 어설프게 천방지축으로 날뛰기만 하
는 휴고의 풋내기 솜씨는 유럽에서 제일가는 검투사들한테 목
도(木刀)와 육척봉(六尺棒)을 비롯해 온갖 검술들을 배운 왕의
솜씨에 비하면 턱없이 부족했다. 어린 왕이 방심하지 않으면서
도 우아한 자세로 우뚝 선 채 빗발치는 거센 공격을 수월하고
도 정확하게 막아 내자, 어중이떠중이 구경꾼들은 미친 듯이 흥

분하여 찬사를 보냈다. 이따금씩 어린 왕이 능수능란한 눈으로 허점을 찾아내어 번개처럼 휴의 머리통을 후려갈기면 환호성과 웃음소리가 그 일대를 휩쓸어 참으로 들을 만했다. 그로부터 십 오 분 뒤 신나게 두들겨 맞아 온몸이 상처투성이가 된 휴고는 구경꾼들의 조롱을 받으면서 살금살금 꽁무니를 뺐다. 거지들은 상처 하나 입지 않은 말짱한 승리의 영웅을 어깨 위에 태우고 거지 왕초 옆자리에 있는 영광스러운 자리로 데리고 갔다. 그곳에서 그는 성대한 의식과 함께 '불굴의 투사 왕'으로서 새롭게 추앙받았다. 이와 동시에 '푸푸 왕'이라는 듣기 민망한 이름은 엄숙하게 취소하고 앞으로 그런 이름을 입 밖에 내는 사람은 거지 패거리에서 추방시킨다는 포고령이 내려졌다.

패거리들은 왕에게 일을 시키려고 갖은 애를 써 보았지만 모두 허사로 돌아가고 말았다. 왕은 손가락 하나 까딱하지 않겠다고 완강히 버텼다. 더구나 틈만 나면 언제나 도망갈 궁리를 하고 있었다. 그가 다시 무리한테 돌아온 날 거지들은 주인이 자리를 비운 어떤 집 부엌에다 억지로 왕을 집어넣은 적이 있었다. 빈손으로 나왔을 뿐만 아니라 오히려 잠든 식구들을 깨우려고까지 했다. 그래서 패거리들은 땜장이가 하는 일을 돕도록 왕을 그와 함께 보냈지만 왕은 한사코 일을 하려고 하지 않았다. 그보다 한 술 더 떠 납땜하는 인두로 땜장이를 윽박지르기까지 했다. 그래서 마침내 땜장이와 휴고는 왕이 도망치지 못하도록 감시하느라고 다른 일은 엄두를 내지 못했다. 왕은 자신의 자유를 간섭하거나 자신에게 억지로 일을 시키려는 사람들한테 왕답게 날벼락을 내렸다. 어린 왕은 휴고의 감시 아래 병든 갓난아기를 품에 안은 여인과 함께 동냥을 나갔지만 그 결과는 실망스럽기 그지

없었다. 왕은 거지들을 위해 변명하는 것도, 어떤 식으로든지 그들의 대의명분을 위해 한 패거리가 되는 것도 거부했다.

이렇게 며칠이 지나갔다. 포로가 된 이런 왕은 비참하게 떠돌아다니며 사는 데다가 피곤하고 더럽고 구차하고 야만스러운 생활을 더 이상 견딜 수가 없었다. 그래서 마침내 은자의 칼끝에서 도망쳐 나온 것도 기껏해야 일시적인 사형의 집행 유예에 지나지 않았다는 느낌이 들기 시작했다.

그러나 왕은 밤 동안에는 꿈속에서 이 모든 괴로움을 잊고 다시 왕좌에 올라 나라를 다스렸다. 물론 이런 상태로 잠에서 깨어난다는 것이 무척 괴로웠다. 이렇게 다시 예속 상태로 돌아온 뒤부터 휴고와 싸움을 벌이기까지 얼마 안 되는 기간 동안 아침마다 겪는 고통이 점점 괴로워 참아 내기 어려워졌다.

싸움을 벌인 이튿날 휴고는 왕에게 복수할 계획을 마음속 가득 품고 있었다. 특히 두 가지 계획을 구체적으로 세웠다. 하나는 그 자존심 강하고 자신을 왕이라고 '상상'하고 있는 아이에게 굴욕감 같은 것을 주어 괴롭히는 방법이었다. 만약 이 방법이 실패하면, 다른 방법은 왕에게 어떤 종류의 범죄를 뒤집어씌운 뒤 무자비한 법망(法網)에 빠지게 하는 것이었다.

휴고는 첫 번째 계획을 실행에 옮기면서 왕의 다리에 '임시 종기'를 만들기로 했다. 그렇게 하면 왕에게 가장 완벽하게 수모를 줄 수 있을 것이라고 판단했던 것이다. 이 '임시 종기'가 제대로 힘을 발휘하자마자 휴고는 캔티의 도움을 받아 강제로 왕이 길가에서 다리를 내놓고 구걸을 하도록 만들 작정이었다. '임시 종기'란 가짜로 만든 부스럼을 뜻하는 변말이었다. 임시 종기를 만들려면 생석회와 비누, 녹슨 쇳가루를 혼합하여 반죽이나 습포

(濕布)로 만들어 가죽 조각 위에 편 뒤 그것을 다리에 단단히 붙여야 했다. 그러면 곧 살갗이 벗겨지고 살이 염증을 일으킨 것처럼 보인다. 그런 뒤에 다리에다 피를 문지른 뒤 완전히 마르면 거무튀튀하게 보기 흉한 색깔이 된다. 그런 뒤에 더러운 천 조각으로 만든 붕대를 곪은 상처가 보이도록 일부러 아무렇게나 덮어 놓으면 지나가는 사람은 그것을 보고 불쌍한 마음을 갖게 되는 것이다.*

휴고는 언젠가 왕이 납땜인두로 겁을 준 적이 있는 땜장이한테 도움을 받았다. 이 두 사람은 땜질하러 갈 때 어린아이를 데리고 나가서 패거리가 보이지 않자마자 그를 넘어뜨렸다. 그러고

---

* 가짜 부스럼에 관한 내용은 『영국의 악한』에서 빌려 온 것이다.

는 땜장이가 왕의 몸을 단단히 붙들고 있는 동안 휴고가 미리 준비한 습포를 왕의 다리에 단단히 붙였다.

왕은 불같이 화를 내면서 왕좌로 돌아가게 되면 두 사람을 반드시 교수형에 처하겠다고 호통쳤다. 그러나 그를 단단히 붙잡고 있는 두 사람은 발버둥 쳐 보았자 헛수고인 그 모습을 보고 기뻐하며 오히려 왕의 협박을 비웃었다. 이런 일은 마침내 왕의 다리에 붙은 습포가 효력을 발휘하기 시작할 때까지 계속되었다. 만약 중간에 방해를 놓는 사람만 없었다면 머지않아 왕의 다리에 완벽하게 가짜 종기가 생겨났을 것이다. 그러나 훼방꾼이 나타났다. 바로 이 무렵 영국 법을 비난하는 연설을 한 '노예'가 그 장소에 나타나 작업을 중단시키고 왕의 다리에서 습포와 붕대를 떼어 버렸다.

왕은 자기를 살려 준 사람한테 곤봉까지 빌려 그 자리에서 두 악당을 한바탕 두들겨 패 주고 싶었다. 그러나 괜히 말썽이라도 생기면 곤란하니 그러지 말라고 사내가 말렸다. 밤이 될 때까지 사태를 관망하자고 했다. 거지 패거리들이 한데 모여 있으면 동네 사람들이 감히 끼어들거나 중단시키지 못할 것이라는 생각이었다. 사내는 세 사람을 노숙지로 데리고 가서 거지 왕초에게 자초지종을 보고했다. 그러자 말없이 보고를 듣고 있던 왕초는 곰곰이 생각에 잠겼다가 다시는 왕을 구걸하러 보내서는 안 되겠다고 결론을 내렸다. 누가 봐도 그는 좀 더 품위 있고 고상한 일을 해야 하기 때문이었다. 그래서 왕초는 그 자리에서 왕을 구걸하는 직위에서 도둑질하는 직위로 승진시켰던 것이다!

휴고는 미칠 듯이 기뻤다. 그는 이미 전에도 여러 번 왕에게 도둑질을 시키려다가 실패한 적이 있었다. 그러나 이제는 더 이상 그렇게 골치를 썩일 필요가 없을 것이다. 왕은 꿈속에서라도 거지 왕초가 직접 내린 명령을 거역할 수 없기 때문이다. 그래서 휴고는 바로 그날 오후에 도둑질에 나서 그런 과정에서 왕을 법의 손아귀에 걸려들게 만들 작정이었다. 그렇지만 아주 교묘한 방법을 써서 마치 우연히 그렇게 된 것처럼 꾸밀 필요가 있었다. 이 '불굴의 투사 왕'은 이제 같은 패거리들한테 인기가 있는 데다가, 패거리들은 공동의 적인 법의 손아귀에 왕을 넘겨주는 것과 같은 심각한 배반 행위를 범하는 인기 없는 구성원을 곱게 다룰 리가 없기 때문이다.

그 계획은 아주 멋있었다. 휴고는 자신의 먹이가 될 왕을 앞세우고 이웃 마을로 어슬렁어슬렁 걸어갔다. 두 사람은 이 길 저 길 아래위로 천천히 떠돌아다녔다. 한 사람은 자신의 엉큼한 목표를 확실하게 달성할 기회를 호시탐탐 넘보고 있는 반면, 다른 사람은 눈에 불을 켜고 이 불명예스러운 포로 상태에서 어떻게 하면 벗어날 수 있을까 기회만 노리고 있었다.

두 사람 모두한테 꽤 괜찮은 기회들이 나타났지만 놓쳐 버리고 말았다. 휴고나 왕이나 마음속으로 이번에는 확실히 성공하겠다고 단단히 다짐하고 있었고, 두 사람 모두 너무 열렬히 갈망하는 나머지 섣불리 불확실한 모험을 무릅쓰지 않으려고 작정하고 있었기 때문이다.

휴고한테 먼저 기회가 찾아왔다. 한 아낙네가 뭔가 불룩한 물건이 든 바구니를 들고 마침내 다가왔던 것이다. 사악한 기쁨에 취한 휴고가 눈동자를 반짝거리며 혼잣말로 중얼거렸다.

"옳거니, 왔구나, 왔어! 저것을 낚아채 저놈에게 죄를 뒤집어씌우면 되는 거야. 이제 네놈과는 마지막 작별이로구나. 하느님의 가호가 있기를, '불굴의 투사 왕' 녀석아!"

휴고는 기다리고 또 기다렸다. 겉으로는 태연한 척했지만 속
으로는 흥분으로 얼마나 가슴을 졸였는지 모른다. 마침내 아낙
네가 옆을 스쳐 지나가자 바야흐로 작업을 걸 때가 온 것이다.
휴고가 나지막한 목소리로 왕에게 이렇게 말했다.

"내가 다시 올 때까지 넌 이곳에 기다리고 있어." 그러고 나서
휴고는 쏜살같이 먹이를 낚아채러 살금살금 다가갔다.

왕은 뛸 듯이 기뻤다. 휴고가 먹이를 찾아 충분히 멀리 가 준
다면 그대로 내뺄 수도 있기 때문이다.

그러나 왕에게 그런 행운은 오지 않았다. 휴고는 살금살금 아
낙네 뒤로 다가가서 꾸러미를 낚아챈 뒤 팔뚝에 매고 있던 낡은
담요 조각으로 꾸러미를 둘둘 말면서 뛰어왔기 때문이다. 그 순
간 아낙네는 갑자기 고함을 질러 대며 범인을 추적했다.* 아낙네
는 막상 소매치기당하는 것을 눈으로 직접 보지는 못했어도 바
구니가 가벼워진 것을 느끼고 순간적으로 도둑맞았다는 사실
을 알아차렸던 것이다. 휴고는 걸음을 멈추지 않은 채 왕의 손에
꾸러미를 찔러 주고는 이렇게 말했다.

"넌 놈들과 함께 내 뒤를 쫓아오면서 '도둑놈 잡아라!' 하고
소리쳐라. 하지만 놈들의 주위를 분산시키는 걸 잊지 말도록!"

다음 순간 휴고는 모퉁이를 돌아서 구불구불한 골목길 아래
로 쏜살같이 뛰어 내려갔다. 그러다가 잠시 뒤 순진하고 천연덕
스러운 모습으로 다시 나타나 말뚝 뒤에 서서 일이 어떻게 진행
되었는지 그 결과를 지켜보았다.

---

* 당시 법에 따르면, 규환 추적(叫喚追跡)이라고 해서 함성을 지르며 범인을 추
적하여 잡았을 경우 보통법상 영장 없이도 체포할 수 있었다.

모욕을 당한 왕은 꾸러미를 땅바닥에 내동댕이쳤다. 그러자 아낙네가 점차 늘어나는 사람들을 몰고 나타났을 바로 그때 꾸러미에서 담요가 벗겨졌다. 아낙네는 한 손으로는 왕의 손목을 붙들고, 다른 손으로는 꾸러미를 집어 들더니 그에게 한바탕 욕지거리를 퍼붓기 시작했다. 그러는 동안 왕은 버둥거리면서 여자의 손아귀에서 빠져나가려고 했지만 뜻대로 되지 않았다.

휴고는 더 이상 지켜볼 필요가 없었다. 그의 적이 붙잡혔으니 이제 법의 심판을 받게 될 것은 불을 보듯 뻔했기 때문이다. 그래서 휴고는 환희에 넘쳐 키득키득 웃으면서 그 자리를 빠져나와 노숙지를 향해 걸어갔다. 그러면서 거지 왕초의 패거리한테 뭐라고 둘러댈까 하고 속으로 사려 깊게 궁리를 하고 있었다.

왕은 여전히 아낙네의 억센 손아귀에서 빠져나오려고 몸부림을 치면서 화가 치밀어 이따금씩 악을 썼다.

"이 손 놓지 못할까, 이 어리석은 사람 같으니라고. 자네의 그 하잘것없는 물건을 훔친 건 내가 아니란 말이오."

군중들이 웅성거리며 모여들더니 왕을 위협하고 욕했다. 앞치마를 두르고 팔뚝까지 소매를 걷어 올린 건장한 대장장이 하나가 그를 잡으려고 손을 뻗치면서 버르장머리를 고쳐 놓겠다고 말했다. 바로 그때 기다란 칼 하나가 공중에서 번쩍거리더니 칼날을 위로 한 채 대장장이의 팔뚝 위에 꽤 세게 떨어졌다. 그와 동시에 칼 임자가 활달한 목소리로 말했다.

"아니, 저런! 여보게들, 그렇게 적의를 품고서 상스러운 말을 하지 말고 점잖게 다룹시다. 이건 사사로운 개인감정으로 처리할 문제가 아니라 법의 판단에 맡겨야 할 일이오. 아이를 잡고 있는 그 손을 놓으시오, 부인."

　대장장이는 건장한 병사를 슬쩍 훑어보고 나서 팔뚝을 비비
고 혼잣말로 뭐라고 중얼거리며 뒤로 물러났다. 아낙네도 마지
못해 붙잡고 있던 손을 놓았다. 사람들은 낯선 병사를 달갑지
않은 눈초리로 쳐다보았지만 신중하게 입을 다물고 있었다. 왕
은 상기된 뺨에 초롱초롱한 눈망울을 굴리면서 자기를 살려 준
사람 곁으로 펄쩍 뛰어가서는 이렇게 큰 소리로 외쳤다.

　"그동안 꾸물거리고 있었던 게 유감스럽지만, 때마침 지금 잘
나타나 주었소, 마일스 경. 이 어중이떠중이들을 빨리 갈기갈기
찢어 놓게나!"

23
죄인이 된 왕자

헨든은 억지로 미소를 참고는 허리를 숙여 왕의 귀에 대고 속삭였다.

"이제 그만두시지요, 그만요, 왕자님! 혀를 조심하시지요…….
제발 입을 다물고 계십시오. 저만 믿으시라고요……. 그러면 일이 모두 잘 풀릴 것이옵니다." 그러고 나서 그는 이렇게 혼잣말로 중얼거렸다. "마일스 경이라고! 맙소사, 내가 기사(騎士)라는 사실을 나도 까맣게 잊고 있었군그래. 참으로 알다가도 모를 일이야. 아, 미친 아이가 기억력이 어쩌면 저렇게 비상할까!
……기사란 내 작위가 공허하고 어리석은 것이지만, 그래도 뭔가 그럴 만한 가치가 있는 것이로군. 이 세상의 몇몇 진짜 나라에서 비열하게 백작이 되려고 하는 것보다는 차라리 '몽상과 그림자의 왕국'에서 유령의 기사 대접을 받는 쪽이 훨씬 더 영광이야."

포졸 하나가 다가와 왕의 어깨에 손을 얹어 놓으려고 하자 군

중이 그에게 길을 비켜 주었다. 바로 그때 헨든이 이렇게 입을 열었다.

"자, 조심해서 다루시오, 포졸 양반. 그 손을 치우시구려…….
그분은 고분고분 따라갈 테니. 내가 책임지겠소. 자, 댁이 앞장을 서면 우리가 뒤따라가리다."

그리하여 포졸이 꾸러미를 든 아낙네와 함께 앞장을 서자 헨든과 왕이 그 뒤를 따르고 군중이 바로 뒤에서 그들의 뒤를 쫓아갔다. 왕은 반항하고 싶었지만 헨든이 그에게 나지막하게 귀엣말을 했다.

"통촉하옵소서, 폐하……. 폐하의 법은 폐하의 왕국에 생명을 불어넣는 생기입니다. 법을 만든 분이 법을 거역하면서 백성들한테 그 법을 지키라고 요구할 수 있겠습니까? 분명히 누군가가 이런 법 중의 하나를 위반한 건 사실입니다. 폐하께서 뒷날 옥좌에 다시 계시게 되면, 폐하께서 짐짓 일반 백성처럼 생활할 무렵 왕의 신분을 숨기고 법의 요구에 순순히 따랐다는 기억을 떠올리시면서 마음 아파하실까요?"

"그대의 말이 옳소. 그러니 더 이상 말할 필요가 없소. 영국의 왕이 백성들에게 법의 심판에 따라 무엇을 요구하든, 왕 또한 백성의 신분을 유지하고 있을 때에는 말없이 그 요구에 따라야 할 것이오."

아낙네는 재판관 앞으로 불려 나갔을 때 피고석에 앉아 있는 사내아이가 바로 도둑질을 한 장본인이라고 증언했다. 그 증언을 뒤집을 수 있는 사람이 하나도 없기 때문에 왕은 혐의를 그냥 뒤집어쓸 수밖에 없었다. 아낙네가 잃어버린 꾸러미를 끌렀다. 그 안에 들어 있는 물건이 조리할 수 있는 상태의 통통한 새끼 돼지 한 마리로 판명되자 판사는 고통스러운 표정을 지었다. 한편, 헨든의 얼굴도 하얗게 질리면서 실망이 너무 큰 나머지 몸을 부르르 떨었다. 그러나 아무런 사실도 알지 모르는 왕은 조금도 동요하는 빛이 없었다. 판사는 불길하게 아무 말 없이 생각에 잠겨 있다가 아낙네를 향하여 이렇게 물었다.

"이 재산의 가치가 얼마나 된다고 생각하는가?"

그러자 아낙네가 공손히 절을 하고 나서 대답했다.

"3실링하고도 8펜스는 줘야 삽니다, 판사님…… 한 푼도 값을 깎지 않고 솔직하게 말씀드리는 겁니다."

판사는 불편한 듯이 군중을 한 번 힐끗 쳐다보고 나서 포졸에게 고개를 끄덕이며 말했다.

"방청객을 내보내고 문을 닫아라."

포졸은 그 명령을 곧 실행에 옮겼다. 이제는 관리 두 사람을 비롯하여 피고와 원고 그리고 마일스 헨든만이 그 자리에 남게 되었다. 헨든의 얼굴은 창백하게 굳어 있었으며, 이마에서는 식은땀이 솟아 나와 흩어졌다가 다시 한데 맺혀 주르르 얼굴 아래로 흘러내렸다. 판사는 다시 한 번 아낙네를 향해 동정 어린 목소리로 말했다.

"이 아이는 아무것도 모르는 불쌍한 아이오. 어쩌면 굶주림에 지쳐 이런 일을 저질렀는지도 모르지. 없는 사람들한테는 요즘처럼 견디기 힘든 때도 없거든……. 보다시피 이애 얼굴에 악한 표정은 없소……. 배고픈 것이 원수지 뭐야……. 아주머니, 값이 13.5펜스 이상 나가는 물건을 훔친 사람은 무조건 교수형에 처해야 한다는 법을 알고 있나요?"

어린 왕은 기절초풍하여 눈이 휘둥그레졌지만 곧바로 감정을 억누르고 입을 다물었다. 그러나 아낙네는 그렇게 하지 못했다. 그녀는 겁에 질려 몸을 벌벌 떨면서 자리에서 벌떡 일어나 소리를 질렀다.

"오, 맙소사! 원, 세상에, 제가 어찌 이런 일을! 제발 무슨 일이 있어도 저 불쌍한 아이를 목매달아서는 안 됩니다! 아, 제발 이런 일을 면하게 해 주십시오, 판사님……. 제가 어떻게 하면 됩니까? 제가 무슨 일을 하면 되나요?"

그러자 판사가 지혜롭게 평정을 유지하며 간단하게 대답했다.

"아직 기록에 남긴 건 아니니 값을 고쳐 말하면 되지요."

"그럼 하느님께 맹세코 말씀드립니다만, 제 새끼 돼지는 8펜스입니다. 하느님, 이 끔찍한 죄에서 벗어나게 해 주신 이날을

축복하소서!"

　마일스 헨든은 너무 기쁜 나머지 예절 따위를 모두 잊어버린 채 다짜고짜 왕을 부둥켜안고 포옹하는 바람에 왕을 놀라게 하고 그의 위엄에 손상을 주었다. 아낙네는 판사에게 고맙다고 작별 인사를 한 뒤 돼지를 들고 뛰어나갔다. 포졸이 그녀에게 문을 열어 준 뒤 그녀의 뒤를 따라 좁은 복도로 나갔다. 판사는 판결문을 작성하고 있었다. 언제나 방심하지 않는 헨든은 포졸이 왜 아낙네 뒤를 따라 나갔는지 알고 싶어 했다. 그래서 어두컴컴한 복도로 살짝 빠져나가 몰래 귀를 기울였다. 헨든의 귀에 이런 대화가 들어왔다.

"살이 통통 오른 돼지로군. 그놈 아주 먹음직스러워 보이는 걸. 내가 당신한테서 그걸 사겠소. 자, 여기에 8펜스가 있소."

"아니, 8펜스라니요! 그 돈으로는 살 수 없어요. 이 새끼 돼지는 3실링하고도 8펜스를 주고 산 거라고요. 지난번 왕이 통치하던 시절에 통용되던 진짜 돈으로 샀거든요.* 방금 죽은 해리 영감도 감히 손대거나 만지작거리지 못했던 돈이라고요. 8펜스라니 어림없는 수작 마세요!"

"그런 식으로 고집을 부릴 건가요? 아주머니는 하느님한테 맹세하고 그 새끼 돼지 값이 8펜스라고 했으니 거짓 증언을 한 거군요. 당장 나하고 판사님한테 다시 가서 그 죄에 대해 책임을 지지요! …… 그러면 그 거지 녀석의 목이 달아나겠지."

"잠깐, 잠깐만요! 아무 소리 말아요. 좋다고요. 8펜스를 내시구려. 그리고 이 일에 대해선 입을 꼭 다물고 있어 줘요."

아낙네는 울면서 자리를 떴다. 헨든은 슬쩍 재판정으로 돌아왔고, 포졸도 횡재한 물건을 안전한 곳에 숨기고 나서 뒤따라 들어왔다. 판사는 얼마 동안 더 판결문을 작성하더니 왕에게 일장 훈시를 늘어놓고 잡범을 가두는 감옥에 잠시 수감된 뒤 사람들 앞에서 곤장을 맞도록 하는 판결을 내렸다. 기가 막혀 입을 딱 벌린 왕은 판사의 목을 그 자리에서 베어 버리라는 명령을 막 내리려 하는 참이었다. 그러나 헨든이 보내는 경고 신호를 보고는 왕은 하마터면 저지를 뻔한 실수를 범하지 않고 또다시 입을 다물었다. 헨든은 왕의 소매를 부여잡고 판사에게 공손히 인사를 했다. 그리고 나서 두 사람은 곧 포졸의 꽁무니를 쫓아 감옥

* 헨리 8세는 전쟁 비용과 개인이 쓴 돈을 충당하기 위하여 은화 가치를 동화 가치로 떨어뜨림으로써 영국 화폐를 평가 절하했다.

으로 향했다. 거리로 나서자마자 머리끝까지 화가 치민 왕은 헨든이 잡고 있는 손을 뿌리치고 큰 소리로 호통을 쳤다.

"바보 같은 사람이로고! 내가 목숨이 붙어 있는데 잡범들이 있는 감옥에 들어가리라고 생각하는 것이오?"

그러자 헨든은 머리를 조아리고 조금 언성을 높여 말했다.

"저를 믿으시지요? 그렇다면 고정하십시오! 위험천만한 말씀으로 사태를 악화시키지 마시옵소서. 하느님께서 뜻하시는 일이라면 반드시 그렇게 되고 말 겁니다. 하느님의 뜻은 사람 마음대로 서두를 수도, 변경할 수도 없습니다. 그러니 꾹 참고 기다리시옵소서……. 일단 일의 결과를 지켜보시고 그때 가서 욕을 하시든지 기뻐하시든지 해도 늦지 않사옵니다."

24
도주

짧은 겨울 해가 뉘엿뉘엿 기울고 있었다. 어쩌다 늦게 귀가하는 몇 사람을 제외하면 길거리는 텅 비어 있었다. 그들마저 될 수 있는 대로 빨리 용무를 마치고 점차 매서워지는 바람과 짙어지는 어둠을 피해 아늑한 집으로 향하고 싶을 뿐이라는 간절한 표정을 지으며 서둘러 곧바로 길을 따라갔다. 그들은 좌우를 돌아보지도 않았고, 또 어린 왕 일행한테도 아무런 관심을 기울지 않았다. 심지어 그들이 눈에 보이지 않는 듯했다. 에드워드 6세는 왕이 감옥에 끌려가는 광경을 보고도 사람들이 이렇게 무심하게 대한 적이 있을까 하고 속으로 자못 의아하게 생각했다. 마침내 포졸은 텅 빈 시장터 광장에 도착하여 계속 그곳을 가로질렀다. 시장터를 절반쯤 지났을 무렵 헨든은 포졸의 어깨에 손을 얹으며 나지막하게 이렇게 말했다.

"이보게, 잠깐만 기다리시게! 주위에 내 말을 듣고 있는 사람이 아무도 없으니. 내 당신에게 한마디 합시다."

"직책상 그럴 수 없습니다, 어르신. 제발 방해하지 마십시오. 날이 저물고 있으니까요."

"하지만 잠깐만이면 됩니다. 댁하고도 상관이 있는 일이니까요. 잠시 등을 돌리고 서서 못 본 척 눈을 감고 계세요. 이 가엾은 아이가 달아날 수 있도록 말이지요."

"이 사람 정신 나갔구먼! 공무 방해죄로 당신을 체포……."

"아하, 왜 이리도 성질이 급하실까. 댁도 몸조심하고 어리석게 실수를 저지르지 않는 게 좋을 텐데……." 그러더니 헨든은 갑자기 목소리를 낮추어 속삭이며 포졸의 귀에 대고 소곤거렸다. "이보게, 8펜스를 주고 산 그 돼지 때문에 당신 목이 날아갈지도 모르니까!"

기습을 당한 포졸은 처음에는 말을 하지 못하다가 정신을 차리고 고래고래 소리치며 으름장을 놓기 시작했다. 그러나 헨든은 포졸이 다 지껄일 때까지 눈썹 하나 까딱하지 않고 기다리고 있다가 한마디 했다.

"이보게, 난 당신이 마음에 들어요. 그래서 당신이 피해를 입는 건 차마 보고 싶지 않소이다. 내 말을 잘 들어보시오. 난 다 들었으니까……. 한 마디도 빠뜨리지 않고 죄다 들었다고. 내가 그걸 증명해 드리리다."

그러더니 헨든은 재판정 복도에서 포졸과 아낙네 사이에 오갔던 말을 한 마디도 빼놓지 않고 줄줄 되풀이했다. 그런 뒤 마지막으로 이렇게 덧붙였다.

"자…… 어디 내가 제대로 읊었나요? ……필요하다면 판사님 앞에서 제대로 읊을 수 있어야 되지 않겠소이까?"

포졸은 잠깐 동안 겁에 질려 말을 못하고 꿀 먹은 벙어리처럼 잠자코 있었다. 그러고 나서 비웃음을 짓더니 억지로 아무렇지도 않은 듯이 말했다.

"농담한 것을 가지고 사태를 어렵게 만드시는구면. 난 그저 재미 삼아 그 여편네를 골탕 먹인 것뿐이오."

"재미 삼아서 그 아낙네의 돼지를 슬쩍하셨다고?"

그러자 포졸이 신경질적으로 되받았다.

"그밖에 다른 건 아무것도 없소, 이 양반아……. 그저 장난삼아 그런 거라니까 그러네."

"당신 말에 믿음이 가기 시작하는군." 헨든은 비아냥거리면서도 상대방의 말을 어느 정도 믿어 주는 듯한 말투로 알쏭달쏭하게 대답했다. "내가 달려가 판사님을 모셔 오는 동안 이곳에 꼼짝 말고 잠깐만 계시오……. 그 양반은 경험이 많으신 분이니까, 법에서나 농담에서나 또……."

헨든은 여전히 말을 하며 발걸음을 옮기고 있었다. 그러자 포졸은 안절부절못한 채 머뭇거리다 한두 마디 욕설을 내뱉고 나서 이렇게 소리를 질렀다.

"자, 잠깐만요, 어르신……. 잠깐만 기다리시오……. 판사님이라니! 그 양반은 농담이라면 시체보다 더 싫어하는 분이라오! ……자, 하던 이야기나 마저 합시다. 제길, 잘못 걸려든 것 같구먼! ……아무 생각 없이 그저 재미 삼아 한 일 가지고. 나는 식구가 딸린 몸이오. 내 아내와 어린 자식들이…… 어르신, 이성적으로 생각해 봅시다. 도대체 나한테 바라는 게 뭐요?"

"눈 딱 감고 입을 꼭 다물고 장승처럼 그대로 서서 하나부터 10만까지 헤아리면 돼요……. 아주 천천히 세어야 하오." 아주 분별 있는, 그것도 별로 대수롭지 않은 부탁을 청하는 사람의 표정을 지으며 헨든이 말했다.

"그랬다간 난 끝장이오!" 포졸이 자포자기하여 말했다. "아, 사리에 맞게 생각해 보세요, 어르신. 이 문제를 모든 관점에서 생각해 보시라고요……. 내가 한 짓은 누가 봐도 확실히 장난에 지나지 않는 일이오. 백 번 양보해서 설령 그것이 장난이 아니었다손 치더라도 그건 아주 작은 실수에 지나지 않다고요. 아무리 무거운 처벌을 받는다고 해도 고작 판사님한테 꾸중을 듣고 다시는 그러지 말라는 경고를 받는 걸 겁니다."

그러자 헨든은 주위에 찬바람이 쌩쌩 일어날 정도로 엄숙한 표정을 짓고 이렇게 대답했다.

"댁이 장난이라고 말하는 이 농담은 법에…… 그게 무슨 범죄인지 알고나 있소?"

"모르고 있었소! 어쩌면 내가 착각을 했던 모양이오. 그런 행동까지 죄목이 있는 줄은 꿈에도 몰랐다고요……. 아, 맙소사, 나만의 독창적인 행동인 줄로 알고 있었는데……."

"네, 틀림없이 법에 죄목이 있다니까요. 법에 이 범죄를 라틴어로 '논 콤포스 멘티스 렉스 탈리오니스 시크 트란시트 글로리아 문디'*라고 부르지요."

"아, 맙소사!"

"그리고 그 범죄에 대한 처벌은 사형이지요."

"하느님, 이 죄인에게 자비를 베푸소서!"

---

* 마일스 헨든은 실제 법률 용어를 말하는 것이 아니라, 잘 알려진 라틴어 구절 셋을 나열하고 있다. 이 라틴어 구절은 '제정신이 아닌(Non compos mentis), 보복의 법(lex talionis), 그리하여 세상의 영광은 사라지다(sic transit gloria Mundi)'라는 뜻이다.

　"과실이 있고 위험에 처해 있으며 또한 당신 처분에 놓여 있는 사람을 이용하여 당신은 13.5펜스 이상 나가는 물건을 헐값에 강탈했소. 또한 이런 행위는 법에 의거해 수회죄(收賄罪), 대역범(大逆犯) 은닉죄, 공무상 배임죄, 라틴어로 '아드 호미넴 엑스푸르가티스 인 스타투 쿠오'*에 해당하지요……. 그에 관한 처벌은 사형으로 사면이나 감형도 없고 성직자 특권**도 없지요."

---

* 앞의 라틴어 구절과 마찬가지로 아무 의미도 없다. '당신이 깨끗하게 씻어 주는 사람에게(ad hominem expurgatis), 현재 상태에서(in statu quo)'라는 뜻이다.
** 성직자가 법정 대신 교회에서 재판을 받을 수 있는 권리.

"저를 붙잡아 주세요. 제발 붙잡아 달라고요, 어르신. 제 다리가 후들후들 떨려서 서 있을 수가 없구려! 제발 자비를 베풀어 주십시오……. 이런 처벌만은 면하게 해 달라고요. 등을 돌리고 아무것도 못 본 척하겠소이다."

"좋소! 이제야 머리가 좀 돌아가는 모양이군요. 돼지도 돌려줄 건가요?"

"물론, 그렇게 하고말고요……. 하늘이 내려 주시고 천사가 들고 온 것이라 해도 앞으론 돼지 털끝 하나 건드리지 않겠소이다. 어서 달아나세요! ……나리를 위해서라면 기꺼이 장님이 되겠나이다……. 내 눈에는 지금 아무것도 보이지 않네요. 어르신이 갑자기 습격하여 강제로 죄인을 데리고 갔다고 보고하겠습니다. 감옥 문이 아주 낡아서 흔들거리고 있으니까요……. 오늘 자정과 내일 아침 사이에 제가 직접 부숴 놓겠어요."

"얼마든지 그렇게 하시구려. 그런다고 피해 볼 사람이 없으니 말이오. 판사님도 이 아이를 불쌍히 여기고 있었으니, 이 아이가 달아났다고 하여 눈물을 흘리지 않고 간수의 뼈를 부러뜨리지는 않을 거요."

25
헨든의 저택

포졸이 시야에서 사라지자마자 헨든은 왕에게 여관에 가서 계산을 하고 올 테니 읍내 밖 어떤 장소까지 서둘러 걸어가 그곳에서 잠깐 기다리고 있으라고 부탁했다. 삼십 분 뒤 두 사람은 헨든의 초라한 말을 타고 신바람 나게 동쪽을 향해 터벅터벅 나아갔다. 왕은 누더기 옷을 벗어 던지고 그 대신 헨든이 런던교에서 구입한 헌 옷을 입고 있었기 때문에 이제 몸이 따뜻하고 편안했다.

헨든은 왕이 너무 피로할까 봐 신경을 썼다. 그동안 고생스럽게 객지를 떠돌아 다닌 데다 밥도 제대로 먹지 못하고 잠자리까지 불편한 것이 정상이 아닌 그의 정신에 좋지 않을 것이라고 판단했던 것이다. 한편, 이제 휴식을 취하고 규칙적인 생활을 하면서 적당히 운동을 하면 사내아이가 빠른 속도로 건강을 되찾게 되리라는 확신이 들었다. 헨든은 이 아이의 머리가 다시 제정신으로 돌아와 병적인 환상이 작은 머릿속에서 달아나기를 빌었다. 그래서 헨든은 마음 같아서는 밤낮을 가리지 않고 부지런히 달려가고 싶었지만 그런 충동을 억제하고 편안한 여정으로 그토록 오랫동안 추방되었던 집을 향해 나아가기로 다짐했다.

그렇게 헨든과 왕이 16킬로미터쯤 여행하자 꽤 큰 마을이 나타났고, 그들은 그곳에서 좋은 여관을 잡아 하룻밤을 묵었다. 두 사람의 관계는 다시 예전으로 돌아갔다. 왕이 식사를 하는 동안 헨든은 왕의 의자 뒤에 서서 시중을 들었다. 왕이 잠자리에 들기 전에는 옷도 벗겨 주었다. 그런 뒤 헨든은 마룻바닥을 잠자리로 삼아 문가에 비스듬히 누운 채 담요로 몸을 둘둘 말고 잠을 청했다.

이튿날도 또 그 이튿날도 두 사람은 서로 헤어진 뒤에 겪은 모험에 대해 이야기하고 또 상대방의 이야기를 아주 흥미 있게 들으면서 서두르지 않고 느긋하게 길을 갔다. 헨든은 자기가 왕을 찾기 위해 얼마나 많은 곳을 헤매고 돌아다녔는지, 천사장이라고 자처하는 노인이 숲 여기저기 엉뚱한 곳으로만 자기를 데리고 다니다가 헨든을 제거할 수 없다는 것을 알자 마침내 할 수 없이 다시 오두막으로 그를 데리고 왔다고 자세히 들려주었다. 헨든에 따르면 집으로 다시 돌아온 노인은 침실로 들어갔다가 넋이 나간 얼굴로 비틀거리며 다시 나와서는 아이가 집에 돌아와 누워 쉬고 있을 줄 알았는데 예상이 빗나갔다고 둘러댔다는 것이다. 헨든은 하루 종일 오두막에서 기다렸고, 아무리 기다려도 왕이 돌아올 것 같지 않아서 할 수 없이 다시 그를 찾으러 길을 나섰다는 것이다.

"가장 거룩한 체하는 그 늙은이는 폐하가 다시 돌아오지 않자 무척이나 '마음 아파'했습지요. 실망하는 표정이 그의 얼굴에 환히 드러나 있었사옵니다." 헨든이 말했다.

"아, '그랬으리라고' 추호도 의심이 들지 않는군요!" 왕이 대꾸했다. 그러고 나서 그는 자신의 이야기를 들려주었다. 그 말을 다 듣고 난 헨든은 천사장을 황천에 보내지 않은 것을 원통하게 생각했다.

여행의 마지막 날 헨든은 기분이 몹시 들떠 있었다. 잠시도 쉬지 않고 계속 혀를 놀려 댔다. 아버지와 형 아서에 대해 이야기를 늘어놓는가 하면, 그들의 고결하고 너그러운 성품이 잘 드러나는 일화를 수없이 늘어놓았다. 이디스에게 품었던 불같이 뜨거운 정열에 대해서도 언급했다. 얼마나 기분이 좋은지 심지어 동생 휴에 대해서도 형답게 감싸는 말을 할 수 있었다. 그는 잠시 뒤 헨든 저택에서 벌어질 상봉 장면을 머릿속으로 자세히 그려 보았다. 모든 사람이 얼마나 놀랄까, 감사하다는 인사 소리가 여기저기서 터져 나오고, 기뻐서 몸 둘 바를 모를 테지.

그들이 지나가고 있는 지방은 아름다운 곳으로 농가와 과수원이 점처럼 박혀 있고, 드넓은 목초지 사이로 길이 나 있었다. 뒤로 넓게 뻗은 목초지는 부드럽게 올라갔다가 다시 가라앉는 모습이 마치 바다의 파도가 넘실거리는 듯했다. 오후가 되자, 집으로 돌아가는 탕아(蕩兒)라고 할 만한 헨든은 멀리서나마 자기 집을 힐끗 보려고 자주 길을 벗어나 낮은 언덕으로 끊임없이 올라갔다. 마침내 멀리서 집을 찾아내는 데 성공한 그는 흥분하여 이렇게 고함을 질렀다.

"저기 마을이 보입니다, 폐하! 바로 저쪽 가까이에 헨든 저택이 있사옵니다! 여기서 보시면 탑들이 보일 겁니다. 그리고 저기 있는 숲도 보이고요…… 저게 바로 소인 부친의 넓은 정원입

니다. 아, 이제 조금 있으면 폐하께서는 제 집이 얼마나 근사하고 멋진 저택인지 알게 될 것이옵니다! 방이 자그마치 일흔 개나 되지요……. 생각해 보십시오! ……하인들도 스물일곱 명이나 된다고요! 저희 같은 사람이 묵기에 훌륭한 저택이지요. 그렇지 않습니까? ……자, 어서 서두르시지요……. 마음이 다급해서 더 이상 지체할 수가 없사옵니다.”

두 사람은 있는 힘을 다해 부지런히 갔지만 마을에 닿았을 때는 벌써 3시가 지난 뒤였다. 헨든의 혀가 쉴 새 없이 계속 돌아가는 동안 두 나그네는 허겁지겁 마을로 들어갔다.

“이곳이 교회입니다……. 옛날과 똑같은 담쟁이덩굴로 덮여 있군요……. 더도 덜도 아니고 그때 그 모습 그대로이옵니다.”

“저기가 여관, ‘붉은 사자’입니다……. 저기는 장터이고요.”

"이곳에 오월제 기둥이 있고, 우물 펌프도 이곳에 있습니다……. 달라진 것이라곤 하나도 없어요. 어쨌든 사람들만 빼놓고는 말입니다. 십 년이면 강산도 변한다는데 사람들이 달라졌습니다. 소인은 몇 사람을 알아보겠는데, 소인을 알아보는 사람은 하나도 없사옵니다."

이런 식으로 헨든은 쉴 새 없이 지껄여 댔다. 어느덧 두 사람은 마을 끝자락에 이르렀다. 그러고 나서 높은 울타리로 벽을 쌓은 구불구불한 좁은 길로 접어든 뒤 서둘러 빠른 걸음으로 반 마일 나아갔다. 그 뒤 가문의 문장을 새긴 거대한 돌기둥이 받치고 있는 위풍당당한 대문을 지나 널찍한 꽃밭이 있는 곳으로 들어섰다. 그들 앞에는 으리으리한 저택이 서 있었다.

"헨든 저택에 오신 것을 환영하옵니다, 폐하!" 마일스가 감격하여 말했다. "아, 오늘은 참으로 기분 좋은 날입니다! 소인의 부친과 형님 그리고 이디스가 미친 듯이 너무 기쁜 나머지 처음에는 어쩔 줄 몰라 하며 소인만 바라보고 소인한테만 말을 걸 겁니다. 그러니 폐하께서는 섭섭한 느낌이 드실 테지요……. 하지만 조금도 괘념치 마시옵소서. 오래가지 않아 달라질 겁니다. 폐하께서는 소인이 보호해 드리고 있는 분이라고 말씀드리면, 또 소인이 폐하를 얼마나 소중히 여기고 있는지 말씀드리면, 이 마일스 헨든을 위해서라도 폐하를 가슴에 끌어안고 폐하의 집처럼 마음 편하게 영원히 머물게 할 것이옵니다!"

다음 순간 헨든은 큼직한 문 앞에 말을 세우고 먼저 내린 뒤 왕이 말에서 내리는 것을 옆에서 도왔다. 그러고 나서 왕의 손을 잡고 급히 문 안으로 들어갔다. 몇 발자국 옮기자 널찍한 방 하나가 나왔다. 헨든은 예의에 조금 벗어나게 서둘러서 왕을 의자에 앉힌 뒤 장작이 타고 있는 훈훈한 벽난로 앞 책상에 앉아 있는 청년에게 달려갔다.

"나를 포옹해 다오, 휴." 마일스가 큰 소리로 말했다. "네 형이 돌아와 기쁘다고 말하려무나! 어서 아버지를 모셔 오너라. 다시 한 번 아버지 손을 만져 보고 얼굴도 뵙고 목소리도 들어 봐야 비로소 집에 왔다는 게 실감날 것 같구나!"

그러나 휴는 잠시 놀란 표정을 짓더니 뒤로 물러서서 낯선 침입자의 얼굴을 심상치 않은 눈초리로 빤히 쳐다볼 뿐이었다. 그의 눈초리는 처음에는 위신이 조금 상한 듯한 표정을 짓더니 머릿속의 어떤 생각이나 의도에 반응하여 이상야릇한 호기심과 진짜 또는 가짜 동정심이 뒤섞인 표정으로 바뀌었다. 잠시 뒤 휴가 상냥한 목소리로 대꾸했다.

"보아하니 머리가 살짝 돈 것 같군요, 불쌍한 나그네 양반. 세파에 시달리고 궁핍한 생활을 해 온 게 틀림없소이다. 몰골과 옷차림을 보면 다 알 수 있지요. 내가 누구라고 생각하나요?"

"누구라고 생각하느냐고?" 헨든이 날카롭게 물었다. "네가 너 아니고 누구란 말이냐? 나는 너를 내 동생 휴 헨든이라고 생각한다."

그러자 상대방은 여전히 부드러운 말투로 되받았다.

"그럼, 댁은 누구라고 생각하나요?"

"생각하고 뭐고 할 게 어디 있어! 네 형 마일스 헨든을 모른 척하겠다는 거냐?"

휴의 얼굴에 놀라면서도 재미있다는 표정이 스쳐가더니 그가 이렇게 대답했다.

"뭐라고요? 설마 농담을 하는 건 아니겠지요? 죽은 사람이 어떻게 살아 돌아올 수 있다는 겁니까? 그럴 수만 있다면 얼마나 좋겠소이까! 우리 곁을 떠난 불쌍한 형님이 그 모진 세월이 흐른 뒤에 다시 우리 품으로 돌아올 수만 있다면! 아, 사실이라고 하기에는 너무 꿈만 것 같소. 그게 꿈이 아니라 현실이라면 얼마나 좋겠소……. 하지만 제발 부탁하니 나를 불쌍히 여겨 농락하지 마시구려! 자, 어서 이쪽으로 오시오……. 밝은 쪽으로 가까이 오시라고요……. 당신의 얼굴을 자세히 좀 뜯어볼 수 있도록 말이요!"

휴는 마일스의 팔뚝을 붙잡고 창 쪽으로 끌고 가서는 이렇게 돌려 세우고 저렇게 돌려 세우며 될 수 있는 한 모든 각도에서 확실히 입증하려고 마일스의 주위를 바삐 돌면서 눈에 불을 켜고 발끝에서 머리끝까지 샅샅이 뜯어보았다. 그러는 동안 집에 돌아온 탕아는 기쁨에 겨워 미소를 짓고 껄껄 웃고 고개를 계속 끄덕이면서 이렇게 말했다.

"얼마든지 보아라, 동생아. 계속해서 쳐다보라고. 너무 겁먹지 말고. 팔다리든 이목구비든 네 시험에 모두 거뜬히 통과하지 못할 게 없을 테니까. 네 성에 찰 때까지 실컷 뜯어보아라, 내 사랑하는 동생아……. 나는 정말로 네 형 마일스다. 하나도 변하지 않고 예전 모습 그대로인 네 잃어버린 형 마일스야. 그렇지 않으냐? 아, 오늘처럼 기쁜 날이 또 있을까……. 정말로 오늘처럼 기쁜 날이 또 있을까! 네 손 좀 잡아 보자꾸나. 네 뺨도 만져 보자꾸나……. 아, 너무 기뻐 숨이 막힐 것 같구나!"

마일스는 동생에게 몸을 던지려고 했다. 그러나 휴는 손을 들어 거부의 뜻을 나타내고는 애처롭게 턱을 가슴에 떨어뜨리고 탄식하듯 이렇게 말했다.

"아, 하느님이시여, 이 크나큰 실망감을 이겨 낼 수 있는 힘을 주소서!"

마일스는 놀라 잠시 말을 잇지 못하다가 가까스로 정신을 차리고 동생에게 큰 소리로 물었다.

"실망감이라니 무슨 실망감 말이냐? 그럼 내가 네 형이 아니란 말이더냐?"

휴는 서글픈 표정으로 고개를 끄덕이며 말했다.

"그렇게 입증되기를 하느님께 빕니다. 또 다른 사람들이 내 눈에는 띄지 않는 증거를 찾아낼 수 있기를 간절히 빕니다. 아, 슬프게도 그 편지가 하나같이 사실이었구나."

"무슨 편지 말이냐?"

"여섯 해 전이던가 일곱 해 전이던가 외국에서 편지 한 통이 날아왔죠. 그 편지에는 우리 형님이 전쟁터에서 사망했다고 적혀 있었지요."

"거짓말이야! 어서 아버지를 모셔 오너라……. 아버지께서는 나를 알아보실 거야."

"돌아가신 분은 모셔올 수 없지요."

"돌아가셨다고?" 이렇게 말하는 마일스의 목소리에서 힘이 빠져나가면서 입술이 바르르 떨렸다. "아버지께서 돌아가시다니! ……아, 하늘이 무너지는 것 같은 소식이구나. 이제 내 기쁨의 절반이 사라졌어. 제발 어서 형님을 모셔 와라……. 형님은 나를 알아보실 거야. 나를 알아보고 나를 위로해 주실 거야."

"형님도 돌아갔습니다."

"하느님, 고통 받고 있는 이 몸에 자비를 내려 주소서! 운명하시다니……. 두 분 모두 운명하시다니……. 나한테 소중한 분들을 모두 앗아가 버리시고 가치 없는 사람들만 남겨 놓으셨군! 아, 이럴 수가 있나! 제발 자비를 베푸시오! ……설마하니 이디스마저…….”

“죽었냐고요? 아뇨, 그녀는 살아 있습니다.”

“그렇다면 하느님 감사합니다. 이제 기쁨을 다시 되찾았구나! 동생, 어서 빨리 가서…… 이디스를 내게 데려오려무나! 만일 이디스가 나를 알아보지 못한다면……. 아니, 그럴 리가 없지. 정말 그럴 리가 없어. 그녀만은 나를 알아볼 거야. 그걸 의심하면 난 바보지 뭐야. 어서 그녀를 데려오너라……. 늙은 하인들도 데려오고. 그들도 나를 알아볼 거야.”

“하인은 다섯 명밖에 남지 않았어요……. 피터, 핼시, 데이비드, 버나드, 마거릿 말이지요.”

그렇게 말하면서 휴는 방을 나갔다. 마일스는 얼마 동안 그대로 서서 생각에 잠겨 있다가 다시 혼잣말로 중얼거리며 방 안을 거닐기 시작했다.

“스물두 명의 충직하고 성실한 하인 중에서 가장 못된 다섯 놈만 남았구나……. 아무래도 이상야릇한 일이야.”

마일스는 계속하여 방 안을 왔다 갔다 하면서 혼잣말로 중얼거렸다. 자기 옆에 왕이 있다는 사실도 까맣게 잊어버리고 있었다. 마침내 왕이 심각한 표정을 짓고 진심으로 동정이 깃든 말투로 입을 열었다. 물론 듣기에 따라서는 반어적(反語的)으로 빈정대며 말하는 것처럼 받아들일 수도 있었다.

“여보게, 그대의 불운을 너무 서럽게 여기지 말게. 이 세상에는 자신의 신분을 인정받지 못하고 자신의 주장이 조롱받는 사람들이 자네 말고 또 있으니까. 그러니까 자네한테 동료가 있는 셈이지."

"아, 폐하." 헨든이 약간 얼굴을 붉히면서 말했다. "소인을 나무라지 말아 주시옵소서……. 조금만 기다리시면 곧 알게 되실 겁니다. 소인은 사기꾼이 아닙니다……. 이디스가 증명해 줄 겁니다. 영국에서 제일 아리따운 입술에서 나오는 그 말을 듣게 될 것입니다. 소인이 사기꾼이라고요? 아, 소인은 이 오래된 방 구석구석을, 조상 어른들의 이 초상화를, 주위에 널려 있는 이 모든 물건을 마치 어린아이가 제 육아실을 알고 있듯이 모두 알고 있습니다. 폐하, 소인은 이 집에서 태어나 자랐지요. 정말입니다. 폐하를 속일 마음은 털끝만큼도 없사옵니다. 다른 사람은 몰라도 폐하만큼은 소인을 의심하지 말아 주시옵소서……. 폐하마저 의심하시면 소인은 도저히 견딜 수가 없사옵니다."

"나는 자네를 의심하지 않소." 왕이 천진난만하면서도 믿음직하게 대답했다.

"진심으로 감사드립니다!" 감동을 받았다는 듯 헨든이 열정적으로 외쳤다.

그러자 왕은 여전히 천진난만한 목소리로 덧붙여 말했다.

"그대는 나를 의심하는 건가?"

마일스는 죄의식에 젖어 어쩔 줄 몰라 했다. 바로 그때 다행스럽게도 문이 열리더니 휴가 들어오는 바람에 마일스는 곤란한 대답을 피할 수 있었다.

옷을 잘 차려 있은 아리따운 부인 하나가 휴의 뒤를 따라 들어왔고, 그 뒤로 제복을 입은 하인 몇몇이 들어왔다. 부인은 고개를 푹 숙인 채 방바닥만 뚫어지게 바라보면서 천천히 걸어왔다. 말할 수 없이 몹시 슬픈 얼굴 표정이었다. 마일스 헨든이 앞

으로 달려 나가 반갑게 부르짖었다.

"아, 이디스! 내 사랑……."

그러나 휴가 손을 저으며 엄중하게 그를 물리치고는 부인에게 말했다.

"저 사람을 쳐다보시오. 저 사람을 알아보겠소?"

마일스의 목소리를 듣는 순간 여인은 조금 놀라며 두 뺨을 붉혔다. 이제는 몸을 떨고 있었다. 그녀는 아무 말도 하지 않고 그렇게 한참 동안 서 있었다. 그리고 나서 천천히 고개를 들어 두려움에 질리고 무표정한 얼굴로 헨든의 눈을 쳐다보았다. 그녀의 얼굴에서 핏기가 한 방울 한 방울 없어지더니 마침내 죽음의 잿빛처럼 창백한 빛밖에는 남지 않았다. 그리고 나서 그녀는 얼굴빛처럼 죽은 목소리로 말했다.

"모르겠어요." 그러더니 여인은 신음 소리를 내고 울음을 삼

키며 몸을 돌리더니 비틀거리면서 방을 나갔다.

마일스 헨든은 의자에 털썩 주저앉아 두 손에 얼굴을 파묻었다. 얼마 뒤 그의 동생이 하인들에게 말했다.

"이제 충분히 보았겠지. 이 사람을 알아보겠는가?"

그들이 머리를 가로젓자 집주인이 말했다.

"하인들도 당신을 모른다는군요, 형씨. 뭔가 착각을 하셨나 봅니다. 방금 보셨겠지만, 제 아내도 당신을 모른다고 했어요."

"네 아내라고!" 그 순간 마일스는 자리를 박차고 일어나서 휴의 멱살을 꼭 움켜잡고 벽에다 바짝 밀어붙였다. "아, 이 여우 같은 놈, 이제야 모두 알겠구나! 네놈이 직접 가짜 편지를 써서 내 신붓감과 재산을 도둑질한 거야! 자, 이제…… 썩 꺼져라. 내 군인으로서의 명예를 더럽히면서까지 너같이 더러운 난쟁이 같은 놈을 죽이지 않도록!"

얼굴이 시뻘겋게 된 휴는 거의 질식하여 캑캑거리며 가장 가까이에 있는 의자로 비틀거리며 다가갔다. 그러고는 하인들에게 살인자 같은 불한당을 당장 붙잡아 묶으라고 명령했다. 하인들은 머뭇거렸고, 그중 한 명이 입을 열었다.

"나리, 저자는 무기를 갖고 있지만 저희는 무기가 없습니다."

"무기를 갖고 있다고? 그게 무슨 상관이더냐? 너희들 숫자가 그렇게 많은데. 어서 그놈한테 달려들지 않고!"

그러나 마일스는 그들에게 행동을 조심하라고 경고하고는 이렇게 덧붙여 말했다.

"너희들은 옛날의 나를 잘 알고 있어…… 난 조금도 변하지 않았으니까. 자, 어디 덤벼볼 테면 덤벼 보아라."

이렇게 기억을 일깨워 주자 하인들은 별로 용기가 나지 않았다. 여전히 뒤로 물러나 망설이고 있었다.

"어서 물러가거라, 이 바보 같은 겁쟁이 놈들아! 어서 가서 무기를 갖고 와 이 문들을 지키란 말이다. 그동안 나는 관헌을 부르러 사람을 보낼 테니." 휴가 호통쳤다. 그는 문지방에서 몸을 돌리더니 마일스에게 말했다. "쓸데없이 도망치려 하여 내 비위를 건드려 봤자 이로울 게 없을 거요."

"도망을 친다고? 걱정도 팔자구나. 그 때문에 걱정이 된다면 안심하여라. 헨든 저택과 이 저택에 딸린 모든 재산의 주인은 나 마일스 헨든이니까. 그분께선 악착같이 여기에 남아 계실 거다…… 그 점에 대해선 조금도 의심하지 마라."

26
버림받은 사람

왕은 잠시 동안 의자에 앉아 생각에 잠겨 있다가 고개를 쳐들고 입을 열었다.

"거 참 이상한 일도 다 있군……. 참으로 이상한 일이오. 도저히 납득이 가지 않소."

"이상할 게 하나도 없사옵니다, 폐하. 저는 녀석을 잘 알고 있습니다. 저 녀석으로서는 아주 자연스러운 행동이지요. 타고날 때부터 저렇게 교활했거든요."

"저 친구를 말하는 게 아니오, 마일스 경."

"저 녀석을 말씀하시는 게 아니라고요? 그럼 도대체 누구를 두고 말씀하시는 겁니까? 뭐가 이상하다는 것이옵니까?"

"왕이 없어졌는데도 깨닫지 못하고 있다는 사실 말이오."

"뭐라고요? 뭐가 어떻다고요? 무슨 소린지 통 모르겠사옵나이다."

"정말로 모르겠소? 온 나라가 나를 찾는 밀사들과 내 인상착의를 묘사한 포고문으로 뒤덮여 있지 않은 게 경한테는 조금도 이상하지 않단 말이오? 한 나라의 우두머리가 모습을 감추었는데 아무런 소동이나 걱정이 없을 수 있소? ……내가 사라져서 종적을 감추었는데도?"

"참으로 지당하신 말씀이십니다, 폐하. 소인이 그만 깜빡했나이다." 그러나 나서 헨든은 한숨을 쉬고 혼잣말로 중얼거렸다. "가엾게도 완전히 돌아 버렸군……. 아직도 측은하게 꿈속을 헤매고 있어."

"하지만 우리 두 사람 모두의 권리를 회복해 줄 계획이 한 가지 있소. 내가 세 나라 말로 편지 한 통을 써 줄 테니 — 라틴어, 그리스어, 영어로 말이오.— 그대는 내일 아침에 그 편지를 갖고 서둘러 런던으로 가오. 다른 사람은 말고 꼭 내 외삼촌 하트퍼드 경에게 그 편지를 전하시오. 외삼촌이 그 편지를 보면 내가 쓴 편지라는 걸 단번에 알아볼 것이오. 그럼 나한테 당장 사람을 보낼 거요."

"폐하, 소인의 신원을 증명하고 제 소유권을 되찾을 때까지 이곳에서 기다리는 게 최선책이 아니겠나이까? 지금 같아서는 소인만큼 더욱 잘할 수 있는……."

그러자 왕이 명령조로 그의 말을 가로막았다.

"지금 무슨 소리를 하고 있는 거요! 나라의 안녕과 왕실의 법통이 달려 있는 문제와 비교하여 자네의 하찮은 재산, 자네의 하찮은 이해관계가 뭐 그리 대단하단 말이오!" 그러고 나서 그는 너무 심하게 말했다고 생각한 듯 다시 목소리를 낮추어 덧붙여 말했다. "아무 걱정 말고 내가 시키는 대로 하시오. 내가 자네의 권리를 되찾아줄 테니. 자네 문제를 말끔히 해결해 주겠

소……. 암, 그 이상으로 해 주겠소. 내가 기억해 뒀다가 잊지 않고 반드시 갚아 주겠소."

그렇게 말하면서 왕은 펜을 들어 편지를 쓰기 시작했다. 헨든은 잠시 동안 사랑스러운 눈길로 어린 왕을 가만히 쳐다보면서 혼잣말로 이렇게 중얼거렸다.

"만약 어둠 속에서 그 말을 들었다면 틀림없이 왕의 목소리라고 착각했을 거야. 정신이 멀쩡할 때는 진짜 왕처럼 서릿발 같은 위엄을 보이거든……. 한데 저런 솜씨는 어디서 배웠을까? 알아보지도 못할 저 갈고리 같은 꼬부랑글자를 라틴어와 그리스어라고 잘도 휘갈겨 쓰는군……. 지혜를 짜내 저 아이의 관심을 다른 데로 돌려놓을 수 있는 좋은 방책을 생각해 내지 못하면, 어쩔 수 없이 내일 저 아이가 시키는 대로 편지를 갖고 심부름을 떠나는 척해야겠군."

다음 순간 마일스 경의 생각은 곧바로 방금 겪은 사건으로 되돌아갔다. 너무 골똘히 생각에 빠져 있던 나머지 그는 왕이 곧 편지를 써 건네주었을 때는 무의식적으로 받아서 주머니에 넣었다. 그러나 헨든의 마음속 고민은 계속되었다.

"이디스가 왜 그토록 이상하게 행동했을까?" 그가 혼잣말로 중얼거렸다. "나를 알아본 것 같기도 하고…… 알아보지 못한 것 같기도 하고. 아무리 생각해도 서로 들어맞지 않아. 그건 손바닥을 보듯 분명한 사실이야. 아무리 냉정히 따져 봐도 이 두 생각을 서로 양립시킬 수가 없어. 그렇다고 논증으로 이 둘을 무시하거나, 심지어 한쪽보다 다른 쪽에 손을 들어 줄 수도 없거든. 이렇게 간단히 문제를 정리해 보자. 이디스는 내 얼굴, 내 몸매, 내 목소리를 분명히 알아봤어. 어떻게 알아보지 못할 수가 있겠어? 그런데도 나를 모른다고 했지. 거짓말을 할 여자가 아니니까 그건 완벽한 증거가 되거든. 하지만 가만있자……. 뭔가 짚이기 시작하는군. 어쩌면 그놈이 그녀에게 압력을 넣은 것일는지 몰라……. 그녀한테 명령을 한 거지……. 그놈이 이디스한테 거짓말을 하라고 협박한 거야. 그래, 바로 그거야! 이제야 수수께끼가 풀리는군. 어쩐지 이디스의 얼굴이 하얗게 겁에 질려 있더라니……. 그래, 그놈의 강압에 시달리고 있었으니 당연한 노릇이지. 그래, 이디스를 찾아가자. 그녀를 찾아내자. 그놈이 자리에 없으면 속마음을 털어놓을 거야. 우리가 소꿉동무였던 어렸을 적 이야기를 기억하면, 마음의 빗장을 풀고 더 이상 나를 배반하지 않고 나한테 고백할 거야. 본래 누구를 배신하는 그런 여자가 아니었으니까……. 천만에, 언제나 정직하고 진실했지. 옛날에 나를 얼마나 좋아했는데……. 그래, 이게 내 방어 수단이야. 자신이 사랑해 온 사람을 배신할 수는 없는 노릇이니까."

마일스는 간절한 마음으로 문 쪽을 향해 발걸음을 옮겼다. 바로 그때 문이 열리면서 이디스가 들어왔다. 얼굴빛은 창백했지만 이디스는 흔들림 없이 또박또박 걸음을 내디뎠다. 우아하고 품위 있는 몸가짐이었다. 얼굴에는 여전히 수심이 가득했다.

마일스는 자신 있게 이디스를 맞이하러 달려갔지만 그녀는 거의 눈에 띄지 않는 몸짓으로 마일스의 행동을 막았다. 그래서 마일스는 그 자리에 그대로 멈춰 섰다. 이디스는 자리에 앉더니 마일스한테도 앉으라고 권했다. 그렇게 간단하게 그녀는 그한테서 오랜 친구라는 우정을 박탈하여 그를 마치 낯선 사람이나 손님처럼 대했다. 너무나도 갑작스럽고 예상하지 못한 그녀의 행동에 그는 한순간 자신이 정말로 마일스 헨든인지 스스로 의심하기 시작했다. 이디스가 먼저 입을 열었다.

"경고 드리려고 왔어요. 미친 사람더러 망상에서 깨어나라고 설득할 수는 없을는지 모릅니다. 하지만 적어도 위험한 일을 당하지 않도록 설득할 순 있다고 봐요. 지금 당신이 꾸고 있는 꿈이 당신에게는 현실처럼 보이겠지요. 그러니 범죄라고 볼 수는 없지요……. 하지만 그 꿈을 갖고 이곳에서 꾸물거리지 마세요. 여기는 위험한 곳이랍니다." 이디스는 잠시 마일스의 얼굴을 물끄러미 바라보고 나서 감동적인 목소리로 덧붙여 말했다. "우리가 잃어버린 그분이 나이가 들었을 때의 모습과 꼭 빼닮았다는 사실이 당신한테 더욱 위험합니다."

"아무렴요, 부인. 제가 바로 그 장본인이니까요!"

"저도 당신이 그렇게 믿고 계시리라 생각해요. 당신이 그 점에서 정직하다는 걸 의심하지 않습니다……. 하지만 제 경고를 귀담아 들으셔야 해요. 제 남편은 지금 이 지방에서 군주처럼 군림하고 있어요. 남편의 권력은 거의 무한하답니다. 남편 말 한마디에 잘살기도 하고 굶어 죽기도 해요. 만약 당신이 주장하는 그분과 닮지만 않았어도, 남편은 당신이 꿈속에서 즐기도록 그냥 내버려 둘는지도 몰라요. 하지만 저를 믿어 주세요. 저는 남편을 잘 압니다. 무슨 짓을 저지를지 잘 알고 있다고요. 그 사람은 당신이 미치광이 사기꾼이라고 주장할 테고, 그러면 곧바로 사람들은 모두 그렇게 따라할 거예요."

이디스는 다시 한 번 마일스한테 여전히 차분한 시선을 돌리고 나서 덧붙여 말했다.

"설령 당신이 마일스 헨든이고, 남편이 그 사실을 알고 이 지방 사람들도 다 안다고 해도 ── 제가 지금 드리는 말씀을 잘 새겨들으세요. 신중히 생각하시기 바랍니다.── 마찬가지로 위험에 처해 있을 겁니다. 지금보다 더 심한 처벌을 당하면 당했지 덜 당하지는 않을 거예요. 남편이 당신을 모른다고 잡아떼면 아무도 감히 당신을 아는 척하지 못할 겁니다."

"정말로 그럴 테지." 마일스가 비통한 목소리로 말했다. "평생 동안 사귄 친구 한 사람을 배반하고 또 다른 친구 한 사람을 의절하고 명령에 복종하도록 만들 수 있는 권력이라면, 밥줄과 목숨이 달려 있는 데다가 거미줄처럼 얽히고 섞인 충성이나 명예가 달려 있지 않은 사람들은 아마 쉽게 따를 테니까."

잠깐 동안 이디스의 뺨에 어렴풋이 빛이 감돌더니 그녀는 눈을 내리깔고 바닥을 내려다보았다. 그러나 이어지는 목소리에는 아무런 감정도 드러나 있지 않았다.

"이미 경고의 말씀을 드렸습니다만, 다시 한 번 어서 이곳을 떠나시라는 경고를 드려야겠습니다. 그렇지 않으면 이 사람은 당신을 해치울 겁니다. 그 사람은 피도 눈물도 없는 폭군이에요. 족쇄에 묶여 있는 노예인 저는 그걸 잘 알고 있지요. 불쌍한 마일스며 아서, 그리고 제 후견인이던 리처드 경은 이제 남편한테서 벗어나 편히 쉬고 있습니다……. 당신이 이 악당의 손아귀에서 묶여 이곳에 있느니 차라리 그분들 곁에 계신 편이 더 좋을 겁니다. 당신이 이곳에서 머물러 있으면, 남편은 자신의 직위와 재산으로 위협할 겁니다. 당신은 그 사람 집에서 그 사람을 모욕했어요……. 이곳에 머물러 있다가는 해를 입고 맙니다. 그러니 어서 이곳을 떠나세요……. 꾸물거리지 말고요. 돈이 없다면 이 지갑을 받아 두세요. 제발 부탁입니다. 이 돈으로 하인들을 매수해서라도 이곳을 빠져나가시라고요. 아, 다시 경고를 해 드립니다, 불쌍한 분. 도망갈 수 있을 때 어서 도망가세요."

마일스는 손짓을 하여 지갑을 뿌리치고는 의자에서 일어나 이디스 앞에 섰다.

"한 가지만 부탁하겠소. 당신 눈동자가 흔들리지 않나 확인할 수 있도록 내 눈을 똑바로 쳐다봐요. 자…… 이제 대답해 봐요. 내가 마일스 헨든이지요?" 그가 말했다.

"아뇨, 나는 당신을 모릅니다."

"맹세하지요!"

목소리는 나지막했지만 또박또박 분명하게 대답했다.

"맹세합니다!"

"아, 도저히 믿을 수가 없군!"

"달아나세요! 왜 아까운 시간을 낭비합니까? 서둘러 달아나
야 목숨을 건질 수 있다니까요."

바로 그 순간 관리들이 방 안으로 뛰어 들어왔고, 격렬한 몸
싸움이 벌어졌다. 그러나 마일스 헨든은 얼마 버티지 못하고 질
질 끌려 나갔다. 왕도 마찬가지였다. 두 사람은 꽁꽁 결박당한
채 감옥으로 끌려갔다.

27
감옥에서

　감방은 하나같이 사람들로 붐볐다. 그래서 어린 왕과 마일스 헨든은 흔히 경범죄를 저지른 사람들을 가두는 커다란 방에 쇠사슬로 묶여 수감되었다. 그 방에는 두 사람 말고도 수갑이나 족쇄를 찬 남녀노소의 죄수가 스무 명가량 있었다. 음란하고 시끄럽기가 이루 말할 수 없었다. 왕은 임금 신분으로서 받게 된 이 엄청난 수모 때문에 잔뜩 화가 나 있었지만 헨든은 말없이 시무룩했다. 헨든은 몹시 당황하고 있었다. 환희에 찬 탕아가 되어 고향 집에 돌아오면 모두 자기를 미칠 듯이 반가워할 것으로 기대했는데, 오히려 냉대를 받고 감옥에 갇히는 신세가 되고 말았으니 말이다. 꿈과 현실이 너무 달라 그저 망연자실할 따름이었다. 울어야 할지 웃어야 할지 도무지 알 수가 없었다. 무지개를 보고 밖에서 신바람 나게 춤을 추다가 갑자기 벼락을 맞은 듯한 느낌이었다.

　그러나 어지럽고 괴로운 생각도 점차 정리되어 갔고, 헨든의

마음은 이제 이디스한테 집중되었다. 그는 이디스가 보인 행동을 곰곰이 되씹으면서 모든 관점에서 생각해 보았지만 도저히 만족스러운 결론을 얻을 수 없었다. 이디스가 자신을 알아본 것일까? 아니면 자신을 알아보지 못한 것일까? 그것은 풀리지 않는 수수께끼로 그는 오랫동안 이 문제에 몰두해 있었다. 마침내 그녀는 자신을 알아보았으며 다만 어떤 타산적인 이유에서 모른다고 부인했다고 확신하기에 이르렀다. 헨든은 이제 이디스라는 이름에 저주를 퍼붓고 싶었다. 그러나 그 이름은 그의 마음속에서 너무 오랫동안 성스러웠기 때문에 차마 자신의 혀로 더럽힐 수 없었다.

헨든과 왕은 더럽고 넝마처럼 다 떨어진 감옥의 담요로 몸을 둘둘 말고 심란한 하룻밤을 보냈다. 뇌물을 받은 옥리가 죄수 몇 사람한테 몰래 술을 들여보냈다. 당연한 결과지만, 죄수들은 흥청망청 술을 마시면서 상스러운 노래를 부르고 싸움질을 하며 고래고래 소리를 질러 댔다. 마침내 자정이 지나고 얼마 뒤 한 남자가 어떤 여자를 덮쳐 자기 수갑으로 여자의 머리통을 후려갈겼다. 옥리가 나타나 구하지 않았더라면 그 여자는 아마 저세상으로 갔을 것이다. 옥리는 그 남자의 머리와 어깻죽지를 곤봉으로 사정없이 내리쳐서 질서를 다시 되찾았다. 그래서 술판도 끝장이 나고 말았다. 그러고 나서야 부상당한 두 남녀의 끙끙거리는 신음 소리에 신경을 쓰지 않는 사람들은 겨우 잠을 잘 수 있었다.

그다음 한 주 동안은 밤낮없이 비슷비슷한 사건이 단조롭게 일어났다. 낮에는 헨든이 어느 정도 분명히 기억하고 있는 사람들이 나타나서 '사기꾼'을 보고는 모르는 놈이라고 모욕을 주었다. 밤에는 술판과 싸움판이 아주 규칙적으로 벌어졌다. 그러다가 마침내 사태가 달라졌다. 옥리가 어떤 노인 한 사람을 데리고 들어오면서 그에게 이렇게 말했다.

"그 악당 놈이 이 방 안에 있네…… 영감태기가 그 늙은 눈으로 한번 둘러보고 그게 어느 놈인지 어디 한번 말해 보구려."

이 말을 듣고 고개를 쳐든 헨든은 감옥에 갇힌 뒤 처음으로 반가운 기분이 들었다. 그는 혼잣말로 이렇게 중얼거렸다.

"우리 아버지 집에서 평생 동안 하인 노릇을 해 온 블레이크 앤드류스로구나…… 정직하고 심성이 착한 사람이지. 물론 옛날에 그랬다는 말이지만. 지금은 아무도 바른 말을 하는 사람

이 없거든. 모두 거짓말쟁이야. 이 사람도 나를 알아보겠지…….
그러고도 역시 다른 사람들처럼 아마 모른다고 시치미 떼겠지.”

　　노인은 방 안을 한 바퀴 빙 둘러보면서 사람 얼굴을 차례로
힐끗 쳐다보고 나서 마침내 입을 열었다.

　　“보잘것없는 불량배들, 길거리의 인간쓰레기밖에는 보이지
않는구먼요. 그놈이 어디 있다는 겁니까?”

　　그러자 옥리가 껄껄 웃으며 대꾸했다.

　　“바로 여기 있지! 이 큼직한 짐승 같은 놈을 자세히 뜯어보고
어디 소감을 말해 보게.”

　　그러자 노인은 헨든한테 가까이 다가와서 오랫동안 찬찬히
뜯어보고 나서 설레설레 고개를 내저으며 말했다.

"천만에요! 이 사람은 헨든이 아니오⋯⋯. 예전에도 절대로 아니었소!"

"좋았어! 늙은 눈이지만 아직도 말짱하군. 내가 만약 휴 경이라면 저 너저분한 시골뜨기 녀석을 잡아다가⋯⋯."

옥리는 마치 교수대에 목이 매달린 사람처럼 발끝을 들고 동시에 질식한 사람처럼 캑캑거리는 시늉을 하면서 뒷말을 대신했다. 그러자 노인이 복수심을 느끼듯 맞장구를 쳤다.

"저놈은 이보다 더 심한 처벌을 받지 않는 걸 하느님께 감사해야 하지요. 만약 나더러 저 악당 놈을 처리하라고 한다면 당장에 뜨거운 불에 구워서 죽일 거요. 그렇게 하지 않으면 성을 갈겠어!"

그러자 옥리는 하이에나처럼 유쾌하게 껄껄 웃고는 이렇게 말했다.

"영감, 그럼 영감이 그놈한테 생각한 걸 좀 말해 주구려⋯⋯. 다들 그렇게들 하고 있으니까. 아마 기분 전환이 될 거요."

그러고 나서 옥리는 대기실을 향해 어슬렁어슬렁 걸어가더니 사라져 버렸다. 그러자 노인은 헨든 앞에 무릎을 꿇고 귀엣말로 속삭였다.

"하느님 감사합니다! 주인님께서 다시 돌아오셨군요, 나리! 지난 일곱 해 동안 돌아가신 줄로만 알고 있었는데. 아, 이렇게 살아 계시다니! 처음 보는 순간 소인은 단번에 주인님을 알아봤습죠. 그런데도 시치미 뚝 떼고 시시한 불량배들과 인간쓰레기들밖에는 보이지 않은 것처럼 꾸미느라고 얼마나 힘이 들었는지 모릅니다. 저는 늙고 가난한 몸입습죠, 마일스 나리. 하지만 저한테 말씀만 하시면 제가 목 졸려 죽는 한이 있더라도 밖에 나가 사람들한테 진실을 알리겠습니다."

"그건 안 되네. 그러지 말게. 자네만 피해를 볼 뿐 나한테는 별로 도움이 안 되네. 하지만 고맙네그려. 난 동료 인간에 대해 믿음을 잃었는데 자네 덕분에 조금 되찾게 되었으니." 헨든이 말했다.

늙은 하인은 헨든과 왕에게 더없이 귀중한 존재가 되었다. 하루에도 몇 번씩 감옥으로 찾아와 헨든에게 짐짓 '욕지거리'를 퍼붓고는 시원치 않은 감옥 식사 대신에 맛있는 음식을 몰래 넣어 주었다. 또한 하인은 떠돌아다니는 소식을 전해 주기도 했다. 헨든은 맛있는 음식을 왕에게 주었다. 그 음식이 아니었다면 왕은 어쩌면 살아남지 못했을는지도 모른다. 왕은 옥리가 가져다주는 형편없이 조야한 음식을 도저히 먹을 수 없었기 때문이다. 앤드류스는 의심을 피하기 위해 감옥에 잠깐 동안만 머물다 가곤 했다. 그러나 찾아올 때마다 꽤 중요한 정보를 전해 주었다. 그는 이런 정보를 헨든에게는 나지막한 목소리로 살그머니 귀띔해 주는 한편, 다른 사람들이 듣도록 일부러 큰 소리로 사이사이에 욕지거리를 퍼부었다.

이런 과정을 통하여 헨든 가족의 집안 사정이 조금씩 밝혀졌다. 형 아서는 육 년 전에 사망했다. 맏아들이 죽은 데다 둘째아들한테서 아무 소식이 없자 부친의 건강이 나빠졌다. 세상을 떠날 날이 멀지 않다고 예감한 부친은 자신이 죽기 전에 휴와 이디스를 결혼시키고 싶어 했다. 그러나 마일스가 돌아오리라는 희망을 품고 있는 이디스는 조금만 더 기다려 달라고 사정했다. 그런데 얼마 뒤 마일스가 사망했다는 내용이 적힌 편지가 날아왔다. 그 충격으로 리처드 경은 쓰러지고 말았다. 그는 이제 죽을 날이 가까웠다고 믿고 있었고, 그래서 그와 휴는 결혼을 서두르려고 했다. 이디스는 사정하여 한 달의 시간을 얻었다. 그리고 또 한 달, 다시 또 한 달, 모두 세 달이 지났다. 결국 리처드 경이 숨을 거두는 옆에서 두 사람은 결혼식을 올렸다. 그 결혼은 행복하지 못했다. 그 지방 사람들 사이에 파다하게 퍼진 소문에 따르면, 결혼 직후에 신부가 남편의 서류 틈에서 마일스의 사망과 관련한 치명적인 편지 초안을 몇 장 발견하고는 남편이 악질적인 가짜 편지를 써서 결혼과 함께 리처드 경의 죽음을 앞당겼다고 몰아세웠다는 것이다. 이디스와 하인들이 잔인한 학대를 당한다는 이야기는 이제 모르는 사람이 없게 되었다. 리처드 경이 사망한 뒤로 휴는 나긋나긋한 가면을 모두 벗어 던지고 먹고 살기 위해 어떤 식으로든 자신과 자신의 재산에 의존하는 사람 모두에게 피도 눈물도 없는 폭군으로 군림했다.

앤드류스가 전해 준 이야기 중에는 왕이 부쩍 큰 흥미를 느끼고 귀를 기울인 내용도 있었다.

"들리는 소문에 따르면 왕은 미쳤답니다. 하지만 제발 부탁이니, 이 말이 제 입에서 나왔다는 말은 누구한테도 하지 마십시오. 소문에 이런 얘기를 발설하는 자는 사형에 처한다고 합니다."

왕은 노인의 얼굴을 쏘아보며 이렇게 말했다.

"왕은 미치지 않았소, 노인…… 이렇게 선동적인 말을 떠벌려 대는 것보다는 노인장의 일에나 관심을 갖는 것이 득이 될 것 같소."

"이 아이가 지금 무슨 소리를 하는 겁니까?" 이렇게 난데없는 곳에서 갑자기 공격을 받자 앤드류스가 놀라서 물었다. 헨든이 노인에게 신호를 보이자 노인은 더 이상 묻지 않고 그가 알고 있던 정보를 계속 전해 주었다.

"돌아가신 선왕은 하루 이틀 뒤 원저 성(城)*에 묻히게 된답니다……. 그러니까 이달 16일에 말입죠……. 그리고 새 왕은 이 달 20일에 웨스트민스터 궁전**에서 즉위식을 올린답니다."

"그전에 먼저 왕을 찾는 게 순서일 텐데." 왕이 혼잣말로 중얼거리고 나서 자신 있게 덧붙여 말했다. "하지만 찾으려고 하겠지……. 나 또한 그렇게 할 거고."

"아니, 도대체……."

그러나 노인은 더 이상 말하지 않았다. 헨든이 경고하는 신호를 보내는 바람에 하던 말을 멈추었다. 노인은 하던 이야기를 다시 이어 나갔다.

"왕의 즉위식에 휴 경도 참석한다는군요……. 큰 기대를 품고 말입죠. 귀족이 되어 돌아오겠다고 자신 있어 한답니다. 섭정한테서 큰 총애를 받고 있다고 하면서 말이죠."

"섭정이라니 무슨 섭정 말인가?" 왕이 그에게 물었다.

"서머싯 공작님 말이지."

"어떤 서머싯 공작 말인가?"

"원 참! 서머싯 공작이 한 분 말고 또 있나……. 하트퍼드 백작 시모어지 누구긴 누구야."

---

* 영국에서 가장 오래된 왕궁으로, 11세기에 '정복 왕' 윌리엄이 서쪽에서 적들이 런던으로 침입하는 것을 막기 위해 건설했다. 런던에서 32킬로미터쯤 떨어진 템스 강 연안의 숲과 호수, 잔디로 둘러싸인 이 왕궁은 지금도 사용되고 있다. 헨리 8세를 비롯하여 많은 왕과 여왕이 이곳의 세인트 조지 채플에 매장되어 있다.
** 11세기 중엽 정복자 에드워드 왕부터 헨리 8세에 이르기까지 영국 왕들의 중요한 궁궐이었다. 1530년에 헨리 8세가 이 왕궁을 포기한 뒤에도 연회를 열거나 국가의 중요한 재판을 할 때 계속 사용했다.

그러자 왕이 날카로운 목소리로 물었다.

"언제부터 그 사람이 공작이 되고 섭정이 되었는가?"

"1월 마지막 날부터지."

"그럼 누가 그렇게 추대했는가?"

"본인하고 추밀원이지…… 물론 왕의 도움을 받았지."

왕은 몹시 흥분하여 펄쩍 뛰었다. "왕이라고?" 그가 소리를 질렀다. "어떤 왕 말인가?"

"아니, 어떤 왕이라니? (맙소사, 이 아이가 지금 제정신인 게야?) 이 나라에 왕이 한 명밖에 없으니 그 물음에 답하기란 누워 떡 먹기지 뭐야……. 위대하신 왕 에드워드 6세이시다……. 폐하에게 하느님의 가호가 있기를! 정말이지, 그분은 정이 많고 자상하신 어린 개구쟁이시기도 하거든. 미쳤든 미치지 않았든…… 소문에 듣자 하니 날마다 차도가 있으시다지……. 너도 나도 입술이 닳도록 폐하를 칭송하고 있거든. 사람들 말로는 나날이 좋아지신다고 하던데……. 다들 폐하가 만수무강하셔서 오래오래 영국을 다스릴 수 있게 되기를 두 손 모아 빌고 있다고. 폐하께서는 노픅 공작의 목숨을 살려 주시면서 자비를 베풀기 시작하시더니, 이제는 백성을 괴롭히고 억누르던 가장 잔인무도한 법을 없애는 데 심혈을 기울이고 계신다고."

이 소식을 듣자 왕은 너무 놀라 그만 말문이 막히고 말았다. 비참한 몽상에 깊이 빠진 나머지 영감이 하는 말소리가 이제는 더 이상 귀에 들어오지 않았다. 영감이 말하고 있는 '어린 개구쟁이'란 궁전에서 자기 옷을 입혀 주고 헤어진 그 거지 아이일는지 모른다는 생각이 들었다. 어떻게 그런 일이 일어날 수 있는지 알다가도 모를 일이었다. 아무리 그 아이가 왕세자처럼 행동했다 해도 태도나 말씨에서 금방 탄로가 날 것이기 때문이다. 탄로가 나면 그 거지 아이는 쫓겨나고 진짜 왕자를 찾아 나서야 마땅한 노릇이 아닌가. 조정에서 왕족의 피를 받은 어떤 애송이를 자기 자리에 앉혀 놓을 수 있단 말인가? 아니, 그의 외삼촌이 그런 일을 허락하지는 않을 것이다. 외삼촌은 막강한 권력으로 그런 음모를 요절낼 수 있고 또 그렇게 하고 말 것이다.

사내아이는 아무리 생각해 보고 또 생각해 보았지만 뾰족한 결론을 얻을 수 없었다. 수수께끼를 풀려고 애를 쓰면 쓸수록 점점 더 당혹스러워졌고, 머리가 점점 더 지끈거려 잠도 제대로 이루지 못했다. 시간이 지날수록 런던으로 빨리 가야겠다는 조바심이 생겼으며, 그래서 왕은 감옥에 갇혀 있는 신세를 거의 견딜 수가 없어졌다.

헨든은 어떻게든 왕을 달래 보려고 애를 썼지만 아무 소용이 없었다. 아무리 뭐라고 위로를 해도 왕은 좀처럼 위로를 받으려고 하지 않았다. 그런데 쇠사슬에 묶여 있던 그 옆의 두 여자가 오히려 왕을 좀 더 잘 위로했다. 두 여자의 따뜻한 보살핌을 받으며 왕은 마음의 평화를 얻고 어느 정도 인내심을 배웠다. 왕은 두 여자에게 너무나도 고마웠고, 그들을 무척 좋아하게 되었으며, 그들이 건네는 따뜻하고 부드러운 위로를 매우 기뻐하게 되었다. 그는 그들에게 어쩌다가 감옥에 갇히게 되었느냐고 물었다. 자신들이 침례교 신자*이기 때문이라고 대답하자 왕은 웃으면서 이렇게 물었다.

---

* 두 여인은 침례교 신자가 아니라 도덕률 폐기론자인 듯하다. 영국에서 침례교가 처음 생긴 것은 17세기 초엽이었다. 뒷날의 침례교도들처럼 도덕률 폐기론자들도 유아 침례보다는 성인 침례를 믿었다.

"그게 감옥에 갇혀야 할 범죄란 말이오? 하지만 나로선 아쉽구려. 그대들이 머지않아 풀려날 테니…… 그런 하찮은 일을 가지고 그대들을 그리 오래 가둬 둘 리는 없거든."

여자들은 아무 대답도 없이 잠자코 있었다. 그러나 얼굴 표정을 보자 아무래도 그는 불안해졌다. 그래서 왕이 간절히 물었다.

"대답을 하지 않는군요…… 그러지 말고 친절하게 어디 말해 보구려…… 감옥에 갇히는 것 말고 또 다른 처벌을 받는 건 아니겠지요? 제발 그런 걱정은 할 필요가 없다고 나한테 말해 주시오."

두 여자는 대화의 화제를 돌리려고 했지만 끔찍한 예감이 든 왕자가 계속 집요하게 따져 물었다.

"매질을 하는 건가요? 설마하니 그럴 리야 없겠지요. 그렇게까지 잔인할 리가 없어요! 그렇지 않다고 말해 보시오. 자, 매질을 하지 않는 거지요. 그렇지 않소?"

여자들이 당황스러워하고 괴로워하는 빛이 역력했다. 그렇다고 대답하지 않을 수도 없게 되자 결국 한 여자가 울먹이면서 입을 열었다.

"아, 마음이 곱기도 하지, 우리를 이토록 걱정해 주니 가슴이 미어지는 것 같네! ……하느님, 저희가 참고 견딜 수 있도록……."

"이제야 털어놓는군요!" 왕이 끼어들었다. "그렇다면 매질을 한다는 소리로군요. 피도 눈물도 없는 뻔뻔스러운 놈들 같으니라고! 하지만 아, 제발 울음을 그치시오. 견딜 수가 없으니까요! 기운을 내시오…… 때가 되어 내가 명예를 되찾게 되면 아주머니들을 이런 괴로움에서 구해 줄 거요. 반드시 그럴 것이오!"

그런데 이튿날 아침에 왕이 눈을 떠 보니 그 여자들은 온데간데없었다.

"그들이 풀려났구나!" 왕은 기쁨에 넘쳐 말했다. 그러나 곧바로 풀이 죽어 이렇게 덧붙였다. "하지만 나에겐 슬픈 일이지! ……그동안 나를 얼마나 많이 위로해 주었는데."

두 여자는 각자 그동안의 친분을 기억하는 정표로 리본 한 조각씩을 왕의 옷에다 꽂아 두었다. 왕은 언제나 그것을 간직하겠다고 다짐했다. 그리고 이 고마운 친구들을 찾아내어 보호해 주어야겠다고 생각했다.

바로 그때 옥리가 부하 몇 명을 거느리고 들어와 죄수들에게 감옥 안마당으로 나오라고 명령했다. 왕은 뛸 듯이 기뻤다. 다시 한 번 푸른 하늘을 쳐다보고 신선한 공기를 마신다는 것은 여간 큰 축복이 아닐 것이다. 왕은 관리들이 꾸물거리는 것을 보고 안달 나고 애가 탔지만 마침내 그의 차례가 되었다. 족쇄에서 풀려난 왕은 헨든과 함께 다른 죄수들 뒤를 따라가라는 명령을 받았다.

뜰의 사방이 건물로 둘러싸인 안마당은 바닥에 돌이 깔려 있었고 위로 하늘이 툭 트여 있었다. 죄수들은 돌로 지은 아치 통로를 지나 안마당으로 들어가 벽에 등을 대고 한 줄로 늘어섰다. 그들 앞에는 밧줄이 길게 뻗어 있었고, 그들은 또한 간수들의 감시를 받고 있었다. 구름이 낮게 깔린 싸늘한 아침이었다. 밤사이에 내린 싸락눈이 텅 빈 공간을 하얗게 덮어 그렇잖아도 음산한 분위기를 한껏 돋웠다. 이따금 겨울바람이 휘몰아쳐 눈이 이리저리 소용돌이쳤다.

그런데 안마당 한가운데에 두 여자가 기둥에 묶인 채 서 있었다. 첫눈에 왕은 그들이 자기에게 친구처럼 대해 주던 여자들이

라는 것을 알아보았다. 왕은 몸서리를 치면서 혼잣말로 이렇게 중얼거렸다.

"맙소사! 그들이 풀려났다고 생각한 건 내 착각이었구나. 이런 사람들이 매를 맞아야 하다니! …… 그것도 영국에서 말이야! 아, 부끄러워 견딜 수가 없구나……. 이교도 땅도 아니고 그리스도의 땅인 이 영국에서 말이야! 저 사람들은 매를 맞게 될 테지. 그런데 저들한테 위로를 받고 따뜻한 대접을 받은 나는 옆에 서서 저런 몹쓸 짓을 행하는 걸 가만히 지켜보고 있어야만

하다니. 불가사의한 일이로군, 참으로 불가사의한 일이야! 이 드넓은 왕국을 다스리는 유일한 권력자인 내가 저 사람들을 보호해 주지 못하는 무력한 처지에 놓여 있으니. 하지만 이 악당 놈들은 몸조심하고 있는 게 좋을걸. 이 흉악한 짓을 저지른 대가를 내 톡톡히 치르게 해 줄 날이 올 테니. 네놈들이 오늘 하는 매질 한 대마다 그때 가서 백배로 갚아 주마.”

그때 큼직한 문이 활짝 열리면서 백성들이 떼를 지어 쏟아져 들어왔다. 그들이 두 여자 주위로 몰려드는 바람에 두 여자의 모습이 왕의 시야에서 가려져 보이지 않았다. 목사 한 사람이 들어와 군중 속을 헤치고 들어갔지만 그의 모습도 보이지 않았다. 이제 왕의 귀에는 누군가가 질문을 던지면 누군가가 대답을 하는 듯한 말소리가 들렸다. 그렇지만 무슨 말을 하고 있는지는 알아들을 수 없었다. 그러더니 무슨 준비를 하는지 두 여자 뒤쪽에 모여 있던 군중 사이로 관리들이 부지런히 들락거리면서 갑자기 주위가 소란스러워졌다. 이런 일이 진행되는 동안 점차 사람들 위에 깊은 침묵이 내려앉았다.

그때 누군가의 명령이 떨어지자 군중들은 일제히 옆으로 물러서 길을 터 주었고, 왕의 눈앞에는 뼛속까지 얼어붙는 무서운 광경이 펼쳐졌다. 두 여자 주위에 장작더미가 쌓여 있고 쭈그려 앉은 사내 하나가 거기에 불을 붙이고 있는 것이 아닌가!

여자들은 머리를 숙이고 두 손으로 얼굴을 가렸다. 우지직, 탁탁 소리를 내며 장작에 불이 붙는 소리와 함께 노란 불꽃이 위로 솟기 시작했고, 파란 연기가 바람에 소용돌이 모양으로 흩날리기 시작했다. 목사가 두 손을 쳐들고 기도를 드리기 시작했다. 바로 그때 귀가 찢어질 듯한 비명을 지르며 여자아이 둘이

커다란 문으로 쏜살같이 들어와 기둥에 묶인 두 여자에게 몸을
던졌다. 곧바로 간수들이 아이들을 낚아챘다. 한 아이는 억센
손아귀에서 단단히 붙잡혀 있었지만, 다른 아이는 필사적으로
손을 뿌리치고 나오면서 어머니와 같이 죽겠다고 소리쳤다. 간
수들이 미처 손쓸 겨를도 없이 그 아이는 다시 한 번 어머니의
목을 두 팔로 부둥켜안았다. 또다시 간수들은 불에 타고 있는
옷과 함께 그 아이를 어머니한테서 떼어 놓았다. 간수 두세 명이
그 아이를 꼭 붙들고 있는 동안 활활 불타고 있는 옷을 찢어 내
어 던져 버렸다. 그러는 동안 아이는 여전히 빠져나오려고 발버
둥 치면서 이제 세상에 자기 혼자 남게 되었으니 그럴 바에야 차

라리 어머니와 함께 죽게 해 달라고 애걸복걸했다. 두 여자아이
는 계속 소리를 지르면서 빠져나가려고 버둥거렸다. 그러나 그런
소동은 가슴을 찢으며 잇달아 들려오는 단말마의 고통 소리에
갑자기 파묻혀 버리고 말았다. 왕은 미쳐 날뛰는 여자아이들한
테서 시선을 돌려 기둥을 쳐다보았다. 그러고 나서 그만 고개를
돌린 채 잿빛이 된 얼굴을 담벼락에 기대고는 더 이상 쳐다보지
않았다. 왕은 이렇게 되뇌었다.

"짧은 순간이지만 오늘 목격한 광경은 내 기억에서 평생토록
사라지지 않고 남아 있을 거야. 내가 죽는 날까지 낮에는 두 눈
에 보이고, 밤에는 꿈으로 나타나겠지. 차라리 내가 장님이었다
면 얼마나 좋았을까!"

헨든은 왕을 지켜보고 있었다. 그러면서 만족스러운 듯 혼잣
말로 이렇게 중얼거렸다.

"저 아이의 정신이 돌아오고 있는 것 같군. 확실히 달라졌어.
전보다 많이 얌전해졌거든. 옛날 같았으면 이 악당 녀석들한테
날벼락을 내렸겠지. 그러면서 왕이라고 말하면서 손가락 하나
건드리지 말고 당장 저 여자들을 풀어 주라고 호통쳤을 거야. 이
제 곧 망상에서 깨어나고 잊어버릴 것이고, 그러면 불쌍한 머리
도 다시 돌아가겠지. 그날이 어서 빨리 오면 좋으련만!"

같은 날 죄수 여럿이 하룻밤 묵기 위해 감방으로 왔다. 그들
은 저지른 죄에 대해 처벌을 받기 위해 엄중한 감시 아래 영국
이곳저곳으로 호송되고 있는 중이었다. 왕은 이들 죄수와 대화
를 나누었다. 처음부터 그는 틈나는 대로 죄수들에게 질문을 던
짐으로써 뒷날 왕으로서의 직무를 충실히 수행하기 위한 수업
을 쌓았다. 또 그들의 불행한 이야기를 듣고 몹시 마음이 아팠

다. 그중 한 사람은 머리가 모자라는 여자로, 직조공한테서 옷 감 한두 야드를 훔쳤다. 그런데 그 벌로 그녀는 교수형을 당하게 되어 있었다. 말 한 마리를 훔쳤다는 혐의를 받고 있는 사내도 있었다. 그는 증거가 없기 때문에 교수형을 당할 걱정은 하지 않아도 된다고 생각했다. 그러나 사실은 그렇지가 않았다. 그는 풀려나자마자 왕의 사유림에서 사슴 한 마리를 죽였다고 고발당했고, 그 증거나 드러났기 때문에 지금 그는 교수형을 받기 위해 처형장으로 가는 길이었다. 왕은 특히 상인 밑에서 일하던 견습생의 사연에 마음이 아팠다. 이 견습생 말로는, 어느 날 저녁에 주인한테서 도망친 매 한 마리를 발견하고는 가져도 괜찮을 줄로 생각하고 집으로 갖고 갔다. 그러나 재판관은 그 매를 훔쳤다고 주장하면서 젊은이에게 사형 선고를 내렸던 것이다.

왕은 이런 비인간적인 처사에 분개하면서 헨든에게 감옥을 부수고 나가 웨스트민스터 대성당으로 함께 도망치자고 했다. 그래야만 왕좌에 다시 올라 이 불행한 사람들한테 자비를 베풀고 그들의 목숨을 구해 줄 수 있을 것이라고 했다.

"불쌍한 것!" 헨든이 한숨을 쉬며 혼잣말로 중얼거렸다. "이 끔찍한 얘기를 듣고 또다시 병이 도진 거야……. 아, 이런 불행한 일만 아니었다면 시간이 조금 지나면 나아졌을 텐데."

이런 죄수 중에는 늙은 법관이 한 사람 있었다. 그는 다부진 얼굴에 하는 행동도 대범한 사람이었다. 삼 년 전 그는 대법관이 부당한 판결을 내린다고 비난하는 글을 썼다가 그 일로 형틀 칼에 두 귀를 잃고 관직에서 쫓겨나야 했을 뿐만 아니라, 8000파운드의 벌금형과 종신형을 추가로 선고받았다. 얼마 전 이 늙은 법관은 이와 비슷한 공격을 또다시 되풀이했다. 그러자 이번에는 그나마 남아 있던 귀 밑동마저 잘리고 5000파운드의 벌금에 인두로 두 뺨에 낙인이 찍힌 뒤 죽을 때까지 감옥에 있으라는 판결을 받았던 것이다.*

"이건 명예의 상처지." 그는 이렇게 말하고는 백발 머리카락을 뒤로 쓸어 넘기고 한때 귀가 붙어 있던 자국을 보여 주었다.

왕의 두 눈이 분노로 이글이글 불타고 있었다. 그가 말했다.

"아무도 나를 믿지 않는군요……. 그건 그대도 마찬가지일 테지요. 하지만 아무래도 좋소이다……. 앞으로 한 달 안에 나는 그대를 자유의 몸으로 풀어 주겠소. 더구나 그대에게 불명예를 안겨 주고 이 나라 영국의 이름을 욕되게 한 그 법도 이 나라의 법령집에서 싹 쓸어 낼 것이오. 세상은 지금 잘못되어 있소이다. 왕들도 가끔씩 자기가 만든 법한테서 가르침을 받고 자비심을 배우지 않으면 안 되오."

---

* 트웨인은 이 늙은 법관과 관련한 이야기를 찰스 1세의 왕정에 반대하고 영국 국교의 주교 제도에 적극적으로 반대한 청교도 윌리엄 프린(1600~1669)의 일화에서 빌려 왔다. 프린은 1637년에 두 귀가 잘리고 두 뺨에는 '선동적 비방가 (seditious libeller)'를 뜻하는 두 어휘의 머리글자인 'S'와 'L' 자 낙인이 찍히는 벌을 받았다.

28
희생

마일스는 아무 일도 하지 않고 감옥에 갇혀 지내는 신세가 너무나 지루하게 느껴졌다. 그러던 어느 날 자기 재판 순서가 돌아오자 무척 반가웠다. 만약 감옥에 계속 갇혀 있는 것만 아니라면 어떤 처벌이라도 달게 받겠다고 생각했다. 그러나 그것은 오산이었다. '건장한 부랑자'로 낙인찍히고 정처 없이 떠도는 사람인 데다가 헨든 저택의 주인에게 폭력을 행사한 죄를 범했다는 이유로 그는 두 시간 동안 형틀에 묶여 있도록 선고를 받았다. 헨든은 화가 머리끝까지 치밀어 올랐다. 고발한 사람의 형이며 헨든 가문의 명예와 재산을 물려받아야 할 합법적인 상속인이라고 주장했지만 그 주장은 일고의 가치도 없다고 오히려 비웃음을 받으며 묵살되었다.

헨든은 처벌을 받기 위해 끌려가는 도중 악에 받쳐 위협을 해 보았지만 아무런 소용이 없었다. 오히려 간수들한테 난폭하게 취급받았고, 더구나 불손하게 군다고 가끔 주먹세례를 받기도 했다.

왕은 뒤에서 떼를 지어 있는 폭도를 뚫고 지나갈 수가 없어서
자신의 좋은 친구이며 시종인 헨든과 멀리 떨어진 채 뒤쪽에서
쫓아갈 수밖에 없었다. 왕도 그런 못된 친구와 함께 어울린다는
죄로 하마터면 형틀에 묶일 뻔했다. 그러나 아직 나이가 어리다
는 점을 참작하여 훈방되었다. 마침내 군중이 행진을 멈추자 왕
은 자신이 빠져나갈 구멍이 없는지 찾으면서 군중의 바깥 가장
자리 주위를 이리저리 재빠르게 움직였다. 그러던 중 시간이 얼
마 지난 뒤 천신만고 끝에 가까스로 구멍을 찾아내기에 이르렀
다. 불쌍한 심복 부하가 야비한 군중한테서 조롱과 놀림을 받으
면서 창피한 모습으로 형틀에 묶여 있었다. 그 사람은 바로 영국
왕의 신하가 아니던가! 에드워드는 이에 앞서 판결을 낭독하는
것을 들었지만 무슨 뜻인지 절반도 이해할 수가 없었다. 자신이
받은 이 새로운 모욕을 절감하자 왕은 분노가 치미는 것을 느꼈
다. 그다음 순간 달걀 하나가 허공을 날아와 헨든의 뺨을 정통
으로 맞히자 군중이 좋아하면서 환호성을 지를 때에는 화가 머
리끝까지 치밀어 올랐다. 왕은 갑자기 사람들 틈새를 비집고 나
간 뒤 책임을 맡은 관리에게 호통을 쳤다.

"무엄하다! 이 사람은 내 시종이란 말이다! ……어서 풀어 주
지 못할까. 나로 말할 것 같으면……."

"아, 그만두소서." 헨든이 기겁을 하며 소리쳤다. "그러다간 몸
이 상하옵니다. 간수, 저 아이는 미쳤으니 신경 쓸 것 없소이다."

"내가 저 꼬마 녀석한테 신경을 쓰건 신경을 쓰지 않건 그건
네놈이 상관할 바가 아니야. 난 저 녀석한테 신경 쓸 생각이 별
로 없으니까. 하지만 저 녀석 버릇을 좀 고쳐 놓은 일엔 신경을

써야겠구나." 그는 부하한테 몸을 돌리고 말했다.

"저 바보 같은 꼬마 녀석한테 매를 한두 대 맛보게 하여 못된 버르장머리를 고쳐 놓아라."

"정신을 바짝 차리게 하려면 대여섯 대는 맞아야지!" 처형 과정을 잠시 지켜보기 위해 방금 전에 말을 타고 나타난 휴 경이 제안했다.

왕은 옴짝달싹할 수 없이 붙잡혔다. 빠져나오려고 버둥거려야겠다는 생각조차 나지 않았다. 신성한 몸에 그런 무도한 행위를 범한다는 생각을 하는 것만으로도 온몸이 빳빳하게 굳어 버렸다. 영국 역사는 이미 채찍을 맞은 왕에 대한 기록으로 더럽혀진 적이 있다.* 자신이 그런 부끄러운 과거 역사의 한 페이지

---

* 1174년에 헨리 2세는 캔터베리 대주교인 토머스 아 베킷의 무덤에서 채찍을 맞았다. 이런 행동은 베킷이 살해당하는 데 일조한 것에 대한 고행의 뜻을 담고 있었다.

를 되풀이해야 한다고 생각하니 참으로 기가 막힐 따름이었다. 왕은 궁지에 몰려 있었고, 그를 도와줄 사람은 아무도 없었다. 그 벌을 감수하든지, 아니면 잘못했다고 빌어야 할 판이었다. 참으로 어려운 상황이었다. 결국 왕은 매를 맞기로 결심했다. 매를 맞을지언정 용서를 빈다는 것은 왕으로서는 도저히 상상도 할 수 없는 일이었기 때문이다.

그러는 동안 마일스 헨든은 자기 나름대로 이런 어려운 문제를 풀어 가고 있었다.

"그 아이를 풀어 주시오. 이 양심도 없는 사람들이여, 저 아이가 저렇게 어리고 약해 빠진 게 보이지 않는단 말이오? 그 아이를 당장 풀어 주오……. 매는 내가 대신 맞을 테니까." 그가 말했다.

"저런, 기특한 생각이로군……. 또한 고맙기도 하고." 휴가 냉소적인 만족감으로 얼굴을 환하게 밝히며 말했다. "저 거지 녀석을 풀어 주고, 그 대신 이 친구한테 열두 대를 안겨 주어라……. 봐줄 것 없이 열두 대를 힘껏 갈겨야 하느니라."

왕이 막 단호하게 항의하려고 하는 순간, 휴 경이 이렇게 으름장을 놓는 바람에 그만 입을 다물고 말았다.

"그래, 얼마든지 떠들어라. 떠들어 대라고. 그래야만 네놈의 정신이 돌아올 수만 있다면 말이다……. 다만 이것 한 가지만은 알아 둬라. 네놈이 한 마디 지껄일 때마다 저놈이 여섯 대씩 더 매를 맞게 된다는 것을."

헨든은 곧 형틀에서 풀려나 등판이 훤히 벗겨졌다. 채찍을 내리치는 동안 불쌍한 어린 왕은 고개를 돌리고 왕답지 않게 두 뺨에 눈물을 줄줄 흘렸다.

"아, 이 얼마나 용기 있고 착한 마음씨인가." 왕은 혼잣말로 이렇게 중얼거렸다. "난 이 충성스러운 행동을 영원히 잊지 않을 거야. 난 결코 잊지 않겠어……. 그놈들도 절대로 잊지 않을 테다!" 왕은 격한 감정에 이렇게 덧붙였다.

왕이 그런 생각을 하고 있는 동안 헨든의 영웅적인 행동에 대한 평가는 왕의 마음속에서 시시각각으로 높아져만 갔고, 또 그럴수록 그에 대한 고마움도 커져 갔다. 이윽고 왕은 이렇게 혼잣말로 중얼거렸다.

"왕자가 다쳤을 때, 어쩌면 죽을지도 모를 위급한 상황에서 누가 그를 구해 주는가? …… 바로 그가 나를 위해 그랬지. ……누가 왕을 공손히 받들어 모시는가? 하지만 그건 대수로운 일이 아니야……. 아무것도 아니지! ……아, 그건 새 발의 피에 지나지 않는다고! ……왕자를 치욕의 늪에서 건져 준 그의 행동에 비하면 말이야!"

헨든은 그 모진 매를 맞으면서도 신음 소리 한 번 내지 않고 군인답게 꿋꿋하게 견뎌 냈다. 사내아이 대신에 매를 맞아 주는 행동도 행동이려니와 이런 꿋꿋함을 보고 심지어 그곳에 모여 있는, 버림받고 타락한 무리들도 존경을 보냈다. 야유와 조롱도 잠잠해지고 이제 들리는 소리라고는 채찍을 내리치는 소리뿐이었다. 매를 다 맞은 헨든이 다시 형틀에 묶였을 때 장내에 감도는 숙연한 분위기는 방금 전에 그곳을 지배하던 모욕적인 환호성과는 좋은 대조를 이루었다. 왕은 조용히 헨든의 옆으로 다가가 귓속말을 했다.

"착하고 위대한 영혼의 소유자여, 어떤 왕도 그대를 치하하지는 못할 것이네. 왕들보다도 더 높은 곳에 계시는 그분한테서 이미 칭찬을 받았으니 말일세. 하지만 왕은 그대의 숭고한 마음을 백성들에게 확증할 수는 있을 테지."

왕은 땅바닥에서 채찍을 집어 들더니 피가 줄줄 흐르는 헨든의 어깨를 살짝 두드리면서 이렇게 소곤거렸다.

"영국의 에드워드 왕은 그대를 백작에 봉하노라!"

그러자 헨든은 감동을 받았다. 두 눈에 눈물이 고였지만 상황이 소름 끼칠 듯이 익살스러웠기 때문에 그는 있는 힘을 다해 속에서 터져 나오는 웃음이 밖으로 드러나지 않도록 할 뿐이었다. 피투성이가 된 채 알몸으로 형틀에 묶여 있다가 갑자기 아득히 높은 곳으로 번쩍 들어 올려져 백작이라는 영광을 안게 되

었으니 이렇게 우스꽝스러운 일이 세상에 또 있을까 하는 생각
이 들었던 것이다.

 "난 이제 정말로 화려하게 변신했구나!" 그가 혼잣말로 중얼
거렸다. "'몽상과 그림자 왕국'의 유령 기사가 이제 유령 백작이
되었으니 말이야! ……아직 깃털이 나지 않은 날개로 하늘을 높
이 나니 머리가 다 아찔하군! 이런 식으로 나가다간 곧 싸구려
장식품과 가짜 훈장이 주렁주렁 매달린 오월제 기둥 꼴이 되겠
는걸. 하지만 난 비록 가치가 없을지라도 그것들을 소중하게 여
길 거야. 그것들을 준 사랑스러운 마음을 위해서 말이지. 인색하
고 이해타산적인 권력한테서 노예처럼 비굴하게 얻는 진짜 작위
보다 차라리 깨끗한 손, 맑은 영혼의 소유자한테서 공짜로 얻는
이 보잘것없는 가짜 작위가 더 낫거든."

 두려움의 대상인 휴가 말 머리를 돌려 박차를 가하며 자리를
뜨자 벽처럼 빙 둘러서 있던 사람들은 조용히 길을 터 주었다가
또다시 조용히 둘러섰다. 모두들 그런 상태로 잠자코 있었다. 감
히 죄수를 편드는 말을 하거나 그에게 찬사를 보내는 사람은 없
었다. 그러나 죄수한테 욕을 하는 사람이 없다는 사실 하나만으
로도 그 자체로 충분히 경의를 표하는 것과 다름없었다. 뒤늦게
야 나타나서 조금 전의 장면을 지켜보지 못한 구경꾼 하나가 '사
기꾼'에게 야유를 퍼붓고는 곧이어 막 혹평을 늘어놓으려고 하
자 사람들은 곧바로 주먹으로 그를 때리고 발길로 걷어찼다. 그
러고 나자 장내는 다시 한 번 숙연한 분위기를 되찾았다.

29
다시 런던으로

형틀에 묶여 있어야 하는 처형 시간을 모두 채우고 풀려나자 헨든은 이 지방을 떠나 다시는 돌아오지 말라는 명령을 받았다. 칼을 돌려받았고, 노새와 당나귀도 모두 돌려받았다. 그는 당나귀에 올라타 길을 떠났고 왕이 그 뒤를 따르자 군중들은 존경스러운 눈길로 두 사람이 지나갈 수 있도록 말없이 길을 터 주었고, 그들이 가 버리자 사람들도 뿔뿔이 흩어졌다.

헨든은 곧 생각에 몰두했다. 해결해야 할 아주 중요한 문제들이 있었기 때문이다. 앞으로 어떻게 해야 하나? 어디로 발길을 돌려야 하나? 믿고 기댈 만한 든든한 도움을 찾지 못한다면, 그는 자신의 유산을 포기해야 할 뿐만 아니라 사기꾼이라는 누명을 벗지 못한 채 살아갈 수밖에 없을 것이다. 이렇게 믿고 기댈 만한 든든한 도움을 어디서 찾기를 기대할 수 있단 말인가? 과연 어디에서? 골치 아픈 문제였다. 마침내 한 가지 그럴 듯한 생각이 떠올랐다. 물론 아주 실낱같은 가능성이기는 했지만, 달리

뾰족한 방법이 없었기 때문에 그것이라도 고려해 볼 가치는 있었다. 전에 앤드류스 영감이 새로 등극한 나이 어린 왕이 억울하고 불행한 사람들을 따뜻하고도 너그럽게 옹호해 준다고 한 말이 기억났다. 왜 그분을 찾아뵙고 억울한 사정을 아뢰려고 하지 않는가? 그래, 그게 좋겠어. 하지만 이런 거지 같은 몰골로 근엄한 왕을 뵙도록 누가 들여보내 주기나 할까? 그건 걱정할 것 없어. 어떻게 되겠지. 아직 다리에 도착하지도 않았는데 다리를 건널 걱정을 할 필요는 없는 법이지. 헨든은 노련한 군인으로 온갖 방편과 임시변통에 뛰어났다. 어떤 문제든 틀림없이 해결 방법을 찾아낼 수 있었다. 그렇다, 그는 런던으로 가기로 했다. 어쩌면 아버지의 친구분이신 험프리 말로 경이 그를 도와주는지도 모른다. 마음씨 좋은 험프리 경, 선왕의 주방인지 마구간인지를 담당하는 우두머리 시종 말이다. 마일스는 험프리 경이 어느 곳에서 어느 직책을 맡고 있는지 기억해 낼 수가 없었다. 열의를 쏟을 수 있는 구체적인 목표가 정해지자 헨든의 마음을 짓누르고 있던 굴욕감과 우울증의 안개가 말끔히 걷혔다. 그는 고개를 들어 주위를 살펴보았다. 벌써 이렇게 멀리 왔나 하고 깜짝 놀랐다. 고향 마을이 아득히 멀어져 있었다. 왕은 고개를 숙인 채 뚜벅뚜벅 헨든의 뒤를 따라오고 있었다. 왕도 나름대로 온갖 계획으로 골똘히 생각에 잠겨 있었다. 모처럼 되찾은 헨든의 상쾌한 마음에 불안의 먹구름이 끼었다. 저 아이가 비록 짧은 세월이지만 내내 구박만 받고 지긋지긋한 가난에 시달린 기억밖에 없는 런던으로 다시 가려고 할까? 어쨌든 한번 물어는 봐야지. 혼자서 마음대로 결정할 일은 아니니까. 그래서 헨든은 당나귀를 멈춰 세우고 큰 소리를 그에게 말했다.

　"지금 우리가 어디로 가야 하는지 여쭤 본다는 걸 깜빡 잊었나이다. 명령을 내려 주십시오, 폐하."

　"런던으로 가야지요!"

　헨든은 그 대답에 한편으로는 흡족하게 생각하고 다른 한편으로는 무척 놀라면서 다시 앞으로 나아갔다.

　두 사람이 런던까지 가는 동안 이렇다 할 중요한 사건은 일어나지 않았다. 그러나 막판에 가서 기억할 만한 사건 하나가 일어났다. 2월 19일 밤 10시쯤, 고함을 지르거나 함성을 터뜨리는 사람들로 다리가 북새통을 이루고 있는 가운데 두 사람은 런던교로 들어섰다. 술이 거나하게 오른 사람들의 얼굴이 온갖 모양의 횃불로부터 빛을 받아 강렬한 인상을 주었다. 바로 그 순간, 공작이나 다른 고관대작을 지낸 사람의 것으로 보이는, 썩어 문드러지고 있는 머리통 하나가 떨어져 헨든의 팔꿈치를 치고는 사람들의 어지러운 발길 사이를 나뒹굴었다. 이 세상에서 사람이 하는 일이란 이렇게 참으로 덧없고 헛된 것이 아닌가! 선왕이 사망한 지는 세 주밖에 되지 않았고, 무덤에 묻힌 지도 겨우 사흘밖에는 되지 않았다. 그런데 그가 그토록 애써 이 다리를 꾸미려고 고위층 관리들로부터 고른 이 장식품들이 지금 벌써 땅 위에 떨어지고 있는 것이다. 행인 한 사람이 땅에 뒹구는 머리통에 걸려 넘어지면서 앞서 걸어가던 사람의 등에 머리를 찧었다. 그러자 앞서 가던 사람은 홱 돌아서서 다짜고짜로 바로 곁에 있는 사람한테 주먹을 날렸다. 그러자 이번에는 얻어맞은 사람의 친구가 주먹질을 한 사람을 곧바로 때려 눕혔다. 바야흐로 난투극을 벌이기에 안성맞춤인 시간이었다. 이튿날 아침에 있을 대관식 축제 행사가 벌써부터 시작되고 있었던 것이다. 누구나 다 술기운이 오를 대로 올라 있는 데다가 다들 애국자였다. 오 분도 채 지나지 않아 그 일대에서는 한바탕 난투극이 벌어졌다. 십여 분이 지난 뒤에는 그 규모가 훨씬 커져 폭동에 가까웠다. 이때쯤 헨든과 왕은 속수무책으로 서로 헤어져 시끄럽게 몰려다니며 난리를 피워 대는 인파 속에 자취를 감추고 말았다. 여기서 일단 우리는 그들과 작별하기로 하자.

30
달라진 톰

진짜 왕이 어떤 때는 제대로 입지도 먹지도 못하고 부랑자 패거리에게 희롱과 놀림을 당하며, 또 어떤 때는 거지들과 살인자들과 함께 감옥에 갇히고, 또 모든 사람들한테 바보와 사기꾼 취급을 당하면서 방방곡곡을 떠도는 동안, 가짜 왕 톰 캔티는 이와는 아주 다른 삶을 즐기고 있었다.

우리가 톰을 마지막으로 만났을 때 왕이라는 자리가 그에게 밝은 빛을 비추기 시작하고 있었다. 그런데 이 밝은 빛은 날이 갈수록 점점 더 밝아졌다. 그리고 얼마 가지 않아 그 빛은 찬란한 햇빛이 되고 기쁨이 되다시피 했다. 그한테서 이제 공포감이 사라졌다. 불안감은 조금씩 꼬리를 감춰 버렸다. 어색한 태도도 이제 사라지고 그 대신 느긋하고 자신감 있는 행동거지가 몸에 익었다. 톰은 매 맞는 아이라는 광산을 채굴하여 자신에게 점점 더 이익이 되도록 했다.

톰은 엘리자베스 공주와 제인 그레이와 함께 놀거나 이야기

를 나누고 싶으면 그녀들을 자기 옆에 불러들였다. 또 마치 예전부터 자연스럽게 지내 온 사람처럼 싫증이 나면 그만 가 보라고 했다. 이제는 이렇게 신분이 높은 아가씨들이 자기와 헤어질 때 자기 손에 입을 맞춰도 당혹스럽지가 않았다.

시종들이 밤에 온갖 격식을 갖추어 잠자리 시중을 들어 주는 것도, 아침에 복잡하고 엄숙한 의식을 갖추어 옷을 차려입혀 주는 것도 이제는 즐거울 따름이었다. 번쩍거리는 고관대작과 의장병 들을 거느리고 식사를 하려고 행차하는 일도 가슴 뿌듯하게 느껴졌다. 이런 행차를 정말로 자랑스럽게 생각한 나머지 그는 의장병 수를 전보다 두 배인 100명으로 늘렸다. 톰은 긴 복도를 따라 울려 퍼지는 나팔 소리와 함께 그에 대한 응답으로 멀리서 들려오는 "폐하께서 납신다. 길을 비켜라!" 하는 시종의 목소리를 듣는 것을 좋아했다.

심지어 톰은 추밀원 회의에서 옥좌에 앉아 있는 것을 즐기기 시작했고, 섭정의 꼭두각시 노릇 이상을 하는 것처럼 보였다. 또 외국 사절단과 그들의 화려한 수행원을 영접하는 것을 좋아했고, 여러 나라의 이름 높은 군주들이 자기를 "형제"라고 부르며 보내는 애정 어린 안부 편지를 흐뭇한 마음으로 받았다. 아, 얼마 전까지만 해도 오펄코트에서 행복하게 나뒹굴던 톰 캔티가 아니던가!

톰은 화려한 옷을 즐겨 입어 더 많은 옷을 주문하게 했다. 왕으로서의 위신을 세우기에는 400명의 시종이 너무 적다면서 그 수를 세 배로 늘렸다. 앞에서 굽실거리고 경의를 표하며 알랑거리는 신하들의 아첨이 톰의 귀에는 달콤한 음악처럼 들렸다. 물론 따뜻하고 너그러운 성품은 조금도 변하지 않았고, 억눌리는 사람들을 옹호하는 일이라면 단호하게 두 팔을 걷어붙이고 나섰으며, 집요하게 투쟁하여 부당한 법을 뜯어고쳤다. 어쩌다 누구한테 공격을 받기라도 하면 백작이나 심지어 공작한테도 매몰차게 맞서 상대방이 몸을 벌벌 떨도록 만들기도 했다. 한번은 독한 성격을 지닌 지독한 '누이' 메리 공주가 그에게 감옥에 가두거나 교수형에 처하거나 화형에 처해야 할 사람들을 그렇게 많이 풀어 주는 것이 과연 합당한 일이냐고 따진 적이 있었다. 그러면서 선왕이 살아 계셨을 때는 감옥에 한 번에 최대 6만 명의 죄인이 갇혀 있던 적도 더러 있었고, 선왕 재위 기간 동안 모두 7만 2000명의 도둑과 강도 들이 형장의 이슬로 사라졌다고 상기시켜 주었다. 그랬더니 어린 왕은 분개하여 그녀에게 당장 방으로 물러가 가슴속에 박힌 돌멩이를 빼내고 그 대신 사람의 심장을 넣어 달라고 하느님께 간구하라고 호통을 쳤다.

그렇다면 톰 캔티는 자신한테 그토록 친절을 베풀고, 궁전 대문을 지키고 서 있던 병사의 건방진 행동을 꾸짖기 위해 불같은 마음으로 달려 나간 진짜 왕자에 대해 생각하면서 한 번도 가슴 아파한 적이 없단 말인가? 물론 그를 생각하며 가슴 아파한 적이 있었다. 궁전에 들어온 처음 얼마 동안은 낮이고 밤이고 행방불명된 왕자 생각으로 고통스러웠고, 왕자가 하루빨리 돌아와 타고난 권리와 영광을 되찾기를 진심으로 바라 마지않았다. 그러나 시간이 흘러도 왕자가 나타나지 않자 톰의 마음은 새로 맛보게 되는 황홀한 경험에 점점 몰두하게 되었다. 행방불명된 왕자에 대한 기억도 머릿속에서 점점 희미하게 사라지다시피 했다. 그러다가 마침내 아주 가끔 왕자에 대한 기억이 떠오르면 톰은 왕자를 반갑지 않은 유령처럼 여겼다. 왕자는 톰에게 죄의식과 수치심을 느끼게 했기 때문이다.

불쌍한 어머니와 누나들에 대해서도 톰은 이와 똑같은 감정을 느꼈다. 처음에는 식구들을 애타게 그리워하고 슬퍼하며 무척이나 보고 싶어 했다. 그러나 뒤에는 식구들이 어느 날 누더기 옷과 더러운 차림으로 나타나서 자기한테 입이라도 맞추면 하루아침에 갑자기 높은 왕의 자리에서 지긋지긋한 가난과 빈민굴 생활로 굴러떨어지는 신세가 될 것이라고 생각하니 온몸이 다 부들부들 떨렸다. 그래서 그런 골치 아픈 생각은 아예 하지 않기로 했다. 그러자 톰은 만족스러웠고, 심지어는 기쁘기까지 했다. 슬픔에 찌든 채 자신을 비난하는 가족들의 얼굴이 눈앞에 떠오를 때마다 자신이 땅바닥에 기어 다니는 벌레보다도 더 비열하게 느껴졌다.

2월 19일 자정, 톰 캔티는 궁전 안에서 몸종들의 시중을 받으며 화려한 장식에 둘러싸인 채 으리으리한 침대에 누워 차츰 잠에 빠져들고 있었다. 그야말로 행복한 소년이었다. 이제 날이 밝으면 영국 왕으로 성대하게 즉위하게 될 것이다. 이와 똑같은 시각에 진짜 왕인 에드워드는 허기와 갈증과 여독(旅毒)에 지치고 흙투성이로 엉망이 된 몸에 넝마같이 너덜너덜한 옷을 걸치고 있었는데, 난장판의 한복판에 있다 보니 어쩔 수 없이 차림새가 그렇게 되어 버렸던 것이다. 그는 웨스트민스터 대성당을 개미처럼 부지런히 들락거리는 일꾼들을 자못 흥미 있게 바라보는 군중 틈새에 끼어 있었다. 그 일꾼들은 왕의 대관식 준비에 마지막 박차를 가하고 있었던 것이다.

31

즉위 행렬

이튿날 아침 톰 캔티가 눈을 뜨자 우레와 같이 웅얼거리는 소리가 온 누리에 진동하고 있었다. 그 소리는 광범위한 공간에 걸쳐 사방팔방으로 가득 차 있었다. 톰한테는 그 소리가 마치 음악처럼 달콤하게 들렸다. 영국의 온 백성이 모두 밖에 나와 새로운 왕을 맞이하는 날을 환영하고 있다는 뜻이기 때문이다.

이윽고 톰은 또 한 번 템스 강 위에서 펼쳐지는 눈부신 행렬의 중심인물이 되었다. 예로부터의 관습에 따라 런던 시내를 통과하는 '즉위 행렬'은 런던탑에서 출발했다.* 그래서 지금 톰은 그곳을 향해 가고 있는 중이었다.

톰이 런던탑에 도착하자 그 유서 깊은 요새의 측면들이 갑자

---

* 대관식 전날의 행렬에 대한 설명이다. 이날 왕은 런던탑에서 출발하여 런던 시내를 지나 웨스트민스터로 향한다. 두 번째 행렬은 대관식 당일에 왕이 웨스트민스터 성당으로 들어갈 때 이뤄진다. 트웨인은 이틀 동안에 벌어지는 사건을 하루에 처리하고 있다.

기 천 군데로 갈라지는 듯했다. 갈라진 틈새 하나하나에서 시뻘건 불꽃 혓바닥과 하얀 연기의 분수가 쏟아져 나왔다. 뒤를 이어 고막을 찢는 듯한 폭발음이 들리면서 군중들의 함성을 묻어 버리고 지축을 뒤흔들어 놓았다. 불꽃과 연기와 폭발이 놀랄 만큼 빠른 속도로 잇달아 되풀이되면서 유서 깊은 탑은 자신이 뿜어낸 연기 속에 파묻혀 모습을 감추었고 '하얀 탑'*이라고 부르는 높다란 탑의 꼭대기만 겨우 눈에 띄었다. 깃발이 펄럭거리는 그 꼭대기는 마치 산봉우리가 조각구름 떼 위로 삐죽 솟아 있듯 짙은 연기 층을 뚫고 우뚝 솟아 있었다.

화려한 옷을 입은 톰 캔티는 호화로운 마구 장식이 땅에 거의 닿다시피 하는 늠름한 군마에 올라탔다. 그의 '외삼촌'이요 섭정인 서머싯 공작도 역시 늠름한 말을 타고 왕의 뒤를 따르고 있었다. 왕실 수비대는 번쩍거리는 갑옷으로 무장하고 양옆에 일렬종대로 늘어섰다. 섭정 뒤로는 저마다 시종들을 거느린 귀족들의 화려한 행렬이 끝없이 이어졌다. 그 뒤로는 런던 시장과 시 참사회단이 진홍색 벨벳 예복을 입고 가슴에 금 사슬을 두르고 뒤따랐다. 또한 런던에 있는 온갖 협동조합의 간부들과 회원들이 화려한 옷차림을 하고 자기 조합을 상징하는 화려한 깃발을 들고 그 뒤에 나타났다. 또한 이 행렬에는 런던을 통과하는 특별 경호병으로 '역사와 명예를 자랑하는 포병대'도 끼여 있었다. 그 무렵 벌써 300년의 전통을 자랑하던 이 조직은 영국에서 의회의 명령을 받지 않고 독립적으로 자위권을 행사할 수 있는 특권을 지닌 유일한 군사 기구였다.(오늘날에도 여전히 그런 특권

---

* 런던탑에서 가장 중심적인 구조물로, 1078년에 '정복 왕' 윌리엄이 건축하기 시작했다.

을 행사하고 있다.) 행렬이 참으로 볼 만한 광경으로 빽빽이 운집
한 군중들을 위풍당당하게 통과하자, 사람들은 줄을 따라 환호
성을 터뜨렸다. 이 무렵의 역사책은 이렇게 기록하고 있다.

왕이 런던 시내에 들어서자 백성들은 기도, 환영 인사, 크게
환호를 지르는 소리, 부드럽게 환영하는 소리 등 왕에게 진정한
사랑을 보여 주는 온갖 신호로 그를 맞이했다. 그러자 왕은 멀
리 서 있는 사람들한테까지 기쁨에 찬 얼굴을 들어 올리고 가까
이 서 있는 사람들에게는 아주 부드럽게 말을 겪으로써 경의를
표하는 백성들 못지않게 그들의 호의를 고맙게 받았다. 그는 자
신에게 행운을 비는 모든 백성에게 고마움을 표했다. '폐하께 하
느님의 가호가 있기를 비옵나이다!' 하고 비는 사람들한테 그는

'모두에게 하느님의 가호가 있기를!' 하고 답례를 보내고 나서 '충심에서 고마움을 표하노라.' 하고 덧붙였다. 백성들은 왕의 친절한 답례와 몸짓에 기뻐서 그야말로 어쩔 줄 몰라 했다.*

펜처치 거리에서는 '값비싼 옷차림을 한 금발 아이' 하나가 무대에 서서 런던 시로 들어오는 왕을 환영했다. 그가 환영 인사로 부르짖는 대사의 맨 마지막 구절은 다음과 같았다.

> 아, 폐하를 환영하옵니다!
> 가슴에 담을 수 있는 깊은 애정으로!
> 다시 한 번 환영하옵니다!
> 입술에 담을 수 있는 깊은 애정으로!
> 기쁨에 넘치는 입술과 움츠러들지 않을 가슴으로!
> 폐하를 환영하옵니다!
> 신의 가호가 함께 하기를,
> 만수무강하시기를 기원하옵니다!

그러자 사람들은 그 아이가 한 말을 한목소리로 반복하면서 기쁨에 넘치는 함성을 질렀다. 톰 캔티는 멀리 간절한 얼굴들로 물결치는 인파를 둘러보자 가슴이 벅차올랐다. 사람이 이 세상에 태어나서 참으로 가치가 있는 일이 한 가지 있다면, 그것은 바로 왕이 되고 한 나라의 우상이 되는 것이라는 생각이 들었다. 곧이어 톰은 오펄코트에 사는 누더기 옷을 걸친 친구 두세

* 영국의 연대사가 홀린셰드가 1559년 1월 엘리자베스 여왕의 대관식 장면을 묘사한 기록에서 인용하거나 윤색한 것이다.

명이 멀리 서 있는 모습을 힐끗 쳐다보았다. 그중 한 친구는 가짜 궁정에서 해군 총사령관 직위에 있었고, 또 다른 친구는 역시 가상의 궁정에서 침실 제1 비서관 직위에 있었다. 그들을 보자 톰의 자부심은 이제 전보다도 더 하늘을 찌를 듯했다. 아, 저 애들이 현재의 그를 알아볼 수만 있다면 얼마나 좋을까! 저 애들이 그를 알아보고 빈민굴과 뒷골목에서 놀림만 받던 가짜 왕이 이름 높은 공작과 귀족 들을 비천한 머슴처럼 부리고 영국 백성 전체를 자기 발아래 두는 진짜 왕이 되었다는 사실을 안다면 아마 까무러치겠지! 그러나 톰은 감정을 자제하고 욕망을 억제해야만 했다. 친구들이 자기를 알아보면 톰은 얻는 것보다 잃

어버리는 것이 더 많을 것이기 때문이었다. 그래서 톰은 고개를 돌리고는 지저분한 두 아이가 누구를 두고 열렬히 고함을 지르고 아첨을 떨고 있는지 까맣게 모른 채 계속 고함을 지르고 아첨을 떨도록 그냥 내버려 두었다.

이따금 "자비를 베푸소서! 자비를 베푸소서!"* 하는 고함 소리가 들렸다. 그러면 톰은 반짝거리는 새 동전을 한 움큼 집어서 사람들한테 뿌렸고, 그러면 너도나도 동전을 줍느라고 야단법석이었다. 이 무렵의 일을 역사가는 이렇게 기록하고 있다.

---

* 대관식 같은 특별 행사가 있을 때 서민들이 고관들에게 돈을 구걸하며 지르는 소리.

런던 시에서는 그레이스처치 거리 위쪽 끄트머리의 독수리 표지 앞쪽에 거대한 아치를 세워 놓았다. 그런데 그 아치 밑에는 길 한쪽에서 다른 쪽으로 쭉 이어진 무대가 마련되어 있었다. 이것은 왕의 가까운 선조들을 분장(扮裝)하여 표현하는 역사적 패전트*였다. 거대한 백장미 한중간에 요크의 엘리자베스**가 앉아 있었는데, 장미 꽃잎들이 그녀 주위를 화려하게 장식하고 있었다. 그녀 옆으로는 헨리 7세***가 똑같은 모습으로 장식한 거대한 붉은 장미에서 나오고 있었다. 왕과 왕비가 서로 단단히 깍지를 끼자 결혼반지가 과시하듯 드러나 보였다. 붉은 장미와 흰 장미에서는 줄기가 하나 뻗어 나와 두 번째 무대로 이어졌다. 그런데 이 두 번째 무대 위에는 붉고 흰 장미 한 송이에서 나온 헨리 8세가 새 왕의 어머니인 제인 시모어****의 인형 형상과 함께 자리 잡고 있었다. 이 부부한테서 가지 하나가 뻗어 세 번째 무대로 이어졌는데, 이곳에는 에드워드 6세 자신의 인형이 옥좌에 앉아 있었다. 패전트 전체가 액자처럼 붉고 흰 장미꽃 화환으로 가장자리를 장식하고 있었다.*****

* 중세 영국에서 유행하던 연극 공연 방식. 수레 무대라고도 하여, 수레 위에 연극 장치를 싣고 런던 시내 도처의 주민들에게 상연하였다.
** 에드워드 4세와 엘리자베스 우드빌 사이에서 태어난 딸로, 헨리 7세의 왕비가 되었다.
*** 리치먼드 백작 에드먼드 튜더와 마거릿 보퍼트 사이에서 태어난 아들로, 1485~1509년에 영국을 통치했다.
**** 헨리 8세의 세 번째 부인으로, 그사이에서 에드워드 6세가 태어났다.
***** 붉은 장미를 표시로 삼은 랭커스터 가문과 흰 장미를 표시로 삼은 요크 가문 사이의 왕위 쟁탈전이었던 장미전쟁(1455~1485)을 패전트로 꾸민 것이다.

이 진기하고 화려한 구경거리를 보고 사람들은 어찌나 넋을 빼앗겼는지 그들이 내지르는 함성에 왕의 가계(家系)를 시로 읊어 찬양하는 어린아이의 조그마한 목소리가 완전히 파묻혀 버렸다. 그러나 톰 캔티는 불만스럽지 않았다. 그 수준을 따지기에 앞서 톰의 귀에는 충성을 다짐하는 이 함성이 그 어떤 시보다도 달콤한 음악처럼 들렸기 때문이다. 톰이 환희에 찬 어린 얼굴을 어느 쪽으로 돌리든, 백성들은 그의 인형 형상과 살아 있는 인간인 자신의 모습이 똑같다는 것을 깨닫고는 새로운 박수갈채를 보냈다.

거대한 행렬은 계속해서 하나의 개선문 아래를 지나 또 다른 개선문 아래로, 앞으로 또 앞으로 나아갔다. 어리둥절할 정도로 잇달아 나타나는 장대한 극적 장면을 지나갔는데, 그 장면 하나하나마다 어린 왕의 덕성이나 재주, 공훈 등을 상징적으로 웅장하게 보여 주었다. 이 무렵의 역사 기록에 따르면 "칩사이드 거리 전체를 지날 때에는 옥상마다 창문마다 깃발과 장식 리본을 내걸어 놓았다. 또 가장 화려한 카펫과 옷감, 금실을 짜 넣은 천들이 길거리를 수놓았다. 그것들은 물건이 가득 쌓인 점포에서 내건 견본이었다. 칩사이드 거리의 화려함은 어느 거리와 비교해 보아도 전혀 손색이 없었으며, 오히려 어떤 점에서는 그 모두를 능가했다."

"이 모든 장관과 이 모든 경이가 오직 나를 환영하기 위한 것이구나……. 바로 나를 위해 말이야!" 톰 캔티가 중얼거렸다.

가짜 왕은 흥분하여 두 뺨이 상기되었고 눈에서는 광채가 났다. 온갖 감각이 이루 말할 수 없는 환희로 부풀어 올랐다. 바로 그때 동전을 뿌리기 위해 또다시 한 손을 쳐드는 순간 길가에

늘어선 군중들의 두 번째 줄에서 놀라움에 질린 파리한 얼굴 하나가 목을 길게 빼고 자기를 뚫어지게 바라보고 있었다. 톰은 갑자기 역겨워지며 가슴이 철렁 내려앉는 것을 느꼈다. 자신의 어머니를 알아보았던 것이다! 그래서 얼른 손을 들어 손바닥을 바깥으로 향한 채 두 눈을 가렸다. 잊힌 하나의 사건 때문에 생긴 무의식적인 오랜 몸짓으로 이제는 습관처럼 굳어져 버렸던 것이다! 다음 순간 그 여자는 사람들 틈에서 빠져나오더니 수비병들을 밀어내고 톰의 옆으로 다가왔다. 그녀는 톰의 다리를 부둥켜안더니 다리에 계속 입을 맞추면서 울부짖었다.

"아, 내 새끼, 내 귀여운 새끼!"

그러면서 그녀는 기쁨과 사랑의 감정으로 가득 찬 얼굴을 들어 톰을 올려다보았다. 그 순간 수비대의 한 장교가 욕설을 퍼부으면서 그녀를 낚아채더니 억센 팔뚝 힘으로 그녀를 원래 있던 자리로 밀어 넣었다. 그러자 그녀는 비틀거리며 제자리로 돌아갔다.

"나는 당신을 모르오, 부인!"

이런 서글픈 광경이 일어났을 때 톰의 입에서 이런 말이 튀어나왔다. 그러나 그런 취급을 받는 그녀의 모습을 보고 그는 가슴이 비수에 찔린 듯 무척이나 아팠다. 인파에 휩쓸려 시야에서 사라지는 동안 고개를 돌려 마지막으로 그를 힐끗 쳐다보는 그녀는 너무 상처 받고 가슴이 찢긴 듯 보였다. 그런 모습을 바라보며 톰은 부끄러움을 느꼈고, 그러자 자부심은 잿더미로 바뀌었고 훔쳐서 얻은 왕의 자리도 그 빛을 잃어버리고 말았다. 그의 호화로운 옷과 장식이 갑자기 부질없는 것이 되어 버렸다. 썩은 넝마 조각처럼 그의 몸에서 떨어져 나가는 듯했다.

화려함이 점차 도를 더해 가고 환영의 열기도 갈수록 뜨거워지면서 행렬은 여전히 쉬지 않고 앞으로 또 앞으로 나아갔다. 그러나 톰 캔티에게는 이제 그런 것들이 방금 전과 같지 않았다. 그의 눈과 귀에는 아무것도 보이지 않았고 아무것도 들리지 않았다. 왕이라는 사실이 우아하지도 가슴 뿌듯하지도 않았으며, 자신의 화려한 겉치레가 오히려 치욕처럼 느껴졌다. 그는 양심의 가책으로 마음이 괴로웠다. 그래서 그는 이렇게 혼잣말로 중얼거렸다.

"아, 이 속박에서 풀려날 수 있다면 얼마나 좋을까!"

톰은 궁전에 들어와 처음 며칠 동안 억지로 왕자가 되었을 때 하던 말을 무의식중에 다시 내뱉었다.

눈부신 패전트는 여전히 런던 시민들의 환호성을 받으며 유서 깊은 런던의 구불구불한 길을 따라 비늘을 반짝거리며 끝없이 기어가는 뱀처럼 그렇게 계속 앞으로 나아갔다. 그러나 왕은 고개를 푹 숙인 채 멍한 시선으로 앞으로 나아갔고, 오직 어머니의 얼굴과 그 상처 받은 표정만이 눈앞에 어른거릴 뿐이었다.

"자비를 베푸소서! 자비를!" 사람들이 소리를 질렀지만 톰의 귀에는 들리지 않았다.

"영국 왕 에드워드 만세!"

지축을 뒤흔들 듯한 요란한 함성이 터져 나왔지만 가짜 왕은 아무런 반응을 하지 않았다. 톰의 귀에는 지금 그 소리가 마치 아주 멀리서 들려오는 파도 소리처럼 아련히 들릴 뿐이었다. 그보다 한층 가까이에서 들리는 또 다른 소리, 즉 자기 가슴속에서 양심을 질타하는 소리에 그 소리가 묻혀 버렸기 때문이다. 그 소리는 계속하여 그 수치스러운 말을 끊임없이 되풀이하고 있었다.

"나는 당신을 모르오, 부인!"

지금 왕의 영혼을 내리치는 소리는 마치 한 친구가 다른 친구를 남몰래 배신하여 고통을 안겨 준 뒤, 그가 죽자 그의 장례식에 참석하여 조종(弔鐘) 소리를 듣고 괴로워하는 것과 같다고나 할까.

길모퉁이를 돌아갈 때마다 새로운 장관이 펼쳐졌다. 새로운 경이, 새로운 기적이 갑자기 눈앞에 전개되었다. 때가 오기만을

기다리고 있던 축포가 일제히 포문을 열었다. 기다리고 있던 군
중의 목구멍에서는 새로운 환희의 함성이 터져 나왔다. 그러나
왕은 아무런 반응을 보이지 않았다. 지금 그가 듣고 있는 소리
라고는 오직 쓸쓸한 가슴속에서 신음을 내고 있는 양심의 소리
뿐이었다.

한없이 밝았던 군주의 얼굴에도 이윽고 조금 변화가 일어났
다. 걱정이라고 할까 불안이라고 할까 그런 빛이 감돌기 시작했
다. 환영의 함성도 눈에 띄게 그 소리가 작아졌다. 섭정은 이상
한 분위기를 곧바로 눈치챘다. 그리고 그 원인도 곧바로 알아차
렸다. 그는 왕 옆으로 박차를 가해 말을 몰고 가서 말의 안장에
서 모자를 벗은 뒤 허리를 숙이고 이렇게 말했다.

"폐하! 지금은 공상의 나래를 펼치실 때가 아니옵니다! 백성
들이 지금 폐하께서 머리를 숙이시고 기운 없어 하시는 모습을

보고 있습니다. 그러면 백성들은 불길한 예감에 빠집니다! 부디 통촉하시옵소서. 태양 같은 왕의 기개를 펼쳐 보이시어 그 찬란한 햇빛을 불길한 안개에 비춰 그것을 걷어 주소서. 얼굴을 쳐들고 백성들에게 웃음을 띠시옵소서!"

그렇게 말하고 나서 공작은 동전을 한 움큼 좌우로 흩뿌린 뒤 자기 자리로 돌아갔다. 가짜 왕은 섭정이 시키는 것을 기계적으로 했다. 물론 그의 웃음에는 아무런 감정이 담겨 있지 않았지만 가까이에서 왕의 얼굴을 자세히 볼 수 있는 사람이나 또 가까이 있었다고 하더라도 그런 것까지 알아차릴 만큼 날카로운 눈을 가진 사람은 거의 없었다. 백성들의 환호에 답하면서 깃털로 장식한 머리를 끄덕이는 왕의 모습에는 위엄과 자비가 흘러 넘쳤다. 그는 왕답게 아낌없이 동전을 듬뿍 집어 뿌렸다. 그러자 백성들의 불안도 사라지고 전과 꼭 마찬가지로 크게 다시 환호성을 지르기 시작했다.

그러나 다시 한 번 행렬이 종착지에 도달하기 조금 전 공작은 왕의 곁으로 달려와 충고를 하지 않으면 안 되었다. 그는 왕에게 이렇게 속삭였다.

"오, 폐하, 부디 그 울적한 기분을 거두시옵소서! ……온 세상 사람의 눈이 지금 폐하께 쏠려 있사옵니다!" 그러고 나서 그는 몹시 짜증이 나는 듯 덧붙여 말했다. "그 빌어먹을 미친 거지년 때문이로고! ……그 여자 때문에 폐하의 심기가 불편하신 것이옵니다."

화려하게 옷을 차려 입은 왕은 생기를 잃은 눈으로 공작을 바라보며 무기력한 목소리로 말했다.

"그 여자는 내 어머니였다네!"

"맙소사!" 섭정은 말을 몰고 다시 자기 자리로 돌아가면서 신음 소리를 냈다. "불길한 예감이 드는군. 폐하께서 또다시 미치신 거야!"

32
대관식 날

몇 시간 전으로 되돌아가, 길이 기억될 이 대관식 날 새벽 4시의 웨스트민스터 성당에 앉아 있기로 하자. 그런데 우리한테는 우리와 함께 있는 일행이 없지 않다. 아직 밤인데도 벌써 사람들이 횃불을 밝힌 위층 좌석을 가득 메우고 있는 모습이 보인다. 대관식이 시작되려면 일고여덟 시간을 기다려야 하지만 평생에 한 번 볼까 말까 한 광경인 왕의 행차를 구경하기 위해 사람들은 기꺼이 기다리고 앉아 있다. 정말로 그렇다. 새벽 3시에 예비 축포가 울려 퍼진 이후로 확실히 런던과 웨스트민스터는 들썩거리고 있다. 작위는 없지만 2층 관람석에서 자리를 찾을 수 있는 권리를 산 부자들은 벌써 떼를 지어 자신들을 위해 마련된 입구로 들어가고 있다.

시간은 자못 지루하게 느릿느릿 흘러간다. 위층 좌석마다 사람들이 벌써 오래전에 자리를 차지하고 앉아 있었기 때문에 소란도 모두 가라앉았다. 이제 우리도 자리에 앉아 한가한 틈을 타 주위를 돌아보고 생각해 보기로 하자. 대성당의 어슴푸레한 미광(微光)을 통해 여기저기 사람들로 가득 찬 많은 위층 좌석과 발코니 부분을 힐끗 쳐다볼 수 있다. 위층 좌석과 발코니의 다른 부분은 기둥과 불쑥 튀어나온 건축 구조물이 시야를 가로막아 보이지 않는다. 어쨌든 그곳에는 빈자리가 하나도 없다. 널찍한 북쪽 날개 부분 전체가 눈에 훤히 들어온다. 그곳은 영국의 특권층들을 기다리며 텅 비어 있다. 또한 값비싼 양탄자가 깔려 있고 그 위에 옥좌가 마련되어 있는 널찍한 단상이 눈에 들어온다. 단상 한복판에 놓여 있는 옥좌는 계단 네 개를 밟고 올라가는 곳에 위치해 있다. 옥좌 안에는 '스콘석(石)'*이라고 불리는 납작하고 거친 돌 하나가 방석처럼 놓여 있다. 이 돌은 스코틀랜드 왕들이 대관식 때 걸터앉던 돌이었는데, 뒷날 영국 왕들도 이와 비슷한 용도로 이것을 사용할 만큼 성스러운 물건이 되었다. 옥좌와 발판은 모두 금실로 짠 천으로 뒤덮여 있다.

주위가 조용하고 햇불이 나른하게 깜박거리는 가운데 시간이 느리게 흘러간다. 그러나 얼마 뒤 마침내 느림보 햇살이 기지개를 켜자 햇불이 꺼지고 부드러운 햇발이 성당의 드넓은 공간을 뒤덮는다. 이 장엄한 건물의 구석구석이 이제 또렷하게 보이지만 구름이 조금 끼어 해를 가리고 있기 때문에 어딘가 부드럽고 꿈결처럼 몽롱해 보인다.

아침 7시가 되면서 이런 나른하고 단조로운 분위기가 처음

---

* 흔히 '운명의 돌'이라고 하는 이 돌은 스코틀랜드 왕이 즉위할 때 사용했다. 1296년에 에드워드 1세가 영국으로 가지고 와 웨스트민스터 사원에서 거행하는 대관식에서 사용하기 시작했다. 영국은 1996년에 이 돌을 스코틀랜드에 돌려주었다.

으로 깨어진다. 7시를 알리는 종소리가 들리자, 솔로몬*처럼 찬란하게 옷을 차려 입은 귀부인 한 사람이 맨 먼저 건물 날개 부분에서 들어선다. 그러자 공단과 벨벳으로 된 제복 차림의 관리가 귀부인을 지정석에 안내하고, 그와 똑같은 차림을 한 또 다른 관리가 그 부인의 기다란 옷자락을 들고 뒤를 따라가 부인이 자리에 앉자 옷자락을 부인의 무릎 위에 얹어 준다. 그러고 나서 귀부인이 원하는 곳에 발판을 놓아 준 뒤에, 귀족들이 장식용 머리 관을 동시에 얹어야 할 시간이 올 때 편리하게 얹을 수 있도록 가까운 자리에 그것을 둔다.

이즈음 화려한 옷을 입은 귀부인들이 물결치듯 흔들리며 입장하고 있다. 우단 옷을 입은 관리들은 사방으로 번쩍거리며 돌아다니면서 부인들을 자리로 안내하고 편히 모신다. 이제 성당에는 꽤 활기가 감돌고 있다. 뭔가 살아서 꿈틀거리는 것만 같고, 어디를 보아도 이 빛깔에서 저 빛깔로 다양한 색채의 향연이 펼쳐진다. 시간이 얼마 지난 뒤 다시 침묵이 감돈다. 귀부인들이 모두 참석하여 자리를 잡고 앉아 있다. 다양한 색깔로 눈이 부신 드넓은 인간의 꽃밭이거나 그와 비슷한 모습과 같다고나 할까. 또한 은하수처럼 다이아몬드가 박혀 있는 곳이라고나 할까. 나이도 천차만별이었다. 갈색 피부에 백발이 성성하고 얼굴이 쪼글쪼글한 귀부인들은 시간의 강물을 한참 거꾸로 거슬러 올라가 리처드 3세**가 왕위에 오르던 날과 지금은 잊힌 그 어

---

* 기원전 10세기 이스라엘의 현왕(賢王).
** 리처드 3세는 형 에드워드 4세가 사망하자 나이 어린 에드워드 5세를 그의 동생과 함께 런던탑에 감금하고 끝내 살해했다. 1483년에 왕위를 찬탈한 리처드 3세는 보즈워스 평야 전투에서 패배해 사망했다.

려웠던 시절을 떠올릴 수 있다. 풍채가 좋은 중년 부인들이 있는 가 하면, 아름다우면서도 우아함을 자랑하는 젊은 기혼 부인들도 있다. 그런가 하면 빛을 내뿜는 눈망울에 신선한 피부를 가진 상냥하고 아리따운 젊은 아가씨들도 있다. 그런데 이 앳된 아가씨들이 나중에 그 엄숙한 시간이 올 때 보석이 박힌 작은 관을 어쩌면 어색하게 쓰는지 모른다. 이런 일은 그들로서는 처음 해 보는 일이고 흥분한 나머지 일을 그르칠 것이기 때문이다. 그러나 이 아가씨들은 신호가 떨어지면 곧바로 관을 머리에 잘 얹을 수 있도록 특별히 정성들여 머리를 매만져 놓았기 때문에 아마 이런 일은 일어나지 않을 것이다.

우리가 지금까지 본 대로 이렇게 한 덩어리가 되어 앉아 있는 귀부인들은 마치 다이아몬드로 수놓은 듯 아름답다. 또한 그 모습은 참으로 볼 만한 광경이다. 그러나 정작 깜짝 놀랄 만한 광경은 그 뒤에 펼쳐지게 된다. 9시쯤 되자 갑자기 구름이 걷히고 한 줄기 햇살이 나른한 분위기를 깨뜨리면서 부인들의 줄을 따라 천천히 움직인다. 그러자 한 줄, 또 한 줄, 햇살은 불꽃을 건드려서 현란한 색깔로 활활 타오르게 만든다. 기가 막히게 아름다운 그 장면을 보고 사람들이 어찌 온몸에 손끝이 짜릿할 정도로 전율을 느끼지 않을 수 있으랴! 드디어 동방의 먼 나라에서 온 특별 사절단이 한 무리의 외국 대사들과 함께 걸어 나와 막대처럼 길게 비치는 햇빛을 가로질러 나간다. 그 외국 사절 주변에 흐르고 번쩍이고 요동치는 영광스러운 분위기가 보는 사람들을 너무나 압도하기 때문에 우리는 숨을 죽이고 있다. 머리끝에서 발끝까지 주렁주렁 보석을 매달고 있어 몸을 조금만 움직여도 그의 주위 사방팔방으로 소나기처럼 찬란한 빛이 뿜어져 나온다.

편의를 위해 이제 현재에서 과거로 시제를 바꾸어 적기로 하자. 한 시간, 두 시간, 또 두 시간하고도 삼십 분이 흘러갔다. 왕과 그의 장대한 행렬이 마침내 도착했다는 것을 알려주는 우렁찬 축포 소리가 울려 퍼졌다. 그러자 기다리고 있던 군중들은 환호성을 터뜨렸다. 엄숙한 의식을 거행하려면 왕이 다시 옷을 입고 준비를 해야 하기 때문에 좀 더 기다려야 한다는 사실을 다들 알고 있었다. 그러나 화려한 복장을 한 왕국의 귀족들이 모여드는 모습을 보면서 그 정도의 지루함은 기쁜 마음으로 달랠 수 있었다. 귀족들은 정중하게 자기 자리로 안내를 받았고, 작은 장식 관도 편리하게 사용할 수 있도록 적당한 위치에 놓았다. 한편, 위층 좌석을 메운 군중들은 부쩍 호기심이 일었다. 그도 그럴 것이 대부분의 사람들은 지난 500년 동안 역사로만 전해 오던 공작, 백작, 남작의 실물을 처음 바라보고 있었기 때문이다. 마침내 귀족들이 모두 자리에 앉자 위층 관람석과 모든 유리한 장소에서 바라볼 만한 광경은 모두 바라본 셈이었다. 보는 사람의 뇌리에서 쉽게 사라지지 않을 참으로 인상적인 장면이었다.

이제 예복을 입고 주교관(主敎冠)을 쓴 교회의 고위 성직자들과 그들의 수행원들이 줄지어 단상 위로 올라가 지정된 자리에 앉았다. 그 뒤로 섭정과 다른 고위 관리들이 모습을 드러냈고, 그 뒤를 이어 갑옷으로 무장한 수비대가 들어왔다.

잠깐 동안 뭔가 기다리는 듯한 침묵이 흘렀다. 그러더니 신호와 함께 우렁찬 나팔 소리가 터져 나오면서 금실 천으로 만든 기다란 예복을 입은 톰 캔티가 문에 나타나서 단상으로 걸어 올라갔다. 다들 자리에서 일어섰고, 왕을 승인하는 예식이 뒤이어 거행되었다.

그런 뒤 거룩한 송가가 풍성한 선율을 펼치면서 성당 안에 울려 퍼졌다. 이렇게 입장을 알리고 대대적인 환영을 받으면서 톰 캔티는 왕좌로 안내되었다. 방청객들이 바라보는 동안 유서 깊은 의식이 아주 엄숙하게 거행되었다. 그 의식들이 막바지를 향해 치달으면 치달을수록 톰 캔티의 얼굴이 점점 창백해졌다. 또한 깊어 가는 비애와 무력감이 끝없이 그의 정신을 짓누르고 후회로 얼룩진 가슴을 짓눌렀다.

마침내 맨 마지막 의식이 다가왔다. 캔터베리 대주교가 방석 위에 놓여 있던 영국의 왕관을 집어 들어 몸을 떨고 있는 가짜 왕의 머리 위로 들어 올렸다.* 바로 그 순간, 널찍한 건물 날개에서 무지갯빛 광채가 번쩍거렸다. 한데 모여 있는 귀족 한 사람 한 사람이 일제히 작은 관을 들어 올리더니 머리 위에서 그대로 평형을 유지하고 있었다. 그리고 그런 자세로 가만히 있었다.

그러자 성당 안은 쥐죽은 듯 고요해졌다. 이런 감동적인 순간에 유령 하나가 사람들을 깜짝 놀라게 하면서 난데없이 이 장면에 나타났다. 그런데 대관식 장면에 넋을 빼앗기고 있던 군중들은 이 유령이 갑자기 나타나 커다란 중앙 복도를 따라 걸어 올라갈 때에야 비로소 그를 지켜보았다. 모자도 쓰지 않고 다 떨어진 신발을 신고 넝마가 되고 있는 조잡한 평민 옷을 걸친 사내아이였다. 그 아이는 땟국에 전 초라한 몰골과는 어울리지 않게 엄숙한 태도로 한 손을 들면서 이런 경고의 말을 던졌다.

---

* 캔터베리 대주교는 영국 교회의 정신적 지도자로서 대관식 같은 국가 의식을 집전한다.

"왕의 자격을 박탈당한 그자의 머리에 영국의 왕관을 얹는 것을 금하노라. 왕은 바로 나란 말이다!"

그 순간 분개한 사람 몇 명이 손으로 그 아이를 잡았다. 그러나 그와 똑같은 순간 왕 옷을 입은 톰 캔티가 재빨리 앞으로 나서서 낭랑한 목소리로 고함을 질렀다.

"그 손을 놓아라! 그분은 왕이시다!"

그러자 장내에 있던 사람들은 공포와 다를 바 없는 경악에 휩싸였다. 사람들이 자리에서 엉거주춤 일어나 어리둥절한 표정으로 서로를 쳐다보거나 이 장면의 장본인들을 바라보았다. 자신들의 정신이 말짱하게 깨어 있는지, 아니면 아직도 꿈속을 헤매고 있는지 잘 모르겠다는 표정이었다. 섭정도 다른 사람들처럼 마찬가지로 놀랐지만 재빨리 냉정을 되찾고 위엄 있는 목소리로 호통을 쳤다.

"폐하께서 하신 말씀을 귀담아 듣지 마라. 폐하의 병환이 다시 도지셨으니까……. 저 부랑아를 빨리 붙잡아라!"

섭정의 명령을 실행에 옮기려는 순간, 가짜 왕이 발을 쿵쿵 구르면서 언성을 높였다.

"목숨이 아깝지 않거든 마음대로 하시오! 저분을 건드리면 안 되오. 저분은 왕이시란 말이오!"

수비병들이 손을 멈칫했다. 성당 전체가 마비된 것 같았다. 어느 한 사람 움직이지 않았고, 어느 한 사람 입을 열지 않았다. 그렇게 어처구니없고 놀라운 상황에서는 어떻게 행동해야 할지, 무슨 말을 해야 할지 정말로 아무도 알 수 없었다. 다들 어지러운 머리를 바로잡으려고 애쓰고 있는 동안, 사내아이는 조금도 흔들리지 않고 당당하고 자신 있는 태도로 앞으로 걸어 나갔다.

처음부터 한 번도 멈추는 법이 없었다. 혼란에 빠진 사람들이 아직도 속수무책으로 허우적거리고 있는 동안 사내아이는 단상으로 올라갔다. 가짜 왕은 얼른 달려가 반색을 하며 그를 맞이했다. 그러더니 그 앞에 두 무릎을 꿇고서 이렇게 말했다.

"오, 폐하, 이 미천한 톰 캔티가 가장 먼저 폐하께 충성을 맹세하고 '폐하의 왕관을 쓰시고 다시 폐하의 자리인 옥좌에 오르시옵소서.' 하고 아뢰게 해 주십시오!"

섭정은 험악한 눈으로 난데없이 등장한 사내아이의 얼굴을 쏘아보았다. 그러나 험악한 빛은 금방 사라지고 그 대신 이상히 여기며 놀라는 듯한 표정으로 바뀌었다. 이렇게 놀라는 것은 다른 고관들도 마찬가지였다. 그들은 서로의 얼굴을 쳐다보며 마치 약속이나 한 듯 무의식적 충동에 따라 뒷걸음을 쳤다. 각자의 마음속에 들어 있는 생각은 똑같았다.

'참으로 묘하게 닮았군!'

섭정은 난감한 표정으로 잠깐 동안 생각에 잠겨 있다가 마침내 엄숙하고도 공손하게 입을 열었다.

"괜찮다면 몇 가지 질문을 드리고 싶은데……."

"질문하면 내 대답하리다."

공작은 사내아이에게 궁정이며 돌아가신 왕이며 왕자며 공주들에 관해 많은 것을 물어보았다. 그러자 사내아이는 조금도 망설이지 않고 정확하게 답변을 했다. 왕궁에 있는 호화로운 방들이라든지, 돌아가신 왕이 쓰시던 방들이라든지, 왕세자가 쓰던 방들을 정확하게 묘사했다.

참으로 이상하고도 희한한 일이야. 그래, 정말로 도저히 설명할 수 없는 일이군. 그의 대답을 들은 사람들은 하나같이 이렇게 말하는 것이었다. 그러자 형세가 조금씩 바뀌기 시작했다. 톰 캔티의 희망도 점점 커져만 가고 있을 때 섭정이 고개를 흔들며 이렇게 말했다.

"아주 놀라운 사실이라는 건 인정하네……. 하지만 폐하께서도 그 정도는 알고 계시거든."

이 말과 자기를 아직도 왕으로 언급한다는 사실 때문에 톰 캔티는 우울해졌다. 그의 희망이 점차 맥없이 무너져 내리는 것을 느꼈다. 섭정이 이렇게 덧붙여 말했다.

"이건 증거가 될 수 없어."

그러자 형세는 빠르게, 정말로 아주 빠르게 뒤바뀌고 있었다. 그러나 톰에게 불리한 쪽으로 바뀌고 있었던 것이다. 불쌍한 톰을 다시 옥좌에 걸터앉히고, 불청객 거지 아이를 멀찍이 몰아내는 쪽으로 말이다. 섭정은 혼자서 곰곰이 생각에 잠겨 있더니 고개를 흔들었다. 바로 그때 이런 생각이 불쑥 떠올랐다.

'이렇게 치명적인 수수께끼를 받아들인다는 건 나라와 우리 모두에게 위험해. 잘못하다가는 나라가 두 동강이 나고 왕조가 무너지게 되는지도 몰라.'

섭정은 고개를 돌리며 이렇게 말했다.

"토머스 경, 이 아이를 체포하게……. 아니, 잠깐!"

섭정의 얼굴이 갑자기 환해지더니 누더기 옷을 걸친 아이에게 이런 질문을 던졌다.

"국새(國璽)가 어디에 있는가? 이 질문에 옳게 대답하여라. 그러면 수수께끼가 풀릴 테니까. 왜냐하면 오직 왕세자만이 그 질문에 대답할 수 있으니까 말이야! 그렇게 하찮은 일에 왕위와 왕조의 운명이 달려 있다니!"

그 생각은 기발하고도 적절했다. 다른 고위 관리들이 만족스러운 시선을 서로 주고받음으로써 말없이 박수갈채를 보내고 있는 것으로 보아 그들도 그렇게 생각하고 있음을 알 수 있었다. 그렇다, 진짜 왕자가 아니고서는 그 어느 누구도 사라진 국새의 비밀을 도저히 풀 수 없을 것이다. 이 버림받은 꼬마 사기꾼이 녀석이 누구한테 주워들은 정보로 지금까지 왕실에 대해서 아는 척했을는지 모르지만 이 문제에서는 성공할 수 없을 것이다. 저 녀석에게 정보를 준 그 친구 자신도 그 질문에 답할 수 없기 때문이다. 아, 얼마나 기발한 생각인가! 이제 조금만 있으면 이 골치 아프고 위험천만한 문제를 거뜬히 해결할 수 있을 것이 아닌가! 그래서 다들 흐뭇하게 생각하며 보이지 않게 고개를 끄덕이고 속으로 미소를 지었다. 그러면서 이 바보 같은 거지 녀석이 양심의 가책을 느끼고 당황해서 어쩔 줄 모르는 모습을 보게 되기를 다들 기대하고 있었다. 그렇지만 막상 이런 일이 일어나지 않자 사람들은 얼마나 놀랐는지, 그 아이가 자신만만하고 주눅이 들지 않는 목소리로 곧바로 이렇게 대꾸하자 또 얼마나 당황했는지 모른다.

"수수께끼치고는 누워 떡먹기인걸."

그러고 나서 그 아이는 누구한테 허락을 받는 법도 없이 몸을 획 돌리더니 마치 이런 명령을 내리는 일에 익숙한 듯 능란한 태도로 이렇게 명령했다.

"세인트 존 경, 궁전 안에 있는 내 사실(私室)에 가 보도록 하시오……. 경보다 그 방을 잘 알고 있는 사람은 없을 테니 말이오……. 곁방으로 통하는 문에서 가장 멀리 떨어진 모퉁이 방 바닥 가까이 벽에 보면 놋쇠 못대가리가 하나 있을 거요. 그것을 누르면 경도 모르고 있는 작은 보석장이 획 하고 열릴 것이오……. 경이 알 리가 없지. 이 세상에서 그것을 알고 있는 사람이라곤 나와 나를 위해 특별히 그것을 만들어 준 믿을 만한 장인(匠人)밖에는 없으니까. 그 장 안에서 맨 먼저 눈에 띄는 게 국새일 거요……. 그것을 가져오시오."

그러자 아이의 말에 모두 어안이 벙벙했다. 더구나 거지 아이가 망설이거나 실수를 할는지 모른다는 두려움도 없이 이 귀족을 지목하고 아주 오래전부터 잘 아는 사이처럼 확신에 찬 태도로 이름을 부르는 데는 놀라지 않을 수가 없었다. 기습당한 세인트 존 경은 막 그 명령을 따르려고 했다. 궁전에 가려는 듯 발걸음을 움직였지만 재빨리 이성을 되찾고 자신의 실수를 깨닫고는 얼굴을 붉혔다. 그러자 톰 캔티가 그에게 몸을 돌리고 이렇게

호통을 쳤다.

"왜 꾸물거리는 거요? 폐하의 분부를 듣지 못했소? 어서 가시오!"

세인트 존 경은 허리를 크게 굽혀 절을 했다. 그런데 그 동작은 의미심장하게 신중하고도 모호했다. 즉, 두 왕 가운데 어느 한쪽에만 한 절이 아니라 두 사람의 중간쯤에 어정쩡하게 하는 절이었다. 세인트 존 경은 자리에서 물러났다.

이제 화려한 입자와 같은 관리 집단이 거의 눈에 보이지 않게 천천히, 그러나 끈질기고 한결같게 움직이기 시작했다. 마치 아주 느릿느릿 돌아가는 만화경을 들여다볼 때의 그런 움직이라고나 할까. 멋진 덩어리를 이루고 있는 하나하나의 입자가 떨어져 나와 또 하나의 덩어리로 모여드는 움직임 말이다. 지금 상황의 경우 톰 캔티 주위에 모여 있던 화려한 사람들은 점점 떨어져 나오고 그 대신 어느새 낯선 거지 아이의 주위로 다시 모여들고 있었다. 톰 캔티는 이제 거의 혼자서 서 있다시피 했다. 잠깐 동안 자못 큰 긴장감과 기대감이 감돌았다. 그러는 동안 그나마 톰 캔티 옆에 붙어 있던 겁쟁이들도 용기를 내어 하나둘씩 슬그머니 다수가 모여 있는 쪽으로 옮겨 갔다. 마침내 왕의 옷과 온갖 보석으로 치장하고 있는 톰 캔티는 이 세상에서 완전히 외톨이가 되어 동그마니 혼자 서 있게 되었다. 그렇게 청중을 사로잡으며 넓은 공간을 혼자서 차지하고 있는 모습은 가히 이채로운 모습이었다.

이제 세인트 존 경이 돌아오고 있었다. 그가 중간 복도 위쪽으로 다가오자 사람들의 호기심이 강하게 일어나면서 나지막하게 중얼거리던 대화가 잦아들고 곧이어 깊은 침묵, 숨 막힐 듯한 정적이 감돌았다. 이런 침묵과 정적 속에서 세인트 존 경의 발자국 소리만이 둔탁하게 멀리서 들리는 소리처럼 울려 퍼졌다. 그가 걸어오자 뭇 사람의 눈이 그에게 쏠렸다. 그는 단상에 도착하여 잠시 머뭇거리더니 톰 캔티에게 가서 꾸벅 절을 하고 이렇게 말했다.

"폐하, 국새는 그곳에 없나이다!"

새파랗게 겁에 질린 귀족들은 왕을 자처하고 나선 초라한 거지 아이한테서 기겁을 하고 멀어졌다. 역병에 걸린 환자에게서도 아마 이렇게 빨리 몸을 피하지는 않을 것이다. 얼마 뒤 거지

아이는 친구나 동조해 주는 사람 하나 없이 외톨이가 되어 혼자 서 있었다. 매서운 멸시와 분노의 집중 포화를 맞는 표적이 될 따름이었다. 그러자 섭정이 버럭 소리를 질렀다.

"저 거지 녀석을 당장 거리로 내쫓아 채찍질을 하며 시내를 돌아다니도록 하라……. 저런 쓰레기 같은 건달 녀석은 인정사 정 봐줄 필요가 없어!"

그러자 수비병들이 그 명령에 따르기 위해 앞으로 달려 나왔 지만 톰 캔티가 손을 들어 그들을 가로막으며 말했다.

"썩 물러서지 못할까! 저분을 건드리는 놈은 목숨이 붙어 있 지 못하리라!"

섭정은 극도로 당황했다. 그래서 세인트 존 경에게 물었다.

"잘 찾아보았는가? ……하긴 물어보나마나한 질문이지만. 참 으로 해괴한 일이야. 작고 사소한 물건이라면 없어져서 눈에 잘 띄지 않지. 또 없어졌다고 해서 이렇게 난리를 피우지도 않을 거 야. 하지만 국새처럼 그렇게 큼직한 물건이 사라졌는데 아무도 그 행방을 찾지 못하고 있으니……. 순금으로 된 큼직한 원반을……."

그러자 톰 캔티가 두 눈을 반짝이며 앞으로 달려 나와 큰 소리로 말했다.

"잠깐! 이제야 알겠소! 모양이 둥글다고 했소? ……또 두께가 두껍다고도 했고? ……또 그 위에 무슨 글씨와 무늬가 새겨져 있고? ……맞지요? 아, 그렇게들 걱정하고 호들갑을 떨어 대던 국새가 어떤 물건인지 이제야 알겠소! 그대들이 진작 나한테 어떻게 생긴 물건인지 설명해 줬더라면 벌써 세 주 전에는 찾을 수 있었을 테지요. 그게 지금 어디에 있는지 나는 잘 알고 있소. 하지만 그걸 그 자리에 처음 둔 사람은 내가 아니지요……. 맨 처음에 둔 사람은 말이오."

"하오면 그 곳에 그것을 둔 사람이 누구옵니까, 폐하?" 섭정이 물었다.

"저기 서 계신 저분이시오……. 영국의 적법한 왕이신 분 말이오. 저분께서 직접 그 물건이 있는 곳을 말씀하실 거요……. 그러면 그대들은 누구한테 들어서 안 것이 아니라 저분이 직접 알고 계신다는 사실을 믿게 될 거요. 폐하, 곰곰이 생각해 보십시오……. 기억을 잘 더듬어 보시옵소서……. 그날 폐하께서 제 누더기 옷을 걸치신 채 저를 모욕한 병사를 혼내려고 서둘러 방을 나가시기 전에 마지막으로, 맨 마지막으로 만지셨던 바로 그 물건이옵나이다."

그러자 침묵이 감돌면서 아무도 움직이거나 속삭이는 사람이 없었다. 갑자기 나타나, 고개를 숙이고 이마를 찡그리면서 머릿속에 떠도는 수많은 자질구레한 기억 중에서 잡힐 듯 말 듯한 기억 하나를 끄집어내느라 혼신의 힘을 기울이고 서 있는 거지 아이한테 모든 시선이 쏠렸다. 만약 그 기억을 떠올릴 수만 있다면 왕좌에 오를 수 있을 것이다. 그러나 만약 그 기억을 떠올릴 수 없다면 평생 동안 지금처럼 거지로 또 부랑아로 떠돌아야 할는지도 모르는 일이었다. 한순간 또 한순간, 시간이 흘러갔다. 거지 아이는 말없이 여전히 생각에 잠겨 있었지만 답을 찾아냈다는 아무런 신호도 보내지 않았다. 그러더니 마침내 한숨을 내쉬고 고개를 천천히 가로젓더니 떨리는 입술로 풀이 죽은 목소리로 말했다.

"그때 그 장면을 기억할 수 있어……. 하나도 빠뜨리지 않고 말이다……. 한데 아무리 떠올려 봐도 국새는 생각이 나지 않는구나." 거지 아이는 잠시 말을 끊었다가 고개를 쳐들고 다시 부드러우면서도 위엄 있는 목소리로 말했다. "만약 경들이 내가 이 증거를 제공하지 못한다고 해서 정녕 나한테서 적법한 왕위를 빼앗는다 해도, 난 아무런 힘이 없으니 그대들을 막을 수 없을는지 모르오. 하지만……."

"아, 그건 바보짓이옵니다. 아, 그건 미친 짓입니다, 폐하!" 겁에 질린 톰 캔티가 큰 소리로 외쳤다. "잠깐만 기다리십시오! ……생각해 보십시오! 절대로 포기하지 마시옵소서! ……아직 끝나지 않았으니까요! 절대로 그렇게 될 리가 없습니다! 제가 드리는 말씀을 잘 들으십시오……. 한 마디도 흘려듣지 마시옵소서……. 그날 아침에 일어난 사건을 하나도 빠뜨리지 않고 말씀드리겠습니다. 저희는 대화를 나누었지요……. 제 누이 낸과 베트에 대해 말씀드렸습니다……. 아, 그래요, 기억이 나시나 보군요. 또 제 할머니 얘기도 했고요……. 오펄코트의 동네 아이들이 하는 난폭한 놀이도 말씀드렸나이다……. 그래요, 폐하서는 이 일도 기억하시는군요. 좋습니다. 조금만 더 기억하시면 폐하께서는 모든 것을 다 기억하실 겁니다. 폐하께서는 제게 먹을 것과 마실 것을 주시고 왕자다운 예의로 시종들에게 물러가라고 하셨습니다. 비천한 집안에서 태어난 제가 그들 앞에서 혹 부끄러움을 느끼지나 않도록 말이지요……. 아, 그래요, 이것도 기억하시는군요."

이렇게 톰이 자세하게 주워대고 낯선 거지 아이가 알겠다는 듯이 고개를 끄덕이자 청중과 관리들은 당황하여 어찌할 줄 모르고 지켜보고 있었다. 그 이야기는 너무나도 진짜 이야기처럼 들렸지만, 도대체 어떻게 왕자와 거지 소년 사이에서 연결 고리를 찾을 수 있단 말인가! 일찍이 사람들을 그토록 당혹스럽게 하면서 호기심을 자극하고 얼빠지게 만든 일은 한 번도 없었다.

"저희는 장난삼아 서로 옷을 바꿔 입었지요, 폐하. 그러고 나서 거울 앞에 섰지요. 저희는 생김새가 너무 닮아서 마치 옷을 바꿔 입지 않은 것 같다고 말했습니다……. 그래요, 그것도 기억하시는군요. 그러다가 왕자님께서는 병사가 제 손에 입힌 상처를 보셨나이다……. 자, 보세요! 바로 여기에 그 상처가 있습니다. 손가락이 너무 뻣뻣하여 아직도 저는 이 손으로 글씨를 제대로 쓰지 못합니다. 이 상처를 보신 왕자님께선 노발대발하며 그 병사를 당장 요절내야겠다고 궁전 문으로 달려가셨사옵니다……. 바로 그때 탁자를 지나치셨고요……. 그 국새라는 물건이 그 탁자 위에 놓여 있었습니다……. 왕자님께서는 그것을 집어 들더니 마치 숨길 곳을 찾는 것처럼 주위를 열심히 돌아보셨습니다……. 그러다가 왕자님의 시선이……."

"그래, 이제 알겠어! ……하느님 감사합니다!" 왕을 자처하는,

남루한 옷을 입은 거지 아이가 무척 흥분하며 소리를 질렀다.
"세인트 존 경, 어서 가 보게……. 벽에 걸려 있는 밀라노 갑옷의
팔 부분에 국새가 들어 있으니까!"

"네, 맞습니다, 폐하! 맞사옵니다!" 톰 캔티가 소리를 질렀다.
"이제 이 나라 영국의 왕위는 폐하의 것이옵니다. 이 사실을 부
정하느니 차라리 벙어리로 태어났다고 말하는 게 더 나을 것이
오! 어서 가시오, 세인트 존 경. 신발에서 불이 나도록 어서 다녀
오시오!"

성당에 모인 사람들이 불안과 두려움과 격렬한 흥분으로 거
의 정신이 나간 채 모두 자리에서 일어났다. 단상 위에서도 단상
아래에서도 미친 듯 갑자기 웅성거리는 소리가 터져 나와 귀가
다 멍멍할 정도였다. 얼마 동안 누군가가 옆 사람의 귀에 대고
소리를 지르거나 그 사람이 옆 사람의 귀에 열심히 목청을 돋워
소리를 지르는 것을 제외하고는 아무것도 알 수 없었고, 아무런
말소리도 귀에 들어오지 않았으며, 또 아무것에도 관심을 기울
일 수 없었다. 어느새 시간이 훌쩍 흘렀다. 얼마나 흘렀는지 아
무도 알 수 없었다. 어쨌든 아무도 눈치 채지 않게 조용히 흘러
갔던 것이다. 마침내 갑자기 장내가 조용해졌고, 이와 때를 같이
하여 세인트 존 경이 단상으로 올라와 한 손에 국새를 높이 쳐
들었다. 그러자 일제히 터져 나오는 함성이 어찌 큰지 장내가 떠
나갈 듯했다!

"진짜 왕 만세!"

청중들의 함성과 요란한 악기 소리가 오 분 동안 공기를 뒤흔
들어 놓았고, 저마다 손수건을 흔들어 대는 바람에 장내가 온
통 하얗게 뒤덮였다. 그러는 동안 이제 영국에서 가장 이채(異

彩)를 띠는 인물이 된, 남루한 옷차림의 사내아이는 행복감과
자부심에 도취되어 상기된 얼굴로 널찍한 단상 한복판에 서 있
었고, 왕국의 내로라하는 신하들이 모두 그 주위에 무릎을 꿇
었다.

그러고 나서는 다들 다시 일어섰고, 톰 캔티가 큰 소리로 외
쳤다.

"오, 폐하, 이제 이 옷을 돌려받으옵소서. 그리고 폐하의 종인
소인에게 넝마 옷을 돌려주시옵소서."

그때 섭정이 버럭 소리를 질렀다.

"저 종복(從僕) 녀석의 옷을 벗겨서 런던탑에 가두어라."

그러나 새 왕, 그러니까 진짜 왕이 이렇게 말했다.

"아니 되오. 저 친구가 아니었더라면 나는 왕위를 되찾지 못했을 거요…… 아무도 저 아이를 건드려 해를 입혀선 안 되오. 또 섭정인 내 외삼촌으로 말하자면, 지금 경이 이 불쌍한 아이한테 하는 행동은 배은망덕한 짓이오. 내가 듣기로는 이 아이가 경에게 공작 작위를 주었다던데." 그러자 섭정의 얼굴이 발개졌다. "만약 이 아이가 왕이 아니었다면 경의 알량한 공작 작위가 어디에 있겠소? 내일 이 아이를 거쳐서 나에게 정식으로 승인 요청을 하시오. 그렇게 하지 않으면 경은 공작이 아니라 그저 일개 백작으로 남아야 할 거요."

이렇게 핀잔을 들은 서머싯 공작은 당장은 앞쪽에서 뒤로 조금 물러섰다. 왕은 톰에게 몸을 돌리고 부드럽게 말을 건넸다.

"얘야, 나도 어디에 숨겼는지 기억하지 못하는 일을 어떻게 네가 기억할 수 있었단 말이냐?"

"아, 폐하, 그야 어려울 게 없었사옵니다. 제가 여러 날 그것을 사용했기 때문이옵니다."

"네가 그것을 썼다고? ……그런데도 그것이 있는 곳을 설명할 수 없었단 말이냐?"

"사람들이 찾고 있는 게 그 물건인지 몰랐사옵니다. 이러저러하게 생겼다고 저한테 말해 주지 않았사옵니다, 폐하."

"그럼 그것을 어디다 썼느냐?"

그러자 톰의 얼굴이 조금씩 붉게 달아오르기 시작했다. 두 눈을 내리깔고 아무 말을 하지 않았다.

"어서 말해 보아라, 얘야. 두려워할 것 없다." 왕이 다시 말했다. "영국의 국새를 무슨 일에 사용했느냐?"

애처롭게도 톰은 당황한 나머지 잠시 더듬거리다가 이렇게 내뱉었다.

"호두 까는 데 썼사옵니다!"

사람들이 배꼽을 잡고 한바탕 웃는 바람에 불쌍한 톰은 하마터면 그 자리에 주저앉을 뻔했다. 톰 캔티가 영국 왕이 아니고 왕실에 있는 물건의 쓰임새를 잘 모른다는 사실을 아직도 의심하는 사람이 있다면, 그 사람은 톰의 이 대답으로 그런 의심을 말끔히 씻어 버릴 수 있었을 것이다.

그러는 사이에 호화로운 왕의 옷은 톰의 어깨에서 왕의 어깨로 옮겨졌다. 그래서 왕이 걸치고 있던 누더기 옷은 이제 속에 숨어 눈에 보이지 않게 되었다.

그러고 나서 중단되었던 대관식이 다시 계속되었다. 진짜 왕은 신성한 의식을 거쳐 공식적으로 왕에 추대되었고 그의 머리 위에 왕관이 씌워졌다. 그러는 동안 축포는 그 소식을 온 런던 시내에 알렸고, 런던 시민은 하나같이 세상이 떠나갈 듯 박수갈채를 보냈다.

33
왕이 된 에드워드

마일스 헨든은 이미 런던교의 아수라장 속으로 들어가기 전에도 가히 눈길을 끌 만한 모습이었다. 그러나 그곳에서 빠져나왔을 때는 더더욱 그랬다. 들어갈 때는 그나마 쥐꼬리만큼이라도 돈이 있었지만, 나올 때에는 완전히 빈털터리 신세가 되었다. 소매치기한테 마지막 한 푼까지 몽땅 털렸던 것이다.

그래도 어쨌거나 헨든은 그 사내아이를 찾아 나섰다. 군인 생활을 한지라, 마일스는 그 일을 마구잡이로 하지 않고 무엇보다도 먼저 조직적으로 계획을 세우고 난 뒤 시작했다.

마일스는 이렇게 생각했다. 그 아이가 마땅히 할 일이 무엇일까? 먼저 어디로 가려고 할까? 글쎄, 모르긴 몰라도 전에 자주 드나들던 곳으로 마땅히 발길을 옮길 테지. 정신이 온전하지 못한 사람들은 정신이 온전한 사람들과 마찬가지로 집을 잃거나 의지할 데가 없어지면 본능적으로 그렇게 하게 마련이거든. 그렇다면 그가 자주 드나들던 곳이 어디일까? 그 아이의 남루한 옷차림에다 그 아이를 아는 것 같고 심지어 아비라고까지 우겨 대던 그 악당 녀석을 보면 런던에서도 가장 가난하고 못사는 동네 중의 하나에 그 아이의 집이 있다는 것을 알 수 있었다. 그 아이를 찾는 일이 골치 아프고 시간이 오래 걸리는 일은 아닐까? 아니지, 쉽게 찾아낼 수 있고 그렇게 어렵지도 않을 거야. 그 아이를 찾을 것이 아니라, 우글우글 몰려 있는 패거리만 찾아 나서면 될 거야. 이제 조금만 있으면 크건 작건 사람들이 웅성웅성하며 모여 서 있는 한복판에서 그 아이를 찾아낼 수 있을 것이라는 확신이 들었다. 초라하기 그지없는 어중이떠중이 군중은 전처럼 왕을 자처하고 있을 그 아이를 재미있어하며 괴롭히고 못살게 굴고 있을 것이다. 그러면 마일스 헨든은 몇 녀석의 다리를 분질러 놓고 자기의 피후견인을 구출해 내어 애정 어린 말로 위로하며 기운을 북돋워 주고 그 뒤부터는 무슨 일이 있어도 서로 헤어지지 않을 참이었다.

그래서 마일스는 그 아이를 찾아 나섰다. 몇 시간 동안 군중과 패거리를 찾아 뒷골목과 지저분한 거리 들을 정처 없이 헤매고 다녔다. 군중과 패거리들은 끝없이 미어터졌지만 아이의 모습은 털 한 가닥 보이지 않았다. 마일스는 큰 충격을 받았지만 그렇다고 기가 꺾이지는 않았다. 자신이 세운 행동 계획에는 아무런 실수가 없다는 생각이 들었기 때문이다. 다만 한 가지 빗나간 계산이 있다면 이번 작전이 금방 끝나리라는 예상을 뒤엎고 장기전으로 들어간 점이었다.

마침내 날이 밝은 뒤에 마일스는 몇 킬로미터를 한참 쏘다니면서 많은 패거리를 만나 알아보았지만 남은 것이라고는 그런 대로 견딜 만한 피로와 허기, 그리고 참기 어려운 졸음뿐이었다.

아침을 먹고 싶었지만 그럴 만한 뾰족한 방법이 없었다. 밥을 달라고 구걸한다는 생각이 미처 머리에 떠오르지 않았던 것이다. 칼을 전당포에 잡힌다는 생각을 해 보았지만 그렇게 할 경우 명예심과 곧 작별을 해야 할 것이다. 남는 옷 몇 벌을 팔아 버릴 수도 있을 것이다. 정말로 그랬다. 그러나 그런 옷을 사겠다고 나서는 고객을 찾는다는 것은 질병을 사겠다고 나서는 고객을 찾는 것과 크게 다를 바 없을 것이다.

점심때가 되었는데도 마일스는 여전히 길을 헤매고 다녔다. 그러다가 이제는 왕의 행렬 꽁무니를 쫓아가는 패거리 틈에 섞여 있었다. 그 미친 아이는 틀림없이 이 행렬에 정신이 팔려 있을 것이라는 생각이 들었기 때문이다. 그래서 꼬불꼬불한 런던 길거리를 하염없이 돌아가는 행렬의 뒤를 따라 곧바로 웨스트민스터 궁전과 대성당까지 오게 되었다. 그는 성당 부근으로 몰린 군중 틈에 섞여 이리저리 한참 동안 피곤하게 떠밀려 다니다가 마침내 그곳에서 빠져나와 자신의 계획을 수정할 어떤 묘안을 찾으려고 생각에 생각을 거듭했다. 마침내 생각에서 벗어나 정신을 되찾았을 때 런던 시에서 한참 벗어나 있고 어느새 날은 어두워지고 있다는 것을 알아차렸다. 강 부근의 시골이었다. 으리으리한 귀족의 시골 저택들이 늘어선 그 지역으로 자신처럼 누추한 모습의 나그네를 반겨 줄 리 없는 그런 동네였던 것이다.

날씨는 그렇게 춥지 않았다. 그래서 마일스는 울타리 그늘에 몸을 쭉 뻗고 쉬면서 생각에 잠겼다. 곧이어 졸음이 쏟아지기 시작했다. 멀리서 희미하게 들리는 축포 소리가 귓가에 맴돌자 그는 혼잣말로 이렇게 중얼거렸다.

"새 왕이 즉위하시는구나."

그러고 나서 그는 곧바로 잠에 곯아떨어졌다. 지난 서른 시간 이상 잠시 눈을 붙이거나 쉬지 못했던 것이다. 이튿날 아침이 절반 가까이 지날 무렵에서야 비로소 그는 잠에서 깨어났다.

자리에서 일어나니 다리가 저리고 사지가 뻣뻣했으며 배가 고파 죽을 지경이었다. 강물로 얼굴을 대충 씻고 물 한두 모금으로 배를 채운 뒤 시간을 너무 많이 허비한 것에 대해 자신에게 투덜대면서 웨스트민스터를 향해 뚜벅뚜벅 걸어갔다. 배가 고파서 그런지 문득 좋은 생각 하나가 떠올랐다. 험프리 말로 경을 찾아가서 돈을 조금 빌려야겠다는 생각 말이다. 그러나 현재로서는 일단 그 정도로만 계획해 두기로 했다. 우선 그를 찾아간 뒤에 좀 더 자세한 계획을 세울 시간은 충분히 있었던 것이다.

마일스 헨든은 11시쯤 마침내 왕궁에 다다랐다. 화려한 옷차림을 한 사람들이 모두 한방향으로 움직이면서 그의 주위에 있었지만 그 또한 눈에 띄지 않을 수 없었다. 워낙 행색이 초라했기 때문이다. 혹시 마음씨 착한 사람이 있어 자기 이름을 관리 영감한테 전해 줄는지도 모른다고 기대하면서 마일스는 지나가는 사람들의 얼굴을 유심히 바라보았다. 왕궁에 직접 들어간다는 생각은 아예 엄두도 내지 못하고 있었다.

얼마 뒤 매 맞는 아이가 그 앞을 지나가다가 몸을 빙 돌려 낯선 사내를 이리저리 뜯어보더니 혼잣말로 이렇게 중얼거렸다.

"저 남자가 폐하께서 그토록 걱정하시던 바로 그 부랑자가 아니라면 내 성을 갈겠어……. 모르긴 몰라도 전에도 한 번 실수한 적이 있지만. 넝마 옷에 이르기까지 폐하께서 설명해 주신 내용과 그대로 일치하는군……. 하느님께서 두 사람을 그렇게 똑같게 창조하신다는 건, 쓸데없는 반복으로 오히려 기적을 값싸게 만드는 일이거든. 그건 그렇고 어디 한번 말이나 붙여 볼 구실을 찾아봐야지."

마일스 헨든이 그에게 그런 수고를 덜어 주었다. 누군가가 한 사람을 뒤쪽에서 뚫어져라 쳐다봄으로써 최면을 걸 때 최면에 걸린 사람이 흔히 그러하듯이 마일스는 뒤를 돌아보았다. 소년의 눈에서 강하게 호기심이 일어나는 것을 보면서 마일스는 그의 앞으로 다가가 말을 걸었다.

"너는 방금 궁전에서 나온 것 같은데, 이곳에 살고 있느냐?"

"그렇습니다만, 어르신."

"험프리 말로 경을 알고 있느냐?"

그러자 소년은 소스라치게 놀라면서 혼잣말로 이렇게 중얼거렸다.

"맙소사! 돌아가신 우리 아버지인데!" 그러고 나서 그는 큰 소리로 대답했다. "잘 아는데요, 어르신."

"잘됐군……. 그분 지금 안에 계시냐?"

"네, 그러면요." 소년은 이렇게 대꾸하고 나서 혼잣말로 중얼거렸다. "지금 무덤 속에 계시는데."

"미안하지만 내 이름을 그분께 알려 드리고 잠시 드릴 말씀이 있다고 전해 줄 수 있겠느냐?"

"곧바로 분부를 받들겠습니다, 어르신."

"그럼, 리처드 경의 아들 마일스 헨든이 지금 궁궐 밖에 와 있다고 전하여라……. 이 은혜는 잊지 않겠어, 젊은이."

그러자 소년의 얼굴에 실망스러운 빛이 감돌았다.

"폐하께서 말씀하신 이름은 그렇지가 않았는데." 그가 혼잣말로 중얼거렸다. "하지만 그건 그렇게 중요하지가 않아. 그분의 쌍둥이 형제일 테니까. 그러니 폐하께 다른 '아무개' 경들의 소식을 전해 드릴 수 있을 거야." 그리고 나서 소년이 헨든에게 말했다. "잠시 들어오시지요, 어르신. 제가 말씀을 드릴 때까지 이곳에서 조금만 기다리시지요."

헨든은 소년이 가리킨 곳으로 물러섰다. 궁궐 담벼락 안 움푹 들어간 곳이었는데 그 안에 돌의자가 하나 놓여 있었다. 날씨가 궂을 때 보초를 서는 병사들이 몸을 피하는 곳이었다. 의자에 막 앉자마자 장교 한 사람이 미늘창을 든 병사 몇을 거느리고 그의 앞으로 지나갔다. 장교는 헨든을 발견하자 병사들을 멈춰 세우고는 헨든에게 나오라고 명령했다. 헨든은 그 명령에 따랐고, 궁전 경내를 수상쩍게 기웃거리는 인물로 의심받아 그 자리에서 즉시 체포되었다. 일이 다시 꼬이기 시작했다. 가련한 마일스는 자초지종을 설명하려고 했지만 장교는 입을 다물라고 통명스럽게 쏘아붙이면서 부하들에게 헨든의 무기를 압수하고 몸을 철저히 수색하라는 지시를 내렸다.

"자비로우신 하느님, 저들이 무언가를 찾아내도록 도와주시옵소서." 불쌍한 헨든이 혼잣말로 중얼거렸다. "난 지겹도록 찾아보았지만 찾아내지 못했어. 그래도 저들이 찾아야 할 이유보다는 내가 찾아야 할 이유가 훨씬 더 크지."

헨든의 몸에서는 쪽지 하나밖에는 나오지 않았다. 장교는 그 쪽지를 펼쳤고, 헨든은 그것이 헨든 저택에서 고생하던 암담한 날 지금은 잃어버린 어린 친구가 자기에게 적어 준 그 '꼬부랑글씨'라는 것을 알아보고 미소를 지었다. 그러나 영어로 된 부분을 읽어 나가는 장교의 얼굴이 흙빛으로 바뀌었고, 장교의 이야기를 듣고 있는 헨든의 얼굴은 정반대로 백짓장처럼 새하얗게

바뀌었다.

"왕이라고 우기는 놈이 여기 또 하나 있구나!" 장교가 외쳤다. "정말이지 요즘에는 그런 놈들로 우글거린다니까. 병사들, 이놈 을 체포해라. 이 귀중한 편지를 폐하께 보고 드리고 올 테니 이 놈을 꼭 붙들고 있어."

장교는 미늘창을 든 부하들 손에 헨든을 맡기고 서둘러 사라 졌다.

"드디어 내 불행이 막을 내리는구나." 헨든이 혼잣말로 중얼 거렸다. "저 종이쪽지 때문에 틀림없이 교수형에 처해지게 될 테 니까. 그렇게 되면 내 불쌍한 아이는 어떻게 되는 거지! ……아, 오직 하느님께서만 아시겠지."

곧 장교가 허둥지둥 돌아오는 모습이 보였다. 헨든은 사나이답게 자신의 운명을 당당히 맞이하려고 용기를 내었다. 그런데 장교는 부하들에게 헨든을 풀어 주고 빼앗은 칼도 돌려주라고 지시를 내렸다. 그러고 나서 공손히 절을 하며 이렇게 말했다.

"저를 따라오시지요, 어르신."

헨든은 장교의 뒤를 따라가면서 혼잣말로 중얼거렸다.

"지금 내가 죽음의 심판을 받으러 가고 있고, 그래서 틀림없이 앞으로 죄 짓는 일을 절약하는 게 아니라면, 거짓으로 굽실거리며 나를 농락하는 이놈을 목 졸라 죽이겠어."

두 남자는 사람들이 북적거리는 궁궐 뜰을 가로질러 왕궁의 큼직한 입구에 닿았다. 그곳에서 장교는 또 한 번 절을 하면서 화려한 제복 차림을 한 장교에게 헨든을 인계했고, 그 장교는 헨든에게 깍듯이 예의를 갖추며 양옆으로 화려한 제복을 차려 입은 하인들이 죽 늘어서 있는 커다란 홀을 지나 그를 안내했다. (두 사람이 지나가면 정중하게 허리를 숙이며 절을 했지만, 헨든은 등을 돌리는 순간 그 엄숙한 허수아비 모습을 보고는 소리를 내지 않고 숨이 넘어갈 듯 킥킥거렸다.) 양옆에 늘어선 훌륭한 옷차림의 사람들 사이로 널찍한 계단을 따라 올라가자 마침내 커다란 방으로 안내되었고, 장교는 그 방에 모여 있는 영국의 귀족들을 헤치고 앞으로 나가 절을 꾸벅하면서 헨든에게 모자를 벗으라고 귀띔해 주었다. 마침내 헨든이 방 한복판에 우두커니 서 있자 모든 사람의 시선이 그한테로 쏠렸다. 그중 많은 사람들이 아주 못마땅하다는 표정을 지으며 이마를 찡그리고 있었고, 재미있다는 듯 조롱하는 미소를 짓는 사람도 꽤 있었다.

마일스 헨든은 몹시 당황하여 어쩔 줄을 몰라 했다. 다섯 걸음 앞에 나이 어린 왕이 천개(天蓋) 아래에 앉아서 고개를 약간 아래쪽과 옆쪽으로 돌리고 극락조처럼 보이는 한 인간과 말을 나누고 있었다. 모르긴 몰라도 공작 작위를 가진 신하인 듯했다. 헨든은 아직도 앞길이 창창한 나이에 사형 선고를 받는 것도 견디기 힘든 노릇인데, 이렇게 공개적으로 모욕까지 받으면서 선고를 받게 되었다고 혼잣말로 투덜거렸다. 그는 왕이 어서 빨리 일을 처리해 주기만을 바랬다. 근처에 있는 화려한 옷차림을 한 관리 몇 명은 꽤 비위에 거슬리기 시작했다. 바로 이 순간 왕이 고개를 조금 쳐드는 바람에 헨든은 그의 얼굴을 똑똑히 볼 수 있었다. 그 모습을 보고 헨든은 하마터면 기절할 뻔했다! 넋이 나간 사람처럼 서서 잘생긴 어린 왕의 얼굴을 뚫어지게 바라보고 있었다. 그러고 나서 곧 그는 갑자기 이렇게 소리를 외쳤다.

"아, '몽상과 그림자의 왕국'의 왕이 왕위에 오르셨구나!"

헨든은 여전히 놀란 표정으로 왕의 얼굴을 뚫어지게 바라보면서 두서없는 말을 몇 마디 더 내뱉었다. 그러고 나서 주위를 두리번거리면서 화려한 귀족들과 으리으리한 방을 하나하나 뜯어보면서 이렇게 다시 중얼거렸다.

"하지만 이건 진짜야! ……참말로 진짜라고. ……확실히 이건 꿈이 아니야."

헨든은 다시 왕을 바라보며 생각에 잠겼다.

"혹시 이게 꿈일까? ……저분이 내가 잘못 알고 있던 그 불쌍한 미친 거지 아이가 아니라 진짜 영국 왕이란 말인가? ……누가 이 수수께끼를 풀어 줄 수 있담?"

갑자기 좋은 생각 하나가 떠오른 헨든은 벽 쪽으로 뚜벅뚜벅 걸어갔다. 그리고 의자 하나를 가지고 와서는 마루 위에 놓고 그

위에 앉는 것이 아닌가!

그러자 마치 벌집을 쑤셔 놓은 듯 분노의 소리가 터져 나오면서 우락부락한 손 하나가 헨든의 몸을 잡고 호통을 쳤다.

"어서 일어서지 못할까! 이 버르장머리 없는 광대 같은 놈이라고! …… 감히 어느 분 앞이라고 의자에 앉으려 하느냐?"

장내가 술렁거리자 왕이 관심을 보였고, 왕은 한 손을 뻗으며 큰 소리로 말했다.

"그 사람의 털끝 하나 건드리지 마라. 그건 그 사람의 특권이니까!"

사람들은 어안이 벙벙하여 뒤로 물러섰다. 그러자 왕이 계속하여 말을 이었다.

"대소 신료들은 모두 들어라. 이 사람은 짐이 가장 믿고 아끼는 신하 마일스 헨든이다. 칼을 들어 짐을 신체적 위협과 죽음의 위기에서 구해 주었던 장본인이다…… 그래서 왕의 권한으로 이 사람을 기사에 임명했노라. 또한 들어라. 이 사람은 매질당하는 수모로부터 짐을 구하기 위해 그 매를 대신 맞아 주는 더 큰 충성심을 보여 주었다. 그래서 짐은 이 사람을 켄트 백작에 봉하고 그 지위에 어울리는 금과 토지를 내리겠노라. 그리고 또 한 가지…… 방금 이 사람이 보여 준 행동은 짐이 허락해 준 것이다. 앞으로 그의 후손 가운데 장손들은 영국 왕조가 무너지지 않는 한, 왕 앞에서 앉아 있을 수 있는 특권을 영원히 누리게 될 것이다. 그러니 그 사람을 괴롭히지 마라."

바로 그때, 오늘 아침 시골에서 달려왔지만 걸음이 늦어지는 바람에 방금 오 분 전에 겨우 이 방에 도착한 두 사람이 있었다. 그들은 황당한 표정을 짓고 지금 방 안에서 오가는 말을 우두커니 서서 들으면서 왕을 쳐다보다가 헨든을 쳐다보다가, 다시 왕을 쳐다보고 있었다. 이 두 사람은 바로 휴 경과 이디스 부인이었다. 그러나 새로 백작이 된 헨든은 그 두 사람을 보지 못했다. 헨든은 아직도 망연자실한 왕을 바라보면서 혼잣말로 중얼거리고 있었다.

"아, 이럴 수가 있나! 이분이 그 거지 아이라니! 이분이 그 미치광이 소년이라니! 고작해야 방 일흔 개에 하인 스물일곱 명이 딸린 집을 보여 주면서 잘산다는 게 어떤 것인지 기를 죽여 놓으려고 하던 그 아이가 바로 이분이라니! 옷이라곤 누더기 옷만 걸치고, 위로란 죽도록 얻어맞는 위로밖에는 받아 보지 못하고, 음식이란 쓰레기 음식밖에는 먹어 보지 못한 그 아이가 다름 아닌 이분이라니! 내가 양자로 삼아 좋은 가문의 아이로 키워 보려고 했던 그 아이가 바로 이분이라니! 아, 쥐구멍이라도 있으면 숨어 버리고 싶구나!"

마일스 헨든은 그제야 제정신으로 돌아왔다. 무릎을 꿇고 두 손을 왕의 손 사이에 묻고는 충성을 맹세하고 토지와 작위를 내려 주신 데 대해 감사를 드렸다. 그러고 나서 벌떡 일어나서 공손히 옆으로 물러섰다. 여전히 모든 사람의 시선이 그한테로 쏠렸고, 많은 부러움도 함께 받았다.

그때 왕은 문득 휴 경의 모습을 발견하고는 두 눈에 불꽃을 튀기며 분노에 찬 목소리로 벼락같이 호통을 쳤다.

"이 도둑놈의 가면을 벗기고 훔친 재산을 모두 몰수하도록 하라! 또한 내가 따로 부를 때까지 옥에 단단히 가두어라."

갑자기 모든 것을 잃은 휴는 맥없이 끌려 나갔다.

그때 방의 다른 한쪽이 술렁거렸다. 그 방에 모여 있는 사람들을 가르며 좀 이상하기는 하지만 화려하게 옷을 차려 입은 톰 캔티가 안내인을 따라 사람들의 벽 사이로 걸어오고 있었기 때문이었다. 톰은 왕 앞에 무릎을 꿇자 왕이 입을 열었다.

"지난 몇 주 동안 일어난 일은 나도 익히 알고 있고, 너한테 고마움을 느끼고 있다. 너는 진정으로 왕다운 너그러움과 관용으로 이 나라를 다스렸도다. 한데 너는 어머니와 누이들을 찾았는가? 좋아, 앞으로 그들이 편히 살도록 해 주마……. 네 아버지

는 네가 원하고 법이 반대하지 않는다면 교수형에 처하겠노라.
귀가 있는 사람들은 짐의 말을 똑똑히 들을지어다. 오늘부터 그
리스도 자선 학교에 머물며 왕의 자비를 받는 아이들은 육체는
물론이고 정신과 마음까지 부족함이 없도록 보살핌을 받을 것
이오. 그리고 여기 이 아이가 평생토록 그 학교의 관리 위원장을
맡게 될 것이오. 이 아이는 잠시나마 왕으로 있었으니 그에 걸맞
은 특권을 누려야 할 것이오. 그래서 앞으로 이 아이는 지금 입
고 있는 예복을 입게 될 것이요. 이 옷은 이 아이만 입어야 하고
아무도 흉내를 내서는 아니 되오. 앞으로 이 아이가 어디를 가
든 백성들은 그 옷을 보고 이 아이가 한때 왕이었다는 사실을

알게 될 것이고, 따라서 그에 합당한 경의를 표하고 절을 해야 할 것이오. 이 아이는 왕의 보호와 지지를 받고 있으니 앞으로는 '왕의 피후견인'이라는 영예로운 이름으로 부르도록 하시오."

자부심과 행복감에 젖은 톰 캔티는 일어나서 왕의 손에 입을 맞추고 물러갔다. 그 길로 곧바로 어머니한테 달려가서 어머니와 두 누이에게 그동안 일어났던 일을 빠짐없이 들려주고, 영광스러운 소식을 함께 나누며 기뻐했다.

결론
정의와 응징

휴 헨든의 자백으로 수수께끼가 모두 풀리자 다음과 같은 사실이 밝혀졌다. 휴의 아내 이디스가 그날 헨든 저택에서 마일스를 모른다고 한 것은 남편의 명령 때문이었다. 만약 그녀가 마일스 헨든을 모른다고 하고 꿋꿋이 그 입장을 지키지 않는다면 이디스를 죽여 버리겠다고 휴가 아주 그럴 듯하게 협박하는 바람에 그대로 따를 수밖에 없는 명령이었다. 그러자 이디스는 차라리 죽고 싶으니 죽일 테면 죽이라고 맞섰다. 그러면서 마일스를 모른 척하지 않겠노라고 말했던 것이다. 그랬더니 그녀의 남편이 이디스의 목숨은 살려 두겠지만 마일스를 암살하겠다고 위협하는 것이 아닌가! 이것은 또 다른 문제였다. 그래서 이디스는 결국 남편에게 약속하고 그 약속을 지켰던 것이다.

아내를 협박하고 형의 재산과 작위를 가로챘지만 이디스도 마일스도 휴에게 불리한 증언을 하지 않으려고 했기 때문에 휴는 결국 아무런 처벌도 받지 않았다. 설령 이디스가 그렇게 하려고 했어도 마일스가 허락하지 않았을 것이다. 휴는 아내를 버리고 유럽 대륙으로 건너갔다가 얼마 뒤에 곧 그곳에서 사망했다. 켄트 백작은 과부가 된 이디스와 곧 결혼했다. 백작 부부가 헨든 저택에 처음 방문하자 그 마을에서는 떠들썩한 잔치판이 한바탕 벌어졌다.

톰 캔티의 아버지는 그 뒤로 영영 소식이 없었다.

왕은 인두로 낙인이 찍힌 뒤 노예로 팔린 농부를 수소문 끝에 찾아내어 그에게 도둑 패거리와의 삶에서 벗어나 편하게 먹고 살 수 있는 길을 마련해 주었다.

왕은 또한 감옥에 갇혀 있던 그 늙은 법관도 풀어 주었고 벌금도 면제해 주었다. 화형을 당한 침례교도 여인들의 두 딸에게도 아늑한 보금자리를 마련해 주었다. 그리고 부당하게 마일스 헨든의 등을 채찍으로 후려갈겼던 관리는 엄벌에 처했다.

또 왕은 길 잃은 매 한 마리를 붙잡았던 청년의 목숨도 살려 주었고, 직조공한테서 옷감을 훔쳤던 여인의 죄도 용서해 주었다. 그러나 왕실의 숲에서 사슴 한 마리를 잡은 죄로 갇혀 있던 사내는 한 발 늦어 결국 살리지 못하고 말았다.

왕은 돼지를 훔쳤다는 혐의로 붙들린 자신에게 동정심을 보였던 판사에게 크게 호의를 베풀었다. 그 판사가 나중에 뭇 사람들한테서 존경을 받고 훌륭한 인물이 된 것을 보고 왕은 자못 흐뭇해했다.

왕은 살아 있는 동안 자신이 겪은 모험담을 즐겨 이야기했다. 궁전 문에서 보초병이 자신을 내동댕이치던 순간부터 마지막 날 한밤중에 대성당을 바쁘게 들락거리는 일꾼들 틈에 교묘히 섞여 대성당 안으로 살짝 들어간 다음 위쪽으로 올라가서 '고백

왕*의 무덤' 속에 숨어 있다가 이튿날 아침까지 너무 오랫동안 쿨쿨 잠을 자는 바람에 하마터면 대관식을 그냥 지나쳐 버릴 뻔했던 일까지 말이다. 그 소중한 교훈을 자주 되풀이하는 까닭은 그래야만 그때의 가르침을 밑거름 삼아 백성들에게 은덕을 베풀겠다는 처음의 결심을 늘 새롭게 할 수 있기 때문이라고 했다. 그래서 왕은 목숨이 붙어 있는 날까지 그 이야기를 계속하여 그때마다 그 비참했던 순간을 기억 속에서 생생하게 되살아나게 했고 연민의 샘물이 가슴속에서 늘 솟아오르게 했던 것이다.

비록 짧은 통치 기간이었지만 왕은 줄곧 마일스 헨든과 톰 캔티를 소중하게 아꼈다. 두 사람은 왕이 사망했을 때 진심으로 슬퍼한 사람이기도 했다. 마음씨가 선량한 켄트 백작은 분별력 있는 사람이라서 자신의 특권을 함부로 남용하지 않았다. 우리가 방금 앞에서 목격한 경우 이후로는 죽기 전까지 딱 두 번 자신의 특권을 행사했을 뿐이다. 한 번은 메리 여왕 즉위식 때였고, 다른 한 번은 엘리자베스 여왕 즉위식 때였다. 켄트 백작의 후손 한 사람은 제임스 1세**의 즉위식 때 그 특권을 또 한 번 누려 보았다. 또다시 이 후손의 후손이 그 특권을 행사하기까지는 그로부터 사반세기가 흘렀고, 그래서 '켄트 가문의 특권'은 세상 사람들의 기억에서 희미하게 잊혀 갔다. 그 무렵 켄트 가문의

---

* 1042년부터 1066년까지 영국을 다스린 앵글로색슨 왕 에드워드 3세(1003~1066). 그는 남달리 경건했기 때문에 '고백 왕'이라는 별명이 붙었다. 웨스트민스터 성당을 건설한 인물로, 1161년에 성인의 반열에 올랐다..
** 제임스 스튜어트(1566~1625)는 스코틀랜드 왕으로는 제임스 6세였고, 영국과 아일랜드 왕으로는 제임스 1세였다.

장손이 찰스 1세*와 그의 궁정에 나타나 왕의 앞에 앉아서 자기 집안의 특권을 과시하면서 이를 영구적인 것으로 만들려고 하자 한바탕 큰 소동이 일어났던 것이다! 그러나 그 문제에 대해 곧 해명을 하여 특권이 확인되었다. 켄트 가문의 마지막 백작이 공화 정치의 전쟁** 때 왕의 편에서 싸우다가 싸움터에서 사망했고, 그로써 이상한 특권은 그의 대에서 영원히 끊기고 말았다.

톰 캔티는 잘생기고 근엄하면서도 인자한 모습의 노인으로 머리카락이 하얗게 셀 때까지 오래오래 살았다. 죽는 날까지 사람들한테서 존경을 받았다. 이렇게 존경을 받은 데는 그가 입고 다니던 이색적인 독특한 옷도 한몫을 거들었다. 사람들은 그 옷을 볼 때마다 '그가 한때 왕이었다.'라는 사실을 떠올리곤 했다. 그래서 톰이 나타나면 으레 사람들은 자연스럽게 그에게 길을 내주면서 저희들끼리 서로 이렇게 속삭였다.

"모자를 벗어! '왕의 피후견인'이시란 말이야!"

그러고 나서 그들이 인사를 하면 톰 캔티는 온화한 미소로 답하곤 했다. 톰의 역사 또한 영광스러운 것이기에 사람들은 그것을 자랑스럽게 생각했다.

정말로 그랬다. 에드워드 6세는 애석하게도 몇 년밖에는 더 살지 못했지만 그 짧은 생애를 값지게 살았다.*** 왕의 부유한 신

---

* 제임스 1세의 뒤를 이어 즉위한 영국 왕 찰스 1세(1600~1649). 1625년에 왕으로 즉위하여 1649년 공화정 청교도 혁명 때 처형되기까지 영국과 스코틀랜드 그리고 아일랜드를 통치했다.
** 영국의 내란(1649~1690). 올리버 크롬웰은 찰스 1세를 처형하고 왕정을 몰아낸 뒤 공화 정치를 펼쳤다. 1660년의 왕정복고로 공화 정치는 막을 내렸다.
*** 에드워드 6세는 1547년에 즉위하여 1553년에 사망하기까지 칠 년밖에 영국을 통치하지 못했다.

하인 어떤 고위 관리가 왕의 관대한 정책에 여러 번 반기를 들며, 지금 왕이 온 힘을 다해 고치려고 하는 어떤 법이 너무 너그러워서 막상 고통이나 고난을 받을 필요가 있는 사람한테 그런 것을 주지 못한다고 주장하자, 왕은 애틋하면서도 동정 어린 눈길로 그 신하를 바라보면서 이렇게 말했다.

"고통 받고 고난을 당한다는 게 어떤 것인지 경은 아시오? 짐도 백성도 알고 있지만, 경은 잘 모를 것이오."

그 무렵은 잔인한 시대였지만 에드워드 6세가 다스리던 기간은 특별히 자비로웠다. 이제 그와 작별하려는 마당에 그의 명예를 위해서라도 이 사실을 명심해 두기로 하자.

작품 해설

미국의 비평가 필립 라브는 미국 문학가를 크게 '홍인종' (redskin) 작가와 '백인종'(paleface) 작가의 두 갈래로 나눈 적이 있다. 이것이 문학가들을 피부 색깔에 따라 구별하는 것이 아님은 두말할 나위가 없다. '홍인종' 작가란 미국의 토착 전통에 기대어 작품을 쓰는 작가를 말한다. 라브는 이 갈래에 속하는 대표적인 사람으로 마크 트웨인과 월트 휘트먼을 꼽는다. 한편, '백인종' 작가란 언제나 대서양 건너 유럽 쪽에 고개를 돌리고 유럽 문화 전통에서 문학적 자양분을 얻으려는 사람을 말한다. 라브는 헨리 제임스와 T. S. 엘리엇을 이 갈래에 속하는 대표적인 문인으로 꼽는다.

필립 라브의 지적대로 마크 트웨인은 미국의 토착 전통에 깊이 뿌리를 박고 작품을 썼다. 신대륙을 작품의 배경으로 삼는가 하면, 미국적 경험을 즐겨 작품의 소재로 삼았다. 그런가 하면, 미국 특정 지역의 구어와 사투리를 효과적으로 구사하여 '미국

영어'의 수준을 한 단계 올려놓기도 했다. 그러므로 마크 트웨인은 명실 공히 월트 휘트먼과 함께 미국 문학을 유럽 문학의 굴레에서 해방시키는 데 크게 이바지한 작가라고 할 수 있다. 이 두 사람에게 흔히 '국민 시인'이니 '국민 작가'니 하는 꼬리표가 붙어 다니는 것은 바로 그 때문이다. 그리하여 윌리엄 포크너는 일찍이 트웨인을 두고 "미국 문학의 아버지"라고 부른 바 있다.

그러나 트웨인은 신대륙에 굳건히 두 발을 딛고 작품을 쓰면서도 때로는 헨리 제임스처럼 유럽 쪽을 향하여 고개를 돌리기도 하였다. 가끔 그는 영국을 비롯한 유럽을 배경으로 설정하고 유럽의 역사적 사건에서 작품의 소재와 인물을 빌려 왔다. 예를 들어 『잔 다르크에 관한 개인적 추억』이 그러한 작품 가운데 하나다. 흔히 '프랑스의 성녀'로 일컫는 잔 다르크의 생애를 다룬 이 작품을 쓰기 위하여 트웨인은 무려 십이 년에 걸쳐 자료를 수집하였다. 또한 그는 『왕자와 거지』에서 헨리 8세의 뒤를 이어 영국을 통치한 에드워드 6세의 소년 시절을 다룬다. 『잔 다르크에 관한 개인적 추억』은 독자들한테서 이렇다 할 관심을 받지 못하였지만 『왕자와 거지』는 고전의 반열에 올라 있다. 이 소설은 『허클베리 핀의 모험』, 『톰 소여의 모험』과 더불어 그의 대표작이라고 할 만하다.

마크 트웨인의 『왕자와 거지』는 1881년에 캐나다에서 출간된 뒤 이듬해 미국에서 출간되었지만, 그가 이 작품을 처음 구상하기 시작한 것은 십여 년 전, 그러니까 1872년 가을로 거슬러 올라간다. 그해 가을 영국 방문한 트웨인은 그야말로 영웅처럼 융숭한 대접을 받았다. 이렇게 영국에서 예상 밖으로 좋은 반응을 얻자, 그는 다음에 영국을 배경으로 한 소설을 쓰기로 마음먹었다. 그리하여 그 이듬해 좀 더 '영국적인' 것을 경험하고 자료를 얻기 위하여 아내 올리비아와 딸 수지를 데리고 다시 영국을 방문하였다. 1874년에 둘째딸 클라라까지 영국으로 건너오자 그는 딸들에게 헌정할 책을 쓰려고 더더욱 열성을 내었다. 이렇게 영국을 배경으로 삼고 딸들을 위하여 집필한 작품이 바로 『왕자와 거지』이다.

트웨인이 『왕자와 거지』를 처음으로 집필하기 시작한 것은 1877년이다. 그해 여름 그는 빅토르 위고의 작품들을 비롯하여 마리 앙투아네트의 전기, 샬럿 M. 영의 작품 등을 읽었다. 이 밖에도 J. 해먼드 트럼불의 『코네티컷과 뉴헤이븐의 진짜 엄격한 법과 가짜 엄격한 법』, 윌리엄 레키의 『유럽 도덕사』, 이폴리트 텐의 『앙시앵 레짐의 역사』, 제임스 프라우드의 『영국사』, 그리고 데이비드 흄의 『영국사』 등을 읽기도 하였다.

이 중에서도 특히 샬럿 영의 『어린 공작』은 트웨인이 『왕자와 거지』를 집필하는 데 가장 중요한 역할을 하였다. 트웨인은 이 작품의 구상과 관련하여 한 친구에게 보낸 편지에서 "그 재미있고 그림 같은 작은 역사책, 즉 영의 『어린 공작』"에서 힌트를 얻었다고 밝힌다. 그러면서 "지금까지 살면서 저는 한 번도 창조적으로 작품을 구상해 본 적이 없습니다. 그러한 사실은 프랜시스 버넷이나 다른 어떤 작가도 마찬가지이지요."라고 말한다.(버넷은 『소공자』, 『소공녀』, 『비밀의 화원』 등을 쓴 영국 태생의 미국 여성 작가이다.)

1854년에 출간되어 오늘날까지도 뭇 어린이들한테 사랑을 받고 있는 『어린 공작』은 '정복 왕' 윌리엄의 증조할아버지인 노르

망디 공작 리처드의 어린 시절을 다룬 작품이다. 11세기를 시대적 배경으로 프랑스의 왕자의 삶을 그린 이 역사 소설은 아버지가 살해당한 뒤 나이 어린 리처드가 온갖 세파에 시달리다 왕위에 올라 자비롭고 현명하게 나라를 다스린다는 내용이다.

한편 트웨인의 전기를 쓴 앨버트 페인에 따르면, 트웨인이 『왕자와 거지』를 집필하는 데 영향을 받은 샬럿 영의 작품은 『어린 공작』이 아니라 『왕자와 사동(使童)』이다. 이 작품에서 왕자는 에드워드 1세로, 작가 영은 에드워드와 그의 사촌 리처드와 앙리 드 몽포르를 둘러싼 이야기를 다룬다. 에드워드가 몇 년 동안 눈먼 거지로 행세한다는 이야기이다. 페인은 이 작품에서 힌트를 얻은 트웨인이 왕자를 거지로 만들었을 뿐만 아니라 더 나아가 거지를 왕자로 만들어 버렸다고 지적한다.

트웨인이 『어린 공작』에서 힌트를 얻었는가 아니면 『왕자와 사동』에서 힌트를 얻었는가 하는 것은 그렇게 중요하지 않다. 다만 여기에서 중요한 것은 그가 어떻게 이러한 힌트를 주춧돌로 삼아 소설의 집을 지었느냐 하는 점이다. 트웨인은 샬럿 영의 소설에서 작품의 뼈대를 빌려 오되 어디까지나 작품의 플롯에 걸맞게 공간적 배경과 시간적 배경을 바꾸었다. 처음에 트웨인은 빅토리아 시대를 배경으로 삼아 에드워드 7세의 왕자 시절을 다루려고 하였다. 그러나 에드워드 7세로 하여금 런던 시내에서 여러 모험을 겪게 하는 데는 여러모로 어려움이 적지 않았다. 그리하여 영국 역사를 다시 꼼꼼히 살핀 끝에 마침내 시대적 배경을 3세기쯤의 과거로 소급하고 주인공도 에드워드 7세에서 헨리 8세의 아들인 에드워드 튜더(에드워드 6세)로 바꾸기로 하였다.

1877년 11월, 트웨인은 이 소설의 집을 짓기 위한 구체적인 청사진을 만들었다. 그해 11월 23일자 저널에 그는 "헨리 8세가 사망하기 하루 이틀 전 에드워드 6세와 어느 거지 아이가 우연히 신분을 바꾼다. 웨스트민스터 성당에서 대관식을 갖는 순간까지 왕자는 누더기 옷을 입고 떠돌아다니며 온갖 고난을 겪고, 거지 아이는 왕자로서 혹독하게 고통을 겪는다. 성당에서 증거가 드러나자 모든 오해가 풀린다." 하고 적는다. 이 청사진을 기초로 트웨인은 마침내 『왕자와 거지』의 집을 짓기 시작하였다. 비록 청사진은 주인공 톰 캔티가 살고 있는 오펄코트의 빈민굴처럼 초라하기 그지없었지만, 그가 완성한 작품은 왕세자 에드워드 튜더가 살고 있는 웨스트민스터 왕궁처럼 웅장하고 호화찬란하다.

트웨인은 이 작품을 집필하면서 일찍이 느끼지 못한 희열을 맛보았다. 그가 집필한 많은 작품 가운데서도 이 소설만큼 작가가 가슴 뿌듯함을 느끼며 쓴 작품도 찾아보기 어렵다. 그의 친구이자 이 무렵 소설가, 비평가, 잡지 편집자로 미국 문단에서 큰 영향력을 행사하던 윌리엄 딘 하우얼스에게 보낸 편지에서 트웨인은 "나는 내 이야기를 너무나도 즐기고 있는 탓에 서둘러서 끝내기가 싫습니다."라고 밝힌다.

그러나 트웨인의 이 말을 액면 그대로 받아들일 것은 못 된다. 그는 1878년 초엽까지 원고지로 400장가량을 쓰고는 갑자기 『왕자와 거지』의 집필을 중단하였다. 그런데 그가 이 작품을 쓰다가 이 년 가까이 펜을 놓은 것은 작품에 대한 애착 때문이라기보다는 어디까지나 경제적인 이유 때문이었다. 지금까지 그가 출간한 작품 가운데 가장 잘 팔리는 책은 소설이 아니라 『순진한 사람의 해외 여행기』 같은 산문이었다. 그런데 가장 최근에 출간한 『톰 소여의 모험』이 작가의 예상을 뒤엎고 판매가 부진했던 것이다. 이 무렵 재정적으로 적잖이 어려움을 겪고 있던 트웨인은 소설 창작을 잠시 접어 두고 이 여행기의 속편에 해당하는 『해외 방랑기』를 집필하려고 하였다. 그는 이 여행기를 출간한 뒤 1880년에서야 먼지를 뒤집어쓰고 있던 『왕자와 거지』 원고를 꺼내어 다시 쓰기 시작하였다.

『왕자와 거지』는 얼핏 마크 트웨인의 작품 세계에서 이질적으로 보일는지 모르지만, 좀 더 꼼꼼히 살펴보면 작가 특유의 체취가 물씬 풍기는 작품이다. 소설 장르에서 보면 이 작품은 『아서 왕 궁정의 코네티컷 양키』나 『잔 다르크에 관한 개인적 추억』처럼 역사 소설에 속한다. 역사 소설이 으레 그러하듯이 트웨인은 이 작품의 뿌리를 구체적인 역사적 시간과 사회적 공간에 둔다.

한편, 『왕자와 거지』는 『톰 소여의 모험』처럼 처음부터 젊은 독자를 염두에 두고 쓴 아동 소설이다. 이 점과 관련하여 '모든 시대의 젊은이들을 위한 이야기'라는 이 소설의 부제를 찬찬히 눈여겨보아야 한다. 또한 이 책의 헌사도 눈길을 끌기에 충분하다. 다른 작품에서 그는 흔히 아내 올리비아에게 책을 헌정하기 일쑤였다. 그러나 『왕자와 거지』에서는 "예의 바르고 착한 자녀 수지와 클라라 클레멘스에게, 아버지가 사랑하는 마음으로 이 책을 헌정한다."라고 썼다. 트웨인 부부한테는 셋째 딸 진도 있었지만, 그녀는 너무 늦게 태어나는 바람에 '예의 바르고 착한 자녀'에 낄 수 없었을 뿐이다.

트웨인은 『왕자와 거지』에서 전통적인 역사 소설과 아동 소설의 수준을 한 단계 끌어올린다. 그는 젊은 시절 한때 미시시피 강에서 증기선의 수로(水路)를 안내한 것처럼 이 두 문학 장르를 오늘날의 수준 방향으로 나아가게 하는 데 크게 이바지하였다. 미국 작가 가운데 그처럼 전통적 장르를 이어받되 그 장르를 끊임없이 시험하면서 갈고 닦은 작가도 아마 찾아보기 쉽지 않을 것이다.

종래의 역사 소설은 마치 주인의 명령에 충실히 따르는 애완견처럼 지나치게 역사적 사실에 얽매이는 경향이 있었다. 바꾸어 말해서 전통적인 역사 소설에서는 '소설' 쪽보다는 '역사' 쪽으로 저울추가 기울어 있었다. 그러나 트웨인은 역사적 사실에 구애받지 않고 문학적 상상력에 따라 얼마든지 그것을 자유롭게 변형한다. 이 점과 관련하여 작가는 소설의 머리말에서 이 이야기는 "역사일 수도 있고, 한낱 전설이나 구전담(口傳談)에 지나지 않을 수도 있다. 실제로 있었던 사건일는지도 모르고, 지어낸 이야기일는지도 모르지만, 어쨌듯 그것은 얼마든지 일어날 수 있는 이야기이다."라고 밝힌다.

트웨인의 이 말에서는 아리스토텔레스가 말하는 문학의 개연성(蓋然性)이 쉽게 떠오른다. 삶의 보편적인 본질은 개별적인 한 가지 특수한 사실에서 찾을 수 있는 것이 아니다. 개별적인 사실을 기술하는 역사는 삶의 좀 더 가치 있는 진실을 다루기 어렵다. 역사와는 달리 문학은 한 번 일어난 일을 다루지 않고 있음직한 일, 있을 수 있는 개연적인 일을 다루기 때문에 삶의 보편적 진실을 다룰 수 있다. 그러므로 문학은 역사보다 훨씬 가치 있는 진실을 취급한다. 한마디로 트웨인은 '역사'보다는 '소설' 쪽에 무게를 실었던 것이다.

예를 들어 트웨인은 이 소설의 시대적 배경을 1547년으로 설정해 놓고서도 플롯에 걸맞게 에드워드를 열서너 살의 소년으로 만들었다. 1547년이라면 에드워드 튜더는 겨우 아홉 살밖에는 되지 않는 철부지이다. 또한 실제 에드워드 튜더는 옥외에서 시간을 보내기보다는 집 안에서 책 읽는 것을 좋아했고 평소 몸이 약했지만 작가는 "강건한 야외 운동과 수련으로 인해 피부가 갈색으로 그을린 잘생긴 소년"으로 묘사한다. 그 밖에도 이 작품에서 트웨인은 문학적 상상력에 걸맞게 역사적 내용을 자유롭게 바꾸었다. 작품을 읽다 보면 여기저기에서 시대착오적인 사실을 그다지 어렵지 않게 찾아볼 수 있다.

이렇게 전통적 소설 장르의 수준을 한 단계 올려놓은 것은 아동 소설 쪽에서도 마찬가지이다. 트웨인이 『왕자와 거지』를 집필하기 시작한 19세기 말엽만 하더라도 아동 소설은 도덕 교과서 수준에서 크게 벗어나지 못했다. 전통적인 아동 소설은 지나치게 도덕적이고 교훈적이어서 나이 어린 독자들한테 좀처럼 환영을 받지 못했다. 나이 어린 독자들에게 올바른 삶을 살아가는 나침반 구실을 하려고 든 나머지 문학 작품으로서는 자격 미달인 경우가 적지 않았다.

다시 말해서 아동 문학 작가들은 문학의 집을 떠받들고 있는 두 기둥이라고 할 실용적(공리적) 기능과 심미적(쾌락적) 기능 중에서 앞쪽에 손을 들어 주었다. 이러한 아동 소설의 주류 전통에서 한 가지 예외가 있다면, 영국 작가 루이스 캐럴의 『이상한 나라의 앨리스』를 꼽을 수 있다. 캐럴은 이 작품에서 독자들에게 진부한 교훈 못지않게 흥미와 재미를 주려고 애썼다. 이러한 예외는 어디까지나 대서양 건너편의 이야기였고 신대륙에서 아동 소설은 여전히 수신(修身) 교과서 수준에 머물러 있었다.

그러나 트웨인은 이 작품에서 문학의 두 기능 가운데 어느 한쪽에만 치우치지 않고 양쪽 모두에 충실하려고 했다. 젊은 독자들에게 도덕적 교훈을 심어 주되 동시에 흥미와 재미를 느끼게 해 주려고 했던 것이다. 아무리 몸에 좋은 약이라도 아이들은 좀처럼 약을 먹으려고 하지 않는다. 그리하여 개발한 약이 겉에 설탕을 입힌 당의정(糖衣錠)이다. 트웨인은 약이 필요한 사람에게 당의정을 주듯 젊은 독자들을 작품에 끌어들인 뒤 자연스럽게 교훈을 주려고 하였다.

트웨인의 『왕자와 거지』는 이렇게 문학의 공리적 기능과 심미적 기능, 실용적 기능과 쾌락적 기능 사이에서 처음으로 균형과 조화를 꾀한 작품이다. 그는 이 두 가지 기능이 서로 배타적인 관계가 아니라 서로 보완적 관계에 있다는 사실을 보여 주었다. 한편으로는 작중인물이 겪는 온갖 모험을 해학과 위트로써 흥미진진하게 그리면서, 다른 한편으로는 독자들에게 삶에 대한 새로운 통찰이나 값진 교훈을 심어 준다. 여러모로 트웨인의 문학 전통을 이어받고 있다고 할 미국의 현대 작가 E. L. 닥터로는 "트웨인은 유머와 위트와 (『왕자와 거지』의 경우에는) 놀라운 플롯과 함께 도덕성을 재료 삼아 그의 작품의 집을 지었다."라고 말한 적이 있다. 트웨인과 이웃에 살았던 『톰 아저씨의 오두막집』의 작가 해리엇 비처 스토가 『왕자와 거지』를 두고 "지금까지 어린이들을 위해 쓰인 책 가운데 가장 훌륭한 책"이라고 칭찬을 아끼지 않은 것 역시 어쩌면 이러한 까닭에서인지 모른다.

물론 『왕자와 거지』에는 전통적인 아동 문학에서 좀처럼 볼 수 없는 내용이 적지 않다. 19세기 말엽의 아동 문학가들의 눈에 거슬렸을 내용이 한두 가지가 아니다. 그들은 아마 어린이들이나 젊은 독자들이 읽기에 적절하지 못하다며 이러한 내용을 삭제했을 것이다. 가령, 반역 혐의로 교수형을 당한 뒤 런던교 위에 매달려 있다가 떨어져 다리 위로 나뒹구는 귀족들의 머리통이며, 침례교 신자라는 이유로 장작더미 위에서 불에 타 죽는 여성들이며, 농부들이 땅을 빼앗기고 거지로 유랑하다가 노예로 팔려 가는 장면 등이 좋은 예가 된다. 그런가 하면 궁정에서 벌어지는 우스꽝스러운 사건들도 하나같이 나이 어린 독자들에게 약을 주기는커녕 오히려 독을 준다고 할 수 있다. 그러나 트웨인은 연금술사와 같은 놀라운 솜씨로 이러한 독을 약으로 만들어 버린다.

한마디로 『왕자와 거지』는 아동 문학의 금자탑이요 기념비적인 작품이라고 할 만하다. 서양의 청소년들은 말할 것도 없고 동양의 청소년들한테도 사랑을 받는다. 더구나 이 작품은 그동안 성인 독자들한테서도 큰 관심을 받아 왔다. 이만큼 독자층의 스펙트럼이 넓은 소설도 아마 찾아보기 어려울 것 같다. 트웨인의 아내 올리비아는 딸들 못지않게 이 작품에 무척 깊은 관심을 보였던 것으로 알려져 있다. 작가가 그녀에게 다른 작품을 읽어 줄 때 시큰둥한 반응을 보였던 것과는 사뭇 대조적이다.

마크 트웨인의 작품이 흔히 그러하듯이 『왕자와 거지』에서도 주인공이 겪는 여정이나 여행이 무척 중요하다. 에드워드 튜더는 왕궁에서 쫓겨난 뒤 런던 시내에서 켄트 지방까지 영국을 두루 여행한다. 톰 캔티는 런던 시내에서 구걸할 때와는 달리 궁정에 들어와서는 별로 움직이는 것 같지 않지만 런던 시장이 개최하는 만찬회나 대관식 행렬 등 육로와 템스 강을 통하여 그 나름대로 여행한다. 허클베리 핀이 미시시피 강을 따라 여행하면서 삶에 대한 통찰을 얻듯이 에드워드와 톰도 이러한 여정을 통하여 삶의 소중한 교훈을 깨닫는다.

『왕자와 거지』에서 주인공이 깨닫는 삶의 교훈은 한두 가지가 아니지만 그 가운데에서도 꿈과 현실의 갈등, 삶의 외견(外見)과 실재(實在)의 간극, 다시 말해서 삶의 겉모습과 실제 모습의 차이는 무엇보다도 눈길을 끈다. 마크 트웨인은 이 둘 사이에 건너지 못할 심연이 가로놓여 있음을 실감나게 보여 준다. 톰 캔티와 에드워드 튜더는 상대방을 직접 만나기 전만 하여도 상대방의 삶의 방식에 크나큰 매력을 느꼈다. 바꾸어 말해서 톰은 왕자의 삶을 살기를 꿈꾸는 반면, 에드워드는 평민의 삶을 살아 보고 싶어 한다. 그러나 막상 옷을 바꾸어 입고 역할을 바꾸자 꿈에 그리던 이상은 산산조각이 나면서 두 사람은 냉혹한 현실에 적잖이 좌절한다. 그들이 그토록 바라던 자유는 오직 꿈속에만 있던 것이다. 이 점과 관련하여 소설의 화자는 왕자가 된 톰의 대하여 "그 옛날에 톰이 꾸었던 꿈은 그토록 달콤했다. 그렇지만 지금의 현실은 얼마나 고통스러운가!" 하고 말한다.

우리말에 '옷이 날개'라는 속담이 있고, 서양에도 '깃이 예쁘면 새도 예쁘다.'라는 속담이 있다. 일란성 쌍둥이처럼 서로 모습이 닮은 톰 캔티와 에드워드 튜더는 장난삼아 옷을 바꾸어 입자 신분이나 지위 또는 역할 등 모든 것이 완전히 뒤바뀐다. 톰의 옷으로 갈아입은 에드워드가 톰의 손에 상처를 낸 병사를 꾸짖기 위하여 왕궁 정문으로 나가자 병사는 곧바로 왕자를 거지로 오인한다. 병사는 귀싸대기를 때려 왕자를 길바닥으로 내동댕이치면서 "너 같은 거지새끼는 맞아도 싸! 네놈 때문에 왕자님한테 혼이 났으니 말이야"하고 소리친다. 그런가 하면 톰은 톰대로 왕자의 옷으로 갈아입는 순간 거지가 아닌 왕자로 융숭한 대접을 받는다. 아무리 기다려도 왕자가 돌아오지 않아 불안해진 톰이 몸을 덜덜 떨면서 대기실로 통하는 문을 살짝 열어젖히자 "나비같이 옷을 차려 입은 근사한 시종 여섯과 어린 사동(使童) 둘이 바람처럼 달려와 그 앞에 나지막하게 무릎을 꿇고 머리를 조아렸다."

이렇듯 고귀한 왕의 가문에서 태어난 사람이나 빈민굴에서 태어난 사람이나 언뜻 겉으로 보기에는 자못 큰 차이가 있는 것 같지만 실제로는 별다른 차이가 없다. 다만 어떤 옷을 몸에 걸치느냐에 따라 거지가 되기도 하고 왕자가 되기도 할 뿐이다. 에드워드는 왕자 행세를 할 때마다 미치광이 취급을 당하며 경멸과 조롱을 받는다. 에드워드처럼 미치광이 취급을 받는 톰은 처음에는 어색하지만 시간이 흐르면서 점차 진짜 왕자처럼 왕자로서의 일을 그런대로 잘 수행해 나간다.

본질이 아니라 외견에 따라 사람의 신분이 뒤바뀔 수 있다면 신분을 둘러싼 인간의 제도란 한낱 신기루처럼 부질없는 것이 된다. 바꾸어 말해서 카스트 제도나 왕권 같은 것은 그저 인류가 만들어 낸 인위적인 제도에 지나지 않을 뿐이다. 트웨인은 뒷날 『바보 윌슨의 비극』에서 흑인 노예의 갓난아이와 백인 노예주의 갓난아이가 뒤바뀌게 함으로써 흑인과 백인의 본질적 차이에 쐐기를 박는다. 외견과 실재에 관련한 이 두 번째 주제는 첫 번째 주제인 사회 비판과 맞닿아 있는 것이다.

외견과 실재, 겉모습과 실제 모습의 갈등이나 간극이라는 주

제가 이번에는 결정론과 자유 의지의 갈등이라는 좀 더 추상적인 주제로 이어진다. 지금까지 적지 않은 사람들이 한 개인의 삶은 그의 힘으로는 제어할 수 없는 어떤 거대한 힘에 따라 결정된다고 보아 왔다. 좀 더 구체적으로 말해서 인간의 삶은 유전 인자에 따른 생물학적인 요인과 사회 경제적인 환경 요인의 영향을 받게 마련이다. 한편, 또 다른 사람들은 마치 진흙으로 형상을 빚듯 자유 의지를 행사하여 얼마든지 자신의 운명을 개척할 수 있다고 자신감을 드러낸다. 플라톤 이후 서구 철학가들은 이렇게 서로 의견이 엇갈리는 이 문제를 두고 입에 침이 마르도록 토론해 왔다.

그런데 마크 트웨인은 『왕자와 거지』에서 자유 의지보다는 결정론 쪽에 무게를 싣는다. 결정론 가운데서도 유전적 요인보다는 사회 경제적인 환경 요인을 중시한다. 그에 따르면 인간은 어디까지나 환경의 산물이다. 트웨인은 환경이 한 개인의 행동에 직접적 또는 간접적으로 크나큰 영향을 끼친다고 굳게 믿는다. 에드워드 튜더는 왕자로, 톰 캔티는 거지로 태어났지만, 환경이 바뀌고 역할이 달라지자 그들의 행동도 점차 조금씩 달라진다. 왕궁 밖으로 쫓겨난 에드워드는 자신이 왕자라는 사실을 끊임없이 내세우면서도 환경에 적응하여 거지로서의 삶을 살아간다. 왕자로서의 체면을 무시하고 자신을 괴롭히는 휴고를 때려주는 것을 보아도 잘 알 수 있다. 에드워드는 고통과 좌절을 겪으면서 도덕의식을 키워 나간다.

톰은 환경에 적응하는 능력이 에드워드보다 훨씬 뛰어나다. 왕궁에서 온갖 보살핌을 받으며 자란 에드워드가 온실에서 자란 화초라면, 빈민굴에서 태어나 온갖 고생을 하며 자란 톰은 생명력이 왕성한 잡초와 같다. 돈을 제대로 구걸해 오지 못하면 아버지와 할머니한테 매를 맞고 굶기를 밥 먹듯이 하지만 톰은 이러한 환경에 굴복하지 않고 꿋꿋이 견뎌 나간다. 밤이면 밤마다 술에 취한 이웃들이 소동을 벌이고 싸움질을 해 대지만 톰에게는 이러한 모습이 오히려 자연스럽다. 소설의 화자는 "어린 톰은 그렇게 불행하지 않았다. 고생을 하면서도 그것이 고생이라는 것을 모르고 있었기 때문이다. 오펄코트에 살고 있는 사내아이들이라면 예외 없이 누구나 그런 생활을 하고 있었기 때문에 톰은 그런 생활이 자연스럽고 편한 것이라고 생각했다."라고 밝힌다.

왕궁에 들어와서도 톰은 왕자로서의 삶에 그런 대로 잘 적응해 나간다. 처음에는 정신 이상자라는 혐의를 받지만 점차 시간이 지나면서 '진짜' 왕자로서 대접을 받는다. 특히 헨리 8세가 사망한 뒤에는 섭정인 하트퍼드의 공작의 도움을 받으며 '에드워드 6세' 왕의 행세를 제법 해낸다. 추밀원 회의에서 옥좌에 앉아 있는 것을 즐기게 된 톰은 섭정의 꼭두각시 이상의 노릇을 하기에 이른다. 이렇듯 왕자와 왕으로서의 삶이 처음에는 새 옷처럼 어딘지 불편하였지만 시간이 흐르면서 이제는 잘 맞는 옷처럼 자연스럽게 느껴진다.

그러나 고통을 통하여 도덕의식을 키워 나가는 에드워드와는 달리 톰은 편안하고 사치스러운 환경에 점차 적응하면서 오히려 도덕의식을 잃어버린다. 화려한 옷을 즐겨 입는 등 온갖 사치에 탐닉하는가 하면, 왕의 위신을 세우기에는 400명의 시종이 너무 적다고 하면서 그 수를 세 배로 늘린다. 이 소설의 화자는 "앞에서 굽실거리고 경의를 표하며 알랑거리는 신하들의 아첨이 톰의 귀에는 달콤한 음악처럼 들렸다."라고 말한다.

톰은 어머니와 누이들을 비롯한 불쌍한 가족에 대하여 좀처럼 생각하지 않는다. 식구들이 갑자기 누더기 옷차림으로 나타나면 하루아침에 높은 왕의 자리에서 지긋지긋한 가난과 빈민굴 생활로 떨어질 것이라고 걱정한다. 소설의 화자는 "슬픔에 찌든 채 자신을 비난하는 가족들의 얼굴이 눈앞에 떠오를 때마다 자신이 땅바닥에 기어 다니는 벌레보다도 더 비열하게 느껴졌다."라고 밝힌다. 대관식 행렬 때 자신을 환영하는 군중 속에서 우연히 어머니가 나타나 자신을 알아보지만 톰은 그녀를 알지 못한다고 잡아뗀다. 그런가 하면 에드워드 튜더에 대한 생각도 점차 사라져 마침내는 그가 영원히 나타나지 않기를 기대하기에 이른다.

결정론에서는 우연도 한몫을 톡톡히 한다. 『왕자와 거지』에서도 우연과 우발적 사건이 맡는 몫이 적지 않다. 톰이 왕궁 정문에서 에드워드의 눈에 띄는 것도 우연이고, 에드워드가 톰과 옷을 바꾸어 입는 것도 우연이다. 왕궁에서 쫓겨나 에드워드가 런던 시내를 방황하고 있을 때 마일스 헨든을 만나는 것도 우연이다. 이 두 사람이 여러 번에 걸쳐 헤어지고 만나는 것도 하나같이 우연의 결과라고 할 수 있다. 또한 에드워드의 정체를 밝혀 주는 데 결정적인 단서가 되는 국새를 찾아내는 것도 우연이라면 우연이다.

『왕자와 거지』에서 트웨인은 환경론적 결정론과 함께 역사의 진보를 굳게 믿는다. 인간은 환경의 영향을 받을 뿐만 아니라, 더 나아가 시간이 흐르면서 개인과 사회는 점차 좀 더 나은 방향으로 진보해 나간다고 생각한다. 언뜻 보면 이 두 가지 입장은 서로 상충되고 모순되는 것 같지만 실제로는 반드시 그러하지만도 않다. 사회 경제적 환경은 개인에게 부정적인 영향 못지않게 긍정적인 영향을 끼치기 때문이다.

노퍽 공작과 그의 아들 서리 공에 대한 태도에서도 잘 드러나듯이 헨리 8세는 신하들에게는 말할 것도 없고 백성들에게도 무자비하고 잔인한 군주였다. 장미전쟁 이후 귀족의 수가 절반 이하로 줄어들자 사실상 의회는 이름뿐이었고 헨리 8세는 막강한 권력을 휘두를 수 있었다. 영국사에서 그만큼 강력한 왕권을 휘두른 왕도 일찍이 없었다. 영국 기독교의 역사를 바꾼 것도 헨리 8세였으며, 여섯 명의 아내 중에서 두 명을 사형에 처한 것도 그였다.

그러나 헨리 8세의 뒤를 이어 잃었던 왕위를 되찾은 에드워드 6세는 자비롭게 영국을 다스린다. 작품의 맨 마지막 장면에서 한 신하가 에드워드의 관대한 정책에 반기를 들자 왕은 그에게 "고통 받고 고난을 당한다는 게 어떤 것인지 경은 아시오? 짐도 백성도 알고 있지만, 경은 잘 모를 것이오." 하고 말한다. 이 점과 관련하여 이 소설의 화자가 "그 무렵은 잔인한 시대였지만 에드워드 6세가 다스리던 기간은 특별히 자비로웠다. 이제 그와 작별 하려는 마당에 그의 명예를 위해서라도 이 사실을 명심해 두기로 하자." 하고 끝을 맺는다는 점을 눈여겨보아야 한다. 그런데 에드워드가 이렇게 인자한 왕이 되는 데에는 그가 왕궁에서 쫓겨나 유랑하는 동안 절대 권력에 짓밟히고 헐벗은 백성들과 함께 고통을 겪은 경험이 큰 몫을 하였다. 그에게 고통과 좌절은 절망이나 파멸의 원인이 아니라 오히려 삶에 대하여 값진 교훈을 주는 촉매 역할을 하였던 것이다.

이러한 역사적 진보는 존 캔티와 그의 아들 톰한테서도 쉽게 찾아볼 수 있다. 존 캔티는 술주정뱅이에다 도둑질을 일삼는 부랑자로 무자비한 사람이다. 말하자면, 여러모로 '오펄코트의 헨리 8세'라고 할 만하다. 제대로 구걸을 해 오지 않는다는 이유로 걸핏하면 톰을 구타할 뿐만 아니라 톰을 두둔한다는 이유로 아내에게 손찌검을 하기도 한다. 그러나 톰은 온갖 경험을 하며 자신이 태어난 환경을 극복하고 점차 올바른 삶의 방식을 정립해 나간다. 특히 톰이 이렇게 올바르게 삶을 살아가는 데에는 앤드루 신부가 산파 역할을 한 덕이 크다. 앤드루 신부는 바로 헨리 8세가 프란체스코 수도원을 폐쇄하면서 세상 밖으로 내쫓은 사람이었다. 톰은 이 신부한테서 글을 읽고 쓰는 법을 배울 뿐더러 라틴어를 배운다. 더욱이 신부한테서 "거인과 요정 들이며, 난쟁이와 도깨비 들이며, 마법에 걸린 성(城)이며, 멋진 임금님과 왕자 들이 나오는 옛날이야기와 전설을 마음껏 들으면서" 누추한 현실 세계 너머에 아름다운 환상의 세계가 있다는 사실을 깨닫기도 한다. 비록 짧은 통치 기간이나마 톰은 헨리 8세를 비롯한 그 이전의 왕들이 만든 악법과 부당한 법을 바로잡는 데 이바지한다.

트웨인이 이렇게 역사적 진보를 믿는 데에는 자못 윌리엄 레키가 쓴 『유럽 도덕사』의 영향이 크다. 아우구스티누스 황제부터 샤를마뉴 대제에 이르는 시기의 '유럽의 도덕 자연사'를 다루는 이 책에서 레키는 유럽이 그동안 야만의 어둠에서 점차 벗어나 문명의 빛을 받아들이는 방향으로 발전해 왔다고 지적한다. 그리하여 레키는 "사회는 개인의 경험과 교육을 통하여 점점 덜 야만적이게 된다."라고 결론짓는다. 『왕자와 거지』를 읽다 보면 레키의 이론이 그다지 틀리지 않다는 생각을 하게 된다. 인간은 누구나 의지와 노력에 따라 얼마든지 거지의 신분에서 왕자의 신분으로 탈바꿈할 수 있는 것으로 보인다. 그렇다면 거지와 왕자는 바위처럼 확고부동한 신분이라기보다는 오히려 우뭇가사리처럼 유동적인 가능성을 가리키는 것으로 받아들여야 할 것이다.

『왕자와 거지』에서 마크 트웨인은 영국 사회를 강도 높게 비판한다. 그는 다른 작품과 마찬가지로 이 작품에서도 소설을 인간의 허위와 위선의 가면을 가차 없이 벗기고 인간의 약점을 꼬집으며 경직된 사회를 비판하는 무기로 삼는다. 이 작품이 시대적 배경으로 삼고 있는 16세기는 작가의 말대로 그야말로 "잔인한 시대"였다. 백성들은 튜더 왕조의 절대 권력에 짓밟혀 신음하고 있었다. 절대 군주는 왕권을 강화하기 위하여 가혹하기 그지없는 부당한 법과 엄격한 처벌로 백성을 탄압하였다.

트웨인은 윌리엄 딘 하우얼스에게 보낸 편지에서 이 작품을 쓰는 목적과 관련하여 "저의 의도는 왕으로 하여금 몇몇 처벌을 직접 겪게 하고 백성들이 나머지 처벌을 겪는 모습을 목격하게 함으로써 그 무렵 법이 얼마나 가혹했는지 깨닫게 하려는 것입니다." 하고 밝힌다. 그러면서 트웨인은 "에드워드 6세의 통치가 그 이전이나 그 이후의 통치와 비교하여 분명히 온화하였다는 사실을 설명하기 위한 것"이라고 덧붙인다. 트웨인의 대부분의 작품이 흔히 그러하지만 특히 이 작품에서는 인도주의적이고 진보적인 견해를 뚜렷이 엿볼 수 있다.

이 무렵 영국의 법과 그 처벌이 얼마나 엄격하였는가 하는 것은 집을 잃고 떠돌아다니며 구걸하는 거지 패거리 일화에서 잘 드러난다. 예를 들어 요컬이라는 거지는 한때 농사를 지으면서 제법 잘 살고 있었지만 땅을 빼앗긴 뒤 구걸을 하여 겨우 살아 간다. 그런데 그의 아내와 아이들은 구걸을 하다가 잡혀 매를 맞고 사망한다. 그의 어머니 또한 환자를 간호하면서 겨우 목숨을 이어가다가 환자가 사망하자 마녀로 몰려 화형을 당한다.

"그게 영국 법이야! (중략) 영국에서는 배고픈 것도 죄가 되거든……. (중략) 빵 부스러기 하나 얻으려고 다니다가 족쇄에 묶이고 귀까지 잘렸다고. 봐……. 여기 좀 보라고, 이곳에 귓불이 조금 남아 있잖아. 또다시 난 계속해서 구걸하러 다니다가 마침내 노예로 팔렸지 뭐야……. (중략) 이런 법이며 이런 법을 명령하는 이 땅에 하늘의 저주가 내릴지어다!"

또한 늙은 법관 한 사람은 대법관에게 옳은 말을 하다가 벌금을 물고 이마에 낙인이 찍히고 감옥에 갇힌다. 영국 국교 대신에 침례교를 믿는다는 이유로 화형을 당하는 여성들도 있다. 길 잃은 매 한 마리를 붙잡았다고 하여 감옥에 갇힌 청년도 있고, 왕실의 숲에서 사슴 한 마리를 잡았다가 사형을 당하는 사람도 있다. 또한 환자를 독살했다는 혐의만으로 살아 있는 사람을 끓는 물에 삶아 죽이기도 한다. 이 무렵 이렇게 부당한 법과 잔인한 처벌은 하나하나 열거할 수 없을 만큼 아주 많다.

한편, 영국 군주 제도에 대한 트웨인의 비판도 여간 날카롭지 않다. 에드워드 튜더의 아버지인 헨리 8세는 그야말로 절대 권력을 휘두른다. "짐(朕)이 곧 국가"라고 외친 프랑스의 전제 군주

루이 14세처럼 헨리 8세도 왕권에 도전하는 것을 용납하지 않았다. 예를 들어, 영국 문장원 총재 노퍽 공작이 런던탑에 갇혀 있기 때문에 에드워드를 왕세자로 책봉하는 일이 시기적으로 적절치 못하다고 하트퍼드 공작이 말하자 헨리 8세는 "짐이 한 번 마음먹은 일을 포기할 줄 알았느냐?" 하고 다그친다. 그러면서 헨리 8세는 "내일 아침 해가 뜨기 전까지 노퍽 처형 승인서를 짐에게 가져오도록 의회에 단단히 경고해 두어라. 만일 그렇게 하지 않을 경우 의원들은 혹독한 대가를 치르게 될 것이야!" 하고 말한다. 헨리 8세는 하원에 서한을 보내 노퍽 공작 처형 결의안을 조속히 통과시킬 것을 요구하였고, 하원은 허수아비처럼 그의 명령에 따를 수밖에 없었다.

에드워드 튜더는 덴마크의 왕자 햄릿처럼 "관절이 빠지듯 이 세상이 혼란에 처해" 있다는 사실을 뼈저리게 느낀다. 작품의 후반부에서 에드워드는 감옥에서 나이 많은 법관 한 사람을 만난다. 그 법관은 대법관이 부당한 판결을 내렸다고 비난하는 글을 썼다가 형틀 칼에 두 귀를 잃고 관직에서 쫓겨나야 했을 뿐만 아니라, 8000파운드의 벌금형과 종신형을 추가로 선고 받는다. 에드워드는 법관을 위로하며 그에게 "세상은 지금 잘못되어 있소이다. 왕들도 가끔씩 자기가 만든 법한테서 가르침을 받고 자비심을 배우지 않으면 안 되오." 하고 말한다. 그로서는 참으로 소중한 깨달음이다.

이 무렵 백성이 겪는 고통과는 달리 왕실의 사치와 호화로움도 극에 달하였다. 이 작품에서 트웨인은 헨리 8세가 통치하던 시절 궁정에서 일하던 하인이 무려 384명이나 되었다고 밝힌다. 그러나 최근 한 연구 결과에 따르면 이 무렵 왕궁에서 시중을 들던 시종의 수는 이보다 훨씬 많아서 적게는 1000명에서 많게는 2000명으로 집계되었다. 잠자리에 들거나 일어날 때 옷을 벗기고 입히는 시종에서 식사 때 목에 냅킨을 매어 주는 시종에 이르기까지 온갖 시종들이 왕과 왕자를 섬긴다. 그렇기 때문에 왕이나 왕자가 직접 하는 일은 거의 없다. 오죽하면 톰 캔티가 "빌어먹을! 나를 대신해 숨까지 쉬어 주겠다고 나서지 않는 게 이상하군!" 하고 절망감을 털어놓겠는가? 이렇게 사치를 부리면 왕실의 재정이 바닥나는 것은 불을 보듯 뻔한 노릇이다. 재정이 바닥이 나자, 헨리 8세는 프란체스코 수도회를 해체하고 그 재산을 몰수하는가 하면, 화폐 가치를 절하해 재정을 충당하기도 한다.

영국 왕실의 이러한 제도는 비록 정도의 차이는 있을망정 오늘날에 이르러서도 크게 다르지 않다. 지금도 찰스 왕자는 뭇 시종의 도움을 받으며 생활한다고 한다. 이왕 찰스 왕자 이야기가 나왔으니 말이지만, 1997년에 다이애나 비(妃)가 불의의 교통사고로 사망하였을 때 전 세계 언론은 앞을 다투어 그녀의 죽음 소식을 전하기에 바빴다. 그런데 바로 이 무렵, 르완다에서는 적게는 50만 명에서 많게는 100만 명에 이르는 사람이 무참하게 학살되고 있었다. 그러나 세계 언론은 인류사에 치욕으로 남을 만한 이 비극에 대하여 거의 침묵을 지키다시피 하고 있었다.

트웨인은 십여 년 전 미국 서부 여행기 『거칠게 살다』에서 이미 중국 사람들이 부당하게 차별받고 학대받는 사실을 고발한 적이 있다. 또한 사후에 출간된 『전쟁을 위한 기도』에서는 미국의 제국주의적 경향을 날카롭게 비판하기도 하였다. 특히 이 책에서는 20세기 초엽 미국이 벌인 최초의 식민지 전쟁이라고 할 필리핀 전쟁을 배경으로 전쟁의 광기와 맹목적 애국주의를 작가 특유의 풍자와 독설로 고발한다. 그리하여 트웨인한테는 흔히 "가장 영향력 있는 반제국주의자요, 백악관에 앉아 있는 신성불가침한 사람에 대한 가장 무서운 비판자"라는 꼬리표가 붙어 다닌다.

그러나 이러한 사회 비판은 『왕자와 거지』에서 훨씬 뚜렷하게 드러난다. 이는 성인보다 세상의 때가 묻지 않은 순진한 소년의 눈을 빌려 표현하기 때문에 더더욱 설득력이 있다. 한스 안데르센의 동화 「벌거벗은 임금님」에 나오는 아이처럼 톰 캔티와 에드워드 튜더도 위선과 가식의 옷을 입지 않았기 때문에 진실을 보고 있는 그대로 말할 수 있다. '빈곤의 왕자'인 톰은 전제 정치 제도와 왕궁의 무절제한 삶을 비판하는 반면, '무한한 풍요의 왕자'인 에드워드는 백성 위에 군림하는 무자비한 법을 비판한다. 마크 트웨인은 언젠가 자신을 두고 "소설을 쓸 재능을 갖고 태어나지 않은 사람은 소설을 쓰려고 할 때 어려움을 겪게 될 것이다." 하고 말한 적이 있다. 그런데 이 말을 액면 그대로 받아들였다가는 자칫 그가 말하려는 본뜻을 놓치기 쉽다. 트웨인은 즐겨 반어적이거나 역설적으로 말하기 때문이다. 소설가로서 재능이 없다고 고백한 것이라기보다는 오히려 소설가로서의 남다른 재능을 은근히 과시하는 것이다.

엄밀히 따지고 보면 미국 문학사를 통하여 트웨인만큼 소설가로서의 재능을 타고난 사람도 아마 찾아보기 어려울 듯하다. 그는 너새니얼 호손이나 헨리 제임스 같은 '백인종' 작가처럼 제도 교육을 통하여 창작을 배운 것이 아니라, 오직 구체적인 삶의 경험과 독서를 통하여 창작을 배웠다. 말하자면 독학으로 작가가 된 것과 다름없다. 그러나 그에게 이것은 단점이 아니라 오히려 장점이 된다. 그의 작품에서는 '백인종' 작가한테서는 보기 힘들고 오직 '홍인종' 작가한테서만 느낄 수 있는 독특한 체취가 느껴진다.

특히 『왕자와 거지』에는 트웨인의 다른 작품들에서 좀처럼 볼 수 없는 몇몇 독특한 성격이 있다. 허구적 상상력 못지않게 구체적인 역사적 사실에 깊은 관심을 기울였을뿐더러 플롯의 짜임새도 페르시아 양탄자처럼 정교하다. 또한 의고체(擬古體)의 문체에서는 단아하고 고풍스러운 맛을 느낄 수 있다. 이 작품은 출간된 지 무려 120여 년이 지났지만 아직껏 세월의 풍화 작용을 받지 않고 지금까지도 찬란한 빛을 내뿜고 있다.

2010년 10월
김욱동

작가 연보

1835년   11월 30일, 미국 미주리 주 먼로 군 플로리다에
서 치안 판사인 존 마셜 클레멘스와 제인 램프턴
의 4남 2녀 중 여섯째로 출생. 이때 핼리 혜성이
지구에 나타났다고 함. 본명은 새뮤얼 랭혼 클레
멘스.

1839년   11월, 가족이 미시시피 강 서쪽 해니벌로 이주하
여 새뮤얼은 이곳에서 어린 시절을 보냄.

1847년   3월, 아버지 사망. 학교를 그만두고, 지방의 신문
사에서 견습 식자공(植字工) 노릇을 함.

1848년   지방 신문 《쿠리어》에 식자공으로 취직하여 신
문사 경영을 배움.

1850년   형 어라이언이 경영하는 신문사 《웨스턴 유니언》
에서 일함.

1851년   《해니벌 가제트》에서 식자공 노릇을 하며 기사

를 쓰기 시작.

1852년   5월, 보스턴의 주간 유머 신문 《여행 가방》에 「무단 거주자를 위협한 댄디」라는 콩트를 실음.

1853년   6월, 세인트루이스, 뉴욕, 필라델피아 등지에서 식자공으로 일함.

1854년   워싱턴 DC 방문.

1857년   오하이오 주 신시내티에 머무는 동안 맥팔레인이라는 스코틀랜드 사람에게 찰스 다윈의 진화론에 대해 듣고 감명을 받음. 4월, 루이지애나 주 뉴올리언스에서 남아메리카로 가는 증기선을 타고 미시시피를 따라 내려가던 중 허레이스 빅스비한테서 수로 안내인의 수련을 받음.

1858년   9월, 정식으로 수로 안내인 면허증을 받음. 형 헨리가 증기선 폭발 사고로 사망.

1861년   남북전쟁 발발. 전쟁 때문에 미시시피 항로가 두절되자 수로 안내인을 그만둠. 6월, 해니벌로 돌아와 두 주 동안 남부군 민병대에 참가. 7월, 네바다 주의 서기관으로 있던 형 어라이언의 개인 비서 자격으로 네바다로 감. 이 무렵 여러 지방 신문에 글 기고.

1962년   형과 함께 네바다 주와 캘리포니아 주 여행. 버지니아 시티의 신문 《테리토리얼 엔터프라이즈》의 기자가 됨.

1863년   2월, 처음으로 '마크 트웨인'이라는 필명 사용.

1864년   결투를 금지하는 법을 어겼다는 이유로 네바다

주에서 추방 명령을 받음. 샌프란시스코 캘러베러스 군에서 광산 투기. 이 무렵 신문과 잡지에 글을 기고하면서 서부에서 활약하던 브렛 하트, 아티머스 워드, 오퓨스 카, 호어퀸 미러 등의 문인들과 교제.

1865년   단편 「짐 스마일리와 그의 뜀뛰기 개구리」로 동부 잡지사에 이름이 알려지기 시작.

1866년   3월, 새크라멘토에서 발행하는 신문《올터 캘리포니안》의 특파원 자격으로 샌드위치 군도(하와이 제도) 여행. 이 무렵 처음으로 공개 강연 시작.

1867년   1월, 서부 생활을 모두 끝내고 뉴욕에 도착. 5월, 단편집 『캘러베러스 군의 유명한 뜀뛰는 개구리 및 그 밖의 스케치』 출간. 6월, 특파원 자격으로 유럽 성지 여행단에 끼여 유럽 여행을 떠남.

1868년   미국 전역을 순회하며 강연. 8월, 뉴욕 엘마이러의 랭던 집안을 방문하여 장차 아내가 될 올리비아를 처음으로 만남.

1869년   2월, 랭던 집안의 반대를 무릅쓰고 올리비아와 약혼. 7월, 여행기 『순진한 사람의 해외 여행기』 출간. 8월, 뉴욕 주 버펄로의 신문사《익스프레스》 인수. 10월, 보스턴 강연 중《어틀랜틱 먼슬리》의 부주필이던 소설가 윌리엄 딘 하우얼스와 처음 만남.

1870년   2월, 올리비아와 결혼한 뒤 장인의 도움으로 버펄로에 정착. 11월, 장남 랭던 클레멘스 출생.

1871년	4월, 《익스프레스》를 넘기고, 뉴욕 퀴리팜에 잠시 기거. 10월, 코네티컷 주 하트퍼드로 이사.
1872년	2월, 서부 여행기 『고난을 이겨내고』 출간. 3월, 첫딸 올리비아 수전 출생. 장남 랭던 사망. 8월, 영국으로 건너감.
1873년	자동 스크랩북 기계를 발명하여 특허를 냄. 가족을 데리고 다시 영국에 건너감. 12월, 찰스 더들리 워너와 함께 쓴 『도금 시대』 출간.
1874년	6월, 둘째딸 클라라 출생. 하트퍼드의 눅팜으로 이주. 9월, 『도금 시대』를 연극으로 만들어 뉴욕에서 상연하나 실패함.
1875년	1월, 《어틀랜틱 먼슬리》에 『미시시피 강의 생활』 연재 시작.
1876년	12월, 『톰 소여의 모험』 출간.
1878년	4월, 가족과 함께 독일 여행.
1880년	J. W. 페이지 자동 식자기에 관심을 가지고 제작에 투자. 3월, 독일, 이탈리아, 스위스 여행을 기록한 『방랑자의 해외 여행기』 출간. 7월, 셋째딸 진 출생.
1882년	1월, 『왕자와 거지』 출간.
1883년	5월, 『미시시피 강의 생활』 출간.
1884년	2월, 『허클베리 핀의 모험』 영국에서 출간. 미국판은 이듬해에 출간. 친척 찰스 웹스터와 함께 '찰스 L. 웹스터'라는 출판사 설립.
1885년	미국 18대 대통령 율리시스 S. 그랜트의 회고록

출간.

1889년	12월,『아서 왕 궁정의 코네티컷 양키』출간.
1890년	페이지 자동 식자기에 관한 권리를 사들임. 어머니 제인 램프턴 클레멘스 사망.
1891년	6월, 재정적인 어려움으로 하트퍼드의 저택을 처분하고 가족과 함께 유럽 여행을 떠남. 자동 식자기의 실패로 경제적 타격을 받음.
1894년	4월, 친척과 함께 경영하던 출판사 도산.『바보 윌슨의 비극』출간.
1895년	5월, 가족과 함께 귀국한 뒤 빚을 갚기 위하여 세계 일주 강연 여행을 떠남.
1896년	강연 여행을 계속함. 첫딸 수전 사망.
1897년	12월, 강연 여행기『적도를 따라』출간.
1898년	빚 모두 청산.
1900년	6월, 단편집『해들리버그를 타락시킨 사나이 및 기타 작품』출간.
1901년	미국 예일 대학에서 명예 문학박사 학위를 받음.
1902년	아내 올리비아가 중병에 걸림.
1904년	6월, 아내 사망. 자서전을 구술하기 시작. 뉴욕 시로 거처를 옮김. 이 무렵 저작권 문제에 관하여 의회 위원회에서 연설.
1905년	시어도어 루즈벨트 대통령의 초청으로 백악관 방문.
1906년	공식적인 전기 작가인 앨버트 B. 페인이 한집에 살며 전기를 집필하기 시작함. 6월에『이브의 일

기』, 8월에 『인간이란 무엇인가』 출간. 막내딸 진 정신병원에 입원.

1907년   6월, 영국 옥스퍼드 대학에서 명예 문학박사 학위를 받음.

1908년   코네티컷 주 레딩에 있는 스톰필드로 이주.

1909년   12월, 스톰필드에서 딸 진 사망.

1910년   마지막으로 버뮤다 방문. 4월 21일, 레딩에서 사망하여 엘마이러에 매장됨. 이때 핼리 혜성이 지구에 나타남.

세계문학전집 **258**

왕자와 거지

1판 1쇄 펴냄   2010년 11월 5일
1판 16쇄 펴냄   2024년 1월 15일

지은이   마크 트웨인
옮긴이   김욱동
발행인   박근섭, 박상준
펴낸곳   (주)민음사

출판등록   1966. 5. 19. (제 16-490호)
서울특별시 강남구 도산대로1길 62(신사동) 강남출판문화센터 5층 (우편번호 06027)
대표전화 02-515-2000   팩시밀리 02-515-2007
www.minumsa.com

© 김욱동, 2010. Printed in Seoul, Korea

ISBN 978-89-374-6258-0 04800
ISBN 978-89-374-6000-5 (세트)

세계문학전집 목록

세계문학전집은 계속 간행됩니다.